中国书写

二十四节气

庞培
赵荔红
主编

致敬古老文明

203	*189*	*177*	*151*	*135*	*123*	*105*	
江少宾 /	黑陶 /	沈念 /	周晓枫 /	爱松 /	文河 /	赵荔红 /	
立秋：8月7—9日	大暑：7月22—24日	小暑：7月6—8日	夏至：6月21—22日	芒种：6月5—7日	小满：5月20—22日	立夏：5月5—7日	

目 录

9　庞培 / 序

19　钟鸣 /
立春：2月3—5日

43　祝勇 /
雨水：2月18—20日

53　陆春祥 /
惊蛰：3月5—7日

65　蓝蓝 /
春分：3月20—22日

81　杨键 /
清明：4月4—6日

93　郑骁锋 /
谷雨：4月19—21日

附　录

317　人邻／大雪：12月6—8日

331　庞培／冬至：12月21—23日

359　柯平／小寒：1月5—7日

373　陈漠／大寒：1月20—21日

389　苇岸／一九九八……二十四节气

413　于坚／昔至兮归我故乡

431　赵荔红／后记

目录

215 蒋蓝 / 处暑：8月22—24日

229 庞余亮 / 白露：9月7—9日

241 汗漫 / 秋分：9月22—24日

261 周华诚 / 寒露：10月8—9日

277 傅菲 / 霜降：10月23—24日

289 葛水平 / 立冬：11月7—8日

301 阿贝尔 / 小雪：11月22—23日

序

庞培

每个中国人心目中，都有一部完好的"二十四节气"，作家尤甚。目前书店市场上流转、有"二十四节气"字样的书籍，大抵停留在通俗类图文并茂的初级文字阶段，但这并不能遮蔽关于大自然四季流转诗意而精妙的诗句，或古文明遗产镌刻在国人心目中的神圣地位和个人体验。"北方、南方／到处是一样的经历"（柏桦）。王国维和瓦雷里的区别在于，前者有一个春去秋来嗅闻到不同季节芬芳的汉语象形鼻子。整体完成于安徽淮南八公山区域的"二十四节气分布图"，早于希腊和埃及文明贡献于世人的，正是在语言的抽象之外更具高度、更大意义上的一种象形。是人与大地的诗意象形，是人类精神终极而集体的象形。是两千多年以前我们汉人智慧版的《追忆逝水年华》。"是故夫得道已定，而不待万物之推移也，非以一时之变化，而定吾所以自得也"（淮南子：《原道训》）。这句话用今天的方式来讲述，听起来多么像普鲁斯特在《女囚》中描绘凡德伊小姐心声的段落：

"……富有永恒的真实、千古丰盛的新奇的喜悦形式，发掘出晨曦天使般鲜红的神秘希望。"生逢汉初那样的乱世，西汉皇族淮南王刘安及其门客终日躲在今安徽寿县二十多公里郊外的八公山中，搜索枯肠，集体编写出诸如"春分"、"霜降"、"立秋"、"寒露"那样破天荒的汉语名词系列，他们究竟事先发现了宇宙洪荒间何等灿烂的变革易故？他们在秘密形制命名的过程中，又经历了怎样的一连串的秘密狂喜？为什么西方的哲人（阿基米德、伽利略、哥白尼）在人类漫长的时间长河中，总是单个单个地独自一人，煎熬出最终石破天惊的研究发现成果和思想结晶；而在中国，较为典型的华夏文明，往往会有几个乃至数十人秘密扎堆，成就大业？在中国，有个人，也有集体（秦兵马俑、长城、二十四节气），而在西方，几乎只有个体成就的文明现象？这是否是欧亚、东西方之间一个小小、难以察觉的特征？今天，对于一名纯血统的白种人，一名美国人、一名英国人，当他（她）初次接触中文，他（她）面对"小寒"、"白露"、"冬至"这样特定于四季时序内容的词语时，内心深处会有一种怎样的喜悦、惧怖和认知？是否会像一名中国普通的游客，去参观美国的太空外星球发射实验场那样惊叹弗如？或步入纽约的现代艺术馆一样，满怀着从未有过的新奇幻想和真正大开眼界的满足疲惫感？他们的兴奋程度会相似吗？他们对人类文明的辉煌体验会有可能彼此交流且争相述说的意识点吗？一个人，一群人，数代人，要历经多少年的阳光雨露，在自己熟悉或陌生的田园山麓河流村庄，聆听多少次的风雨雷电、蛰声虫鸣、花开花落，才有可能形成如此详备齐整的季节流变图式？每一个都诗意盎然；每一处都大音稀声，每一声音调都清脆圆润。在我们习惯于奶水、母乳般的"二十四节气"背后,有着多少双远古先祖们观察星空屏息敛气的执着眼睛?以八位先哲的智慧集体命名的淮南八公山麓,在今天的高速公路网或省道边上,看上去跟普遍的乡间山地一样其貌不扬;山不高,峰岳分布却崎岖绵延,仿佛种田一辈子的老农民在树荫下纳凉时畅开的衣襟,带着劳动的汗水味以及退隐乡里的古韵。峰峦多黑色,有面积不大的喀斯特地貌,地多荆棘和松林,仿佛一幅被遗弃的古画,扔在香案条桌下面的角落。海拔大约不超过三百米吧,看上去,却如此神秘、普通、笃定。有点像一名老农手上粗大的指关节。外省人驱车驶经,会很容易一眼瞥见山的北麓坡道上的古墓:"淮南王刘安之墓"。墓葬内容,是否值得一看,外人就不得而知了。但据我年初时现场游历观察,一百个游客里面,大致会有五六名游客,愿意驻留停车,专程找一找墓道入口,去看一看这名人生的结局并不算光彩的地方郡主的坟地。历史上淮河几乎每年洪涝,八公山下的这一处古墓,恐怕在一片汪洋泽国之中,很难如墓主人生前所心愿的,"块然独处"了吧?唉!"其子为光,其孙为水,皆生于无形乎!"(淮南子:《原道训》)

有人统计过没有,中国古代诗歌,有多少与"二十四节气"相关涉?古代音乐、乐府、民歌、诗赋里,穿凿附会着多少细腻层次的立春、惊蛰、清明、秋分的健全的自然界养分?往小里讲,这里的二十四节气,恍若中国文学史背面靠墙的一架编钟,无论怎样的人声呼吸、魂魄动静,都能触及它庞杂音序之上的一个哪怕最微小的音叉。每一个诗人的名字背后,都有一整本的"二十四节气",在调匀、校正他独特的嗓音。此为中国文学独门的校音器,如同编钟、长安城下湮没的古都中轴线一样,"二十四节气"相对于我们的星球上最大面积的陆地,相对于宇宙浩瀚,本身就是四季万物的一场纷飞大雪。儿时,妈妈的口中,爸爸、爷爷奶奶们嘴里吐出来的"立夏"、"芒种"、"处暑"、"谷雨"这样轻声轻气的词语和汉字音节,在每一个中国人耳畔,有着怎样的难忘记忆?人们是通过怎样的小桥流水人家、麦浪滚滚、万顷田畴而慢慢步入了节奏分明的中国典型的南北山水村落,"旧时王谢堂前燕,飞入寻常百姓家"。燕子每年飞来,筑巢、啄食在二十四节气的屋檐下——世上还有何等样的知识,能够跟我们汉文化如此天真烂漫、瑰异奇珍的"二十四节气"相媲美的?有如一架漫画上的软梯,搜救现场的直升机上扔下来的绳梯,总共二十四道梯级,每一道都结实耐用;有了它,如同天地广袤的中国南北乡村,有了一场覆盖大地的纷飞的瑞雪。而淮南八公山,正好位于中国地理南北分界线的那道肉眼看不见的线上,这难道是一种偶然的巧合吗?跨越南方和北方的那道积雪的门槛,在这里。今天的人们提及这些,难道不像是在满怀崇敬地谈论远古的神话?"故求之于四海之外而不能遇,或守之于形骸之内而不见也。故所求多者所得少,所见大者所知小。……譬吾处于天下也,亦为一物矣。不识天下之以我备其物与,且惟无我而物无不备者乎?然则我亦物也,物亦物也,物之与物也,又何以相物也。"(淮南子:《卷七·精神训》)

此为华夏文明深邃智慧的黄钟大吕,直到今天,我们的土地仍旧传递出它斑驳钟声的有规律的回音。而在帮助人们更为诗意的生活在这块土地这一点上,"二十四节气"无疑愈来愈年轻而体面,愈来愈生气勃勃，亦越来越贴近并适宜于全球化的今天地球上各色人等烦恼顿生、易躁不安的日常生活。因为它对于生活在大都市远离乡土自然的那些人，不仅是一帖清凉的神经芬芳剂；同时也十分肯定地赋予了他们某种人文意义上自我必备的醒悟和感恩。也许整个亚洲，所有农耕业的祖先都来源于"二十四节气"，相应地，这样一种朴学的禅定，也早已稳步汇入了今天的人类文明共享的全球化的步伐。

特殊年月，一夜之间，所有的古籍、古画、古文字，在中国的南北各省，统统焚之一炉！惟"二十四节气"如根深叶茂的一棵大树，任多么残酷的恶人劣意，也丝毫不得撼动它的华贵无我。在那些年里，一本再怎么破烂不成页的《新华字典》后面，都有薄薄的一张纸，一小页春去秋来，引发了多少如我辈传统文化几乎丧失殆尽的好奇的小孩子们趴在那一页凋零的诗意表层，一次又一次地兴奋莫名，想要发问、求解，想要大抵知道个究竟。中国 1966 年的大街小巷，相对于如此灿烂辉煌的华夏古文明，"二十四节气"不啻是一艘渡尽劫波的"挪亚方舟"啊！在这些古雅的词名四周，到处是一片大字报、黑墨水的汪洋大海。三皇五帝，四方八极，惟"二十四节气"幸存矣。

——我是亲眼目睹这一文化大灾变的人。"我见过街道在秋光中卷刃。"（陈东东）

"二十四节气"，中国文化真正意义上的永恒童年。

几十年过去了，蓦然回首，原来，我们真正意义上，好玩、集体的童年，是在这里。

俗语有言："花木管时令，鸟鸣报农时。"

花草树木、鸟兽虫鱼均按照季节来活动，因而它们规律性的行动，被看做是区分时令节气的重要标志。

我们每个人的童年，都在于此。

"二十四节气"是古代中国隐秘性质的《追忆逝水年华》，这一点对我个人而言确凿无疑。而真实的普鲁斯特巨著里，也许隐含着同样优美、取之不竭的二十四个名词，分别象征着地球表面一年四季的岁时枯荣、由盛及衰的诗意罗盘刻度。也许诸如"盖尔芒特"、"凡德伊"、"阿尔贝蒂娜"、"巴尔贝克海滩"、"德·夏吕斯"、"玛德莱娜点心"、"弗朗索瓦丝"、"贡布雷卧室"这样一系列主人公的精神标识，大抵对应于我们节气中的："小满"、"雨水"、"大雪"、"立秋"……目前还不得而知。有趣的是小说中的主人公是作者自己，是他只身摸索，通过回忆和观察反复勾勒出的一整幅昏暗教堂壁画般的日常时间和空间。我们的"二十四节气"背后的主人公却是一群人，一群古代智者，一群无名氏。是汉人天人合一、广漠的乡村四季，不灭的星空。是大地春去秋来花开花落的神圣殿堂。是中国古代哲学的核心"道法自然"。是人对自然万物彻底的膺服、归拢、献身。是无我，无无我。是金、木、水、火、土。是流播在昼夜之间神秘的气流。是地球文明中凝视着太空和宇宙流变那一双智慧的明眸深处闪闪烁烁的目光……

"冬至"，我们知道，是二十四节气中最早被制订出的节气。时间，在每年的阳历12月22日或者23日之间。早在2500多年前的春秋战国，中国人已经学会使用土圭观测太阳，测定出冬至这一时日来。"冬至阳气起，君道长，故贺。"（《汉书》）冬至之后，智慧的先祖们又先后一一摸索出另外四个最基准的农时节气：仲春、仲夏、仲秋和立冬。公元前104年，由邓平等制定《太初历》，在八公山麓《淮南子》的基础上（时，以夜空北斗星斗柄的方位定准节气），正式把后来的"二十四节气"订于历法，从此完全明确了"二十四节气"详备的天文位置。可见古人智慧的明亮豁达，他们在简单纯朴的生活中，自如挥洒他们的聪明才智。所谓"四时八节"。其中的"八节"是指二十四节气最早被确立下来的八个节气：立春、春分、立夏、夏至、立秋、秋分、立冬、冬至。每一代的中国人，都充分享用到了此一大自然指针钟盘上的分秒移转之温静的存在体系。所谓：

春雨惊春清谷天，夏满芒夏暑相连，
秋处露秋寒霜降，冬雪雪冬大小寒。

自古以来，以春分点为0度，视太阳从春分点（黄经零度，此刻太阳垂直照射赤道）出发，沿黄经每运行15度所经历的时日，称为"一个节气"，太阳在星空背景下的运行路线称为"黄经"或"黄道"。每年运行360度，为一回归年，共经历二十四个节气。

按照战国后期成书的《吕氏春秋》之"十二月纪"记载，最终，二十四节气起源于黄河流域，而完整意义上诞生于长江和淮河之交，尤以淮河为主体的安徽省淮南八公山。我们编纂本书，同样想依据古代朴素天地观中的"候时而行"，希望通过当代的人文情感，以当代散文的形式来重新界定、触摸和解读我们民族的深层情感脉搏——为此，我们费时费神，精心选择和邀约了当今活跃在文学界，其创作成就已有公认的二十四名中青年散文作者，且根据各人不同的文字面貌和心性，依二十四个节气的形象资源，寒暑流变，来一一布置仔细对照二十四名写作者声音秉赋的方位顺序，希图在呈现现当代汉语写作之美的同时，亦对此时此刻在场的中国散文，有一个敏锐而准确的推测，一种微妙的观察和把握。这是一个非常有趣的编辑思路：让当代二十四名散文家的阵容和名字，最终可能对应于华夏文明最古老民俗图案中的抽象凝炼；并且，可能的话，直抵文字原初的想象力、趣味和源头。我们有理由相信：呈现在本书中的二十四名当代散文家，他们各自的文字，都经年累月浸沉在华夏文明的根性和骨子里面。或许，这是当代汉语集体的"立春"之日。在远古博大精深的二十四节气中，立春的十五天，被小心翼翼、如履薄冰般地分为"三候"：

一候东风解冻，
二候蛰虫始振，
三候鱼陟负冰。

鱼陟负冰：原为鱼上冰，《元史志》改之为鱼陟负冰。陟，升也；鱼当盛寒，蛰伏水底而暖，至正月阳气至，则上游而近冰，故曰负。鱼陟负冰的含意是：从立春的第十天开始，一季冻结的河里的冰开始逐渐融化了。初醒的鱼，开始试图游动到水面上去；而此时，冰面上还有大大小小尚未完全融解的碎冰片块。远看，这些闪烁寒光的碎冰，如同被鱼负着一般浮出在水面上。

立冬畅饮麒麟阁,绣襦小雪咏诗篇。

我们,愿以此物候意象,向伟大的传统文化的博大精深深表敬意!

2017 年 12 月 16 日

钟鸣

诗人,散文作家。曾先后创办民刊《次生林》《象罔》。出版有诗集《中国杂技,硬椅子》《垓下诵史》;随笔集《城堡的寓言》《旁观者》(三卷本)《畜界,人界》《窄门》《涂鸦手记》;批评文集《秋天的戏剧》等。

立春

钟鸣

2月3—5日

和煦春风,荡尽了那些昝晁里的隐晦之物。人民轻盈,犹如燕子。

元·王冕·墨梅图纸本水墨

记得谁讲过，二等民族是拿给正直民族作材料的。此刻，我想，不识五谷，未辨郊野、昆仑，不曾解力田、星火、古器与春情的我们，虽也是鬻文自食其力，怕是要给"人农则朴"的作调料了。

有言"春秋物盛，冬夏气盛"，故叙春很难撇开物的文明。凡涉物，西人好抽绎"操持"、"感知"、"思"，都源于亚里士多德的认识本源，我民好统自然而讲"人道"，也叙哲学的"知"："致知在格物，物格后而知至。"即知物的本末，这些都没多大差异，但，太求知与物间的平衡，自然的限制，东亚就比希腊呆板些，若"制器者尚其象"一类，竟会由夫子叹敧器堕落到一切物的直观，甚至操作的直观，用时髦话说，或即"模型"，故《尚书》言："人惟求旧，器非求旧，惟新。"利弊皆有，倘若偏执理解起来，易酿惰性。荣格窥破这界线，故宣判"东方直观得过火"。结果呢？——我们的自然是被直观破坏着的，人是实用、犬儒的，我们的器，除了古老的发明，今日之"山寨"，也未必新，西人好究行文背后，此时与彼时的历史，吾民知今疑古，人人沉湎迂怪巷间之言……此宿命，几乎是笼罩性的。

所以，禹铸九鼎，王朝一个一个地灭着，而鼎彝之器，则一直搬迁祭用到秦始皇时代的某个春天才遗失，很蹊跷。旧称"班宗彝作分器"，即一国亡后，便毁其宗庙明堂，搬走祭祀用的礼器，瓜分宝物，拆散族裔，因种姓，灭与被灭沾亲带故，所以，物尚幸运，天下还是天下的象征，换瓢子罢了，至后世"阶级革命"，才真正给予摧毁，玉石俱焚，天下也不再容忍旧的象征。

难怪孔子答哀公时还能说："天下，器也。"荀子详尽一步："国者，天下之大器。"这是过去农耕文明以天地、阴阳、四时、日月星辰为本孳乳的观念，故《管子》言："不知四时，乃失治国之基。"都无非强调，人类平衡自然与社会，非怀天地之心不可。由道理看，这没啥错，但，现在谁还会这样去看呢？因社会的运转，即便窄于农事，也早脱离传统意义的自然秩序，人文殊死，旧称"失秩"。农用的传统《尚书·洪范》：农以明农用，隐括经典有三方面，叙之三经："农祥晨正指东方七宿房星，天之经也；二曰井方启土，地之经也；三曰用天之道，察地之理，趋勉趋时，人之经也。"这大致可窥农耕时代的人文。尽管，现在，大家都很难受社会各种失衡，涉自然颇多，天天嘟囔着，但失秩太久，科学、新思想滥觞反加害，既未缓解食物链，也未培植信仰、公正，思量下来，恍若诗家形容的："仰面贪看鸟，回头应错人"，一国恍惚而已。

虽说古人以为，测万物情性，养民无过，乃人文至尊，但，对于过度依赖现代货币与威权而绝自然人文的我们，恐怕一下要求太高。所以，愚虽也可谓读写之人，到这般年龄，大家好像都等不及似的，非得弄个框框，把价值告诉别人。

而愚呢，则有些死皮，像梁漱溟先生说的，既没过佛家生活，也非孔家生活，虽偶读《圣经》，作文学看，却并不狂热。想耶稣第一要义，便是荐献自身，成全别人的信仰，自古冥思都由街头哲学孳乳，孔子、苏格拉底类，即便传道，旧时黔蜀颇多，也多择穷乡僻壤，但闻热闹、宣教处，尤其读过点书的，不再说逸民而举耶稣，而也不妨精准地捞着名利，便知是道具。怀疑起来，便觉得我等注定没有真正的宗教人生。再行坊间，所遇皆化缘的神仙、鬼灶、方士，俗不可耐，闻学府又渎于慎言、长治……遂知，雁北乡，实在南，不是为了求诸骨肉、毛血、大小形体，而是应和自然的塑造。所以《释名》言"形体"，首叙仁义："人，仁也。仁，生物也。"

既作生物，便敏于自然，而自然，细究至个人，怕很难是原型。若近来陇蜀接连地震，最厉害一次前夜，愚与内人，整宿难眠不知原委，事发后，方知感应，又很容易附会至龙脉、朝政。而古人也的确认为，自然与人相仿，得于气，精耗神竭，都有完蛋的时候，故"川竭，水脉绝也。山崩，地脉绝也"。中国人又好龙脉的说法，即便愚不信，未必别人也不信，天子的风水师乱点鸳鸯下来，容易弄出灾难。这都是明知"失秩"，还偏执强求的结果。所以呢，虽愚得玉版，数载沉浸古舆，天命神授华夏龙脉，也只想顺顺学理而已。孟子逸语极好："人之所知，不如人之所不知。"即便岁首，亦不过如此。

春为何物，就愚而言，除脑海残留时间、月份、青绿一类，至多知"春分夏至"，便怔愡一片，旧时斗建时序、改元、教令如何，正月为啥称"孟春"，秦始皇何以讳"正"改"征"，一概不知。念过诗，晓得"春日迟迟，我心悲伤""鸭先知"一类，但，究竟如何，仍很糊涂。

人一生无数回写过、念过的"春"字，都鄙夫家，谁都识的，但，其中的变化、微妙，却也未必。春先从"林"，后从"艸"，汉玺有两不从，仅从"屯""日"，即《说文》："屯然而难。"既叙根茎、植物，由森林到草丛，便不能不察自然的颓败。若仓颉简化再造字，水泥塑造摩天荒原，南陌春山荡平若土坯，岂还有风信子女郎？这时再读 T. S. 艾略特的《荒原》，便一点也不费解：

一年前你先给我的风信子；

　　　　　他们叫我作风信子女郎，

　　这里的"风信子"，即是春之象征。春寒多雨水，凡春见二十四番花信风，梅打头，楝收尾。应该说，每种树木，每种花，都像孟子说的："春省耕而补不足"，也是可坐下来赏玩的景色。《开元轶事》记，唐代长安女子游春，野步凡遇名花，则设席藉草，以红裙递相插挂作宴幄。想来也很美。今日我们所言"风景"，即由旧时"景风"来，《尔雅》："四时和为通正，谓之景风，天地中和之气。"所以，倘若历法乱了，风非柔风，那风景便是错位的。

　　《礼记·月令》所载春帝，今天的人不信。其实，那帝，也无非是大家认可的符号，敬授人时，别误了耕作，循"春播夏种，秋收冬藏"的规律，所以，古谚道："一年之计在春，一日之计在寅。"现在，芸芸众生城里边倾轧，少有理会春的细致。春有"孟、仲、季"、"三春"、"九春"之分。三月季春，又曰"暮春"，或"末春"，"晚春"。孟春在首，故名称最丰，称"孟阳""孟陬""上春""初春""开春""发春""献春""首岁"。整个春天，还视阴阳、节气、明暗、农事、禽鸟、风物、秘色，而有"立春""春分""春寒""春风""青阳""青春""良辰""太皞""勾芒""玄鸟""青瓷"之说。这些，如今都关押到书里去了。

　　即便大家厌倦了城市，渐渐又喜爱乡居、天文起来，或晓得斗柄指东，天下为春，却不一定了解，春何以又言"蠢"。《说文》："春之为言蠢也，物蠢而生"，即"蠢蠢欲动"。由自然生动貌，强扭作人事或社会学形态，很早就开始了，如《尔雅》仅记"蠢，不逊也。"晋人郭璞注为:"蠢动为恶,不谦逊也。"恶,或与"败""淫"诸字同,本呈中性,后被意识形态搞坏过,讹以为"阶级敌人"或"过度风流"云云,遂朽为农工红鞋所踏的蠋蜴,未敢擅用。愚原来并不太懂,或不尽懂,现在知道了,**蠢蠢**,乃春时万物所出貌,也就是生动貌,如草木扎扎而出。

立春当游苑,这是老少都知道的,观灯赏花,士农工商,庶民稚童,手舞足蹈,满城吃东西。自然人文有沿革,里社不再,而先农非先军,酬和民劳,带来和气,张弛有度,并非繁琐哲学。《梦粱录》记,春时,宫女好百草斗戏,而官吏则以进农书为尚。现在,怕惟红包、密谋不遭白眼。记得幼时游青羊宫,孩子们都闹着吃酥锅盔、油果、荞凉粉一类,最负盛名的是"一炮三响",即童谣所唱:"青羊宫,好热闹,糖油果子三大炮,不要钱,不要票"云云。别看此小吃,技艺颇难,一团软软的糍粑,要经手掷过三重竹簸,声响不同,碰碟收尾声,入碟再滚芝麻、黄豆末、白糖,观、聆、吃浑然一体,非有绝技不敢售。今人囫囵,形为虚设。仅风俗一事,即可观文明半途而废。

二月花市,混称"蚕市",民国间又掺以"劝业会",遂面目不清。相较而言,元宵灯会还纯粹点。旧时,正月十五称"望日",家家得祠门户,门上插杨枝,迎紫姑,还好,是平民神,同时,设酒脯白粥,插箸筷子以祭。《史记》载:"汉家以望日祀太一,从昏时祠到明。"元宵前后三夜放灯,有说肇始周显王,有说始于唐明皇,以祀三官下凡:天官好乐,地官好人,水官好灯。释教混黄老返侵华夏后,又时兴供奉舍利,放光雨花,燃灯绕城的遗迹,遂生出后来的夜游观灯、灯会一类。

现在，经营灯会，怕只看好门票收益，电力灯会，达官庶人好财，吃喝一通，篝火如何，日月相望如何，是不知的。不过，孩子们滚纸糊车灯、莲花、兔子还生动得很，笑语喧哗，春联、剪纸、谜语，非衬了爆竹、小吃，否则，不会太吸引人。为讨水官欢喜，滚纸灯时愚还落过水沟，陷淤泥中，吓得父母半死，印象很深。春天于四季发生事情最频，人人都很活跃。四季言分至，分至春秋言分，夏冬言至言启闭，故闻青鸟敢竞桃李色。青鸟即仓庚，俗称黄鹂，鸣于立春，止于夏至。据说，古时游春，多著青衣，剪纸燕写对联称青书，或用青囊盛百谷、瓜果种，相互遣送，以祝产子，怕都与苍精有关。这些都失传了。

阅《周礼》即知，四时温差色异，叙之青阳、朱明、白藏、玄英。旧时百姓达官，顺应时节，著衣佩玉，都讲究调韵，谓之"五色"。如孟春，穿青衣，佩苍玉；夏日则朱衣赤玉；秋季则白衣白玉；冬天黑衣玄玉。这些习俗规矩，怕只有旧籍里游着的蠹鱼享受了。城春草木，五行东方为春，故"东"又训"动"，有言"东方"即"动方"，这很新鲜。

叙天上地下物动，即《礼记》所言："东风解冻，蛰虫始振，鱼上冰，獭祭鱼，鸿雁来……"但鸟雀既来细叮咛，那人也定会响应其间。难怪道家有"三元""三官"之说，即天地水矣，能为人赐福、赦罪、解厄，"或又以为始皆生人……天气主生，木为生候；地气主成，金为成候；水气主化，水为化候。用司于三界，而以三时首月候之，故曰三元。"（《陔余丛考》）春天，虫鸟诡谲怪生很多，祸福难料。即便民间旧时传说，就有鬼鸟。据《荆楚岁时记》言：正月间，夜多鬼鸟，家家得槌打木床、窗户，还得捺狗耳朵，熄灭灯烛，才能禳之。不知狗耳朵为啥与此有关系。

这不能不让我联想起古扬州域内福建一带畲族妇人的狗头帽，怕与盘瓠的传说有关，现在是看不到了。

我查了下，《玄中记》叙鬼鸟较详："此鸟名姑获，一名'天地女'，一名'隐飞鸟'，一名'夜行游女'。好取人女子养之。有小儿之家，即有血点其衣为志。故世人名为鬼鸟。"这颇似希腊神话的普洛格涅，也就是奥维德《变形记》和梵经中的"药叉"，或"夜叉"，蜀语称"母夜叉"，后来，随世俗化的中国，转义与"泼妇"同。西蜀唤"母老虎"，沪地称"雌老虎"，洋盘后称"白相人嫂嫂"。改革后，泼辣生财，又衍为"富婆"，去欧洲疯抢皮货、豪表、钻石、化妆品、胶囊药丸，美国之牛仔裤，澳洲的奶粉，东瀛之马桶盖与蒸饭煲……云云，岂不又成了后现代的"夜游女"。

这些寻常百姓事，本怪不得个人，工业文明，东风败，故言不足，遂取西学，食不足，匮有余，又如何让大家不迷恋"外国货"，文学之"洋泾浜"。媒介学叙之"机器新娘"。意大利皮鞋重塑了灰姑娘的美腿、臀部，但国王仍是旧的画中人，叫花子心高却又性无能。离物而言"自性"，释教所好，表面似乎超脱，既抚伤，便又走抽象的极端，效用由今日民风看，纯敛庙产，百姓遂也自慰，一并都不再神圣。故欧阳修云："佛氏怕死，故每以寂灭无生为说。老氏贪生，故每以返老还童为说。"吾民之灵魂鸟，隔代多化生偏执狂，此民族性，其实是给黑格尔一流看透的：模仿极为高明，却不求甚解，所以，才把望远镜悬挂作装饰，兵舰给诱到东瀛被窥个底朝天，满足发明火药的伟功，却执火铳招摇，义和团吆喝刀枪不入。既然，我们如是好玩具，西人遂发现，只需换物的外貌，这模型，我们就得一直玩下去。若置入历数文明衰败一方的视野，又如何不是端了古老的瓠食器，沾沾自喜，终被塑料盒替代的结局。生物进化为媒介塑造，也含退化的表现，很早就有人提醒，但我们执迷不悟。

主观想来，禽鸟化生的本事，鹰化鸠，鸾生庶鸟，望帝作子规，精卫填海，乙鸟产契……都是由各生命派生语境，孳乳孕育的象征。那姑获，也一定是中世纪不能生育孩子或被霍乱、兵燹夺走孩子妇人的缩影，刺怨深了，便恍兮惚兮掠了别家孩子来养。此情愫，春天最容易伤感，故《淮南子》叙："春女悲，秋士哀，知物化矣。"这样的变奏，我们所知甚少。春天推移神明，神明即阴阳，遂使万物化生。鸟亦如此，虽为阳禽，但，即便雌雄，拔羽毛作实验也不同，据《鸟兽考》言，鸟羽置水中，沉者雄，浮者雌。所以，天气一旦柔和，要怨东风，自有燕降鸿来，故《毛诗》："春日载阳，有鸣仓庚。"也无非是生命徒劳的悲歌！

亚里士多德说过：生命即灵魂渗透物质。但皮阿提（Donald Culross Peattie）以为，至少不是水母、牡蛎、牛蒡中的灵魂，也未必是奥古斯丁视之灵魂的道德特性，或即那一切活跃的微生物？记得，幼时本地顽童爱邀约说"逮虫虫"，应在那季节。孩子们即传说的"百虫将军"，见啥都逮个正着。那是古老礼教所不许的。即言逮，便看得见，能上手，如夏蝉春蜻蜓，蜈蚣呀，黑甲虫呀，牵牛子，瓢虫，蝈蝈一类。但，虫豸微物，怕比我们通常知道的春蚕、蜘蛛、螳螂、蚯蚓、蚊蚋、青蛙、蟋蟀……要多得多。故《酉阳杂俎》叙物异，言"广动植":"甲虫影伏,羽虫体伏。"阅陆凤藻的《小知录》,但凡旧称,几乎不知。即便叙蚕,却不知"魄蛾"即蚕,《尔雅》称"蟓",再熟,则名"珍",自成一体曰"独茧",二三并生叫"同功",黑色带麟角的,又称"冰蚕",不食桑叶类。春蚕比夏蝉命好,虽叫得欢,或在呼吁人类烦躁后别伤害它们,也未可知。因有的地方挖蝉蛹作补品,几乎绝种。人啥都能吃得精光,让人怀疑传说的饿鬼是否真有。饿鬼又称"薜荔鬼",或"焰口",火能消化物,焰为嘴,啥还不能吃,据说,能活五百岁,只有释迦弟子阿难遇到过。

又若,现在礼佛隆盛,民间据各自需要,新添混合了不少:有把圣母观音化的,衍生品即十字架捻珠合成;旧以陨石为天铁,后来,索性以地铁为天铁;汽车多了,遂生"方向盘神";爱收红包,遂造"红包娘娘";送子留洋,怕还得造"洋观音"……如是下去,神即自己。泛神拜佛若此,大家理当知印度的鹿野苑、尼泊尔的太子、犍陀罗的造像,但却未必知僭越的虮像。陆氏《小知录》有叙。此虫豸,大概是民主的化身,专吃壁头画的僭主、帝王、领袖像,吃的地盘敷啥颜色,就随身变啥色,成群结伙密贴上去,还不乱阵,晃眼看,还是壁头偶像。这是很奇特的一件事。

再说蝉,我们知夏蝉,却未必知寒蝉。寒蝉略小,称"蜩",一名"蜺"。蔡邕《月令》:"鸣则天凉,故谓之寒蝉。"大致在立秋时。后成为"整肃"间,雅人或右派胆怯的代名词。其实,寒蝉并非不鸣,而先鸣,以告秋冬将至。一旦不叫,则反意味着有人要遭流放。偌大动物园般的社稷,这么一叫,一提醒,便命很短。《酉阳杂俎》叙:"三十日死。"所以,寒蝉非不鸣,而是严寒到来前孤愤中的绝响。等茂林只剩了蜕下的空壳，虫界众生，偷食土蛹后，方又相互取暖，言"百足不死"。

看来，孔子是对的："丘之于道也，其犹醯鸡与？"醯鸡为何？其实，也就是天天叮咬我们极厉害的蠛蠓。《埤雅》："小虫，似蚋，乱飞者也。"譬若人，言生物之蹎动、难免互戕挤压。黄老言："众人熙熙，若享大牢，如登春台。"后民情恶化，鲁迅转喻为"血馒头"，如今化纸浆做馒头，血性更稀。《庄子》曾说"道在蝼蚁"，波德莱尔也叙过"蝼蚁之城"，都言以小观大。因蝼蚁犹如人类社会，并非一根筋似地奔向前去，文明与野蛮，时刻会交错，大家相信未来，也迷信丛林法则，成群结伙，擅斗争、算计，聚散无常，却又盲从精明利用民情的君王。所以，观察它们，犹如观亿万族群，朋党，甚至诗丐，何必非南柯一梦？这春天的活路，真可谓纷繁呀，虽古今有别，道理相通。唯旧时，立春始，百虫浩荡，都先言祭祀，帝籍，神媒，再说凡俗的享受，迎春于东郊、乡野。这些也纷纷湮灭或改造于革命，让人即便沐浴春风，也未能闻美妙的木铎声，民间采风也就是那时刻。

所谓帝籍，即天子会在孟春之月，亲自在划定的田里躬耕，使用耒耜一类。何以非用耒耜作样子呢？因耒耜是极古老的农具，据传，包羲氏殁后，为神农氏作，后来者再持圣人农用，便会思前朝生民之策，生民、养民，才能得天下。故孔子也承认：吾不如老农。耒耜虽早被机械取代，但知农用蕴含的传统精神，于培养现代人的天地之心，也并非无用。就像愚游日本，在奈良偶睹男女青年练习弋射，虽今日任何场合，即便战争，也用不着这原始的弓矢，但，身心的协调，力道之运用，意志的果断，包括器物整饰至精，勤而不匮，乃解决问题、避危险、超越目标的保障，这点，怕现代人都该领悟，尤其擅人格分裂，好狎兴，以俗为病，嗜口号言饰，不重实际改变的吾民。这不能不让人想到，麦克鲁汉（Marshall McLuhan）关于科技塑造人的著名观点（包括一切春之农用、媒介），实际，可视为西方觉悟教育可塑造人的延续：媒介的影响力，并不发生在观念的层次上，而在改变我们感官的使用分配比例或知觉的型模。此原理，庶几可谓西风压倒东风的诀窍。风的塑造能力，吾民彼此相恶是不知的。如眼下，大家便体验了网络、手机、微信、云数据的负面介入，表面看，似乎大大延伸了人之能力、扩大了沟通范围，而同时，它又更深地加剧了人之冷漠与分裂，以及社会组织新的部落化，服膺权势效应。先进器具，模型之塑造，助落后民族之黑暗，这是发明者未曾预料的。

所以，再回头观天下一切器物，遂叹，自神农教耕，诸子百家起，雅人墨士，鸿儒也罢，莫不看好农政，叙水利、农器，或即"耒耜"、"欹器"的神话后效，一夫不耕，天下受其饥，即便周公也强调过"君子所其无逸，先知稼穑之艰难"，——概因稼穑、民食，攸关一国生死进步，即便古老淘汰不再使用的櫌、耙、艾、镰、轮毂、犁铧，也无不表现着人类求诸便利所蕴含的精神，故《释名》：犁，利也。利则发土，绝草根也。耒，即舌；耜，齿也，如齿断物。冶金为之，称"犁镵"。人的偶耕和牛耕虽早为机械顶替，器有古今之变，但，人与粮食和土地的关系，却本质未变，就像哲人所言：词语在现实中永远扣留着物。否则，大家就不至于困扰转基因一类问题了。所以，海德格尔建议，观社会特征，主要观其物性和人的操持，操持即必含历史的认知，如是，我们便也不难理解王士祯说的：

  昔神农作耒耜，以教天下，后世因之。佃作之具虽多，皆以耒耜为始。然耕种有水陆之分，而器用无古今之间。所以较彼之殊效，参新旧以兼行，使粒食之民，生生永赖焉。

  再听歌德所言："我痛恨一切只是教训我却不能丰富或直接加快我行动的事物。"这句话，竟打动尼采，促成他关于历史价值的思考。固然，一切工具都是暂时性的，关键在我们用了各种工具，要使这社会发生什么？就像令吾民迄今困惑又难息"耻辱"的"甲午之战"，大家都是东亚人操持西洋兵舰、火器，一边兵败如山倒，一边，则如小泉八云说的："从未损失过一条船，打过一次败仗的日本，曾将中国的势力摧毁过，造成了一个新朝鲜，将伊自己的领土扩大了，使东方的政治方面，全部变了颜色。"——注意，这"颜色"迄今挂在民族主义脸上是变化的。这局面，怕不惟政治所致，而多由文化发生。"发生"这个词，碰巧也涉及春的名和内涵，《尔雅》便记："春为青阳，一曰发生。"概因立春，万物始荣。

  这物自然也含了耒耜，其名实、形制，徐光启《农政全书》，陆龟蒙的《耒耜经》，聂崇义的《三礼图》，魏一川《六经农用集传》，程瑶田《通艺录》都叙之甚详。斫木为耜，揉木为耒。斫，即"削"，削木使其尖锐；揉，揉木使其弯曲，或还要借助火，使竹木弯曲。在金属工具替代之前，耒耜的制作，颇为讲究，尺度要合卦象，取材得取山南山北的阳木和阴木，称之"季材"，否则不能坚韧。农耕时代的权力象征，多为礼器、农器、剑钺圭璋，取法天地之象，亦如罗马"法西斯"权杖的斧头束柴。礼仪制度下的农业过了时，科学遂兴，农器也就一并作了古物，若人惟求旧，孟春的天子耕作，会弱化为领导植树，戏谑模仿，供养上帝却不知。

再说"神媒"，即仲春玄鸟（燕子）飞临时，人们会以太牢祠于一位名"高媒"的神祇。至于所祀青帝、风师，治春日的青帝是谁，无神论概莫知。孔子答郯子问，称苍精即太皞，而神，则名勾芒，木官，风伯即箕星，后称飞廉。如今，这一概莫有，虽不再禁迷信，大家也只是胡乱叩头烧香，旧称"淫祀"，没啥效果，肥了装神弄鬼一族，反惹祸端的也有。然后，便数十万人倾巢践春，绿荫下搓麻将，杀鸡烹鱼，废气接踵，吃喝拉撒，暴殄沉湎，四方枝断草蔫，垃圾遍野，万头攒动，春色也黯然。

这些都因为环境、习俗遽变，另一时代，也必侧目而变，知识、理念遂成鹊巢之鸠。如所传"凡分至启闭，必书'云物'为备"，便不知究竟。人但凡做过坏事，宦吏不光明，苛政蠹虫，旧俗在立春时，制诰三公，据说可免狱，还很灵……但，并不主张轻易为之，说明风险极大。如今，却闻有人，感觉风向变了，大难临头，三公莫有，即便写啥文书，怕也识不得几个字，有汉水外来官吏，因不识"沔阳"，每念即错，恼怒遂令改"仙桃"。呜呼哀哉！倘若危殆命运，没文化的，也多黔驴技穷，使唤巫祝一类，若契桃木，插裤兜，怕不行。风水师打妄妄，出馊主意，却未必真知春天，或那桃的厉害。

首先，天地给予人类空间、环境，人流通其间而相敠。所谓"敠"，即《说文》"相襍（杂）错"。本谊铸造用词，若铜剑、钱币，铜锡合金，或铅铁合范，都讲配给、比例，不能为所欲为。若《考工记》所叙"功金之工",刀剑斧斤钟鼎之属,遂孳乳"六齐"之说。齐,读若"剂",药剂的"剂",即各器金属原料配给不同,然后以成形,完备谓"齐"。原料的混合,得益于民族工艺的经验和意识,遂孳乳"殽",从"殳",含操持、役使意,合于五行,自然法则,又得益于人,非简单"混淆",便不可讹为"淆"。借用于哲学、社会学,即段注:"贤不肖混殽,经典借为肴字,《礼记》借为效字。"故董氏《春秋繁露》言:"故人气调和,而天地之化美,殽于恶而味败。"

这里说得极清楚,美为恶所败,与春不容。虽然,恶,可据现世情况具体而论,但,蕴含的道理说说还是可以的。所谓立春,乃因春木气始,气正,方可立。想想,春固然美,美在天之鹑火、素云,地之农祥,蚕桑,云飞白鹤,气渐东陆……皆盛德,合而治春,称之"嘉时"、"韶景"。既言嘉,言光明,如何能容黑暗败兴的脏物。恶人干了坏事,却想保利益,又免惩罚,一厢情愿,不是愚蠢还是啥?那样的势力,其多半不知,春的发生,春之际,即以青道(东陆矣)祛魅的时辰,按《易》所言,即"退贪残,进柔良,恤幼孤,赈不足,求隐士,则万物应节而生,随气而长",此即所谓春令。若性本贪残,又如何置身春色裹其贪残。这不大可能。很早,中国人据自然节气,便结出政治的理念,即《大戴礼记》的"孟春论吏之德行",考良莠,依刑法惩劝。旧时为农业,后世为工业,为电子时代的控制与离合。但,花到时该香的还是香的,有童心该喧哗的仍然喧哗,树木逢春,该集鸟时,还得集鸟,而阴湿的毒豸、蜈蚣、蝼蚁、苍蝇,怕要遁入粪便,粪便则绝非青玉!

能逢春的树,必得木神青睐,是不会给恶人脸色的。其中,那夭夭桃树，初九始结花蕾，开繁以后，更衬得大家面目，亦如桃花，光明灼灼，即所谓"桃花贵人面"。当然，吾民的脸蛋，一给弄得舒服妥帖，芳香扑鼻，有时也容易生出错觉，以为人人皆可买通神仙郭由，骑了桃木变的羊，上山成仙，成陋习的俘虏。岂不知，桃为五木之精，本就出自阎府，降居人世，为制服百鬼，驱散邪气。但，大致是为良民厌邪恶，捉小鬼来的，非为邪恶厌伏邪恶，为此鬼捉彼鬼。这样的常识，竟不解，岂非咄咄怪事？即便汉代的王莽，善恶无论，因惧高祖，还知砍掉桃木，那传说擅射的羿，也是被桃杖打屁股给打死的，二桃可杀三士，桃梗土偶能阻孟尝君……这些故事都说明，桃木绝不可能不辨善恶，便一律助纣为虐？桃木可厌邪气，白头宜种桃，但，于公民社会，常识、道德彰著，邪气、蛮横之人，不可能凭了桃梗便排在明火执仗的恶势力之外，想象作"老大哥"，既欺瞒羸弱百姓，卖官鬻爵，还能拥夸父的大片桃林，渊明的花园，享红尘的清净、香粥、延寿，那都是春之云数据——倘若有的话，所不许的。即便桃木契成棍子、神荼、郁垒，插在偏执狂贪婪的裤裆里，怕也是要咬蛋蛋的，不会象征什么。

　　眼里没了这些俗物，再观春天树木结实，才能感触真自然："园有桃，其实之殽；园有棘，其实之食。"这是旧时借春木，叙作国君，便该有一国为养，园外的莫太理会，否则，便很难扯到俭啬。要一国人民岁终岁首，欣喜若狂，非宽怀赡养平等不可，多给生计百业，莫反当提款机。民俗节令，培养人民活泼的精神，寓教于乐，自生魅力，怕比空筑秩序更佳。总之，春天，该养民。虽旧邦能新民者，谓养民。人民轻盈，犹如燕子，变春祭为娱乐。土牛，社腊，神仙莫有。沐兰汤喝枭羹，既奢侈过时，也非生态，斗鸡残忍又低俗，大人玩秋千蹴鞠太萌，民间大致也就杜绝，遂剩元日、庙会、寒食，待等天涯游子和各处的桃花流水。郊游称"燕游"，君子所居称"燕居"，野餐吃东西称"燕饮"。和煦的春风，荡尽了那些旮旯里的隐晦之物，倘若是开明的民族性格，便该风物眼量，大家都有乐子可寻。

见陈元靓《岁时广记》所列养眼的春色，孟、仲、季，共数十种，愚觉得有趣的是：花信风，榆荚雨，杏花雨，凌解水，桃花水，梦春草，移春槛，随蝶幸，斗奇花，装狮子，赐柳圈，看菖叶，栽杂木，鬻蚕器……淡然有致，都很怡人，只是渐湮不再。

作者撮合材料，忒添有"游蜀江"一景，遗憾的是，今日，河渠之政，随工业早衰没了。太史公作《史记》，有河渠书，称"河"谓"河道"，"渠"谓"水利"，班固改称"沟洫"。那么短时间，山川与人的尺度，已生变化，何况后来，人口暴增，伐森林如草芥，河流干涸改道，土地日蹙。大禹时代治水，称"敷土"、"刊木"，今日取石燹炼矿，榨石灰、水泥，衍生化工，谓之"炸山"、"平地"、"开发"、"拆迁"，讹改变地质结构为"愚公精神"。古称建房曰"版筑"，今日谓"钢筋混凝浇灌"，农用语转工业行话，遂大地层层剔尽，河流越显纤弱。我们 50 年代出生的，整肃之际，还偶闻杜撰的"水泥罪"一类。如今，水泥越来越大面积地凝固城乡，填塞河流、沟渠、湿地，筑超级体量的大坝、楼盘，酷热难熬，年复一年，不察原委。

愚所居成都，稽考名称，颇有些讲究。旧言"一年成市，三年成都"，言建构规模，故此"成都"不能对等古制。就"成"字而言，实际源于匠人沟洫之法，东源先生叙过："一夫百亩，夫三为屋，屋三为井，井十为通,沟在井间,通十为成,洫在成间。"所以,言羲皇肇始,必叙"碗丘"、"成纪"。过去,学官多乱猜瞎懵,颇多附会。愚据古器舆图,方才明白,愚所居,正是夏侯氏九丘之首,殷人的亳京,汉时官驿,唐宋的避难所,府壤华阳,沃野浩莽,拥黑水、江、汉为华夏古瀶,为大堋,为国邑,成贡中国最丰,迄今却茫昧不为人知,难怪国权难熬,耗了多少民财,竟不知宗祖所在。

而愚不才,能由白丁守西蜀获知一二,定是某种天命,让自己打内心从未疏离为异乡人,都与土地隐秘的诱惑相关,才慢慢觉悟为漫游者。幼时的幻景,现在回顾起来,如此清晰,是可以替代现代化枯燥的。那时满城古墙、苍松、芙蓉、青石、野寺,混合传说的海眼,龟迹,老子骑出关的青羊,鲁班疏忽滴墨飞升的柱龙……挚乳愚不少想象。郫、流二江环绕,犹如观音的净水瓶泄出,七桥,十八门,少城,大城,出得半街一街,即见溪流波光,浣纱制笺,雅人俗人,南蛮北狄,东夷西羌,乡党外戚,经秦汉混合后,犹如夷夏,便再难分辨。民众素好享乐,公私不分,逍遥自在,既听弦歌,也观俎豆,所以,文翁石室与宝瓶镇水的石犀,连带那巷间饮茶的竹椅石墩,在林荫薑光下,同样可以含雪吐春。城隍庙、江渎祠、文殊院的香火旺,与蜀儒的敏而好学,均非猝然近古,实在是风土、春野的缘分,才特别尚清谈、幻想,深邃起来,如钻牛角,却并不孤陋。否则,如何有扬雄的《太玄》《方言》,即便秦始皇,也知如何巧取蜀荆之材,统一中国。

所以,陈元靓的春日景观,在愚眼里,实在还该添几处,阅傅振商《蜀藻幽胜录》,就成都行政区域和附近残剩可感的如下:南桥品茶观古堰,武侯祠览《出师表》与古柏,乐山(嘉州)观佛,往江津赏古寺壁画，彭州宋塔，耶教旧址上书院……其它，怕只有通过碑铭浮屠琐记或蜀刻领略了。成都自古本书院学宫为最，汉石室为廉吏文翁设，如今，石经残剩一二，凡人看不到，党庠换了时代和内容，最见衰败，还不如少陵草堂诗教温文尔雅。游草堂，宋人任正一《游浣花记》有记夏游，明人杜朝绅《存梅记》叙观梅，高适说"人日"，春光迤逦，唱和颇多。旧时"赏心乐事"，各地大同小异，月令不同，正月计有十事，秩列如下：岁节家宴，立春日春盘，人日煎饼会，玉照堂赏梅，天街观灯，诸馆赏灯，丛奎阁山茶，湖山寻梅，揽月桥看新柳，安贤堂拂雪。

这些概属吴地景致，其名胜至少还该添一处，即旧时吴王阖闾所兴九曲路往游姑胥台，在台上的春宵宫豪饮。但是，倘若那春宵宫，如黄鹤楼、雷峰塔改作水泥去登临，怕也只能得"半春"。其实都明白，花钱造古雅，虽说仿新如旧，那古雅的内蕴，若隐若现，却是造不出的，不光事关审美，也涉材料。愚这些年见了多少"人造景观"，最后揩油都是死的，只留下百姓节令的宴乐、餐饮，吃一直很热闹。这方面，鄙土超过他乡。百姓相互最爱戏称"好吃嘴"。宋人费著的《成都游宴记》所述甚详："成都游赏之盛，甲于西蜀，盖地大物繁而俗好娱乐。凡太守岁时宴集，骑从杂沓，车服鲜华，倡优鼓吹出入，拥导四方，奇技幻怪，百变序进于前，以从民乐……"

不过春天民乐，倘若只剩大家拼命地去吃东西，从早宴吃到晚宴，怕也未必健康。旧时游春，多强调"观"字，但，今天我们怕体会不到了，故读"人骑瘦马来"，定睛看，则多快餐胖子。天天强饮沽来酒，讥诗人必酒，自然起哄作的也是"跟斗诗"，跟斗即翻筋斗。辜负了景物，再多病也寻不到。

但凡我们不在那春发生的土地上，如何能知春之究竟？见了那款款而飞的燕子，虽有泥窝，但，土壤日蹙，瓦椽鸾窗，灰飞烟灭，只能无所适从，那不正是贤者忧惧无所告的样子吗？雷公、风神、木神、伏羲、女娲、蚕丛、鱼凫、烛龙、神农雨师、蚩尤五兵、洪水时代葫芦的传说，大致知道，但，春神如何，却很含糊。没见谁谁谁说，那就是春神，犹如波提切尼《维纳斯的诞生》那般确切。春神当然不是维纳斯，但，"维纳斯雕像"却很古老。

愚注意到，西人治东方艺术史，以为此种雕像未曾入远东，但由西北佑人得玉质维纳斯雕像后，便知非是。古物上的各种奇谈、谬误，多与今日脱了实际的学官相仿，宁可在学府舒舒服服地唠叨"禹迹茫茫"、"传拟时代"、"榷而为论"、"其文不雅训"云云，而对长江流域新出玉板、图册、坟典、龟甲一无所知，当然就无从了解江之所藏，西戎所是。犹如农人失了田畴农器，不再敷土的大禹，怕也只得去做倒卖"顶子"（出租车）的小市侩。

殊不知，即便太史公撰史，也得先沾地气，洞悉"阴阳四时，八位，十二度，二十四节……四时之大顺，不可失也"，方可著"历书"、"天官"，即便巴蜀，他也是"南略邛、笮"，游历稽考过，历史轶事、民间传说、谀闻、神话，无不采纳，遂倡"儒者以六艺为法"。

那尚书，更是大地之书，"九州之志，谓之九丘"，地矣。王应麟《诗地理考》："班、孟坚志地理，叙变风十三国而不及二南。"风，即"风土之音"，通于山川疆域，其实，也不过是孟春民间采诗之作，都可归于地矣。采诗民风，止于民国。偶得张镜秋所著《樊民唱词集》

（1942年），念里边三字经似的《伊腊词歌》，仍觉清芬宜人。稍早时，还未被慈禧太后的西洋钟闹着的观堂先生，将诗词、话本、史籀、新学，几乎一切文艺，包括其寻访的卷轴、鼎彝、封泥、石经、地券，曾作药引子的"龙骨"，雪堂的拓本，敦煌抄卷，窸斋考据，一概名之"古雅"。

诗人咏春，固然也在古雅内，但不能落套。就地近而言，关于鄘乡咏春的旧体诗，读过些，仍觉得没超过杜工部的。少陵近识峨眉老，远观成都碧鸡坊，客蜀作诗，佳作多生花重锦官城。就四季分类而言，窃以为，叙春天的琢磨最细："好雨知时节，当春乃发生。随风潜入夜，润物细无声"；"舍南舍北皆春水，但见群鸥日日来，花径不曾缘客扫，蓬门今始为君开"；"野日荒荒白，春流泯泯清"；"二月六夜春水生，门前小滩浑欲平。鸬鹚鸂鶒莫漫喜，吾与汝曹俱眼明"。

而使愚眼明心里偏爱的，还是他春日在草堂水槛边所咏："为人性僻耽佳句，语不惊人死不休。老去诗篇浑漫与，春来花鸟莫深愁"；"细雨鱼儿出，微风燕子斜。城中十万户，此地两三家"……

那草堂水槛，愚少年游时便觉出有些眼迷离，舒服得很。那时尚未作诗，感受还完全说不上，也不解卜居、诗圣、遣兴，只依稀觉得新松林昏、雀啄黄柳花、廊桥蜻蜓款款飞、乡间春畦乱水……都很养眼。后来的远行、归乡、聚会、青春期空谈恋爱，也引为据点。入大学，随曹慕樊先生念过杜诗，才又领悟《秋兴》之妙，"沉郁"之说，后来重游，方知工部恨新松不高的心境，也渐明白，诗人活命惨淡经营时，世人、即便自己，也都平凡如乡绅，不以为"神圣"，绝没得"石角钩衣破"来得具体，更不消说，诗翁去邛崃寻白瓷一路的内心快活。愚曾作白话诗《邛崃行》记此事，或曰"双重现实"，说"接地气"也未尝不可。诗人至耄耋之年方狂，乃因俗物过目太多，此即"风物眼量"，寻了最难的方式，亦如春水，盈濡而进，试那玄圃、古雅，不一定非伴狂养人。

这大概是"民俗"的根本，非革命反常化后，诗家所倡放纵、低俗一路，以白话反叛雅言，讹当众撒尿为"自由"，犹如帝王炫耀砍头，林业缘饰伐木，春禁伐木，杀幼虫，大家怕又有所不知。社会不贵知耻之士，思仁义不在富贵之先，其恶果，现在大家也满城兜着走，云下喘着，怨也罢，訾议也罢，似乎已晚，否则，杜甫也懒得写"风俗淳"了。民俗固然欲望丛生，《释名》："俗，欲也，俗人所欲。"但，都有自然的调节、约束，否则，我们何须缅怀那古老的自然神，正缘其造化，我们才有了山水禁忌，男女残剩的一丁点风流，方桌上来，虽不再焚香展玩古雅，却还识得旧漆，能辨事物，也就依稀能解人道，或还有《孝经》所言"移风易俗"的挽救。即便作诗，在愚看来，怕也与民俗的改造同理，否则如何新？

春天来了，折花林影动，都有细物念古木，在民间徘徊，即所谓"花时不称贫"，连花也以物显，善恶失计更是伤春，强辞不亦悲乎！

略举一例，那旧时的显宦豪绅董文敏，大家是知的，书画名震天下，无敌手，有现代画家作水墨"董其昌计划"，想必慕其名，却未必知，此公也作恶霸，鱼肉乡里，凌侮士夫。施存蛰《北山谈艺录》有记，叙"有《民抄董宦事实》一书，叙其事甚详，当时乡评，殊劣劣也。"这事一想来，明代尚可，其实，也未必，其卒召毁家之祸即可知，更不消说，于今日倘若正常的公民社会，更行不通，此世道不同。故观其尺幅尚可,恶不能学。今日社会,遽变十分厉害,书写与作画殊异,不是山水范式能解决的,语言格物,正如海德格尔说的,必取得一经验。经验淤污,权力兴废,飞黄或穷达,断可知。要想高明,应知"天命之谓性,率性之谓道",否者何必作诗。

所以,今人多慕诗圣,摘其言,却未必知杜诗多效汉乐府,循其自然,涉现实幽思,也非强辞、危苦,而是得地之宜,万物非春不长,固能达难达之情,出乎自然,就这点,作诗与农事,莫有两样。《周礼》言:"凡治野,以土宜教甿稼穑,而后以时器劝甿。"甿者,即桑田农事。作诗,也必然有器观照。旧时叙室庐,窗外多植佳木,堂内则陈金石图书,凡依门扉遐思,便隐约有湘妃的影子,那是竹的功劳。今天的筒子楼享受不到。

但这不妨大家偶尔念旧,套了农事来劝诗,缅怀我们的文明,换眼光再观自家现实。愚总以为,语境笔札,尤涉时令,为生动、变化,自然还是当季择了舆地写得好。我阅过的《枕草子》、皮阿提的《四季随笔》、亚里士多德的《动物志》、刘向开篇即叙舜耕的《新序》、德龄记嫔妃哄慈禧的玉兰、张岱的西湖谭、芥川龙之介的《小白》、寒山所吟春女南陌、鲁迅叙《从百草园到三味书屋》……意境非凡,时代、环境、长短、规矩、琐碎勿论,莫不应和了当时当地的风俗。胡思乱想,春的没落,或春的高远,阳晖烁四野,其色苍苍,即便不分乾坤、古今,幻想埃及帝王与庶人同闻的蝉鸣,换作春寒料峭的沼泽,或鄙乡峨眉的蛙鼓,避了兵戈戾气,内心比赋,一定会起微澜的。至于是否雅道,叙了牛鬼蛇神,不可结识,便俱落二等,这就有点无可奈何了,一概视为"春水漫",也未尝不可。

祝勇

散文作家。主要作品有:《旧宫殿》《血朝廷》《故宫的风花雪月》《故宫的隐秘角落》《祝勇作品系列》(十二卷)等。主创大型纪录片《辛亥》《历史的拐点》《苏东坡》等。

雨水

祝勇

2月18—20日

这乐器,与季节、气象相合,风声雨声、帘卷树声,落在建筑上,都成了音乐,而且,从不凝固。

宋·马远·梅石溪凫图

一

2017年2月18日,农历正月二十二,是节气中的"雨水"。那一天,北京城真的下了一场中雨,让我惊异于节气与气象的精确吻合。我以为在早春二月(阳历的二月),北方不会下雨,但雨在我以为不会下的时候下了,而且下得很果断,很理直气壮,这让我深感诧异,心想这节气的变幻里,也深藏着奇迹。

雨落时,我刚好走到了弘义阁(太和殿西庑正中之阁),站立在廊檐下,看雨点实实在在地敲打在冰冷的台基上,又通过台基四周和螭首,变成无数条弧度相等的水线,带着森然的回响,涌进台基下的排水渠。那是一次阵容庞大的合唱,演员是宫殿里的一千多只螭首,平时它们守在台基边缘的望柱下,一言不发,一到雨时,就都活跃起来,众声喧哗,让人相信,龙(螭是传说中一种没有角的龙)这一物种,真的遇水而活。

据说光绪皇帝就喜欢欣赏龙头喷水。下雨时,他常冒雨走到御花园东北角的一个亭子里①,"下面池子里有个石龙头,高悬着,后宫的雨水从这个龙头喷泻出来,落在深池子里,像瀑布似的,轰轰作响,长时不断,流入御河。"② 这话,是曾跟随慈禧太后八年的宫女荣子说的。

有人说,建筑是凝固的音乐。紫禁城,就是一个发声体、一个巨大的乐器。在不同的季节,紫禁城不仅色调不同,而且,声音也不同。

---

① 应该是紫禁城御花园东北角的浮碧亭,亭前有一水池,池壁雕有石螭首出水口。
② 金易、沈义羚:《宫女谈往录》,下册,第324页,北京:紫禁城出版社,2004年版。

这乐器，与季节、气象相合，风声雨声、帘卷树声，落在建筑上，都成了音乐，而且，从不凝固。因此，营建紫禁城的人，是建筑师，也是音乐家。

二

一座好的建筑，不仅要容纳四时的风景，还要容纳四时的声音。紫禁城的节气是有声音的，熟悉宫殿的人，可以从声音（而不是从色彩）里辨认季节，犹如一个农夫，可以从田野自然的变化里，准确地数出他心里的日历。

很多人都知道紫禁城的宜雪，大雪之日，宫殿上所有的坡顶，都会盖上松软的白雪，把金碧辉煌的皇城，变成"一片孤城万仞山"——那飞扬高耸的大屋顶，已经修涂改成雪山的形状，起伏错落、重峦叠嶂。"雨水"前后，紫禁城不期而遇的，经常是一场雪，如台北故宫藏《关山春雪图》。北宋郭熙笔下的春天，是由一场大雪构成的（他命名为"关山春雪"），说明那的确是北方早春正常的样子。

其实，紫禁城不只宜雪，也宜雨。它的设计里，早已纳入了雨的元素。宏伟的大屋顶，在雨季里，成了最适合雨水滑落的抛物线，雨水可以最快的速度坠落到殿前的台基上，经螭首喷出，带着曲线的造型进入排水道，注入内金水河。贯穿紫禁城的金水河北高南低，相差1.22米，具有自流排泄能力，收纳了建筑中流下的水，注入护城河（又称筒子河）。哪怕最强劲的暴雨来袭，护城河的水位也只上涨一米左右。三大殿不止一次被大火焚毁，但紫禁城从来不曾被水淹过。大雨自天而泻，而宫殿坦然接受。

雨水那一天，我见证了紫禁城的雨。或许紫禁城的空间太过浩大，所以下雨的时候，雨点是以慢动作降落的，似从天而降的伞兵。在紫禁城宏大的背景下，雨点迟迟难以抵达它的终点。但雨点是以军团为单位降落的，在紫禁城巨大的空间衬托下，更显出声势浩大。不似罗青（台湾诗人、画家）笔下的伦敦阵雨，雨粒大而稀疏，身手好的话，可以如侠客般，从中闪避而穿过。

雨点重叠，让我看不清雨幕的纵深，咋看那只是一片白色的雾，仔细看我才发现，在雨雾后面的，不只是宫殿的轮廓，还潜伏着一个动物王国——紫禁城更像是一个神兽出没之地，在雨雾后面浮现的身影，有飞龙、雄狮、麒麟、天马、獬豸、神龟、仙鹤……

三

清朝的雨水，和现在相同吗？对潇潇暮雨洒江天，我心中升起这样的困惑。在公元 2017 年雨水这一天，我看不见三百年前的雨水。那时的雨，或许记在《清实录》里，然后，被密集的文字压住，犹如密集的雨，让我什么都看不见——它们定然是存在的，但与不存在没有什么两样。只有我眼前的雨水是具体的，它填满了太和殿广场三万平方米的浩大空间，也飞溅在我的脸上，细碎冰凉。

我想，这宫殿里的皇帝，应该与我一样，也是雨水爱好者。面对春日里的第一场雨，他的内心也应该充满喜悦，就像站在田垄地头的农民一样。皇帝也有自己的田，朝廷就是他的田，他要耕好自己的田。

华丽的宫殿,就是一个巨大的田字格——紫禁城就是由无数个四四方方的院子组成的一块田。

有些皇帝,本身就当过农民,所以一生农民习气不改——或者说,是保持着劳动人民的本色。比如朱元璋,多次在诏书里申明,"朕本农夫,深知民间疾苦","朕本农夫,深知稼穑艰难",甚至在皇宫里开辟了一块农田,让内侍耕种,还指着他的田地对太子们说:"此非不可起亭馆台榭为游观之所,今但令内使种蔬,诚不忍伤民之财,劳民之力耳。"他告诫子孙:

> 夫农勤四体,务五谷身不离畎亩,手不释耒耜,终岁勤动,不得休息。其所居不过茅茨草榻,所服不过练裳布衣,所饮食不过菜羹粝饭,而国家经费,皆其所出,故令汝知之。凡一居处服用之间,必念农之劳,取之有制,用之有节,使之不至于饥寒,方尽为上之道。若复加之横敛,则民不胜其苦矣。故为民上者,不可不体下情。①

清代皇帝也种地,但只是象征性仪式,不在紫禁城,而是在先农坛。乾隆玩字画,特别标榜《五牛图》《诗经图》这些与农事有关的题材,以表明他当皇帝不忘本的立场。

---

① 《明太祖宝训》,卷二。

四

但皇帝终归是皇帝,农民终归是农民,至少,面对雨水,他们想的事情不完全一样。对农民伯伯来说,春雨如膏,膏泽土壤,嘉生而繁荣,这是他们对雨水的全部认识。而对皇帝来说,雨更是一种象征,因为只有雨可以证明皇帝是真龙天子,这一点比土壤墒情更加重要。

我写《故宫的隐秘角落》,写到康熙皇帝与封疆大吏吴三桂的那场较量。在战事胶着阶段,帝国的北方一直坚持着不下雨。这让康熙的面子很受伤,他写"罪己诏",对下雨的政治意义有深刻的阐述:

> 人事失于下,则天变应于上。……今时值盛夏,天气亢旸,雨泽维艰,炎暑特甚,禾苗垂槁,农事甚忧。朕用是夙夜靡宁,力图修省,躬亲斋戒,虔祷甘霖,务期精诚上达,感格天心……①

那时吴三桂已经衡州称帝,天老不下雨,怎么证明康熙是天命所归呢?两个黄鹂鸣翠柳,两个皇帝争天下,拼实力,拼心理,也拼天气,因为天气里,藏着天意。终于,康熙皇帝庄重地穿好礼服,面色凝重地走出昭仁殿,前往天坛祈雨。

于是发生了不可思议的一幕——就在康熙行礼时,突然下起了雨。②雨滴开始还是稀稀疏疏,后来变成绵密的雨线,再后来就干脆

---

① 《圣祖仁皇帝实录》,见《清实录》,第四册,第950页,北京:中华书局,1985年版。
② 《圣祖仁皇帝实录》,见《清实录》,第四册,第950页,北京:中华书局,1985年版。

变成一层雨幕,在地上荡起一阵白烟。地上很快汪了一层水,水面爆豆般地跳动着,我猜想那时浑身湿透的康熙定然会张开双臂,迎接这场及时雨,他一定会想,老天爷没有抛弃自己,或者说,自己的精诚所至,感动了上天,给了这个帝国新一轮的生机。对于战事沉重的帝国,没有比这更好的兆头了,康熙步行着走出西天门,那一刻,他一定是步伐轻快,胜券在握。

那一次祈雨,并不发生在"雨水"那一天,《清实录》准确记下了它的日期:六月丁亥。但那份焦虑,与渴盼一场春雨的农夫比起来,也有过之无不及吧。

五

在故宫博物院,至今收藏着许多雨服。清代雨服分为雨冠、雨衣和雨裳三个部分。雨冠戴在头上,雨衣穿在外面,雨裳穿在里面。

《红楼梦》里写北静王送给贾宝玉一件雨衣,那是一件蓑衣,质地之佳,让见识深广的林黛玉都在好奇:"是什么草编的?怪道穿上不象那刺猬似的。"① 但皇帝的雨衣,北静王自然是不能比的。根据《大清会典》的规定,清代皇帝雨衣分为六种制度,皇子以下及百官凡有顶戴者分为两种制度。一件雨衣,仍然轻易地划出了身份的高低。王朝在举行活动时,皇帝、百官根据地位品级,穿上不同制度的雨衣,无论朝会、祭祀、巡幸、大狩、出征等国之大事,风雨无阻。

---

① [清]曹雪芹著、无名氏续:《红楼梦》,下册,第609页,北京:人民文学出版社。

故宫博物院里收藏的清代宫廷雨衣中，有一件朱红色的雨衣，形制如服袍而袖端平，并加有立领，开对襟。这件雨衣用羽毛捻成的细纱线织成羽纱做成的，羽纱上压着花纹，既美观，又透气、防雨，哪怕是细雨，也不会轻易渗入。

　　三百多年前，它曾穿在康熙的身上。我没有查出康熙在什么时候、什么情境下穿过这件雨衣，但康熙曾穿过它，是确信无疑的。我想象着在某一个细雨如雾的清晨，他穿着这件雨衣前去参加皇帝的御门听政。雨衣包裹着他，雨包裹着雨衣。朱红色的雨衣在风中鼓起，像一座移动的红色灯笼，在雨幕中愈显神秘。

　　斗败吴三桂那一年，康熙二十八岁，他和他的王朝，正值青春好年华。他穿着这件雨衣，在王朝春天的雨里出没，转眼就没了踪影。我眼前只剩下雨，仿佛从三百年前，一直下到今天。

　　紫禁城里，不再有皇帝。

　　城外，农民正摊开手掌，迎接一场春雨。

陆春祥

散文作家。出版散文随笔集《新世说》《病了的字母》《新子不语》《字字锦》《乐腔》《笔记中的动物》《响箭》等十余种。

惊蛰

陆春祥

3月5—7日

虫惊起,更多的却是植物的苏醒,禾苗们以轻盈的姿势扎根田间,当春风掠过,春雨飘过,农人们勤劳的双手抚过,它们蓄势待长。

北宋·赵佶·桃鸠图

一

严格意义上说,"立春"只是春来了的一个表象名词,仲春真正开始,要"雨水"过后的惊蛰。惊蛰,大自然新生的节气,万物生长,轰隆轰隆声中,天要裂开的样子,春雷来了,中国大部分地区春耕正式开始。

《夏小正》曰:万物出乎震,震为雷,故曰惊蛰。是蛰虫惊而出走矣。

动物入冬,伏藏土中,不吃不喝,那就是"蛰"。

什么东西才能启蛰呢?雷。

雷是什么东西,能惊醒万物?

《山海经·海内东经第十三》中说,有一只怪物叫"雷神":雷泽中有雷神,龙身而人头,鼓其腹。在吴西。

龙一样的身体,人一样的脑袋,只要敲击自己的肚皮,便会发出雷声。这是人们对"雷"的原初描写。

从环境看,这只雷,生活在吴地西边的雷泽中,那么,雷应该是水神。雷的确就是水神,不是水神的话,怎么会带来大雨呢?只是,大雨前,它会弄出不小的动静来,这是在告诫人们,是我给你们带来丰沛的雨水,你们要感谢我,你们要敬我,不要惹我。

但,雷在黄帝面前,却是只小动物。黄帝将它捉来后,用夔的皮蒙鼓,用雷的骨头做槌子。鼓做成了,黄帝一擂,发出的声音可传到五百里外,天下都被震慑。

黄帝和雷是有缘分的。他娶的正妻就叫雷祖,这个就不岔开去了。

人类进入文明社会后，对"雷"仍然充满想象。

唐朝李肇的《唐国史补》，卷下，有如此记载："或曰：雷州春夏多雷，无日无之。雷公秋冬则伏地中，人取而食之，其状类彘。又云，与黄鱼同食者，人皆震死。"

这个想象相当有趣。雷州，春夏季节，每天都要打雷的，所以叫雷州啊。这雷呢，秋冬没有，去哪里了？哈哈，躲在地里面呢。人们还从地里面，挖到了雷，形状有点像猪，味道相当不错。但是，特别告诫人们，鱼肉和猪肉不能同食，要遭雷劈。至于为什么不能同食，没有人说得清。

说雷像猪，不仅仅是李肇一个人这样写。宋朝李昉等的《太平广记》就引用两位唐朝作家写的雷：状类熊猪，毛角，肉翼青色（《传奇》）；身二丈余，黑色，面如猪首，角五六尺，肉翅丈余，豹尾。又有半服绛裩，豹皮缠腰，手足两爪皆金色。执赤蛇，足踏之，瞪目欲食。其声如雷（《录异记》）。

不过，在《录异记》里出现的雷，样子还是挺帅气的：有角，有翅膀，有强有力的尾巴，穿着深红色的裤子，腰里系着豹皮带，手脚都是金色，样子有点像孙猴子呢，只不过雷手上挥舞着的红色蛇有点吓人，不如金箍棒亲切。

这样的雷，除了声音响亮以外，战斗力也是很强的。

《太平广记》引《广异记》中就记载了一场雷和鲸的战斗。

唐朝开元末年（约公元741年），雷州外的水面上空，有一只雷，在天空中翻上翻下，它对着巨大的鲸鱼，或向海面发射火力，或用力发声震击，战斗一直持续了七天，海边上观看的人群，每天都人山人海，也不知道谁获得了最后的胜利，只见远处海水红红的一片。

从战斗场面分析，雷和鲸鱼，是一场势均力敌的恶斗，谁也战胜不了谁。雷的优势在天上，虽然它也是水神，但面对海上霸王的鲸鱼，它无能为力，有劲使不上。而鲸鱼却自在得很，你射火，我潜入；你声震，我潜入，你奈何不得我，气死你！

我这么不厌其烦地说雷，是因为，对惊蛰这个节气来说，雷是关键引爆点，雷就是寒冬过后起床的军号，没有雷，万物们似乎都还懒睡着，暖洋洋，懒洋洋，如果不打卡，谁愿意早起上班呀！

二

万物苏醒，大地一片繁忙。

诗人们也忙碌起来了。

二月的一天，雨后，唐朝诗人韦应物，走在家乡的田园间，看到许多农人在忙，牛在忙，春草萌长，细花吐蕊，心有所触，写下了《观田家》，开头四句是：

> 微雨众卉新，一雷惊蛰始。
> 田家几日闲，耕种从此起。

这种景象，在我的少年记忆里，也仿佛如昨日一般。

我知道，惊蛰以后，布谷鸟，就要开始表演了。

前段时间，我在临安神龙川夜宿，清早进山，听到布谷鸟绕山飞鸣，

"清明酒醉",我小时候一直这样理解。但读到清朝作家陆以湉的笔记《冷庐杂识》,却大开眼界,他这样说布谷鸟的表达:江南一带多听成"家家看火",又像"割麦插禾",江北则曰"淮上好过",山左人名之曰"短募把锄",常山道中又称之曰"沙糖麦裹"。陆作家研究了一番,再引《本草·释名》,那里面叫"阿公阿婆"、"脱却布袴",又引陈造《布谷吟》序,谓"人以布谷催耕,其声曰'脱了泼袴',淮农传其言云'郭嫂打婆',浙人解云'一百八个'者,以意测之"云云。然后,陆作家就说了他家乡(桐乡)这样听布谷鸟:吾乡蚕事方兴,闻此鸟之声,以为"扎山看火",等到蚕事完毕,则以为"家家好过"。

相较许多能干的农村孩子,我其实并不擅长干田间活,能干的也就是砍柴割草之类的粗活。

但惊蛰留给我的,是浸入骨髓的蛇咬记忆。

一日放学后,我去砍柴。一般来说,每天放学后,回家砍一捆五六十斤重的柴,是我少年时的强项。

我们白水小村,有两个山坞,大坞和小坞。这一天,我去小坞里的刀鞘湾砍柴。在半山腰,发现了一丛青柴,面积好几平方,很密集茂盛的那种,这一丛砍下来,我想,一捆肯定有了,心里暗暗高兴,今天不用爬来爬去东找西找了。

砍着砍着,突然,我的左手中指被什么东西刺了一下,细一看,是一条小竹叶青蛇,啊呀,我一定被它咬了,它很喜欢盘卧在这种青柴丛中的,是我粗心大意。这蛇我知道,毒得很,我叔叔是赤脚医生,农村的孩子,一天到晚在山里混,也知道一点急救知识。

我必须自救,否则,毒侵血液就危险了。

急中生智，我往受伤的手指上撒了泡尿，不管有用没有，尿液也有消毒功能吧。

然后，迅速跑下山来，在溪里洗手。溪水流动而清澈，我小心地用柴刀刮手指皮，刀刃并不锋利，轻轻地刮，皮有点破了，忍痛，还要刮，我以为，这样也等同于手术，能将蛇毒去掉。一个少年，其实没有坚强的革命意志，不痛是假，但似乎忘记了痛。那时，我刚看过残破本的《三国演义》，只是，我没有关羽条件好，华佗用刀为他刮骨去毒，他很英武，谈笑风生，照样喝酒吃肉，还有人和他下棋，而我只能忍痛对着左手中指刮蛇毒。

中指皮肤都刮白了，露出了骨头。

还是有点慌张，跑回家，外公找来细棕丝，将我左臂扎住，这样，蛇毒不会往心脏方向走。

外公告诫，不能跑呀，你一跑，就会加剧血液的循环。我一听，后怕得很，我是一路跑呀。

真是胆大，竟然没有想到去卫生院。百江卫生院在我们家河对面，两里地，我不知道，那时的公社卫生院有没有治蛇毒的血清，我猜十之八九没有，但就是没想到去医院，我爸在几十里外的东溪公社工作，我叔叔在分水里邵做赤脚医生，一时都无法联系上。

到了晚上，我的左手臂，开始肿起来，肿得好粗，但最终没去看医生。也许，那只是一条小竹叶青，也许，是我先期应急处理得好，或者，就是我命大。

现在，我左手中指根部，还有一道白色的一厘米左右的蛇疤痕，我常常伸手给人看，我是被竹叶青咬过的人。

三

惊蛰起，万物生，十二生肖的老鼠们，此时，正忙着嫁女呢。

南宋迁都杭州后，杭州、金华等地，就成为中国木版年画的中心了。

我去浙江金华木版年画博物馆，这个博物馆里，我特地关注了数十幅和动物有关的年画，其中，"老鼠嫁女"，就有好几个版本。

看其中的一幅：一只戴着官帽的老鼠，骑着老虎，在前面引路；四老鼠，是仪仗队伍，各举旗帜，有状元旗，有及第旗；大花轿，则由另外四老鼠合力抬着；轿中的新娘鼠，头戴艳花，身披红袄；边上呢，还有更多的老鼠，它们在卖力地吹打，也有抬着礼物的箱子，还有恭贺的猫们鱼们。活泼泼的老鼠们，抬着花轿，一路兴高采烈，向它们的家奔去。

人与动物，其实生活在同一现场，完全可以和谐相处，老鼠只是象征物，借喻体，它借代一切生命。

子丑寅卯，鼠为大。

四

我去了趟广州榄核镇湴湄村，那里是著名音乐家冼星海的故乡。回杭州后，我采访了冼星海的独女冼妮娜女士。

1939年8月出生的冼妮娜，从浙江图书馆退休，普通话纯正，依然健谈。虽然她八个月大时，父亲就去了苏联，她也不从事音乐专业，但她几乎就在父亲的音乐和影子里长大,她这一辈子,除了正常工作外,业余时间都花在了父亲的音乐上。我们聊《黄河大合唱》,聊《生产大运动》,也自然聊到了著名的《二月里来》。

冼妮娜说,那时的延安,生产供给极度困难,中央组织全民生产大自救。当词作家塞克递上《生产大自救》的歌词时,冼星海激动不已,和《黄河大合唱》谱曲一样,他差不多也只用了一周的时间,就谱好了曲。《二月里来》,就是其中的经典,它以极快的速度传播了出去,此后,常以单曲形式表现。

> 二月里来好春光,家家户户种田忙。指望着收成好,多捐些五谷充军粮。二月里来好春光,家家户户种田忙。种瓜的得瓜,种豆的收豆,谁种下的仇恨他自己遭殃!

二月的确好春光,家家户户种田忙。旋律柔和流畅,节奏张弛又舒缓,犁动田园,无限风光。

冼妮娜说,他父亲除了在鲁艺担任音乐系主任及教学以外,还积极参加大生产运动。如其他曲子一样,《二月里来》,也是扎根火热现实谱出的精品。

然后,找出《二月里来》,我们一起欣赏。

女声那甜美的声音,将我们带入了二月的现场。

惊蛰来,万物生。

虫惊起,更多的却是植物的苏醒,禾苗们以轻盈的姿势扎根田间,当春风掠过,春雨飘过,农人们勤劳的双手抚过,它们蓄势待长,不久就会以饱满而谦虚的身姿回报大地和农人。

五

清代褚人获的笔记《坚瓠集》，辛集卷之一有《晨昏钟鼓》，我认为讲的也是节气，自然和惊蛰有关。

天下晨昏钟声之数，基本上都是敲一百零八声。这是暗喻一年的意思。一年有十二月，有二十四节气，又有七十二物候，这些数相加就是一百零八。

但声之缓急节奏，各处还是不同。苏州一带这样敲：紧十八，慢十八，中间十八徐徐发。两度凑成一百八。杭州一带这样敲：前发三十六，后发三十六，中发三十六声急，通共一百八声息。绍兴：紧十八，缓十八，六遍凑成一百八。台州：前击七，后击八，中间十八徐徐发，更兼临后击三声，三通凑成一百八。

七十二候的起源很早，五天为一候，三候为一节气。每一候，均以一种物候现象相对应，所以叫"候应"，如"桃始华"，桃树要开花，讲的就是惊蛰。惊蛰来了，不仅桃树要开花，杏花也急急忙忙要吐蕊，蔷薇光秃的枝干也开始绽绿。

要平安，就要遵从物候，动物该交的时候，你猎杀，久而久之，那些动物就会绝尘而去，世上再无。桃树开花的时候，你打花甚至砍树，那就别想摘桃子。

不时敲一敲钟声，是不是也是提醒呢？提醒人们注意和周边自然世界的关系，它好，你才能好。

如果，隔个五天，就有悦耳的钟声敲起，不管紧十八，慢十八，那应该都是一种提醒，权当其是小惊蛰，温和的惊蛰，天天惊蛰。

六

中国的节气，不仅中国人在体验，那些踏上中国土地的外国人也在观察。

一个叫迈克尔·麦尔的美国人，娶了个东北夫人，就生活在东北，浑身散发出东北味，他的《东北游记》一书里，《惊蛰》一节中有这样的文字：

> 三月初，我们迎来一个颇有预言味的节气：惊蛰。这说明冬眠的动物就要醒来，严寒就要结束了。积雪还没有融化，荒地的空中唯一"惊"起的，是猛龙战斗机。空军飞行员在训练，驾着飞机轰隆隆飞过村子上空。

惊蛰，真的很好理解，外国人一下子也弄明白了，而且，他还概括得很准确：预言味，就是说，惊蛰的雷声，就是叫醒动植物的号令。只是，此时的东北大地，还白茫茫一片，万物似乎还在沉睡，而歼-10战斗机，它们却惊起了，它们飞向了蓝天。

哈，中国东北，惊蛰，有猛龙飞升，麦尔真逗。

蓝蓝

诗人,散文作家。出版有诗集《含笑终生》《情歌》《内心生活》《睡梦睡梦》《诗篇》《从这里到这里》《唱吧,悲伤》《身体里的峡谷》(中英文双语)《歌声之杯》(俄语,与巴别洛夫合著)等;散文诗集《飘零的书页》《燕麦草》;散文随笔集《人间情书》《滴水的书卷》《夜有一张脸》《我是另一个人》等。

春分

蓝蓝

3月20—22日

这一切,吃春菜的人不知道。生豆芽的人不知道。老实憨厚的推子,也不知道。

但星移斗转,四时有信,春天该来时就来了。

宋·梁楷·六祖截竹图(局部)

天还没亮，街门就啪啪啪地响起来。

姥姥窸窸窣窣摸来衣裳披着，冲西厢屋那边喊我妈起来上山，一边念叨着：推子的脑子里有只公鸡吗？

上山谁都没有推子早！

推子一大早就拍我家的门。

我一骨碌翻身从炕上跳到地上，找鞋，慌张地嚷嚷着我也去。

"别去，他们上山回来头晌再去。"姥姥说着，朝我眨眨眼，我就朝碗柜看。姥姥拍了一下我的头顶，不让我说话。

大舅、小舅都起来了，小姨开门去挑水，舅妈去院子里抱苞米秸，准备和姥姥一起烧火做饭。我妈把我弟弟放到姥姥炕上，扛了铁锨跟着推子就出了门。

胶东一带，把下地干活叫"上山"。烟台这一带，大山有昆嵛山，小山有南涂山，南涂山有很多"五七干校"的人，都是戴眼镜的，知道怎么叫苹果结果多，村里人都很敬重他们。也有很多丘陵，出产各种水果，苹果、梨、葡萄、樱桃，坡地到处都种满了果树。把干活叫"上山"，是不是因为这个呢？

不知道。推子也不知道。

我喜欢推子，只有她愿意带我上山，带我去桑树上摘桑葚，摘蚕茧。

推子的耐心从哪儿来的？我还是不知道。姥姥说她脑子里有只公鸡，这个我能听懂。谁都没有她起得早，也没有她睡得晚。姥姥说她命贱，可怜，说满村人没有比她更好心眼儿的人。我觉得也是。

家里人都上山去了，天上还有一两颗星星在抖着，空气是清凉的。我在门槛上站着看星星，姥姥叫我去把鸡窝打开，还扬起手叫我看她手里的一颗鸡蛋。这是给我的,我知道。

全家人只有我有这种待遇。

家里养了一群鸡,我有点害怕最大的那只红公鸡,它曾经一下把我叨翻在地。不过,在挨了姥爷一脚后,它就开始躲着我,我也躲它,喂鸡的时候,它也不敢过来,斜着眼在远处看我,转圈,我妈说就像个特务。

门口的柳树已经变软了,柳芽还是黄的。我盼着柳叶再长大一些,就可以让小舅帮我做柳笛,放在嘴上呜呜地吹。天再热一些,小舅还会做柳圈帽,戴在头上遮阳。但现在我的注意力在锅灶那里,我在等那颗鸡蛋煮熟。

村里人只有到了过年、端午、来客人或者过生日、生病,才会吃鸡蛋。攒够了十几个、二十几个鸡蛋,都会赶集的时候卖掉,平时都不舍得吃。但推子偷偷给过我鸡蛋,我哪懂得那是她好不容易才得到的,我没心没肺就给吃了。推子对我好,我知道推子对我好,也会送她一些小孩子的心爱之物——爸爸从军营里带回给我的高粱饴糖,一根塑料头绳,一颗好看的纽扣。推子有个木头匣子,她把这些宝贝都放在匣子里面。

我急着吃完饭找推子,姥姥说了头晌我能跟她上山。村里人都是黎明起身干活,干完活回家吃早饭,然后再去,一直干到中午。

我趴在灶台上看姥姥做饭。

大铁锅,沿锅沿儿一排黄澄澄的苞米面饼子,贴着锅的那一面能烤得又香又焦,箅子上是蒸的小干鱼、虾酱,箅子下是苞米面稀粥。那种贴饼子,在胶东叫"pian pian",长大后我见过有人写成一个食字偏旁，右面一个扁字，很形象，但不知为何在字典上查不到。胶东人管粥也不叫粥，叫汤。苞米面汤，地瓜汤，菠菜汤，等等。胶东临海，海给胶东人很多食物，这让他们度过了很多荒年。六十年代的灾荒，很多河南、安徽的人来讨饭，村里人也有得浮肿病的，但毕竟好过了那些背井离乡的人。姥姥认下过好几个干儿干女，都是那些要饭人家的儿女。姥姥说也不过一个苞米面饼子，半瓢地瓜干面，孩子们在爹妈的感激泪眼示意下，砰砰砰跪着给姥姥磕头，嘴里说着救命恩人！

说起这些事，姥姥就撩起大襟下摆擦眼睛，眼圈红了起来。

"吃猪菜，知道吗？你妈，推子，姥姥姥爷，都吃猪菜，那是饿的。"姥姥说。

猪菜，就是给猪吃的野菜，熬一大锅，抓一把麸子丢进去，喂猪。呃——我做恶心状，问："那为啥不吃饽饽？"饽饽是麦粉做的。

姥姥说："饽饽？做梦吗？苞米面都没有！还想吃饽饽？"

"那白面都去哪儿了？不是都种了那么多麦子吗？"我问。

"交公粮了。都给国家了！"

"国家把这些白面给谁吃了？"我还问。

姥姥叹口气说："不知道。"

蛋煮熟的时候，日头升过了东墙，也就是八九点的样子，干活的人都陆续回家了。我眼巴巴跑到大门口，老远看见妈妈和推子扛着锨走过来，推子的手绢包系在铁锨木把上。

"给我！"我朝推子伸出手。

推子笑嘻嘻解开手绢包，里面是一包地附子。就几片叶子，新绿着，还有一棵婆婆丁，还没长花骨朵，带根儿拔起来的。我有点失望，撅起了嘴。妈妈朝我瞪了一眼。

推子捡起一颗地附子，在她粗大的手指间轻轻捻了捻，叶子青色的汁液就淌了出来。

"闻闻，"推子把手伸到我鼻子下面，一股香味在我翕动的小鼻子头上围绕。

"黄瓜味啊！"我叫起来。我可是很久没有吃过黄瓜了。大冬天，去哪儿找黄瓜。

推子就是有这个本事，她像变戏法那样，随时都能给我变出一些好玩的东西。地附菜三月初就冒出来了，墙角、地边，其实是很显眼的。但你不注意它，它就好像不存在，也因为有些闹哄哄的花开得鲜艳——迎春花、桃花、海棠和连翘，一片一片，这里那里地无声地爆炸。

一家人围着小饭桌吃早饭的时候，姥姥把鸡蛋递给我，说："今天是春分啦，春分能把鸡蛋竖起来。你试试看。"

我不知道春分是个什么节，小舅一边乜斜着眼不怀好意地说："试一试吧，咱俩玩，谁能把鸡蛋竖起来就归谁。"

"好啊！"我很兴奋，就是个好玩。姥姥一筷子落到小舅头上，但不重，就是吓唬他。这也挡不住我们俩立刻凑到一起，玩儿起了竖鸡蛋的游戏。

都竖不起来。鸡蛋圆咕噜嘟，松开手就倒了。

大舅说："能竖起来。往年春分我就竖起来过。"

在一边默不作声的姥爷放下碗，起身从碗柜下拿出了一个生鸡蛋，把尖头朝上，大头朝下，慢慢放稳，松开手——鸡蛋居然稳稳地站在了桌子上!

"这个生的我吃,熟鸡蛋你吃!"小舅笑嘻嘻地把生鸡蛋装进了衣兜里。

为什么春分要竖鸡蛋呢?我不知道。我啃着饼子,找了一把小铲子,就去找推子。

推子家就在对面,是街坊。

推子比我妈妈大三岁,生得浓眉大眼,很壮实,干活顶一个棒劳力。

听我姥姥说,日本鬼子投降前,在胶东有过一次轰炸,一颗炸弹落在推子家的烟囱上响了,两岁的推子就变傻了。

傻,还是个女的,更不受人待见了。一家人,除了她的姐姐,谁都对推子骂骂咧咧,有时候他爹还会打她。可怜的推子挨了打就跑到我姥姥跟前哭。姥姥就叹气,哄她。

这样一个傻推子,却是我最好的朋友。我不觉得她傻。

她家院子里种了很多大月季,月季花能开碗口那么大,黄的、红的、粉的、白的,一条街都是香的。推子就剪下一两朵送给我。

苹果、樱桃下来,我的口袋里从来就断不了。蚂蚱、知了、小鱼、蝌蚪,都是推子带我去抓的。爸爸部队的幼儿园,我只去上了一天,就哭着闹着回家了。推子才是我的老师,她教我的东西,那些老师们都不会,她们只会教背毛主席语录。

我记得清楚,大人们说那一天是春分,不光是因为那天玩了竖鸡蛋的游戏。

我溜进推子家院子的时候,推子在墙根下站着。太阳升起老高了,照着她的黑脸。

她对我做了一个"悄声"的动作,指了指屋里。我就知道,他们家来客人了。

推子家一来客人,推子就要站在外面,不知道是谁让她这么做,是嫌推子丢人吗?

屋里传出说话声,也听不太清楚说什么。推子从墙根扛了铁锨,拉着我上山去。

就拉着她的手走。拐过村头,是南大沟。听大人们说晚上沟里闹鬼,还有人在那里遇到过死去很多年的人。我不敢靠近,和推子绕着走。过了南大沟,再过了马路——那可是真正的马路,附近有个骑兵团,经常看到一列马队,哒哒哒地奔驰而过,骑兵们伏在马背上,还没看清楚脸,人就没影了——马路的东边就是庄稼地。

"推子,为什么春分要竖鸡蛋?春分是干什么的?"我问。

推子嘿嘿笑,嘴里说:"俺也不知道为啥竖鸡蛋。老辈子人在春分的时候都竖鸡蛋。俺琢磨着,大概是这个时候庄稼都要开始发芽了,往上长,竖个鸡蛋就是想什么都往上长吧?"

谁说推子傻?这不挺聪明的呀!但春分是干什么的?

"春分嘛?"推子眨巴眨巴眼,说,"春分就是该种地了,下种子,浇水,就是春天真的来了。还有啊,就是个时候,时候。就像过年,过节,比方清明该上坟了,冬至要吃饺子了,反正就是这回事。"

到一个时候了。这个我好像也知道。

早春的胶东挺冷,田埂旁跟着小麦越冬的有瘦小的荠菜、毛妮菜,也有一种贴着地皮叶子被冻成紫灰色的野菜，推子叫它二姑草。这些菜都能挖了吃，人吃，鸡鸭也吃。眼见着地垄里有新的野草野菜长出来，叶子嫩黄嫩绿，是刚发芽的看麦娘草，羊很爱吃这种草。还有苦菜，长得很快；面条菜也露头了。——这些都是推子教我认识的。等再过一些天，播娘蒿、野豌豆、灯笼草、灰灰菜、狗尾巴草、鹅舌头、猪耳朵棵等等，全都扑扑棱棱钻出来。去年我妈教我认识了狼尾巴杆，一种蒿草，还教我认识乌莓，能吃，是到秋天的时候，苞米地里很多，吃得满嘴都是黑糊糊的。

推子是来开地垄的，春分是春天最忙的时候，要浇地，马上就返青分蘖的麦子们要喝水，喝饱了才能拔节、孕穗。里夹河在东边，有水泵提水上来，大队的地都要浇，远远近近的人挨着挖开地垄的口子。我看见了我妈和舅妈。大舅是队长，小姨和小舅上学去了。

要往南边走，才能看到苹果树和樱桃树，才结了小花骨朵，一点一点，春分过了几天后，太阳晒暖了，一树一树的花就开了。推子不让我掐花，说掐一朵就少一个果。

我就在地里瞎跑着玩，用小铲子挖了一小堆荠菜，都不好看，还没到长大的时候。

一转眼到中午了，我又跟着推子回家。我就是她的跟屁虫。

快走到村口的时候，推子拉着我拐了弯。

"不回家了？"我有点饿了，想赶紧回家吃饭。

"忘了去摘点香椿，今天春分呀，要吃春菜。"

我想起来了。往年也吃春菜，姥姥总是把香椿芽稍微腌一下，滴几滴香油拌了，好香啊！还有豆芽，早几天，姥姥就泡好了黄豆，放在陶钵子里，每天换水，盖上笼布。我每天都要去揭开笼布看一看，两三天黄豆就发芽了，尖尖的，每天长大，像个胖胖的小白虫子。每天早上大舅去村口的水井挑水，要挑好几趟，才能把家里的大水缸挑满。从缸里舀出来的第一瓢水，一定是用来给黄豆芽浇的。姥姥说，早晨的水干净，豆芽长得快。还得去菜地薅一把菠菜，洗干净了，在开水里焯一下捞出来，也是凉拌。姥爷是远近最会种韭菜和生姜的能手，很早就用上了塑料大棚，在七十年代初，那可是胶东的"新生事物"，村里人在过年的时候都要到姥爷的大棚里拔韭菜包饺子。营口地震的时候，有十几口子人全都睡在姥爷的韭菜大棚里躲地震，那一年的韭菜全完了，但姥爷却说，总不能让街坊邻居没地方住吧？

　　姥爷还种芝麻，我小时候没少吃芝麻栓——芝麻栓就是芝麻没完全成熟时的带果壳的果实。里面的芝麻刚刚有点发褐色，还有的是白色的。掰下芝麻栓，两瓣儿分开，就着嘴双手一蹦，芝麻就蹦到嘴里了。我们家的芝麻油比别人家多一点，所以，做春菜时就会倒一点儿，满院子都是香味儿。

　　摘香椿可不比摘芝麻栓，摘香椿得爬树——低处的香椿叶子都被人摘走了。我会爬树，从小就爬高上低，像个假小子。推子搊着我，搊到树杈上站稳了，我就开始摘香椿叶子。香椿发芽没多久，全是嫩的。我那天爬了两棵香椿树，摘了好多，足够两家吃的了。

　　那天中午，家里的炕桌上摆的春菜有香椿、豆芽、菠菜，有煎小鱼干儿、虾酱、咸鸭蛋。姥姥夸我："香椿是小兰兰摘的，小闺女儿能帮大人干活了。"

饭桌上，听我妈问姥姥："大琴子的媒说好了？"

大琴子就是推子的姐姐。推子快三十了，她姐三十好几了，还没婆家。我立刻就想起早上她们家来客人的事情，他们是给大琴子提亲的。

"黄了，"姥姥说，"大琴子说她走了没人管推子，要么就带着推子嫁过去，人家一听就不干了。"

"嫁哪儿去？我不要推子走！"我嚷嚷。

姥姥瞪了我一眼，说："推子推子，推子是你叫的吗？你得叫姨！"

我不叫。

大家伙都叫她推子，我这么叫她也答应。

我妈叹气，说："这可怎么办？大琴子这辈子就守着推子了？"

姥爷说："都嫌弃推子，推子怎么了？干的活哪家的妇女能赶得上她？比男人干得还多！谁都欺负推子！"

没人言声儿。都在默默地吃饭。

我是到很多年以后才知道，那是大琴子最后一次有人来给她提亲说媒，以后再也没有了。推子爹妈死了以后，哥嫂分出去过，家里只剩下大琴子和推子了。两个人一块干活，一块吃饭，一块睡觉，一块慢慢变老。

多年后，等我抱着我的一对双胞胎闺女和父母一起从河南回到胶东探亲，她们的头发全白了。

推子怎么会老呢？这样一个被人当做傻子的人，一不留神难道也会和我们大家一样，在时光中渐渐老了？——闭上眼睛，推子还是当初的模样，留着浓密的齐耳短发，憨憨地朝人笑。

那是我最后一次看到推子。老远看到我，她嘻嘻地笑起来，伸手抱我的小闺女。

我不知怎么就脱口叫了她一声"姨"。

她愣了一下，眨眨眼，好像不知道是在叫她。

我小的时候，她也这么抱过我。那一刻我的鼻子酸了。

有写诗的朋友知道我们一家人回来，开车带我们去了昆嵛山，去文登和牟平。我老父亲当年在部队的时候，曾到这些地方的农村参加"四清"，他也想去看看那里的一些老朋友。

车到文登旸谷，才知道我们中国的"春分"这个节气就是在这里测定的。

《尚书·尧典》里写得清楚，四千多年前，尧帝曾命羲仲、羲叔、和仲、和叔四人分别驻于东、西、南、北四个方位之地，观测星象，判定季节变化。其中的羲仲就在旸谷，"分命羲仲，宅嵎夷曰旸谷，寅宾出日，平秩东作，日中星鸟，以殷仲春。"中国历史上一直有"日出东海"的说法，旸谷山三面环海，背靠昆嵛山，是观察日出的好地方。羲仲宾日于此，观察天象，根据昼夜相平、黄昏时鸟星见于南方的天象，确定了春分的时间，为四季的确定和二十四节气的最终形成奠定了基础。

众人在旸谷了解到的这些，却让我想起了推子，想起了五岁那年的春分——竖鸡蛋，说媒，吃春菜，都和推子有关。

我们那里也在春分的时候放风筝，别忘了山东潍坊的风筝世界闻名。烟台地区放风筝的没有潍坊的多，但也有家里自己扎风筝带着孩子去放。南涂山"五七干校"里有手巧的叔叔，戴眼镜，很文气，能糊风筝。一把劈好的高粱秆儿，高粱芯儿是软的，可以让高粱篾子深深扎进去，做个连接。风筝可以扎成六菱形，像个王八，就叫王八风筝。听着就想笑。还有好看的，扎成蝴蝶的样子，蜻蜓的样子。买来白纸糊上。讲究一点的，就用彩色的纸，或者用大队部写标语的宣传色刷一层，剪碎了纸条当尾巴，小孩子家家的全跟着风筝跑，大呼小叫，嘴里喊的却是和风筝一点也不相干的话："南涂山，搓腚杆，骑着摩托乱转转！"——这是啥意思？不懂。反正听着好玩。小孩就是好玩就行。那个扎风筝的叔叔是个医生，给村里人看病。经常听村里人说，"五七干校"里的人都是下放到这里的，是文化人，有本事，但也有人说他们都是坏分子。我不觉得他们是坏分子，我很喜欢他们文文气气的样子，还有身上淡淡的香胰子味儿。

等我自己有了女儿，到处都能买来风筝了。很结实的尼龙线，很结实的大蝴蝶风筝，跑到田野上放，把线轴交到孩子手里，看她们热烈地昂着小脸朝天空望，一边大叫："我想顺着风筝线爬到天上去！"

田野里春风吹着，凉丝丝的。脚边的麦子、油菜都是绿的，油菜花还没有开。就想起了自己童年时的春分，想起了姥姥，想起了推子。

几年后，我的父母又一次回山东探亲，回来告诉我的第一件事就是推子死了。

胶东很早就实行了火葬，村里有人去世，都把骨灰供到了村外特意建的灵堂中。但不知为什么，推子的两个侄子把她的骨灰抱到村边里夹河的大桥上，一扬手撒进了滚滚河水中。这个举动让村里人议论纷纷，说什么的都有。有的说：一个傻子嘛。有的说：真是的！感慨不已的样子。有的说：挺好，这条河一会儿就流到大海里了，推子就跟周总理一样。

我想起一部外国小说《黑夜的终结》中最后一句话：——终于结束了，那漫长的黑夜。

早在十年前我曾在一篇文章里专门写过推子，我小姨回家念给推子听，推子又惊又喜，不好意思地捂着嘴笑。这次，我父亲叮嘱我："你写过很多人，很多大人物、大名人。但是，你一定要写写推子。你知道推子死了全村人都说什么？——一个好人死了！"

我小姨对我说，推子临死的时候，对她姐大琴子说：

"姐呀，我死了谁给你做饭、谁给你洗衣裳啊？"

推子死了两年以后，一辈子为照顾她没嫁人的大琴子也死了。

今年三月，我到墨西哥参加一个文学交流活动，特意到尤卡坦州参观了奇琴·伊察玛雅金字塔，世界闻名的库库尔坎金字塔就在这里。库库尔坎的意思是羽蛇神，古玛雅人认为羽蛇神能保佑土地肥沃，农作物丰收，他们根据多年的观察，在建金字塔的时候经过精密的计算，在春分和秋分的那一天，太阳西斜之时，金字塔的阴影形成如蛇身般波浪形的长条，并与阶梯底部的一个羽蛇神头部雕像连成一体，随着落日角度的变化，投下的影子图像好像有生命的蛇在向下游动。

我问墨西哥诗歌协会主席曼努埃尔："你见过春分时候金字塔的羽蛇神的影子吗？"

这位高鼻梁大眼睛的诗人立刻眉飞色舞地连连点头："当然！好多墨西哥人都见过。春分那天，很多世界各地的游客把这里都要挤爆了！附近的酒店要提前半年预定，很多人订不到酒店，就睡在帐篷里。羽蛇神是农民的保护神，设计金字塔的人太了不起了！"

我去的那天是 3 月 11 日，离春分还有九天。

忽然想起我们的祖先以前也有在春分时祭日的习俗，就像古埃及人崇拜日神"拉"，埃及《亡灵书》里写着：

> 赞美你，啊拉，向着你惊人的上升！
> 你上升，照耀，令诸天向一旁滚动。
> 你是众神之王，万物之主，
> 我们自你而来，因你而成神圣。

太阳赐予万物生长，其神圣不言自明。《管子·轻重己》篇里有记载："冬尽而春始，天子东出其国四十六里而坛，服青而絻青，搢玉揔，带玉监，朝诸侯卿大夫列士，循於百姓，号曰祭日。"《礼记·祭法》里也写过："埋少牢於泰昭，祭时也；相近於坎坛，祭寒暑也；王宫，祭日也。"可见古时候连天子在春分之时也要祭拜太阳。但在北京的天坛，皇帝们是祭天而非祭日，地坛是祭祀土地社稷。我知道天坛地坛建于明朝，但到底什么时候"天子"们不再祭拜太阳而祭拜"天"了呢？是从董仲舒代表儒生们和天子们签约之后吗？还是天子们真的以为自己是天之子，而太阳星辰在他们眼里算不得什么呢？果真如此的话，对于他们来说，祭天就等于告诉老百姓，天就是他们自己，敬天就是要敬皇帝。看来，无论是祭天还是要当大救星，神权政治一向都在利用百姓们对天地的敬畏之心，从而控制这些草民百姓，至于是不是春分的风俗，倒是不重要了。

这一切，吃春菜的人不知道。生豆芽的人也不知道。老实憨厚的推子，也不知道。

但星移斗转，四时有信，春天该来时就来了。春分到了，庄稼人就去种地，浇水，竖鸡蛋，养春芽求好兆头，这些皇帝们管不着。

春分者，阴阳相半，昼夜等长，寒暑均平。

推子活着的时候，村子里如果遇到什么纠纷，人们都会这样说："不信你去问推子。"

很奇怪，是吗？一个被人看作是傻子的人，这个时候倒成了评判者。为何？——推子不会说谎。这么想，我觉着推子也是一杆秤吧，称出世道人心与善恶。

推子活着的时候，有一个几乎没人知晓的名字：吕家推，山东烟台市西郊大沙埠村人。

杨键

诗人,画家。出版有诗集《暮晚》《惭愧》《哭庙》《古桥头》等。举办《冷山水》《寒山》个展。

清明

杨键

4月4—6日

宋·马远·山径春行图

清明,乃天清地明之意,是一个温习自己从何而来的节日,因为不知道自己的来处,不敬自己的来处,即无归处可言。

每年清明，我回老家给父亲扫墓，首先遇到的沉重的浩瀚之物就是长江，长江是一个可以让我们一阳来复的伟大存在，现在除了经济价值，人文价值没有人再想了。我过去回老家，没有长江大桥，走的也不是高速公路，现在这些都有了，可是没有障碍物的高速生活竟然是一种流水线、流水账一般的生活。速度第一个放弃的就是我为父亲扫墓经过的长江，它使得人们对这条民族河越来越疏远与陌生。我们的眼前、脚下都成了水泥路、柏油路。在从前，我们可是一个对水十分熟悉、爱恋的民族。我们民族一阳来复的基础一定是建立在对水的认识上，水就是中国人智慧的代名词。现代化使得中国的第一大水道离我们的人文精神彻底远去。细小的更有我家乡水道的消失，这是我要讲的家乡消失的第一个最美的事物。

老家最早的时候是星罗棋布的水道，船在其中穿行，犹如经过许多水之迷宫才到达家中。水很清凉，接我的二叔活脱脱一个陈旧发黄的古代人。上世纪九十年代后，家乡的水道越来越少了，大都被人工填平，变成了直挺挺的僵尸一般的水泥路。过去因为水道显得很大，扑朔迷离的老家，现在因为水泥路反而变小了，没有意思了，是水泥路毁灭了水道。这是老家最大的损失之一，这可是一阳来复的最秘密的潜在条件啊。此时，我二叔早已变成了新人，我回老家上坟，回城时坐车，他也不来车站送我，只在门口挥一挥手。老家人都变了，变成了新人，现代化的人。

老家消失的第二个最美的事物是老桥，老桥在我心里太美了，它抵达理想的方式那么灵巧、柔韧，它架在虚空里的曲线在我想来就是生命之谜。旧有的中国世界无处不是线，水是线，树是线，草是线，昆曲、京剧，样样是线，中国就是一个柔韧的线的国家。中国的线是那么有怜悯心、爱心，它仿佛经历了人世间的一切苦难才达到了这样简单、圆润、丰厚的一根线的境界。桥在老家的消失意味着中国人不再可能通过线条去认识世界。人们认识世界的方式不再像线这样优美。老家的石桥就这样毁了，无与伦比的中国式的线条之美，就在这十几年的改天换地的运动中没了。

老家消失的第三个最美的事物是桑树。桑树矮墩墩，很苍老，服务对象是圣物一般的蚕，蚕早没了，意味老实本分的手工业早就不再有了。桑树的时代结束了，只剩下对桑树的记忆，其中混合着芦苇的凄苦之声。一句话，老家消失的植物有很多，而且都是经典性的植物，比如荷叶、芦苇就在不断减少，但最重要的一点是老家的人情味，早年他们脸上对亲情的那种真挚已经彻底消失。

无论故乡发生怎样的变化，父母在哪里，或是父母的墓在哪里，故乡就在哪里。每年清明回故乡扫墓，一路所见，皆是回故乡扫墓的人，我因此写过一首上坟的诗：

中国农民的肩上总是挑着什么，
他们走路的时候挑着，
他们躺着的时候挑着，
他们拢着袖口默默站立的时候也在挑着。
虽然他们的房间里是温暖无比的棉花但却感到冷，
他们穿着一件厚厚的破棉袄也让我感到就像一座座奇异的墓穴。
当他们真的变成了墓穴，

这墓穴也在挑着什么，
上冻的时候挑着，化冻的时候也挑着。
这墓穴是我父亲的墓穴。
我蹲下来给他烧纸，
我烧出太多灰烬，我烧得满身大汗，
当我站起来的时候，我看见周围的荒草铺天盖地，
一瞬间将我包围。
这时，
成群结队的人从城里向这座村庄走来，
向他们的爷爷、奶奶、爸爸、妈妈、姑姑、婶婶走来，

父亲在世的时候经常向我回忆，他在故乡使用过的那一把锄头，他说，那锄柄被他的手磨得透亮。父亲十八岁进城以后很少回老家了，重返老家，是他六十二岁去世以后我把他永久地安葬在了那里。我从前很少回老家，父亲去世后，每年的清明和冬至我都会回老家，回老家次数多了，我才知道我也是有祖父的。那是有一年的清明，我在父亲的坟前烧纸，二叔说，烧完纸，我带你去你几个老祖宗的坟前也烧点纸。之后，二叔带着我走了约莫五六分钟就到了几座连在一起的大墓地前，二叔说，这就是你的六个老祖宗了，其中一个还是同治年间的秀才，是六兄弟中的老大，我自己的祖父应该是排行老六，叫杨善授。那时候的人真会起名字，每一个名字都好，都有最深最正的期待。我问二叔，六个祖先的上面是做什么的？二叔就不知道了，说是"文革"的时候家谱都被烧了，不知道更远的祖上是做什么的了，无法慎

终追远，这是我们最大的灾难，我们也就很难民德归厚了。我后来在一首诗中，这样写道：

  曾祖兄弟六个都在这里
  但谁是谁的骨头
  再也分不清

  那就捡主要的装进六个瓦罐
  在一座大堤上，系上红布
  按长幼顺序，写上名字：

  杨善政、杨善揖、杨善初
  杨善持、杨善武、杨善授

  大哥杨善政是同治年间的秀才
  这件事要在墓志铭上着重一提
  其余的都是农民，从未离开故土

  六罐骨头像六罐烈酒
  扛在三叔肩上
  他要过三座老桥
  才能到达目的地

过第一座桥时
三叔双腿发软

过第二座桥时
三叔想起自己还没有后代
他衰朽的身体
很难长久了

过第三座桥时
三叔羞愧难当

这时
三叔已经走进我们青烟一样的村庄

在那里
他的心太暗太深了
你不能触及

你一触及
忽然它就变成一双困惑而湿润的老牛眼

  有时候,我在想,中国人为什么选择在清明的时候纪念亡者?是世间最美的花儿都开了,我们不能忘记亡者,要献给他们吗?是慎终追远，民德才能归厚吗？也许这八个字才是其中最重要的原因，也是我华夏民族绵延不尽的奥旨，而且春季为四时之首，当启人礼乐之心。每年的春回大地都给我一切又要从头开始的感觉，但有两个最重要的感觉，一是天地之间有一个大的循环往复的秩序存在，这就是礼。另一个就是这种循环往复本身也是一种节奏，一种韵律，此为乐。天地是中国人效法的最完美的典范存在，在二十世纪我们首先放弃的就是对天地精神的学习，导致的结果就是礼乐精神的消失。礼乐精神是中国人的身份标志，一旦消失，中国人的身份也就岌岌可危。礼乐精神是什么意思呢？简言之，就是诚敬与仁爱。在中国的山水画里，常会出现一个书童挑着一副书担或怀抱一张古琴，表情虔诚、恭谦，而他的老师早已出神入化于身边的山水之中。这位书童正是在这样的一种谦恭的状态中才与老师的仁爱境界合二为一，道的传授就是在这样一种表面上看来极不平等的状态中达成的。我小时候见过很多手艺人，他们的技艺也是这样传授的。

  师道与孝道，此两者不在了，我们清明时慎终追远的精神，诚敬的精神也就不在了，清明也就是装装样子而已。现在的学校里讲起来德智体全面发展，其实老师也无德可授，从小学到大学几乎都无德可授。在古代，德是第一位的，比什么都重要，因它能使社会太平。现在是数理化比什么都重要，却不能使社会太平。一个不教授孝道的学校是一个反对父母，反对我们来处的学校，而没有孝的社会也同样是一个反对父母，反对我们来处的社会。清明的根本处在孝，中国人扎根、成长的地方在孝，无孝不成中国人，而无孝的真实原因是师道不存，这里所说的师道不是数理化老师，而是儒释道老师，儒释道被遗忘的二十世纪使得我们的来处与归处模糊不清，儒释道这三条根讲的都是教我们认识自己从何而来，儒家直接指认出父母，道家说是自然，佛家讲本性，三样我们都要怀着感恩、虔诚、孝养的心情才能真的明白我们的来处。在我们这个时代，我们的来处是最模糊的了，不知道自己从何而来，所以也就将生养我们的源泉毁灭得一无是处，不知道自己从何而来也就不知道自己的归处。父母、自然、本性，其实都是我们的归处，这三样在我们这个时代都遭到了空前的毁坏与遮蔽，其最重要的原因就是中国式的师道不在了，而在此时，貌似师道的现代化、科技又乘虚而入，导致了三种主义在中国的蔓延。一是个人主义，导致孝道崩溃；二是消费主义，导致自然崩溃；三是娱乐主义，导致本性被遮蔽。其危害在于，父母将会进一步被遗忘，自然将被更深地毁灭，本性继续被深埋。一切善行都靠天收，一切恶行将自作自受。中国从一个深知自己从何而来的民族变成一个不知从何而来的民族。

  在世界历史上，中国大概是纪念亡人节日最多的国家，冬至日烧的纸灰还留有痕迹，这就又到了清明。清明，乃天清地明之意，是最正规的纪念亡人的节日，可见先人在我们生活中的至重至要。清明等于是一个再温习一遍自己从何而来的节日，因为不知道自己的来处，不敬自己的来处，即无归处可言。所以说，清明是一年当中的重要节气，我们汉人生命的悠远是因为清明与后来冬至时的慎终追远而建立起来的。《周易·序卦传》云："有男女，然后有夫妇，有夫妇，然后有父子，有父子，然后有君臣，有君臣，然后有上下，有上下，然后礼仪有所错。"上下即是秩序，没有上下即不可能有家庭秩序，更不会有社会秩序。我小时家中来人从不敢上桌子，只能由父母捡了菜赶紧坐到一边去，而且见了生人，哪怕是亲戚，也面露羞涩。我有一个舅妈，每回来我家，也从来不上桌子，她一字不识，为何也有尊卑、男女有别的观念？我过去以为这是一种要不得的"四旧"之类的东西，现在回想起来，实在是一种甘于居下，守下的礼仪之美。现在的学校里没有上下观念的教育，家庭里也糊里糊涂受了西方的影响，将孩子当朋友相处。一种很深的僭越的灾难正在我们身边发生，我有一个朋友姓王，干脆给他的儿子起名"王子"，名字太大了，这孩子才十三岁，这么大一顶帽子戴在头上，成天脸色蜡黄，身体脆弱，成绩也不好，这样一种明摆着的僭越人都无所谓了，有房地产公司还敢把自己的开发项目命名为"帝都"、"皇都"、"御都"等等。平等的思想当然了不起，但我们是在最庸俗的意义上运用平等。真正的平等是至诚到了极处才出现的大境界。我们今天讲的平等太粗浅了，比如中国的绅士、贵族阶层的消失就是以平等的思想做基础的。平等现在看来只是化妆品而已，礼乐精神的被毁灭才是真的。礼乐精神的实质是敬，敬其实没有把自己当成主人，敬里面有很大的无我的思想在里面，平等的思想内涵里其实首先想到的是"我"，"我"在平等里其实是第一位的，"我"在近代愈演愈烈，乃至最终演变成了如火如荼的经济、娱乐、消费，"无我"的思想，"敬"的思想，最终被"我"抛弃。世间再无"礼"的位置，也无"敬"的位置，世间也就不会有生命的价值，天地的价值，精英阶层的价值。没有了敬，老祖宗所说的中国人的最高幸福境界"如沐天恩"，我们也就不会得到了，我们只能得到感官的转瞬即逝的快乐。我看许多中国古代人物画像，看武宗元、陈洪绶的人物，看黄公望、倪瓒、巨然，看龚贤的山水，都有礼乐精神在，哪怕看不远的《清代学者像传》，任熊所绘的《吴越先贤像传》都有礼乐精神，有时真的难以置信，我们真的是从这片礼乐山水中走出来的吗？这真的是我们的先人吗？二十世纪的种种风波、革命，其实是连真正的中国人的相貌也没有为我们保留，我们几乎是被连根拔除，其中最显著的就是孔子讲的斯文在国人的脸上不见了，我们脸上大抵是被平等以后混合着尘土的平民相，要想回到我们汉人所特有的斯文，似乎又得回到这些老生常谈了。

无论我们怎样现代化，无论我们怎样高科技，今天的中国人似乎必得从这些根本处，从这些列祖列宗的格言与家训重新开始了，这些我们原本最熟悉的现在是最陌生，最难实践了，可是无法实践这些，我们也就只剩下最粗糙的物欲了。文明在我们这里，应该是已经发生过了，"二十四节气"就是文明的产物，但是已经发生过了，那是农业文明发展到最精细时候的产物，天地人本来如此和谐一致，古人发现了这种本来，当他们发现这种本来，要做的事情就是顺从了。我常常在考虑故乡究竟是什么？故乡是否应当就是对"二十四节气"这样的常道的顺从，是对"仁义礼智信"这样的常德的顺从，这样的顺从不在了，故乡也就消失不见了。现代科技是"二十四节气"最大最成功的反对者，但是再成功，每年的二十四个节气依然会如期而至。

清明作为单纯的节气存在，最早起于周朝。《逸周书·时训解》云："清明之日，桐始华，又五日，田鼠化为鴽。又五日，虹始见。桐不华，岁有大寒；田鼠不化鴽，国多贪残；虹不见，妇人苞乱。"如此古老的一个节气，其意义在于，纪念当反复纪念，哀悼当反复哀悼，这样，我们才能同死者，同历史，同时间，尤其是同一个永恒的汉人的时间建立起牢靠的关系,希望亡者升天,生者顺天应时,修己化人,回归不生不灭的自性。

时代在变,清明不会变,二十四节气不会变。

郑骁锋

散文随笔作家。出版散文体中国通史《人间道》系列、文化散文集《眼底沧桑》《本草春秋》等。《中国国家地理》杂志撰稿人。中央电视台"探索·发现"及"国宝档案"等栏目及多部文史纪录片撰稿人。

谷雨

郑骁锋

4月19—21日

元·赵孟頫·幽篁戴胜图

就像茶叶在杯中一点一点舒展，天地之间，无数从寒冬蜷缩过来的脊梁，期待着一次酣畅淋漓的释放。

谷雨谷雨谷雨谷雨。

圆润，光滑，空灵。声音行走于喉咙，就像露珠翻滚于荷叶，又像溪水溜过鹅卵石。所有节气中，"谷雨"，无疑是最具江南韵味的一个。

——毕竟，无论"谷"，还是"雨"，一定程度上，都已经成为了某种江南的象征符号。

不过，同样是这两个字，却曾经有过另外一种意象迥异的组合。

"天雨粟，鬼夜哭。"

如果将仓颉造出字来的那夜，视为人类历史上第一个谷雨，那么，作为节气，谷雨的起源并不平和，甚至还有些凄厉。

这个典故最早出自西汉的《淮南子》。这部以先秦道家思想为基本主旨的典籍，并不认为文字的发明是件好事，反而担忧人类将会因此而迷失内心的纯朴。这也就是鬼神夜哭的真正原因。

至于天降粮食，则被理解为上天怜悯人类将从此多事，势必会因追逐所谓的智慧而忽略根本的农业，从而造成饥荒，故而下了一场粟雨予以警告。

数千年后，当我们不再拘泥于老庄倡导的混沌无为，而是以现代眼光重新审视那个被郑重记录的夜晚，却可以发现另外一种极致的深刻：

文字，粮食；还有鬼神所隐喻的信仰，人类文明的基本要素，竟然都悄然聚集在了一场诡异的谷雨之中。

虽然在古汉语中，作为粮食总称的"谷"，义项能够涵盖"粟"，但严格来说，仓颉的粟雨，与我们时代的谷雨，还是存在一些区别。

起码对于一般人，粟雨与谷雨，想象中的色调也会有所差异。前者给人的感觉通常是黄色、干燥的，而后者则是绿色、湿润的。

某种意义上可以说，粟雨与谷雨，其实依据的，是两套节气。

早在《逸周书》《周髀算经》等先秦典籍中，就有了完整的二十四个节气名称。不过，与今天相比，顺序并不完全相同，而不同部分，全部集中在春季。

"立春、惊蛰、雨水、春分、谷雨、清明。"

雨水挪后，谷雨挪前。两千年前，中国人的春雨，下的是另外一种规矩。

先惊蛰，再雨水，与先雨水再惊蛰，看似只是简单的次序调换，实际上，这两个节气孰先孰后，意味着地气与雨水的前因后果。

一个是地气催动雨水，一个是雨水唤醒地气。同样一场春雨，或是被激发，或是用来激发，两相比较，无疑前者更像是一种祈盼的结果。

祈盼是因为稀少。最初的谷雨，背景便是一片莽莽苍苍的黄色。

宇宙洪荒，天地玄黄。

一部中国史，首先从黄河谈起。二十四节气，同样也起源于黄河。

作为一套指导农事的时令历法，二十四节气所参照的天文、气象与物候，都以黄河流域，尤其是中原一带的观测为基准。

应该说，这是一套精密的时间分割方式。三百六十五天，四季的轮回被均匀分为二十四等分，在此基础上，每个节气再分为三候。以谷雨为例："初候，萍始生；二候，鸣鸠拂其羽；三候，戴胜降于桑。"头一个五天，水塘、河面，浮萍悄然生长；第二个五天，鸣鸠，也就是布谷鸟开始鸣叫；第三个五天，戴胜鸟翩然翻飞于桑林之间。也就是说，地气的轮转，已经细化到了每五日一变，而每一变，都已经找到了相对应的各种动植物。

"谷雨前后，种瓜点豆"。千百年来，黄河边上的中国人，已经习惯了依据节气来安排自己的农活。而河流冲击而成的沃土，也对他们的守时与勤劳给予了慷慨的回报。一个以华夏为名的部族，在一轮轮节气的周而复始中逐渐壮大。

然而，不知道从什么时候起，人们却惊惧地发现，他们祖祖辈辈沿用了千百年的节气，似乎出现了偏差。而且，这个偏差，好像还在逐渐拉大。

比如，谷雨到了，浮萍未绽，布谷鸟没来，戴胜鸟更是神龙见首不见尾，变得越来越神秘，几乎成为了传说。

更可怕的是，他们在谷雨这日播下的种子，收获开始越来越少。甚至，连谷雨这天的雨，也下得越来越虚与委蛇，越来越心不在焉。

一把黄土捏在手里，板结而粗糙，再也没了从前的细腻油润。

头顶是天，脚下是地。天上地下，究竟是哪里出了问题？

夹在天地之间的人们，心中充满了惶恐与忐忑。

多年以后，一位名叫赵翼的清代学者，指出中国数千年最严重的一次地气变化，发生在唐天宝年间。

他认为，安史之乱是中华气运由西北转向东北的大变局，而唐玄宗的仓皇出逃，正是这个变局的节点，是长安王气将尽，由关中开始，扩散到中原、华北，整个黄河流域由盛转衰的征兆。

气运、王气云云，毕竟有些虚幻。"米已至陕，吾父子得生矣！"唐德宗情不自禁说出的这句话，或许更容易令人理解一条大河的没落。

这句大跌皇家尊严的话，背景是一场严重的粮食危机。贞元元年，也就是安史之乱平息后的第二十二年，才入四月，关中的储粮就几乎全部用完，不仅皇宫的供给已经不足十日，连禁军的粮食都无法保障，眼看就要酿成一场兵变。幸亏此时从江南运送的三百万石漕粮及时到达，这才解除了燃眉之急。

当然，关中缺粮，首先是因为藩镇割据，很多地方的漕运中断。不过，关中，乃至中原的粮食减产，也是必须面对的现实。毕竟，东汉末年以来，从五胡乱华到隋唐争霸，再到安史之乱，作为中国历史的主战场，黄河流域经受了太多的战乱蹂躏。而在此建都开国的历代王朝，也令这一带的资源急剧耗竭。

一条伤痕累累的河无奈地老去。而那部以年轻黄河为载体的节气，也只能一候一候地失落自己的故乡。

与华北的日渐枯槁形成鲜明对比的是江南的迅速崛起。

正如《管子》所云："越之水，重浊而洎，故其民愚疾而垢。"长期以来，因为僻处东南，这块泥泞而湿热的土地长期被以正统自居的北方朝廷目为蛮荒，生长其间的吴越先民更是被视作茹毛饮血、生吃鱼蟹的蛮族。不过，随着长江流域的开化，尤其是五胡乱华晋室渡江之后，南中国得到了深度开发。从唐中叶开始，南方的经济与文化都已经迎头赶上。

另一条血气方刚的大江摩拳擦掌，即将登场。

而中国历史的书写底色，也悄然由干燥的黄过渡到了潮湿的绿。

而这个过渡最具象征意味的标志，便是"谷"这个字的词义变化。

北宋大中祥符五年，即公元1012年，十月庚子，时值深秋。这天一大早，宋都汴梁，即河南开封，宋真宗赵恒便将一大批文臣武将召入了宫中。

令这群睡眼惺忪的大臣大感意外的是，皇上紧急召唤他们，居然不是为了商讨军国大事，也不是演习什么朝政大典，而只是让他们观摩一场秋收。

这是一场名副其实的秋收。大内后苑玉宸殿前，原先的假山花草已被悉数移除，真宗在皇宫之中，竟然开辟出了一块足有两亩的农田，并亲自督种。而现在，这批隐身于宫殿丛中的庄稼已经成熟，当着帝国最养尊处优的官员的面，它们被庄严而细致地收割，晾晒，颗粒归仓。

这场秋收，被史官郑重记录。然而，它的意义至今尚被很多人低估。

宋真宗事实上在做一个植物引种试验。他种在深宫中的，是一种耐旱耐贫瘠而又高产早熟的优良稻种。这些稻种来自遥远的占城，也就是今天越南的中南部地区，自古以来，就以出产优质水稻而著称。

一个王朝和平发展三四十年后，通常都会出现一轮人口井喷。作为北宋帝国的第三位当家人，早在即位之初，真宗就感受到了急剧增长的人口，与日益萎缩的粮食产量之间的巨大危机。他决心从粮种入手，寻找突破。

历时数年，终于被真宗找到了"占城稻"。经过皇宫亲自试种，这种稻的抗旱能力与生长周期，还有产量，各方面优势都得到了验证。

当年，宋真宗便下令，在江淮和两浙地区颁发稻种，推广占城稻，并命转运使张贴榜文，详细介绍种植技术。

几年之后，这些区域的水稻产量大幅提高，江南一些稻米产区的亩产量甚至从 60 公斤提高到了 100 公斤以上，北宋帝国的粮食危机，终于得以缓解。

宋真宗终于长长松了一口气。然而，他不会意识到，他在皇宫大院、中原腹地做的这项粮种试验，改变的，不仅仅是自己王朝的农业结构。甚至可以说，在一定意义上，这次试验调整了整个中国的胃口。

中国人经常用"五谷"来作为粮食的总称，而所谓"五谷"究竟是哪五类粮食，说法不一，通常有黍、稷、麦、菽、麻与稻、黍、稷、麦、菽两种。两者最主要的区别，在于一个有稻，另一个无稻。

无稻的"五谷"，流传明显要早于有稻的"五谷"——当然，以黍和稷领衔的五谷，所代表的，是北方传统的饮食谱系。

于是，当稻取代黍，一个古老的"谷"字，便隐隐散发出了春雨、鱼虾、船桨、腐泥以及南方水乡所特有的气息。

当中国史中有关于水的部分越来越多，黄河与长江之间，一条人工开凿的沟渠，终于从幕后走到台前，走到了整个帝国的聚光灯下。

公元 605 年，隋炀帝发河南百万人、淮南十万人，凿通济渠、邗沟；公元 608 年，再发民夫百万穿永济渠，北至涿郡，南入黄河；公元 610 年，又开江南运河八百里。遂成大运河。

尘埃落定之后，历史应该会给这个大兴土木的七世纪初一个交待：虽然耗竭了他自己的帝国，但隋炀帝有理由接受后人的感恩。至少，从贞观开元到康熙乾隆，中国历史上最著名的盛世，都夯筑在他这不计成本的大手笔上，无一例外。

如果说，开凿大运河的初衷，偏重于政治与军事，那么，很快，大运河对于帝国最大的意义，就开始偏向了经济。

隋唐以前，漕粮主要出自北方各地，唐开始，逐渐转向南方。开元之后，尤其是安史之乱之后，江南已经成了漕粮的主要来源，整个帝国的温饱，越来越依赖于江南的稻米与丝棉，时人已有"当今赋出于天下，江南居十九"之说。

随着政治中心由长安到洛阳到开封到北京逐渐东移，经济中心南移的趋势也越来越明朗。元明清三朝，京师用粮已经基本上全部依赖南方。

作为南粮北运的主要航道，大运河事实上成为了帝国最致命的软肋。公元1842年，英军瓦解大清政府斗志，迫使其在《南京条约》上签字的最直接方式，便是攻占镇江，中断了漕运。

断绝漕运，便是断绝帝国气脉。或许对大运河这样的定位，更有助于帮我们理解，江南与谷雨的结合，对于整部中华史的意义。

"谷雨种大田。"

背井离乡，来到陌生的江南，所有的节气都得在沼泽、湿地、河滩与丘陵之间重新寻找自己的定位。

立春、雨水、惊蛰、春分、清明……随着原本属于黍与粟的节气慢慢开始适应谷物生长的节奏，太阳、月亮与地球的关系，也渐渐变得柔情款款。那卷古老的中国历，每翻过一页，便多了一重绿色。

然而，被赋予"帝国粮仓"之誉的江南，却也不得不开始承受来自大运河北端的沉重。

江南特有的梯田，正是这种重压最直观的表现。

在很多著名的梯田地区，都有一个箬帽田的典故，说是当地的农夫有个习惯，每日结束劳作回家之前，都要细心数一遍自己的田块数量。某日无端少了一块，农夫大急，反复检点几遍后，方才释然：他笑自己荒唐，竟忘了箬帽下面那块。

然而，箬帽田与其被用来说明耕作的精细，不如理解为农夫的辛酸。他眼中的梯田，是一件千疮百孔的百衲衣；更确切说，是一册无法合拢的破旧日历，每一块都对应着一个傍晚的炊烟，任何一处残损，都可能意味着有一个黄昏将因此而过得凄惨冰凉。

——清朝全国粮赋，仅江南一地，便占了十分之九。

一场谷雨，一度下得捉襟见肘、心事重重。

不过，西方学者有一个著名的比喻，说是如果将现代人出现以来的 15 万年比作一小时，那么，直到最后四分半钟，人类才开始实行农牧，而直到最后一分半钟，农业生产才成为维系人类生存的主要方式。

也就是说，从华北到华南、从黄河到长江，这一场艰难转移的谷雨，不过都在这一分半中。

钟摆滴答。不可能由任何一块土地承担整个中华，残破的终将复苏，蛰伏的陆续崛起，地气依然在悄然转动。

比如，白山黑水间出现的世界级黄金玉米带……

比如，中原麦产区的迅猛复苏……

比如，新疆的绿洲农业的后来居上……

不知道什么时候开始，在江南，有关谷雨的联想，越来越偏离了粮食，转而移向一种名叫"茶"的矮小灌木。

旗枪、雀舌、莲心。不分南北，所有的茶客，都从谷雨茶中，品味出了真正的江南味道。

在茶气氤氲的那一刻，所有的钟表停止转动，时间戛然而止。

或许，只有在茶的清香中，谷雨的另一个阐释，才具有说服力。

有学者考证，古文字中，"谷"与"浴"，最初的读音与意义都没有区别。

那么，作为春天的最后一个节气，一场透雨的真正浇灌对象，其实并不是任何一种庄稼，而是我们自己本身？

就像茶叶在杯中一点点舒展，天地之间，无数从寒冬蜷缩过来的脊梁，期待着一次酣畅淋漓的释放。

赵荔红

散文随笔作家。出版有散文集《意思》《回声与倒影》《最深刻的一文不名者》《世界心灵》等；电影评论集《幻声空色》等。

立夏

赵荔红

5月5—7日

明·沈周·东庄图册

不必为妩媚之繁花四月的流逝悲叹！树木是五月的主宰。万千叶片是树的精魂的万千幻化。

一

蔷薇拼尽最后气力，吐放出浓郁而颓败的香气。一夜风雨，满地花瓣，半落了花的花萼挂着水珠，呆呆裸裎着；她们的花房会变胖，过些时日，会变成红色。我扫尽花瓣，倾入泥中，从哪里来，归哪里去吧！梅花、杏花、油菜花，樱花、桃花、垂丝海棠，渐次开过了。在古希腊，春夏之交，少女们要祭祀阿多尼斯送春；中国传统是要到芒种节，少女们才将丝线缠绕在花树上，又用柳条花瓣编成轿马，祭祀花神送春。立夏时节，花神还在大地徘徊，那些米碎小花，是她渐薄渐淡的衣裙碎片。而所谓夏，假也，"物至此时皆假大也"。如果说四月是女性的、阴柔的、未定型的；紧接而来的五月，则是男性的、阳刚的，一切都竖起、挺立，一切都在生长，力量回升，血脉扩张，骨骼噼噼啪啪爆响，万物已悄悄做成了胚胎，一切都定型了。

不必为妩媚之繁花四月的流逝悲叹！树木是五月的主宰。蔷薇花尽，枝叶却汹涌地覆上短垣，与回绿的爬墙虎错叠；新竹终于停止拔节，分出枝杈，过不了几天，就缀满新叶了。四月里树们伸出毛毛小手、粉红小拳头，微张着小眼睛，他们那些有白绒毛的小叶片，在五月初的暖阳中，尽情呼吸、舒张、伸长。早安！我的树兄！眼前所见，是怎样色彩富丽的树木啊：明红、橘红、赭红的红枫、槭树与红叶李；银杏顶着满头满脑平庸绿大半年，只为了十二月那数日的明黄绚烂；梧桐送走最后一批绒毛种子，嫩叶已有巴掌那么大，明净透明的绿，不带一点锈斑；还有香樟的鹅黄嫩绿，松柏的积年暗绿……层层染染的绿，光影闪烁中，又变化出多少层次呢？

向复旦走去，国顺路两边的香樟树，热情地迎上来，又沉默地退向我身后。当我腰肢纤细身穿碎花连衣裙时，他们也还是小树，蓬着童花脑袋站立路边看西洋景，每天我欢欣问候：早安，我的香樟树！他们就报以快乐的摇曳。如今他们已长成大树，而我常是行色匆匆、心事重重，许多时间竟完全忽略他们的存在。但今天，是鹅黄嫩绿，唤醒了我；青涩香气，充满着我。香樟树浑身上下枝叶树干原是香的，立夏前后几日，香气尤盛。仔细看，繁茂枝叶间，正开着一丛一丛米碎花，呈总状花序，每朵也有六片花瓣，微雕一般，花与叶都是青黄色，不留心观察，很容易忽略过去，远看不过是一树的鹅黄叶子。五月凉风，枝叶摇曳，米碎的花，雨一般落下，满地点点青黄，眨眼就与尘泥混同了。这些五月的米碎花，在八九月结成青色果子，十一二月转成了黑色浆果，被鸟啄食了，掉落了，或只是干干地挂在枝上，直到来年春天……

一年一年，多少重大事件流过，我记得的只是一个个瞬间，那些瞬间，因了一个物件、一丝香气、一种景象，过去时光，埋藏于记忆深处的，会如沉渣泛起，影像闪回，发黄而明晰——某年，去丽水看三国李冰造的通堰渠，十几棵巨大香樟树临溪而立，溪水潺潺，我与友人缓缓而行，他一路叫"好香"，我一路嗅着掌心捋下的青黄小碎花。又某年，我和土豆在南浔嘉业藏书楼，河边也有数十棵百岁香樟树，见证着藏书楼主人，是如何倾三代财富，藏书百万，印刻无数，藏书楼又是如何躲抗战躲"文革"、侥幸地保存下来；当时我们坐在树下读书，我读的是《仲夏夜之梦》，河岸边有人唱昆曲《牡丹亭》："则为你如花美眷，似水流年……原来姹紫嫣红开遍，似这般都付与断壁残垣……"当时,香樟花不停地落,那米碎的一地青黄,那五月凉凉的风,风中的香气,水面的清疏,婉转之歌吹,流水落花春将逝,仲夏之夜尚未至……

二

光华楼敞亮的教室,土豆在上卢梭的《忏悔录》。我熟悉的爱人,站在讲台上,似乎是别一个人;他沉思地望着前方某个点,微微向前倾着身子,将思维层层推进,间或问学生:"你们说是不是?"这个问句,仅仅是一个逗号,一个休止符,一下喘息,并不影响他的思维的逻辑推进。黑板右侧有他板书的几个字:改造思想,这是他附带讲的《论戏剧》开头一章所涉内容,卢梭批评,启蒙思想家与他们所批判的教会,有着共同特征,都试图改造人的思想。土豆说他开这门课,只想引导学生如何去读一部经典,像卢梭一般,学会自我学习与独立思想,大学首先是培养一个人,其次才是传授知识。学生们竖着脑袋静听,我分明看见,那个我,瘦弱的、迷惘而幻想的十八岁女孩,也正坐在其中……当时的我们,正值生命的春天,如今已迈入秋季;那时的学生,成长为老师,当年的老师,都在哪里呀?

"叮——",陌生的、几乎难以觉察的下课铃声,克制、清冷、简洁,这种铃声,不是我的小玛德莲饼干,我的记忆里没有光华楼,他那灰色结实的身影尚未可怕地耸立在草坪上……划痕桌椅,泛潮黑板,粗野嘶哑的铃声,昏暗的宿舍走道,乱糟糟的广告招贴,经典电影,实验话剧,"黑夜给我黑色的眼睛,我要用他寻找光明"……八九十年代大学校园，留存下的那些肌理毛糙、思绪纷杂、激情四射的未定型的东西，纷纷进入现代"改造"、"规制"中，自由之精神，独立之思想，被强有力的手反复擦拭、重新书写，只留下模糊的痕迹，以为是幻觉，——二十一世纪的今天，矗立在我们眼前的只有这一幢整洁明净、一丝不苟、内脏精密、无所不有的光华大楼，在这个现代城堡面前，一切终归于寂静，万事皆中规中矩。这当儿，土豆还在讲十八世纪卢梭的自我学习、独立思想，真好似一只秋蝉，尽力地拖长沙哑的、声嘶力竭的最后鸣叫。

秋蝉声嘶力竭地鸣叫，是慕恋夏日那盛大、浩荡、汹涌的激情吧？

我先到光华楼前草坪等土豆。修治平整的小叶女贞，开着细密如雪的白花，等到洁白的花变成浅咖啡色时，栀子花又将开了……土豆从光华楼阴翳门洞下冒出，沉思地微躬着身子，向我走来，深蓝色衣服裤子，阳光将他的面容照耀得很光洁。他坐下来，意犹未尽，继续对我讲《忏悔录》的结构，讲章节间的奇妙承接，说是像交响曲的一个个乐章；讲他对某个细节的理解，研究者的一些错误认识。他讲这些时候，眼神深邃、发亮，凝结着多么深切的热爱啊！

去年，正是立夏后一周，我和土豆从法国里昂到尚贝里去，因为卢梭说，在尚贝里，他度过了一生中短暂而幸福的时光。我们从尚贝里城区出发，步行前往沙尔麦特，当年卢梭与华伦夫人隐居的郊外农庄，如今是卢梭博物馆。卢梭是这样描写在沙尔麦特的生活："黎明即起，我感到幸福；散散步，我感到幸福；看见妈妈，我感到幸福；离开她一会儿，我也感到幸福；我在树木和小丘间游荡，我在山谷中徘徊，我读书，我闲暇无事，我在园子里干活儿，我采摘水果，我帮助料理家务——无论到什么地方，幸福步步跟随我；这种幸福并不是存在于任何可以明确指出的事物中，而完全是在我的身上，片刻不能离开我。"

五月的法国原野，真是色彩炫丽的油画，我因此很理解印象派画作并非主观之印象，恰好是现实主义，画家捕捉到了瞬间之现实印象，正如中国水墨画也是现实主义，只要你到桂林山水或雾中的庐山去看看。早晨十点，光线明丽如水，走过几幢光影鲜亮的房子，拐上卢梭路，越过一条平缓宽阔河流，在小径分岔之处停下来：路标指明，右边上山的泥石小路就是去往沙尔麦特的。这条泥石小路，是否与当年一模一样？这是卢梭反复走过的神奇之路啊！每天清晨，他就是从这条路一边走一边大声地祈祷？

我们在大路上走得一身热汗，过分通透的日照，将头脸烤得火辣辣的，拐进泥石小路，如饮冰泉，通体清凉，越往山上走，树木越是葱郁，两边又是葡萄园，一条蜿蜒小溪隐蔽在浓密树木中，有时露出一段清流，有时只听见潺潺水声。周身流溢着树木草叶芳香，脚下是我不认识的花草。第一次去沙尔麦特过夜那日，华伦夫人半途下轿，和卢梭慢慢走着山路，突然指着篱笆边一朵蓝色小花说："瞧！长春花还开着呢！"长春花学名 catharanthus roseus，她说的应是蓝珍珠，花瓣蓝色，中间白眼，四五月间开，华伦夫人叹息它"还开着"，那么，和卢梭第一次前往沙尔麦特，应是初夏吧？三十多年后，历经艰辛的老卢梭，再次看见那种花，高兴地叫起来，他想起的是"妈妈"说这种花的声音、姿态，以及在沙尔麦特生活与思想的全部吧？我一路搜寻这种蓝色长春花，对每棵树、每枝花都报以敬意，他们或曾获得过卢梭的注目（不死的植物哦，你的种子四处飞撒，生命也循环再生）。土豆在前面走得远了，小小的沉思背影，忽而隐在树影里，忽而显现在光亮中，我快步跟上，如同卢梭说的，"那一天正是雨后不久，没有一丝尘土，溪水愉快地奔流，清风拂动着树叶，空气清新，晴空万里，四周一片宁静气氛一如我们的内心"。我们一路走，一路听水声鸟鸣双重奏，真渴望，这条神奇、充满香气的路一直延伸下去。

几乎错过！一块路牌、字迹很小。对面一条岔道，拾阶而上，小径几被花草遮蔽，苔藓覆盖着石阶（花径不曾缘客扫？）。走了十来米，几棵高大树木掩映下，露出一幢二层楼房，这就是卢梭博物馆了。登上木台阶、进门（蓬门今始为君开？），楼下靠左一间，坐个老妇，卖些卢梭肖像明信片；另外两间，是卢梭的卧室、工作间，挂些卢梭及华伦夫人不同时期画像，没有生平年谱，没有著作版本等，与这位伟人的贡献地位比，实在太过简陋。木楼梯上到二楼，有一间摆设精致些，是华伦夫人的卧室。咯吱响的木地板，斑驳圆镜，陈旧的美妇画像。家具是否旧物？靠窗一张双人床，垂着碎花蚊帐，那个名垂后世、单纯热心的妇人就是在此辗转她多汗丰腴的身子？卢梭每天早晨散步回来，看见楼上百叶窗打开了，就知道"妈妈"起床了，立即飞奔上来……

房子左侧有个敞开凉亭（他们曾在此喝咖啡？），门前空地散摆些桌椅供人休憩，右侧有条小径。小径上方是弧形的花藤枝叶拱廊，穿过藤花廊，可绕到后花园，与葡萄园、果树林连成一片，想来当年都是华伦夫人买进的田产。花园呈长方形，有个围着的小苗圃；中间一条直道通向房子后门，分割出两块齐整草坪，散放着几把鲜艳的帆布躺椅。一对中年夫妇偎坐在右边，戴着遮阳镜，笑着，小声说着话；我们就坐在另一边。空气澄明，阳光直射，明亮得几乎睁不开眼睛，风从山丘上的葡萄园吹来，向山谷的果树林一层层扩散，极目驰骋，开阔至极，阿尔卑斯山好似近在眼前，两个山峰，像是中国的山水笔架，又如两个驼峰，常年白雪的山头被阳光映得闪闪发亮。万籁俱静。卢梭也是这样与华伦夫人在此闲话，吹着山上的风，与蜜蜂、蝴蝶、花树、虫鸟一起的？真想与土豆隐居于此。回望那幢素朴静立的房子，阳光勾勒出发亮屋脊，面朝阿尔卑斯山的墙体隐藏在青幽阴影中。于是我体会到卢梭在《忏悔录》第六章引的贺拉斯诗句：

> 我的愿望是：不大的一块田地，
> 宅旁有一座花园，一个水声潺潺的泉眼，
> 再加上一片小树林。
> 而诸神所创造的，
> 当然不止此。

三

河岸植着许多杨树，每棵都有十几米高，密集排列，但那萧萧疏疏的姿态，使得这片林子并不憋闷，倒极有风致。树下草地，年轻的青绿，铺一层白色野花。是什么花开得如此繁盛？

原来满地铺的，是一层薄薄"白絮"，如雪却不冰冷，是盐又不坚硬，比蚕丝要白一些，并不结成椭圆蚕蛹，较蒲公英花密实些，手

感极柔绵，却不及棉花厚实……她们从何而来啊？一阵风过，点点"白絮"又飘飘扬扬下来。我拣拾起一小团白絮，搓捏，柔绵中有一点坚硬，是杨树的种子。小而硬的黄绿果子，开裂，白絮就爆出来。种子躲在白絮中，大胆地从十几米高的树上往下跳，顺风飘荡，落在泥土中，掉在石子路上、荆棘丛里的，顺水漂流，或被人的头发、衣裳纠缠，带到街市，化作浮尘……可惜！并没有几颗种子会长成参天大树。便是如此，种子还是每年生长，每年掉落。

择了一棵最大杨树，躺在树荫里。那些白茸茸花种，贴着我的鼻尖、嘴唇。头上一片天空（异乎寻常无限透明的蓝！），只描画几条枝桠、几簇叶片。再无别的物事了，世界是那么简单！一棵杨树，竟能分权出那么多枝桠，每一条枝桠，又伸长出多少簇叶片？这些心形叶片是着绿裙的少女，有细细脖颈，她们十几片、十几片聚在一起，站在柔软枝桠上，甩着绿袖子，上下左右摇晃着，跳跃着，舞蹈着，唰啦唰啦闹热地议论着、喧笑着。树干则一动不动，如稳重肃穆的老者，静听少女们没心没肺的笑闹。亚里士多德在《动物志》中说："植物无法移动，没有感觉，许多动物则不能思考。"但我分明看见了杨树的精魂。有哲人说，一棵树的心，是在树干与根的交界。那么这些心形叶片呢？是树的头发？手脚？抑或那万千叶片，就是树的心灵的无数反应，是他的精魂的万千幻化？俄耳甫斯另有一种说法：灵魂源于外界，通过呼吸深入到生命体内，对此，风起了循环作用。如今风舞动着万千叶片，正是将灵魂从外输入杨树体内吧？那些叶片呼呼叫喊着，喋喋大笑着，激烈诉说着，都是树之灵发出的悲喜吧？奇怪的是，当我这边的杨树在舞动欢叫时，离我不远的几棵杨树，却一动不动缄默着；我这边才沉静下来，涟漪一般，激动的战栗，开始在那边传开，一开始轻微的战栗，扩展为层层叠叠的起伏。风在树林间穿行，将灵魂从这到那循环传送，我的心也涟漪般战栗起来。我记起丘特切夫的诗句：

> 在这棵高挺的人类之树上，
> 你是一片最好的叶子，
> 最纯洁的汁液将你滋养，
> 最纯净的阳光让你成熟。
>
> 你在它的身上轻轻地摇曳，
> 与它的灵魂发生最和谐的共鸣，
> 与暴风雨进行先知式的交谈，
> 或者与微风一起快乐玩耍！

伴随着风，是光的运行。光从这棵树运行到那棵，背光的叶片，墨黑，黯淡，是暮晚归林的鸟儿；面光叶片，则有雪的光芒，白亮耀眼，不能逼视；唯有光暗重叠的叶片，最为生动，在风的带动下，光影晃动、交叠更替，没有一丝稳定。一切皆变，一切如幻。我微微阖上眼睑，也能感知枝叶上的光晃动不停。若是风将一条枝桠扯得过了，光就直接落在脸上，刺眼的白亮带来一小块热度，转瞬，又被密集的阴凉取代了。

风停顿的间隙，杨树喘息着，种子们撑着降落伞密密麻麻从天而降,将我的身子、身边的草地当作着陆点。躺上一天,我就会如蚕蛹般裹在白丝里了。河流在眼前,浅浅地流,平整的河面、细密波纹上抖动着白色天光。多么缓慢,还是在流动。赫拉克立特说,一切源于水,一切皆流。这水畔,该会徘徊着怎样的水泽女仙、花树女仙、树木青草和种子的精灵?……刚巧是五月,刚巧在杨树飞絮的时日,我们刚巧走到这片恰当的草地!换个辰光,又会遇到怎样的风景?在这起风的下午,思绪随风、随水,穿行、流转,神秘的感觉如那些白絮种子,此处彼处掉落……瞬间而过,一切皆流。土豆在身边看书,读斯特劳斯,几小团白絮种子掉落在他头上,就笑说,那是灵感的种子。——他终于想通了一个问题,便在白纸上写下风传送来的神谕——我继续读《在少女们身旁》。普鲁斯特第一卷写了少女希尔贝特,第二卷写了少女阿尔贝蒂娜。从没有一个人,如他,不注重情节推进,似乎任由一切缓慢流动,头绪纷杂。普鲁斯特的词汇集中在:小径,脸颊,花朵,衣裳,房间,教堂,音乐,绘画,幻象,睡梦,夜晚,回忆,时间,譬喻,色彩,差异性,个体性。没有固定概念,没有固定不变的人,色彩,表情,随时间流动,在"我"的幻象中,一会流动到过去,一会延展到未来;停滞的时刻,一个少女,或者说一个名字上的少女,会演变成许多个不同少女,这个与那个,又呈现鲜明的差异性,具独特个性。悬崖,大海,树木,在不同天气,不同视角,不一样时间里,因不同心情,发生着奇特的变化。但这仅仅是开始。——直到我读到最后一卷,才看清楚他那哥特式教堂般恢宏的、交响乐般精心设置的完美结构。

河流在眼前,浅浅的,缓缓的,草树尽力俯向河面,显得河又窄又多曲折。这条河我是熟悉的，有多少时间，我们在此徘徊。20世纪末，那帮和土豆一样年轻的博士，才刚留校任教，每周有一两天在我家聚会，一起读书，清谈，下棋，听音乐……读经典，谈无用之事。有一回，读莎士比亚，天气是那样晴朗舒爽，大家就说到野外去。我们八个人雇了两条船，带了葡萄酒、咸鸡、卤牛肉、各样零食。坐在船上，举着纸杯笑着叫着乱碰，小船任性地飘在河上。微醺。两岸草坡，开满酢浆花和美女樱，一团团粉红云朵，要从草地升上天空。将船绑在一棵苦楝树下，各自掏出《威尼斯商人》，分派角色……"巴萨尼奥"仰躺在大石上，拿书阖着脸，是听鸟鸣还是遐想？戴墨镜的光头"夏洛克"，一手拿书，一手拽着缆绳；"安东尼奥"手指头夹着烟，忙着说话，烟灰长长地不落；头发微鬈的"朗斯洛特"，像只猴子蹲坐在树杈上……朗诵老是中断，大笑，插话，纠正……当时，苦楝树开满紫蓝色小花，那种紫蓝色，有一种淡淡的忧郁，很合乎年轻的多愁善感的心，后来我也一直很喜欢这种树，因为它叫"苦楝"，这两个字是特别好看，且令人伤感的……十几年流逝，当年的读书人都长大了，如每一片花瓣、每一条枝桠，伸向各自不同的方向；风，吹断了共同价值之链，我们，也再难坐在同一条船上、读同一本书了！

那天，应是立夏前后，我们的年纪，也正处于生命流年中的立夏，真如乔叟老头唱的，我们这些年轻的——

他宁可床头堆上二十本书，
也不要提琴、竖琴和华服；
书外装着红黑两色的封皮，

书内是亚里士多德的哲理。

可是，尽管他是一位哲人，

但他的钱箱内却殊少金银。

（节自《坎特伯雷故事集·总引》）

四

一弯新月，夹在两幢楼房间，被灯光漂白，如失血唇色、拔细眉毛；在山中，她会是片利刃，尖新，光芒锐利。北斗七星，瞌睡着、昏昏沉沉、含义不明地指向北方。古书说立夏："蝼蝈鸣。蚯蚓出。王瓜生。"城市中已不明所以，只是出行时，看铁道沿线农家，屋前垣后，搭着架子，藤叶蔓生，五月间开着黄花，王瓜是小小的，如弹丸。

今天是立夏，我笑。土豆说，立夏有什么特别呢？是呀！今日我也不过是去学校接土豆，下午一起到公园读书，和许多日子一样。每年都有立夏。时间是线性流动的，又是循环往复的。今年的立夏不是去年的，去年又不是前年的。明明白白看着时间流逝，我再不是那个我，你也再不是过去那个你。眼睛，脖子的痣，头发颜色，皮肤上的褶皱，一切，悄然发生变化，但是为什么，你还是那个你，我还是那个我。

我点了立夏必要吃的几样小菜：春笋，蚕豆，鸡蛋。说是笋能健腿脚，蚕豆明亮眼睛，鸡蛋能强健心脏。五月是毒月，万物生长，百虫也不例外，吃了这些，强健自身、避免灾害。但不知吃什么，能够强健大脑？"天行健，君子自强不息"，在一个精神疲敝苍白的时代，君子（如何可称为君子），如何能"自强不息"？

春笋，呼朋引伴，一夜间，呼啦啦冒出许多，竹子是极富生命力的，给点水，就尽力冒出来，一日拔三节，几天不理，已经长到二层楼那么高。新笋掐着嫩。立夏前后，也有长到二层楼那么高，尾部还嫩着，我小时在山上，就是对着未老的竹小伙，奋力撞过去，末梢啪嗒掉下来，捡回去炒着吃，照样是嫩。我母亲是如金农说的，炒竹笋要配花猪肉，既能调出春笋的鲜，又去掉新利、生涩感。今夜我点的小菜，却是油焖春笋——将嫩春笋切片干煸，加水、酱油、白糖焖后收汁，鲜且入味，加糖也为着去涩味。苏州、无锡、上海一带的油焖春笋，真是极甜，要甜而不腻方好。但有时候，我就是喜欢吃春笋的青涩气，便只是切片干煸，加些葱花，金黄点翠，以钴蓝铀盆盛上来，极诱人的。还有将极嫩的春笋，连壳切短，置白水中搁点盐煮熟，这就是手剥笋，单为了吃时鲜气。在江南，还有一道腌笃鲜，却是我家乡不曾吃过，成了上海媳妇，我才学会——将咸肉、春笋、鲜肉或排骨炖在一起，三种鲜味调和，鲜美异常。第一次吃这道菜，是在我婆婆上海新永安路的弄堂房子，爬上咿呀作响的木楼梯，黑暗中摸索着打开木门，隔壁厢人家与婆婆家只隔薄薄一层木板，临街开四扇木窗子，我婆婆立在窗口，洗春笋、切春笋、切咸肉鲜肉，煤炉子烧滚滚开水，咸肉鲜肉春笋通通放进钢精锅子，汆一汆，再换水，大火烧开小火炖，二三个小时下来，香味弥漫小小房间，钻过木板缝隙，漫溢到隔壁人家去，站在楼梯上都闻得着……

蚕豆。四月里蚕豆苗矮矮趴在田头，拨开叶子，才能看见紫蓝小花，蚕豆花实在不起眼，蚕豆夹子也难看，剥过后，指甲会染上黑汁。常见老婆婆，坐在小区楼房门洞，一边聊天一边剥蚕豆，脚下一堆咧嘴壳子——母亲！你在家乡也是如此度日吧？剥好的蚕豆，头顶有一条眉毛，倒光蚕豆，篮子中会落下好些孤单的眉毛。我今夜点的，是土豆喜欢吃的清炒蚕豆，只将嫩蚕豆连皮滚油热爆，皮炸开，撒一把葱花，即可上碟。但我母亲非但要剥掉蚕豆外壳，还要去蚕豆皮，剥尽的叫豆瓣，油爆后加水烧开，然后，将洗净的牡蛎调入淀粉，以筷子拨进豆瓣汤中，烧滚，勾芡，加点醋，就是很好吃的海蛎豆瓣汤了。我每每回家乡，母亲总要做这个汤，说要烫烫的喝才不会腥气，她一边说，一边看着我喝下去；我说好喝，她就单手撑着腰，呵呵呵地笑。——母亲，写下这几行字，我是多么想念你的海蛎豆瓣汤啊，即便有豆瓣，我又哪里去买家乡海边无比鲜美的野生牡蛎呢？也无论如何，做不出母亲的味道。

至于鸡蛋，我要了一份香椿炒蛋，香椿是紫红色的，短短嫩叶一捆捆扎着，切细了炒蛋，极香。我小时候没吃过香椿，虽觉得好，也不甚想念。传统立夏节，得吃整个水煮蛋，小孩子们喜欢玩斗蛋，就是比试谁的蛋立得稳、不易碎，都与成长相关。母亲用五色丝线编成蛋兜子，将染成红色黄色的熟蛋，装进彩色蛋兜，二三个挂在胸襟，跑起来，有意无意磕破了蛋，就吃掉了。端午节的蛋是黄色的，用艾草水煮的，连同樟脑丸、粽子，一起挂在胸前，累赘得很；我不记得吃掉多少枚鸡蛋，只记得极讨厌闻雄黄气味，又死活不肯洗艾草水澡，妈妈就哄，洗完澡才可以穿花裙子哦。我小时对立夏节不感兴趣，因为只有鸡蛋，花裙子还藏在衣柜里，要等到端午节才能穿。

一边吃饭，一边和土豆絮絮地说这些。步出小店，隔壁水果摊头果子甚是诱人，又立住了看：草莓整整齐齐码在篮子里好似匹诺曹的鼻子；青白肤色的甜瓜姑娘散发出甜香诱你扑上去咬一口；枇杷，橘黄皮肤上蒙着白霜的，是流着蜜汁、口感沙甜的，我小时就好奇何以难看的枝叶能长出这般完美果子？但我偏爱芒果，他们像满月婴儿的胳膊，肉肉地排着队挤在一起睡……夜的街，浮动着各种香气，水果的，阳光的气味，新割草地的腥涩之气，白日所见的香樟树苦楝树女贞树的花香，还有一种俗而甜的香味，含笑的。时间，会在花色上印下牙痕，又附着在花香上，颤抖地一脉脉传递……走过一幢高楼，又嗅到一种沁人心脾的香气，青柠的？柑橘的？原来楼前有两株不高的橘子树，微弱灯光下，暗绿叶片间，成团成簇聚生着小小的青白色五瓣花，屈大夫喜橘树，苏东坡到宜兴买房，也曾想如屈原种五百亩橘树，想想，单是嗅闻橘子花的香气也是美事吧？这立夏夜，若是在乡野，蚯蚓正埋头掘土，蝌蚪变成了青蛙，一眉新月，数点小星，橘子花香气阵阵，又该是怎样的清新宜人呢？

卢梭说的："我必须在冬天才能描绘春天，必须蛰居在自己的斗室中才能描绘美丽的风景。"写下这些文字时候，立夏已过，梅雨来临。绵绵不绝、闷热烦扰的梅雨季。熬过这几天，蝉声就该大噪起来了。

文河

诗人,散文作家。出版有散文随笔集《漠漠小山眉黛浅》《清晴可喜》等。

小满

文河

5月20—22日

只觉得生命也可以奢侈得理直气壮。
正是因为有了这一刻的恍惚，
世界才生动起来，波澜横生，风光流转。

五代·周文矩·西子浣纱图

小满来了，皖北的天相当热了。

早晨的风倒很清凉。清风的"清"，在五月、六月之间的早晨，能体会得更透彻。春天的风是感性的、抒情的，带着你，从某个温柔的地方来，到某个温柔的地方去。夏天的风呢，热烈而不沉溺，它拂过你，然后走远，没有留恋，也不执著，风是风，你是你。秋天的风清清爽爽，带有玄思色彩，它走远了，它的凉意久久留在你那儿，在肌肤中，在骨头里。它把很多东西都带走了，不再回来。冬天的风凛然，有一种绝对性，摧枯拉朽，不过，人的自我意识会被唤醒，像荒野上的一棵孤树。

现在，该开的花都开过了，花朵稀少了，果实和叶子变多了。一颗颗或一串串果实，桃，杏，梨，苹果，李子，枇杷。柿子正在坐果，但还没坐稳，每天早晨，地上落的都是没成的柿纽子，我们这儿叫做柿蔫子。一片片，一层层，叶子后面还有叶子，夏天变得深远而富有包容性。如果花朵是一种意象，那么绿荫则是一种意境。这么多叶子，每年都这么新、这么绿。深绿，浅绿，青绿，翠绿，墨绿，每种树叶的颜色都有或明显或细微的差别，富有层次感。但再多的叶子，也不可能把所有的枝条都给遮住，偶尔仍有一根枯枝露了出来。

到处都是光的涟漪，五月亮闪闪的，一晃一晃，像一棵麦穗。

麦子上面了，小小的颗粒，微微发胀，有了重量，但还没有成熟，才开始变黄。

我喜欢"小满"这两个字，可以作男孩的名字，也可以作女孩的名字。寻常百姓家的孩子，十五六岁的样子，朴实，自惜，尤其这个

"小"字，透出几丝可爱和憨然。

晚饭后的灯影里，仿佛只要我问一声，咦，小满呢？院子角落的杏树下，就会有一个声音轻轻说，在这儿呢。

我有些惘然地想，小满长大了，开始有心事了。

枝叶婆娑，杏子累累。杏是麦黄杏，真香。

小满，还不是太满，还剩下一些微妙的空间。圆满，意味着结束和转化。月满则亏，水满则溢。"满"，对中国人而言，是一种心理感觉，一种现实经验，也是一个哲思概念。孟子说，充实之谓美。但太满的时候，就需要警惕了，所以说，物忌满盈。

满，并不是绝对充实。新月一弯，对我们来说，却已经有了圆的意思。草色遥看近却无，但春天的意思却已经满满地存在了。我们之所以能够有这样的感觉，这只能说是一种文化基因遗传。我们的古人早就悟透了有和无、虚和实。太极中的双鱼图，是阴阳相生，也是虚实相映。汉字中的"悠悠"、"渺渺"、"窨窨"、"冥冥"……一个空茫无限的意象世界。

年轻时，往往不能接受人生中的缺憾。到了中年，就会觉得人生中的缺憾是难免的。这一生，无论怎样活，无论活得怎样精彩绝伦，也总会有意犹未尽之感。正如欧阳修的诗句所言，"杏花红处青山缺"。然而，只要认真地活过，就连缺憾也会变得美丽。也正是种种缺憾，才使人生显出了一种"圆满"的意思来。

王维的诗，"江流天地外，山色有无中"。我们眼中的世界，就是有如此浩渺而又灵动的空间。这个世界是实的，也是虚的，是具象的，也是抽象的。如此，我们的水墨画，才有那无限悠远的留白。《山海经》是写实的，虽奇奇怪怪，却郑重其事，天地肃然。然而，它又是虚的，神秘悠渺，山一重，水一重，世界却荒荒的，没有人世的光阴徘徊。《西游记》多从虚处着笔，而你又处处能感到这是在写一个现实的人世，有一种世俗之美。我最近又重新翻看了一遍此书，每天晚上随意读那么几页，又修正了很多以前的看法。

我承认，《金瓶梅》是一部伟大的小说。但我读了还是觉得，写得太满了。满得有了壅塞之感，透不出一丝光来。绝望到极处，如果不能豁然解脱，便只有直坠下去。杜牧咏晋人石崇的爱妾绿珠，"日暮东风怨啼鸟，落花犹似堕楼人"。可叹，可哀，但又十分可惧，因为没一点挽回的余地了，连一点回环和波折都没有。《金瓶梅》中的人物，就这样落花般坠下去了。所以，我还是更喜欢《红楼梦》。《红楼梦》尽管"落了片白茫茫大地真干净"，可是倒像孔子所言，绘事后素。白茫茫如一卷生宣，天地无言，虽空无所有，却仍蕴含着妙笔生花的希望。

中国人做事情，总是说，别做得太绝了，要留有余地。给别人留有余地，也就是给自己留了余地。还有，做人做得太实，虽然正大，但也会显出僵硬和呆板来。《论语》中的孔子在某些方面，是个很有趣的人，但后来的儒者，比如朱熹他们，就少了几分温润之感。他们的人，太满了。太满，就不易有清新之气。

有一些细微的空间，就有一些自为的余地。有人在这种空间里，养精蓄锐，准备开疆拓土，打下另一个新的天地。也有人静观山河，超然于物外，作心灵的逍遥游。

但是一朵花，总有开满的时候。满开的花，多美啊。接着就谢了。

那远古的世界，显得那么大，空空的，又满满的都是植物，都是风。说话的声音很少，一点点。那时的山还只是山，水还只是水，世界还没有被人类抬到逻辑和修辞的手术台上细细剖析。所以，那时的感官世界还是一个浑然的整体，清晰而浩大。

只有清寂的一刻才有悟，只有停顿的一刻才能识。

人多的地方，神就少了。

在古时，人是那么小，静悄悄的，在山水中。人也是虚的，无我，只剩下几根虚虚的线条。很小、很虚的人，道通天地，就立即变大了，参天地之化育。一个一个，顶天立地，头角峥嵘。虚虚的线条，都变成了铮铮铁骨。

小满时节，蔷薇花色狼藉，已经萎败了，而榴花却正艳。《闲情偶记》里，李渔说种杏树不结果，若把女孩子的裙子系在上面，果实便累累满枝。李渔以此断定杏树喜淫。这种无稽之谈，也算明清才子趣味之一种。美人如花，花朵本身就是情色修辞学中的一个主要喻体。石榴裙，不就是一个带有情色意味的意象吗？白居易描写《琵琶行》中的欢宴，"钿头云篦击节碎，血色罗裙翻酒污"。真是纸醉金迷。以前我读此句，嫌太写实，轻易就忽略过去了。如今倒觉得有一种真实可感的绮丽冶艳，有一种现场感。

五月中旬的阳光白亮亮的，石榴花锦重重地落了一地，而枝上仍然腥红朵朵，娇艳欲燃。这些花，开了又开，开了又开，你只觉得生命也可以奢侈得理直气壮，因为过于富有。自然界也像人，有一掷千金、貂裘换酒的豪气。

禅宗里南泉禅师曾道，"时人见此一枝花，如梦相似"。南泉的意思是说时人未能彻见佛性，眼中所见，只是幻象，而非真如实相。

而时人有这一刻的恍惚，不也是很好的吗？也许，正是因为有了这一刻的恍惚，世界才生动起来，波澜横生，风光流转。

这么小的树，却开了这么多的花。枝条都压弯了。

儿时，小满前后，正赶上青黄不接的节骨眼儿上。麦子虽然上面了，还是水籽。不是为了尝鲜，而是实在揭不开锅了，母亲才拿把镰刀，割回来一捆半捆，小火把麦芒烤掉，麦穗散发出微焦的诱人香味，在簸箕里揉出麦粒，打成黏馍充饥。但也不是年年这样，在我充满饥饿感的童年记忆里，也就只有那么一两次。没到芒种，麦子虽黄了，却还不到开镰的时候，黏馍虽然鲜美可口，心里却有暴殄天物的感觉，总不能吃得心安理得。虽然种麦子就是为了吃，早也是吃，晚也是吃，都是为了活命。但没到时候，就是不应该。这是一个人间的规则。我从小就养成了惜物的习惯。

晴雯撕扇，宝玉发奇论道，扇子原是扇的，你要撕着玩也可以，只是不可生气时拿它出气。杯盘原是盛东西的，你喜欢听那一声响，就是故意打碎了也可以，只是别在生气时拿它出气。这也是爱物。这看似戏言，其实是从道家的齐物的高度来看待事物的。人从物的羁绊中解脱出来。超越于一切人世的规范和命名的约束，万物为我所用。作为一种艺术精神，可得大自在。但如果作为一种社会行为准则，就会造成一种极大的破坏性了。

静则秋水长天,动则惊涛裂岸。

在社会现实层面,扇子就是用来扇的,你撕,就是破坏,就是不合理。杯盘就是用来盛东西的,你再喜欢听那一声响,你故意打碎,就是不应该。所以,虽然青黄不接,母亲还是不愿意去割那么一捆半捆麦子的。

布谷鸟叫了,天空静谧的深蓝中,时不时响起一串啼鸣。在黎明和暮晚中,这种鸟儿也叫。还有一种鸟儿,常在暮晚鸣叫,与布谷的鸣声相似,但没有其婉转。布谷的鸣声是:"布谷、布谷——""布谷、布谷——"比较急促。这种鸟儿的叫声是单音节的,尾音略微上挑,比较幽深:"谷——""谷——"我们把这种鸟儿叫做"地牤牛"。有时,在星月明亮的上半夜,它也鸣叫。大地静悄悄的,庄稼茂密。这种鸣声显得神秘、幽远,叫得人心里微微发怵。不知从什么时候起,这种鸟儿在我们这儿彻底消失了。前几天,也就是今年小满前,我去合肥肥西县参加一个活动,住在一片湿地旁的宾馆里,傍晚和几个朋友到湿地散步,忽然又听到地牤牛这种久违了的鸣叫声。经一个写小说的朋友提醒,我才知道,这种鸟儿原来就是古典诗词里赫赫有名的杜鹃,它还有另外一个优美的名字,子归。在乡村,对于我们生活中的事物,我们经常根据我们自己的理解和观察来命名,我们有一个自成一统的世界,也有一套独具特色的语言系统。比如,吃饭我们不说吃饭,而是说喝茶;稀饭不叫稀饭,叫糊涂。我们称下午为横阳,半下午为半横阳;称傍晚为天落黑。这个世界既保持了一种相对的独立性,又造成了一种相对的封闭性。当然，如今这个世界，早已分崩离析，丧失自己的任何特色了。

　　过了小满，麦子上了面，开始慢慢收身，再经几天阳光暴晒，就要收割了。日子有了忙碌的氛围，太阳也毒了。家家户户开始磨镰，长条型的磨刀石，青幽幽的，每年使用，中间呈微凹状。男人们蹴在房檐下，从脸盆里往石上撩些水，两手捏住刀片，唰唰唰磨了起来。把锈了的刀刃磨得锃亮，举起来映着日光，眯着眼看了看，再用拇指在刃口蹭了蹭，自语道，好了！然后再磨下一把。古书上讲，工欲善其事，必先利其器。果然是这样的。

　　收割前的一件大事就是造场。年年收麦，需要一个固定的场地，这个地方就叫麦场。麦子收割后，颗粒归仓，麦秸垛好，秋收时节，还可以再用。等到第二年麦季，这段时间很长，麦场就荒废了，这就需要再造一造。把地边的青草清除掉，把场地铲平整，牵头黄牛，让它拉着一个石碌一遍遍碾压，直至碾得光光的，又硬又亮，场就算造成了。老黄牛慢悠悠地走，石碌骨碌骨碌转动，一圈又一圈，一圈又一圈……太阳当头照着，然后又向西歪了过去——岁月好长啊。

　　我们这儿有个禁忌，就是麦收期间，不能坐在石碌上。我到现在还不太明白什么原因，也许是对收获的某种古老的敬意，人体——尤其是屁股——是不洁的。古时上至天子，下至庶民，祭祀或祈祷，都要斋戒，沐浴更衣。真心诚意，以临大事。小时候，我倒喜欢坐在上面。明知母亲看到会吵，我还是趁她不注意，故意在上面坐坐。有时候，我也有某种突破禁忌的冲动。我曾说过，我是一个消极的反抗者。表面看来越温和的人，其实内心深处越存在着某种凛然的东西，就像一块厚厚的丝绒布,包裹着一把锋利的刀子。

麦穗越来越黄,沉甸甸的向大地弯了下去。镰磨好,场造好,一年中最繁忙紧张的时刻,就要到来了。

今年小满这天,上午,我特意到西沙河转了转。岸边有一片竹林,竹竿正在往上蹿,丈把高了,还没长枝叶。晋人爱竹,"竹林七贤"便是一个著名的文化意象。竹清虚,枝叶虽繁密,却仍然显得秀逸。竹竿一节节往上走,心无旁骛,里面却是空的。它有审美价值,也有广泛的实用性。当然,它不能做栋梁。晋朝本来就像是用竹子搭建而成,佛老使晋人变得清空灵动,但人格精神深处似乎缺乏一种粗壮坚稳如松柏的东西。晋人的精神世界更多是艺术性的,他们的人生是风格化的。羊祜、卫瓘、张华、山涛等西晋初年重事功的人中龙凤,如果和两汉初年之人相比,就会觉得其精神强度不足,少了几分鲜活的生命元气。晋朝是一座竹楼,陈设高雅,情致怡人,"八王之乱"就像武打电影中的镜头,一群江湖人士聚会议事,各自打着各自的小算盘,一言不合就哄然动起了拳脚,一阵噼里啪啦,桌碎椅坏,竹楼摇摇,胡人一推就散了架了。而汉朝给我的主观印象是高大、结实,满满当当,像是用方砖大石一块块砌成,但汉朝并不给人壅堵闭闷之感。西汉初年,休养生息,无为而治,虽叔孙通定礼仪,使刘邦知为帝之尊,萧何建宫室,壮伟宏丽,威荣流传后世,而其国家精神则提倡黄老,有清虚之气流转。刘邦打天下时,狎辱儒生,临死前路过山东,却亲自祭祀孔子,这里面当然有政治意味存在。刘彻尊儒,更是大一统的集权时势使然,儒法并用,凝聚力大增,而到了晚期,凝聚力消失,整个国家精神则变得凝滞胶着，政治系统也变得僵化机械了。王莽更是一个不近人情的腐儒，虽力矫时弊，然而弄巧成拙，天下就乱了。当其衰败崩溃，西风残照，汉家陵阙，无限苍凉中仍透出一种荡人心魄的壮美。

在一个水湾儿边，长了很多茨菰、蒲草和芦荻，我很喜欢这个地方，有野趣。看上去很乱，其实是哪儿该长什么就长出什么，不该长什么就不会长什么。自然而然才是一种理想的秩序。人类不知道，很多事情，便越俎代庖，全部按照自己的意志来处理，并且洋洋自得，自以为建立了新的秩序。这其实是一种僭越。其结果便如老子所言，"代大匠斫，希有不伤其手者"。

有一段河堤，用水泥砌住了，显得十分触目。如果堆放的是天然的石块，就没有这种生硬的不协调的感觉。石头是有生命的，水泥则是被戕害至死的石头。我们看石头雕刻，仍觉得石头有生命，虽然这是石头又轮回成了其他的生命。这中间由于投注了雕刻者的精神和感情，便等于又赋予了石头新的生命。

沙河蜿蜒如带，从来处来，到去处去，注淮入海，最终汇入那云蒸霞蔚的浩瀚里，而生命也是一个不息的轮回。但见一只白鹭，从茂密的草丛中翩然飞起，悠悠向对岸移去，孤云自闲，波间轻影如梦，一时天地寂然。

133

爱松

诗人,散文作家,小说家。发表有长篇小说《金缕曲》《异梦录》;出版诗集《巫辞》《弦上月光》《在漫长的旅途中》《天上元阳》等。

芒种

爱松

6月5—7日

三百万年前的这个时候,疯狂的古老族人,甩动油漆一样的头发,百兽在城外身披铠甲手持利刃,静静听从神灵的召唤。

宋·佚名·毛益牧牛图卷(局部)

酿造身体的一天
比制造长，在一天中的
某一时刻，停一停

离目的地还遥远
阳光，跨出的每一步
都在虚拟地播种

停一停，看不见的种子
在体内游曳，它跟随我
翻过山水，请停一停吧
你踩到了，她的露珠

一

一九八五年，六月，"一候螳螂生"。故乡晋城，小镇映山塘里的水，被天空的重量压低。

夕阳就快落下，一群孩子还在山野间听风，呼呼的野草也跟着竖起了耳朵。但没有任何消息，万物置身群山的空旷中，偶尔在梦里打个冷战。

这群孩子来到塘边看水，黑亮的水面比纯白的乳汁更具诱惑。趁着夜色，他们纷纷脱得精光，一个紧接着一个，扑通、扑通……一塘水，终于被打破了，黑暗中传来水对肉体的咀嚼声，细细轻轻的，不留下任何吞咽的伤痕。

他们玩累了,身体开始发冷。水里的黑,正清理着孩子身上的白与光,宛如拂过琴品的手指,在一个滑动的音符过渡中,精准地作为一名弹奏者的手,盲目地触疼某一根弦的过往。

四野空旷,大堤沉默,起风时,一塘水哗啦啦哗啦啦,泛着波澜,拖着黑夜的尾巴,搅动时间无形的转轮,交替着音符和琴弦。正是这些孩子,毫无防备地完成了一个个山间生活的自然连接音。远山被抖落在水里,摇曳起一阵阵童稚而瓷实的呼唤……

在同样的 a 小调《小夜曲》上,汉兹和舒伯特给了黑夜最温暖的光亮,使沉睡的梦中飞过天使。她们扇动着翅膀,越过迷离的空气和道路,来到古老小镇。在小镇东南方向,被那一塘水养活的琴,卷曲着金属和尼龙的质地,在一个旧庭院中等待花开。天使们绕过几块青石板,凝重的色调拉紧了飞行。最后,她们停在褪色的一扇旧窗前,开始歌唱。一直沉默着的小镇,融化在音符精细的挣脱下,一度令人恐惧的黑暗,在这些动听的歌声中褪却伪装,渐渐露出纯洁、婉转且安宁的影子。

每天,我都在黑夜里弹奏这些熟悉的旋律,不由得每天就会有许多等待的情节生发和展开,就像一粒种子,被埋进了大地,接着拼命等待生根发芽、等待开花结果一样。而我所等待的可能仅仅只是一丝消息,那个来自少年时代萦绕心头的狂热念头和眷爱。

我并不是幸运儿,那个她一直远远的在前方。

我开始尝试养了一群鸽子,每天喂食打理,但最后活下来的却只有一只。一个倔犟的雪白的小小身体,时常在眼前掠过。我希望它能抚慰我热爱着的心,我希望它和这些音符一样,能够被我反复地弹奏,然后带上我的思念和情愫,飞向前方和彼岸,那里有我要找的人和要做的事。我必须过去把它们都带回来,像音符一样装饰这扇灰暗而隐隐乍现的窗。

一晚上我都在做着同样的梦,特别是在这个季节最黑的深夜,许许多多蝙蝠在梦中变得更加漆黑和偏执。面朝空洞的四壁,它们不停地锉着牙齿,发出岩石断裂之声。我无比伤感地发现,我就是其中的一只。

我拼命努力,想找回自己作为人的模样和尊严。但是,我一次次失败了,黑暗之力是如此之强大,它改变了我的身体构造,却还保留着一颗人类的心。是生命让我作为一小只蝙蝠,永远地倒挂在阴冷、潮湿、黑暗的山洞里。唯一的解脱办法,就只有狠狠撕咬自己,因为山洞下面的光和门,只有支离破碎的死亡才可以叩开。而此时,那里隐约响起美妙的赴死旋律。我于是更加坚定地咬向自己,企图用尖利的牙齿,咬碎这个黑暗之梦。

黑夜自有黑夜的力量,它令人不知疲倦地重复睡眠和恐惧。

三百万年前的这个时候,我带着族人蹲守在冰冷的岩石上狩猎,遥想着文明世界到来的某一天会是什么样子。三百万年后的今天,我怀抱着吉他独自坐在一个小院子里,学习弹奏不同版本的《小夜曲》,遥想十八世纪教堂上空的云如何变化多端,遥想舒伯特和汉兹在维也纳的广场上,穿着乐音编织而成的燕尾服,放飞的风筝闪烁不定。

人们从四面八方涌入,岩石逐渐热了起来,达到了人体温度后就不再上升。掌管音乐的众神开始抵达了这个世界的音乐之都。各种怪异的调式，带着假面具悄然登场；纵横交错的大街小巷，镶嵌着细碎的钻石；疯狂的古老族人，甩动油漆一样的头发，竟没有脸；百兽在城外身披铠甲手持利刃，静静听从神灵召唤……

我为这些景象兴奋得彻夜难眠。

渐渐，越来越细小的乐音停留在了山峰之上，一个个排着队，整齐地准备下山。它们刚刚打完一场胜仗，敌人在反向切音的重击下纷纷溃败。它们将于今夜启程，回到自己遥远而温暖的祖国，带上满满的一兜战利品回家。沿着喜玛拉雅山脉的小路，蹚过长江黄河，穿越极光照射的土地，向着五千年前的瓶瓶罐罐奔去……如今，它们深埋地底，无人知道。曾经浩浩荡荡的琴弦间，更发不出任何一点碎片的声响。

一位双目失明的老人，为民族调式忧郁着脸，他的琴弦断了一根。肖邦的祖国，正在发生巨大的灾难与不幸，他在哭泣。音符有了某种不切合的冲突，并激烈摩擦。老人正坐在街边耷拉着脸，刚才即兴弹过的乐曲让自己沮丧无比。

有月亮在泉水中浮动，暗香阵阵，他站起来走了过去，捧起来不停地喝。他只知道现在异常的渴，越喝越渴，已无法顾及什么波兰，更何况他根本就不认识波兰，也不会为波兰伤心。

肖邦更不可能因为一个梦境之外的音乐家又瞎又老而流泪。他的键盘离弦太远，就像他的祖国距离中国一样，只可在想象中遥遥相望。乐曲的音符微妙差别显而易见，逐渐增大增强起来。我的呼吸因此而变急促，练习因此也遇到了困难。一丝凉风吹来，小院子四周越来越暗淡，我干脆闭上了眼睛凭感觉去弹奏。我始终相信我的手，它拨弄琴弦的同时，一些黎明的光辉已经在音孔中酝酿。

此时的黑夜，所有一切都沉沉睡去，我沿着梦境的边缘寻找失去了的曾经，就连这些音符也离我远去。它们是黑夜的一部分，它们是黑夜里的暗天使！现在，它们终于累了，要回到天堂去做短暂的休憩。

没有人知道，它们是怎么离开我和我的琴弦的。我感觉到手指开始碰触到最后一丝余音，马上又被弹了回去，手上的温度在一点点丧失，最后，一下子就完全失去了。在我的怀里，依然抱着的是古老的六弦琴，它泛着微黄的光亮的面板，正对着窗外沉沉的天幕，如此地贴紧着我的身体和心脏。

头顶上，千百年来逝去的人们，在黑黑的天幕上眨着冰冷的眼睛。他们并不孤独，大地上全是他们曾经的故乡和泥土，只有偶然无比闪亮的光才是最孤独的。它划破天幕，在指尖留下了一道无法愈合的伤疤。

我知道它死过很多次，但又继续死去这一次。在梦境深处，做梦的人无休止地弹奏，它也在努力找寻，并担心死亡，担心消失，担心此时被世界上的人们早早遗忘。

二

一九八六年，六月，"二候䴗始鸣"。故乡晋城，小镇西边的杨柳沟涨满了水，谷花鱼梦想着纷纷游进稻田里。一个个银白色的音符散落在大地绿色的谱架上，四周安静，彩虹藏在尖尖叶子上的一滴水珠里。

雨，刚刚开始。一段鼓点，在激烈的即兴后趋于沉寂。记忆中的雨滴，最先落在了非洲大地。雨滴下坠一瞬间发出圆滑装饰音，能让所有听过的痴迷其间，这种效果无法用语言来形容，因为它的骨头生长于潮湿中。当雨滴渗透大地后，万物开始变得清新、明亮和生机勃勃。

在这个季节，我时常重复做一件事，就是看一看院子里面的玫瑰，一场雨后，被雨水冲刷过的红，喘息着，阳光在花蕊里晃动。这风来自西南方向，那里有个人，在默默摇动经幡。等待的过程是漫长而寂寞的，一生的爱和幸福止于短暂的欢娱。

玫瑰的等待和人生一样脆弱，一个季节迎风招展时，另一个季节很快就将赶来。枯萎和死亡同样令人焦虑，在漫长的等待中，所有放弃会变得无足轻重。此时，它睁开了眼，微微喘息，许许多多雨滴倒挂在屋檐下，露出疯狂的想法，不停地掉落地下摔得粉碎，溅起无数的水花，继而消失得无影无踪。

游离于琴弦上的音符，慢慢开始密集壮大起来，它们来到了一大片旷野之中。许多年前的陆地还是那么完整的一块，现在，它已经发生了漂移，碎成许多块，长满莫名的绿色守望和红色忧伤。这不由得让人怀念那时的土地，多么的宽广、博大而单一。雨水时常滋润着大地每一寸柔和的肌肤，每当温度上升时，一切都弥散着早已消亡的天然香气。许多植物和动物一起拥抱，它们寻欢作乐还会语言，是人类的出现剥夺了它们的智慧，让它们成为大地的皮毛，在琴弦上不停滑倒。

这是一个多么适合恋爱的季节，A大调也为之疯狂和倾倒。我在今天，却只能躲在某个隐秘的角落，仔细聆听一位姑娘向我轻声诉说的幽怨和理想。整个季节，我就这样目送她去了远方，那里没有河流、没有大海、没有爱人，就像现在的我一样，一双手、一把琴、一颗心，外加一个嘶哑的音，从琴颈的开口处冒了出来。

雨后的天空划出一道天国的灵符，还有那些可爱的蓝，在一滴水中它越发清澈而明亮。没有什么比大海更热爱自己的天空了。每天它不知疲倦地挥动着巨大的画笔，蘸满深情，不停地涂抹出飞翔的色调与空间，高高地放置在我们的头顶时，我们才能感觉到已失去土地的重量，其实和音符一般，弹指可破。

黑暗之神在人们的眼睛里闪烁，他一再逃避。

大海浩淼，它汇集了亿万生灵，不停怒吼。这些从天上掉下来的小精灵们，因为咸湿得救、重新复活了。它们嘀嘀哒哒、不停吵闹。风，卷走了时光之束。留下湛蓝的鳞纹铠甲。雨滴敲打着世界之镜，黄昏起伏着。我在某日，乘坐乐音之楫，葬于此地。

雨水渐渐小了，琴弦低处带走了雨滴的一生。天空开始放晴，温度持续升高。太阳冒了出来，大地丧失记忆，所有的水分都被晒干吸收，所有的话语也被堵在干燥的喉咙里说不出来，就连要记录的钢笔也失去了墨水。世界开始越来越热，躁动不安的人们此时不约而同停了下来，他们俯下身子，地心远远传来八度超高音，四周渐次裂开，无数火山浓烟滚滚，熔岩也随之沸腾起来了。

一切似在意料之外，雨滴上升 5000 摄氏度，但没有变形，圆滑在极速旋转，漫天迷雾也泛起金光。大地被稀释，万物被稀释，我们被稀释，看得到什么？眼睛熔化在一片声音中，那是温度在惨烈搏杀时发出的呐喊之音！

这个季节就要过去，整个雨季被掏空了，归于平静，只有一些细小的颗粒留存了下来，它们泛着灰白色的光，在世界之外的世界得以保存和延续。吉他音孔里，这些圆滑之音又开始微微蠕动，渐渐活跃起来，没有什么能够阻止这些生命体的生长。顺着琴弦，血液的温度慢慢冷却，并恢复了正常。皮肤经历劫难后，晶莹剔透。心脏在定音鼓一样的空气中，匀速跳动。

整个下午，练习充满活力，我的额头和手滑滑的，在空气里渗出不少咸湿的味道。手指上残留的音符，在一阵微风中，也渐渐凉了下来。

三

一九八七年，六月，"三候反舌无声"。故乡晋城，小镇象山，傍晚时分西南风吹过。山中坟茔偶有磷火跳跃，野草舞动灰暗，空气中有些细微的咒语。有人走过，脚印后面，野草盛大。

紫色串在蓝色上，白云四散，音符埋在地底。一场雨水过后，土粒中冒出翠绿的声音。

从 e 小调到 E 大调，从一张美丽的面孔到另一张。这是阿德莉塔和她的影子。

她是众多美丽女子中的一个，对于我来说，是内心中唯一的那一个。很长时间以来，她一直陪伴着我度过黑夜。这仅仅属于我的阿德莉塔站在张紧的琴弦上，柔美的身姿和声音打动了我，几乎让我停止了伴奏，这个夜晚是属于阿德莉塔的。然而，她并不知道我的存在，她像一只美丽的小鸟一样在孤独中踽踽飞翔。而我只能隔着琴弦，隔着另外一个世界透明的窗，看着她，看着我的夜莺朝我飞来，在我眼前转了个身，又远远地飞走了。绳索把我的双眼套住，我只能拼命地听，仔细辨别黑暗那头传来的翅膀挣扎的声响。

听吧，那时春天忽然就冒了出来，在旷野缓步而行；听吧，现在夏天接踵而至，在山林疾驰穿梭。

我弹奏着，乐音低泣，植物疯狂生长。一个音符突然降了下来，我也跟着矮了下去。我努力想看清远方的道路，这条已被阻绝、销声匿迹的心灵之路，它虽远离了我，却又真实存在，就像身边这些绿幽幽的植物，毫无征兆的就把我弄成了它们中最矮小的一员。

阿德莉塔越来越近，舞步维艰、歌声凄楚。我吃惊地打量着镜中幻象，光亮排着队伍，拥簇到隐秘面前，不由得让我呼吸困难急促起来。我的手指被某一个音节挑破，流出大量鲜红的信念。阿德莉塔却浑然不知，仍然在跳、在唱！其中一个名字被反复提及和转动。阿德莉塔是多么伤心的阿德莉塔。我的指尖突然碰到音符最柔弱的部位，它几欲碎裂，连同我颤抖的手指和心。

没有谁能够掩饰悲伤，在音符里，除了未来冬天的雪。在厚厚的冰凉下面，眼泪是温暖而幸福的。

看呀，我的阿德莉塔来了。

她比一阵轻风还要轻，比雪白的雪还要白。她身披那个季节最寒冷的外衣，向我的这个季节走来。几乎丧失了所有的感受与感官，她那赤裸裸的季节泽被大地。我突然有种被埋葬的冲动，连同她正冲着我的笑，连同这把琴，连同这份空洞却悦耳的怀想。

阿德莉塔，我们即将回到故乡，回到大海以西，高高隆起的云贵高原。二十一世纪我却踩着二十世纪童年灿烂的节奏回归我的故乡。我在思念的路上不停地呼唤"阿德莉塔"。

期待中的故乡，炊烟袅袅。不死的大树底下，许许多多牛羊经过，然后就全部飞了起来，不知疲倦地奔向了远方。天空倒映在故乡的水塘，河流发出急切的变奏。我就要到来了，阿德莉塔。橙红色的脚印湮没了群山。道路延伸着我全部的渴望。我停了下来，身边的风也停了下来，小路上的泥土也停了下来。故乡就在眼前，我感到了天空的高远和大地的辽阔。我走不下去了，阿德莉塔。故乡像感叹号一样沉重起来。我一遍又一遍念叨着你的名字，道路已被你的名字所阻断，它撕咬着天空。

阿德莉塔的歌声越来越远，越来越小，阿德莉塔的舞蹈仅剩最后四拍。

一个人无法不面对死亡之音，它剥离着肉体留下真实的干枯节奏与颜色。大地安静、自然安静、和弦安静、我也安静。结束了弹奏的音乐还残留在骨骼，它们吱吱回响。天空飘起了小雨，教堂的钟声敲起又落下，溅起点点水花，那么多天堂里跳舞的小精灵中，我却已经分辨不出，哪一个才是我最初的阿德莉塔。

四

一九八八年，六月，小螳螂、伯劳鸟、反舌鸟……在故乡晋城，上西街5号孩子们的想象中若即若离。玻璃珠在进门的土巷里滚进小坑洞，花花绿绿的洋画在手掌和青石板间翻动。傍晚，孩子们在街道上游戏。路灯刚刚安装好不久，昏暗的光线下，无数飞虫发出嗡嗡急促的节奏，与戏谑的小身影叠嶂而过。天空被忽隐忽现的星星拔高了许多。

关圣宫旁的菜市场早早收了摊。自制的铁轮车载着一群群离弦的音符从坡头迅速冲下去，直到钢轮的弹子发出最后一个蓬脆坚硬的摩擦之声。几双小手拖着车走到坡顶，再继续往下冲……反复的节奏在空气中回荡。夜，静静地倾听着一切，有时候会拿出几瓣月色，赏赐给某一次特别的下冲速度，还有歪歪倒倒，摔在路边又迅速爬起来的某个稚气倔犟的小小影子。

午夜的上西街，几百年前的老房子为睡梦中的孩子们驱赶邪气。家家户户门前的对联门神相互攀谈着，各家院子的老井底部传来阵阵遥远叮咚的琴声，那是流水渗透大地，带来的成长之音。

没有什么比一个孩子对这个世界更充满好奇、未知和希望的了；也没有什么比一个孩子更容易哭泣，但也并非真的悲伤；更没有什么比一个孩子的爱来得更直接、纯粹和真实。

一个积木的世界拉开序曲，另一个血肉的世界开始演奏。

孩子们用心把不同颜色、不同形状、不同方位的小木块堆积起来。他们的心，就来自于那样的一个简单的方程世界。现在，他们试图努力找回一些过去生活过的影子。

那些影子高高在上，不可触摸，就连孩子们的小手，也只能探到回去道路上的一丝丝气息。它们吸引了他们，并深陷痴迷。可究竟能做些什么呢？眼前是世界之外的世界。希望隆起的小小心灵之舟，一不小心就迷失在了大海中央。有一次甚至触礁了，两个音符碰撞后粘在了一起。一连串微笑着的火花被手指点燃。

两个世界，一个上升，另一个下降。上升的那个尾随一连串音符向着黑夜深切部位；下降的那个，遮住了孩子的眼睛，它们一闪一闪，像是要和谁说话。

一个小天使张开翅膀，一只小鸟叽叽喳喳跟在后面，一块七彩玻璃悬在空中被当作了打击乐。一些连续的节拍开始被白云敲碎，发出瓷实之声。倒长的花儿从云底顺序开放。它们的队列，整齐而腼腆。忽然变成一把把小伞快活地在空中翻腾，俯冲大地。触地的一瞬，又变成无数种子，拖着长长的金色的尾巴游进了人间。

圆滑音发出尖锐的箭镞，大地颤动。

一刹那，积木倒塌。许许多多孩子围了过来，伸出手，想要拥抱一个巨大的水晶球。里面一片汪洋，蓝晃晃，似要倾倒而出。其中一个孩子眼睛瞪得很大，红扑扑的脸上挂着黑夜上空的星辉，它们拥挤在一起，再也停不下来。之前却是做不完的作业，那些奇怪的数字和公式在缓慢地行动。一只小狗狗大概是饿极了，一天没有找到吃的。它倒在一个墙角，身体异常柔软，几乎看不见毛。肮脏和凌乱被最后一声尖叫埋葬，连黑夜也被惊得迅速颤抖了一下。

孩子们此时在小屋里睡得正香。死亡离他们还很遥远很遥远，但是终究要发生的，没有什么可以逃脱和避免，包括睡眠，包括成长，包括字母 ABCD……有一天它们被从土地里刨出，或许体温尚存。

孩子们开始呀呀学语，声音穿过三千年后的墙。教堂唱诗班中最小的一个孩子怯怯生生，不敢放声高唱。他看到了前面楼顶上紫荆一样的光环。天要下雨了吗？为什么？想着想着，世界又安静下来，枕头边有被梦遗失的珍珠。就是那些雨，它们安然死去的样子，挂在了孩子们微微翕动着的眼角。

六月被第一声孩子的啼哭所唤醒，一个新的秘密降生，它无休止地膨胀和奔跑。我把它们放到琴弦的某个泛音位置，之后几乎就再不敢动了。我小心翼翼，极害怕弄疼了它们。

更多的琴音回到了琴箱，所有的愿望沿着琴弦延伸，回到了十九世纪的某一天。那一天在下雪，一个很大的雪人被塑了起来。孩子们围着她，围着他们自己的样子拉起了手。两颗黝黝用果核做成的眼睛转动着，它看到全世界的秘密在几分之内完全被声音融化。

雪白的音符湿漉漉地洒满天空和大地。它十二月的秘密，却在六月的这个节令里，隐隐地流淌和重生。

周晓枫

散文作家。出版有散文集《鸟群》《斑纹》《收藏》《你的身体是个仙境》《聋天使》《巨鲸歌唱》《有如候鸟》等。

6月21—22日

夏至

周晓枫

当流星闪逝，我们就看到天上的棋手正移走他的皇后，而谁又能从容，与神对弈，破解千年残局？在星光下想象诸神的宴乐……

元·佚名·荷亭对弈图（局部）

清晨,善者

近来奇怪,很早就醒,两个星期来时间总是固定在清晨四点五十七分,有几次甚至准确到了秒针。睁开眼睛,就感觉清醒已久,并且心里弥散着一种挥之不去的哀痛。据说此乃忧郁症的典型征兆——梦境的床单撤空,我瞬间跌回现实的马厩,并被粗糙的草梗刺痛脸颊。把头埋进枕席,我挣扎了一会儿,试图摆脱坏情绪。快四十岁,以为自己不惑,可我还是不能很好控制体内的化学。是啊,情绪问题往往能具体到化学配方,如同爱情也是多巴胺、加压素和醋酸催产素交互作用的产物。

今天的伤感可以找到仿佛中的理由。看日历,今天夏至。昼夜交替,岁月中的音乐家弹奏黑白琴键;现在节奏慢下来,他在白色的钢琴键上用力敲出一个音符并等待长长的回音……这便是夏至,这一天,北半球的白天最长。似乎并不重要的节气,但它让我想起亡友:苇岸,优秀的散文作家,过世之前,他正在写作《二十四节气》。

选择一个固定的地点观察节气的变化,他注意昼夜的长短、日影的高低、土壤里的水气和庄稼长势。开篇他这样描写立春:"能够展开旗帜的风,从早晨就刮起来了。在此之前,天气一直呈现着衰歇冬季特有的凝滞、沉郁、死寂氛围。这是一种象征:一个变动的、新生的、富于可能的季节降临了。外面很亮,甚至有些晃眼。阳光是银色的,但我能够察觉得出,光线正在隐隐向带有温度的谷色过渡。物体的影子清晰起来,它们投在空阔的地面上,让我一时想到附庸或追随者并未完全泯灭的意欲独立心理。天空已经微微泛蓝,它为将要到来的积云准备好了圆形舞台。但旷野的色调依旧是单一的,在这里显然你可以认定,那过早的蕴含着美好诺言的召唤,此时并未得到像回声一样信任的响应。"

大地的律动如此细微,唯专注而敏感的心才能聆听。苇岸的散文让浮躁如我者自惭形秽。他倾注那么多的耐心和深情,缓慢酝酿文字,可惜《二十四节气》并未完成,他写了五个节气,止笔于"谷雨"——因为,没有来得及为"夏至"做好时间和素材上的准备。苇岸走的时候三十九岁,拿节气作比,恐怕相当于人生的夏至,从春到冬、从纯真到沧桑的中途,他活到最漫长的明亮白昼。正好,也恰恰我此时的年纪。

比之曾经,我能否更贴切地体会他当时的心境?年长十岁的兄长,我目睹他告别世界的坚强、挣扎和渐渐的无助,目睹他怀疑之后依然深怀的感恩。苇岸善良而执拗,他有羊一样狭长的脸和向悲剧倾斜的命运,骨灰也归宿于青草。清贫,孤单,谨慎,勤奋,自我克制,他一生都保持着穷孩子的好品德;这个素食者、完美主义者、倡导环保与热爱读书的人,他还有那么多的怀恋与愿望,临终却是无妻无子,肝癌带来的剧痛使他躺在床上都不能获得任何一个角度稍感舒适的睡姿。生活,总是让人带着模糊的动力去爱,去憧憬,去创造……所谓理想,明明是和天堂签好的合同,但又为什么,转眼却作为一张卖身契把人变卖到地狱?

苇岸的自律几近苛求,他很容易自我责惩;作为素食主义者,他在道德反刍里咀嚼和消化,以使自我塑造更趋近完美。在一种纪律性的人生里,遭遇的奇迹是否非常有限,自由从而也失去所向披靡的内力?他让自己像指南针一样信仰坚定,也像干净的动物标本一样告别腥膻……品德清凉的苇岸啊,这是繁盛之夏,你却带来一种令我生寒的深秋预警。因为,我看到一个人如何被自己的美德所滋养,又如何终生被自己的美德所剥削。

我总觉得,过分严格地区分美与丑、善与恶,易于形成审美上的局限——当然它们之间泾渭分明,混淆两者,我们就会丧失基础的衡量标准;但同时,两者存在秘密的交集,对这个交集的发现和承认,是对世界更高的认识境界,也是我们对自己更有价值的宽容。比如爱的美好和恨的丑陋之外,我们或许可以持有更大勇气,看到某些情境下,爱使人平庸且无助,恨却捍卫着必要的个性与力量。邪恶中也有智慧,只不过这是一种分外危险的能量,需要以非凡的胆识去提取。我愿意达成妥协,放弃剑走偏锋的杀伤力,去维护品德亮度与处世和谐,但这不意味着排斥所有阴影,似乎一丝一毫的灰尘都会严重地妨碍纯洁——纯洁,这个词,暗示着容易失去质地的稳定性。以我的个人偏见看来,苇岸的严格多少有些绝对化,他是自己的戒尺,带着不容修改的刻度和准则。为了维护正向的精神价值,他透支自己身体上能够支付的成本。

其实,生命的悖论无所不在,远比二元论复杂多变。一缕明亮的光线,既照耀我们,又映衬出周围更为广阔的黑暗。毒药可能不仅仅包着糖衣而已,或许它本身就是让人无法割舍的糖。太多东西,不能绝对依靠理念和理性,来简洁地判断、干净地分割、方便地取舍。但我又深深钦佩苇岸的坚持,感动于他内在与自愿的牺牲倾向,那也是一种安静的勇气。是啊，那些诱惑，那些向往，那些闪耀光斑的理想，即使会变成突然的毒药，谁又能忍住不去饮鸩止渴？即使幸福索要昂贵的代价，即使许诺有时会变成一场恶毒的玩笑，也总有什么，值得，甚至永远值得我们悲剧性地付出代价。

的确，一些方面我与苇岸的观念理解不同，我们曾相对认真地讨论过。苇岸明朗、积极、直朴、慈悲，我和他相比，是不安分的，藏匿更多坏的因子。恶，何用之有？在绝对要求善的上帝面前，恶，近于一种证明，证明我们能够自我操控的一种能力上的象征。苇岸对我的价值取向质疑，并给予过委婉的批评。其实我了解自身的胆怯，了解自己如何时刻受制于来自宗教的震慑。所谓邪念，至少对我来说并非真正恶意，更像小小的挑衅，或是天性中对于即兴戏剧的某种需要；并且，伴生邪念，我立即就会掠过信徒生理反应般的道德惊恐。这种潜在的惊恐，在于我不由自控地做出了条件反射式的肉体忏悔。本雅明曾说：所谓幸福，就是不受自我恐吓而进入内心的深处——这种感触我体会不多，或许说明，因为部分承认魔鬼的权力，包括承认魔鬼权力的合理性，我在接受不动声色的日常性惩罚。

与苇岸的分歧起自定义上的偏差，或许也是我的问题所在。虽然认定善是人性中最值得称颂的品质，但我也习惯于把它理解为无能为力的被动的美德；善本身的自重，难免使携带者体质虚弱……那害羞到怯懦的柔情。苇岸看到的，是善含而不露、耻于张扬的坚韧，正是这种内蕴力，当面对黑暗，善者因无畏而不屑；在他的信念里，恶的尖锐必输于善的宽广，像铁在水的作用下生锈。也正是由于苇岸以及和他一样的人们，固执的坚守形成一种无形中的感召，使我反叛的离心力始终弱于吸力，不至陷于虚妄。

善者有其隐蔽的获赠方式。我们发现，一个因爱意而显得柔弱的人，的确易于受到伤害，遇挫中他也难以体会什么积累；但是当磨难结束，他突然得到的意外遗产，远比那些处心积虑的投机者所赢得的更为丰厚。

……漫游在他所适宜的天国里，青鸟就在苇岸的肩头歌唱和睡眠。

上午，小织工

我想象伊甸园只有一个季节，永久的盛夏。生于夏天，这是我的季节。各种绿，透澈或者稠浓。植物的友谊与爱，热烈或含蓄。小谜语似的昆虫：珠宝般的叶甲，琥珀色的蜻蜓；蝈蝈小提琴琴弓般的胫节，蛾子翅膀上的流苏；包括不受待见的"臭大姐"都可爱无比，学名臭蝽，体色呈现坚不可摧的盾牌灰，它的游丝细腿不停错动，当我们用小棍拨弄，它的不安立即转化为一种绝对镇静的方式：装死……久久僵固身姿，仿佛一枚颇具威严感的小像章。鸟儿既歌且舞，我望着它们空中飞行的弧线出神；这时，灰喜鹊的到来有点小煞风景，它鸣音粗粝，节奏分明，好像谁慢慢踩动一架生锈的老式缝纫机。

夏天，阿里巴巴的宝库打开大门——纷繁而至，那些秘藏绚人眼目。现在是上午九点，阳光溪水般明亮，几乎听得见相互碰撞时的清悦之音。我的心情愉快起来，品尝着夏天，品尝着果盘里诱人的玫瑰香葡萄：甜蜜的非洲小乳房。

偶尔翻书，会在页码之间发现植物标本，多以花瓣为主，也有少量叶片——它们来自多久以前的夏天？鸢尾花的神秘之紫，已变成洇开的墨水色：泪滴下情诗的颜色。无名草的伞状花序，颤抖中的小白花，永远停滞在未破童贞的迷惘里。野玫瑰的完美圆瓣，让欧洲的都铎王朝曾以此为硬币图案。还有那些树叶，有的叶缘呈锯齿形，有的边线齐整如弯匕，还有的具有切刻般的剪纸效果。无论曾经的蜡质韧皮还是丝绒表面，死都使它们流失了神彩，变得干枯扁平，易被收纳，也更易破损。有意思的是，许多叶子无论是从单片轮廓还是从叶序排列，造型都近似树；倘若制作叶脉书签，用碱水泡去表面基质，你会发现露出的清晰叶脉就是一棵密咒般被藏起的树。这就是穿越生死的传递，就是祖先的耳语、家族的纹徽，就是使命般的遗产和不被摧毁的记忆。叶脉书签轻盈剔透，薄如蝉翼，它们伴随我的阅读，经历一个个质若翡翠的夏天，尽管再也没有汁液充盈其间……它们就像亡灵久居于扫墓者的回忆。

虫鸣增加了季节的生动。许多昆虫擅长歌唱，尽管体量小，但它们配备着比八音盒还精巧动听的发音板。我小时候抓过一只蝉，非常袖珍，北京话管它叫"伏天儿"。它趴在窗纱上，声音嘶嘶的，有点像病人牙疼时往里吸气。叫得这么轻，这么害羞，这只哑了嗓子的蝉……是少年，度不过变声的青春，因为两天后它就死了。奇怪，不知是记忆的加工还是想象的美化，我记得在自己掌心那具小遗体，仿由青铜打造，泛着隐隐钢蓝色，是尊武士的微雕。此时，窗外的合唱盛大无边，尤以蝉持续的强音为最。高高低低的树冠里，蝉鸣的小马达，传送着带电的发烫的夏天。我知道，苦行僧的蝉，每隔十余年的地下生活，才有一次为期在两周内结束的发情期。极尽渴求的身体颤动着，蝉仿佛以此反抗和摧毁贯穿漫长黑暗里那禁欲中的宗教。

生命繁盛，所以这个季节里到处都有屠戮，不过世界也因此满怀生机。频繁的生杀予夺，其中保持着不被道德观束缚的大公正。对掠杀者而言，更不存在什么残忍的道德，一切都是恰切和均衡的，正义只是在软弱者看来面目全非。

比如这只姬蜂，薄得似有似无的翅膀神经质地振动，腰细得欲断，使它的腹柄看上去几近透明，而滑稽夸张的臀部，像火柴磷头凸起并发亮。姬蜂把头一次次探进地上的洞口，半个身子埋陷进去，直至采取倒立身姿……它一次又一次重复这个动作，看似不断叩头，看似一种虔诚朝拜，或许是正以独特的方式处置它所必需的牺牲品。

最为神秘的杀手是蜘蛛。八条腿交错抬升，它本身像个袖珍的精密机械；运用几何智慧织就一张索命网，然后，它怡然地在自己的时钟上坐等，计算随之而来的谋杀。令我迷惑的，不仅是捕杀工具的玄妙，也并非擅长用毒者通常所携带的阴险感，我想那些不过是智力博弈——与猎物的体能存在差距时，猎手往往采取其他手段进行弥补。我惊讶于蜘蛛行刺从过程上看，并不显凶残，反而酷似极端的爱。

前不久在江西葛仙山旅游时，我遇到一只令人惊艳的蝴蝶撞上蛛网。停落草尖时，刚开始蝴蝶折合双翼，只有打开时，我才发现，它翅膀上的色彩非常古典，是青花上那种幽寂的钴蓝釉。当我试图近距离观察，蝴蝶翩然起飞……直到，它突然停下，却平展翅膀。停落时翅膀是否折叠，是判断蝴蝶与蛾子的重要区别。青花瓷般优雅的蝴蝶之所以降尊失范，因为蜘蛛的诡计得逞了。

在此之前，蜘蛛一丝一缕编织它的爱网，体内激情从腹末纺器源源不断喷射而出。它那么沉默、那么富于耐心地等待，纵过客纷纷，网上空空如也，亦不能使它位移——蜘蛛宁愿在角落里枯守，一副典型的痴情者形象。终于，迎来属于它的美人，网丝的黏度使之无法脱身……在强烈的挽留和纠缠下，蝴蝶将永远失去自由。随之而来的一吻，更使蝴蝶无法背叛，它只是蜘蛛纯洁而贞烈的一日新娘。蜘蛛之吻所注入的，由毒素、消化酶和抗凝血素等组成，蝴蝶的心被彻底融化，所有抵抗意志都迅速瓦解，液化的身体满怀柔情，它是一个水做的爱人，准备好被蜘蛛享用。

　　掠食者咬住猎物脖颈，样子就像肉欲狂欢中对爱侣的亲吻；蜘蛛就这样抱吻蝴蝶，吮吸它饱满多汁的身体。亲爱的，你不疼，不会留下残渣，我会一点点地处理你的一切……那种态度，称得上珍惜。你将完全融解在我的体内，进入我的血液和细胞，这样才算和全部的我在一起，我们难以再分彼此。你知道什么是欲望吗？欲望就是渴望消化对方。被我消化后，你只会留下一对漂亮翅膀，那么薄，还闪烁磷粉，被风吹得咝咝作响。它将镶嵌在我的网上，仿佛我的螯牙，仿佛我身体中那最重要的部分，曾经深深镶嵌在你的体内。

　　的确，爱意如死坚强。福克纳的短篇小说《纪念爱米丽的一朵玫瑰》，正是讲述这样的故事。面对未婚夫荷默·伯隆的负情，高贵到倨傲的爱米丽小姐用砒霜毒杀了他，以永远挽留他的身体和他的心。小说结尾惊心动魄：紧邻肉体已经腐烂的那具骨骸，旁边枕头上有头颅压过的凹痕，以及一绺长长的铁灰色头发。这幕场景，令我联想起一种非常著名的毒蜘蛛：黑寡妇。是的，陪伴爱人的枯骨，那绺属于爱米丽的铁灰色头发，也正是黑寡妇用以缠绕的强韧蛛丝。

正午，热带

温度持续上升，被浊重的热浪裹挟着，我的手臂起了一层微薄的汗。这种热，有点熟悉，想起去年的南美洲之旅……布宜诺斯艾利斯的璀璨灯光，巴拉那河上的老虎洲，伊瓜苏的瀑布，里约热内卢主教堂彩绘玻璃的升天路，耶稣山上在雨雾中仿若流泪的圣像。

也许是阅读博尔赫斯的影响，南美洲在我的印象里，雌虎般拥有华美的文身。而居住在那里的人们，对我来说意味着一种生动与神秘。皮肤是浓朱古力色，打沙滩排球的男人们，耀动完美的腹肌；这里美女更著名：烈日下咖啡色浓郁的肌肤和香气，动物般的腰肢，丛林般丰富的眼神。随处可见，赤道上的风吹拂，绳床上慵懒的女郎发丝飘动……这些热带的宝贝，随身携带着艳丽的狂欢节。

亚马逊河，童年我曾以为它远得无法企及。在玛瑙斯坐船，先航行于支流黑河，由于旅游的过度开发，此地已没有什么野趣。导游是位中年男性，大陆退伍兵，辗转最后落脚于这个巴西的港口城市，已有多年，他也在感慨风光流逝。风灌进导游持握的麦克风，如闻擂鼓。矿物质和腐烂的动植物使河水泛起厚重的茶褐色，像工业污染所致，其实不然，浊浪中河豚经常跃起光润而辽阔的灵活脊背。这里盛产食人鱼，我看到游客钓起时，它们腮部发情般诱红的鳞光和险象丛生的锉齿。我用生牛肉粒试钓，上钩的却是另外的品种。这种鱼非常容易咬钩，几乎不需要垂钓者的耐心。外观接近鲶鱼，生有长须；体表是矿物质似的青灰色，看不见鳞，剥了皮般闪动肉体晶莹细腻的光；头部是几何形状的锥体，镶嵌一对向上观望的眼睛。可怕的是，当它们被摔在甲板上，竟然会发出嘎嘎或嗞嗞的叫声，这是摩擦鱼鳔周围肌肉或者从空囊中放出气体所致。我终因承受不了这种带来道德压力的叫声而放弃，让这些小魔鬼继续与习于残戮的食人鱼为邻。

亚马逊河主干和黑河的交汇处，由于水比重不同，两条河秘密地融合，于是形成黑黄相间、泾渭分明的锯齿形对峙区域。虽然哲学命题告诉我们，人不可能两次踏入同一条河流，但是此地，他可以同时踏入两条不同的河流。据说把两枚硬币分别投入两色河水，许愿必定灵验。同船人纷纷效行，希望魔法降临。用微不足道的零钱许愿，真经济，这是凡人与圣徒的区别。前者向神或好运邀怜，以小成本博取大收益；而后者，倾其所有，放弃具体的物质财富，追随来自高远的光芒。

在水上餐厅品尝过全鱼宴后，同行者准备密林探险。我畏惧雨林中神出鬼没的爬行动物，决意在原地等候，尽情享用当地的特色饮料瓜拉那。多年前，在北京十渡开儿童文学笔会，我记得一个瞬间：左弦，这个男人异常漂亮，五官无懈可击，他同时是个敢于亲近蛇的勇士，好奇地从兜售者手里接过一条幼蟒。蛇滑动并纠缠在他的手臂之间，然后搭在他的脖颈上……承担着这一令人恐怖的重量，左弦的五官映照在繁复的波斯花纹之间，笑容迷人，展现着某种杀无赦的邪恶之美。事后他告诉我们，蟒蛇体表并无黏腻，反而是脱水后的干燥、微温；负载着它，并无预想中的吃重，他甚至感到一种难言的缠绵与体恤。冷血如蛇，鳞斑闪烁，有如刚刚诞生的罪恶一样光彩照人，它竟然会贪图一个过客偶尔的宠幸。但蛇始终是我禁忌中的形象，它那老年教父般抿陷的嘴唇、木无表情的脸、不动声色中瞬间的生杀予夺，每每想起都让我不寒而栗。我宁可无缘冒险中的惊喜，也不愿被噩梦恐吓到失常，索性就躺在甲板的吊床上。我隐约做了个梦：一个坐在帝王莲上漂浮的印第安男童，随着水流慢慢消失于幽密的叶丛之后。虽然单调地消耗着时间，但我并不遗憾，因为朋友们归来纷纷抱怨乏善可陈，只见到一只树獭，并非野生，是专供游客合影的职业演员。我用十美金的原价回购了雷达老师带着嫌麻烦的工艺品：土著头像造型的面具，头饰用金龙鱼鳞围扰，微张的口腔里嵌满食人鱼的牙。

布宜诺斯艾利斯的贵族公墓生存着许多流浪猫，它们身姿懒散，体长都差不多，皮毛有着野猫特有的疏于被抚慰的松散。但我很少见到那么有表情的猫，一只灰蓝色的性感雌猫甚至拥有埃及艳后的眼神。光线丝丝缕缕，照耀在大理石碑刻和猫儿柔软的躬背上，也照在我的脸庞，而同时，风，来自死和宗教的清凉，也环绕我异乡人流浪的脚踝。我在许多方面像猫科动物，有一种靠懒惰来捍卫的自由，南美洲似乎能够提供养护这种习性的土壤和气候，令我心仪。而距此不远，街口的探戈舞曲已然响起。繁丽的舞裙，浓墨重彩的妆容，欲望的气息昭然若揭，那条不断挑逗、伸向舞伴胯下的小腿，转眼已缠绕到他缎制的宽阔腰封上。这里的一切都像探戈舞那样，弥散着热烈得像仇恨那样的正午情欲。所有的激情，多多少少，都会渗进一点死亡之味。

游览布市的玫瑰公园时，南美烈日如同落在脸颊灼烫的吻。在玫瑰堆叠的花丛间休息，我倚靠长椅并摘下手表，补涂防晒霜。想着返京后要买一本玫瑰鉴赏图典，这样就可以深嗅回忆……我没有注意到，与此同时，手表已滑落到木椅的栅栏之下。

腕表小巧，像枚时间的种核，伴生植物之根，并很快生长婆娑。回家当晚，没倒过时差，我失眠了。因种植在南美洲的分秒，我听到自己心跳里响应着的滴答声。

午后，座头鲸

搬了张椅子到阳台，躺着看苏珊·桑塔格的书。午后，空气中晕散着轻微的淫逸气息，似乎允诺了某种日常性的个人享乐。生涯潦草，我们身陷沉浮，疲于应对，无暇顾及许多细微的闪光之物。阅读令人愉悦，我从最寂静的劳动里收获丰润回报，并感到自己的温柔与驯服。只有文字能搭建这样的海市蜃楼，结合着逼真描摹和超凡想象。在智慧里所体会到的丧失时空坐标的微妙失重感，我愿意把它理解为灵魂的自由。

好久没有静心读书，也使我浮躁到影响写作情绪；偶尔动笔，也是对内心的强制开采，缺乏底气和自信上的支撑。是不是，我已步入岁月的中年、创作的午后？鲜衣怒马少年时，写作者很容易为小小的天赋自得，信口信腕，让自己委身于美妙的偶尔性之中。时过境迁，伴随写作经验积累，我却进入掘根而食的黑暗。

散文几乎是我唯一能够操作的文体，我迷恋它的不拘一格。我无情节构想能力，小说家从容穿越于他人空间的智慧我从来就不具备；我也没有诗人的奇思妙想，他们是用魔术驱散律法的精灵。有时，觉得自己是徘徊于小说与诗歌之间的投机商，谨小慎微的努力，不过是把艰难聚敛的一点点财富搞得不像赃款而已。入门尺度相对偏低的散文从未让我觉得出身尴尬，我反而感恩于散文的宽容——它有如一座天马行空的游乐园，而非严厉考场。

我讨厌作者利用散文相较其他文体的趋真性来完成自我美化，好似在道德考场上参赛：他们身上没有任何真实的虫孔，毒蔬菜般不祥的完美，令我分外警惕。有人以脱离语境的片言为据，把我误认为传统文化的忤逆者，错！我根本连具备这个身份的资格都没有。画不好素描，我难道因此认定自己天生就是野兽派？拿评论家师兄的话来自嘲："一只螳螂怎么能指挥交通呢？"针对我的偏见而言，被人说成先锋作家如同艺人被认作情色演员，很难说是喜是忧。我有时赞同于传统本身由不断被巩固下来的先锋组成的，且先锋如果不进入传统的体系，容易流于姿态，或进入湮灭悲剧。在真正意义的传统面前，我心怀隆重的敬畏。我想谁都无法从土壤上彻底拔除自己，任何写作都携带着握笔者的口音、传统和不由自主的爱国主义。即使观念反叛，向往腾空的树冠有多盛大，倒影中的根系就有多漫长。我所反对的，仅只散文单一化的表述模式，这与反对现实主义为小说的唯一表现途径的道理相仿。我强调加法，新的写作手法以生长自身为目的，而非剿杀旧有。在某些前辈眼里，仿若有那么一标散匪，以袭扰传统优雅的稳定性为能事。可谁稀罕当篡权夺位者，什么"新散文领军人物"？写作不是揭竿而起的起义，不需要组织来为自己壮胆的部队。从创作角度，"团结"不是在显示力量，恰恰，暴露出个体的薄弱。作家应该以一己之力来爱或对抗这个世界，而不是依靠团队经营来谋取政治化的利益。

假设我因此被指责为在传统和大师面前缺少基本的谦卑态度，那也无所谓。什么是谦卑？看看食肉动物的狩猎过程就明白了。豹子在捕杀之前，如何低眉顺耳，深躬身躯，它小心翼翼，密切留意猎物点滴的情绪变化和小动作，甚至对方抖动一下眼睫，它都吓得更深地匍匐下去，耐心等待对方平静了，才又像个谄媚者那样谨小慎微地靠拢过去。哪里还能找到比这更谦卑的姿态呢？可一旦到了足够的近距离，豹子倏然跃起，在此之前持续的卑微一点儿也不妨碍它迅速咬断猎物的喉管，并在汹涌的血流里胃口大开地开始宴席。与其把谦虚和恭敬当作得势前的技术手段，我宁愿放弃，选择磊落的傲慢。

在有咸度的生存环境里，写作者能否誓作孤独之鱼，永远张目而不流泪，坚持着，它的畅游、它的鳞刺、它的捍卫和永不止息的生长？

奇峻句式和浮靡色调是我的语言风格，换言之，我一直带有巴洛克式的颓废。写了快二十年。气力的耗损，使我把有难度和规模的题材视若畏途；手法的高度重复，更让人感到疲惫和厌倦，我在频繁的铺张中逐渐失去欣喜和耐心，却又无力挣脱自己制造的泥泞……像满月下溺身沼泽的鹿，带着它沉重、奢华却分外碍事的角叉。

写作不过是探求自我的可能和极限，我希望自己的文字能散发另外的体味。我鼓励自己：快跑，快跑，你是十二点钟的表，只要稍稍调整，就会有新的方向和角度。然而，这种欺骗性的煽动往往徒劳，我积重难返。永远有多远？即使一步之遥，如果我无法挪动，它也无法抵达。假设尝试极简主义我必将失败，因为那条路离我太远了。苏珊·桑塔格在谈论杰克·史密斯的电影时做如下评述："更新的电影——既包括那些出色的作品，也包括那些拍得糟糕、单调乏味的作品——则显示出一种叫人受不了的对任何技巧因素的冷淡,一种刻意的质朴……在美国,而不是在任何其他地方,这一信仰有赖于这种看法,即技巧方面的匀称与精致妨碍了自发性、真实性以及直接性。"她随后说:"如今,对技巧的冷淡常常伴以直露的风格;现代对艺术中那种精心谋划的倾向的反抗常常采取美学克制的形式。"风格与风格之间的差距,有时比文体与文体之间的差距还要巨大。每个写作者都是在各自的羊肠路上,咫尺天涯,羁旅孤独,或挥霍激情,或面临绝境。

手机响了,短信,是位远方的小说家问候夏至。他正着手长篇,是块硬骨头,攻坚阶段,每每迎接挑战,难免在信心与自我怀疑之间摇摆。我佩服他们经年累月从事着如此消耗智力与体能的浩大工程。长篇与举重无异,还是挺举;不像我写散文随笔,题材再难,篇幅再长,也不过一逞抓举之勇。

顺着刚才思路,我和他用短信探讨改变个人风格的可能性。输入笔画的同时,我头脑里忽然涌现鲸鱼远航的画面。座头鲸是所有哺乳动物里迁徙距离最远的,它不因自己的体积庞大而减少远征。那些伟大的作家,创造力蓬勃旺盛,他们的著述数量惊人,并且有勇气不断把自己驱遣到更遥远、更荒凉的领域,从而完成生命意义的壮丽迁徙。的确,大师们让我联想起这潜游大海的巨兽,想起在它尾鳍的重击下,每每如何激起令人震撼的雷霆般的浪涌。

黄昏,乌仁娜

蜂蜡慢慢融化,我喜欢琥珀色的黄昏。这样的时候,握紧的拳,会不由自主地软下来，让一缕细沙和时间里的恩怨穿过指缝，于是干净的手能够祈祷。这样的时候，我喜欢赤脚走动，打开落地窗和音响……吹过我，是通透的风和歌声。

始终迷恋具有异域风情的音乐，纯旋律，或者神秘的哼唱，即使我听不懂一句歌词。我想那并不妨碍理解，反而激发想象。设想那些进入天堂的灵魂将如何交流？来自不同国度，被不同的母语文化所喂养，他们怎样突破隔阂彼此了解？忽然有一天我似有所悟，他们可以用眼神和音乐交流，那是不需要译者的语言，那是婴孩般的天资。

我喜欢感情上结实的民族。几年前看杨丽萍制作的《云南映象》，不知不觉，数次泪流满面。声若裂帛的歌唱，血脉贲张的舞蹈，只有往疯里活、往死里爱、保持原初活力的民族，才能这样热烈激越地表达。其中一幕叫《朝圣》，撼动我心。情不自禁地，那些虔诚的人把自己祭献：他们宁愿在靠近天堂的路上被神抛弃，也不要被俗世的王所恩宠。

去新疆，我在尼勒克县的伊犁河谷漫步：泥土上朽断的树根，毒蘑菇，不再藏纳籽实的松塔，湿漉漉的小野莓，还有无名大鸟折落的覆羽，悬在花梗上的蜂群。隔得不远，高山融雪形成冷玉色的河水，冲刷着两岸卵石滩，响彻浩大之声，但我充耳不闻，脑海里不断回荡一首维吾尔族情歌，我们在旅行用的越野车里听了一路。被热烈而又悲凉的情绪感染着，我进入虚拟的怀恋：离我而去的艾热提，你将在谁的屋檐下擦亮你的英吉莎小刀？后来走西藏，环境缺氧，唯有藏歌像河流汹涌在我体内，让我始终怀有出发时的力量。即使行旅艰难荒凉，我依然被照耀，相信无尽碎石路，正是通往天际或天际那边隐约的天堂——足够空旷，神就居住在高处不胜寒的地方。

少数民族的音乐，往往具有坦然而干净的儿童般的执著，其中满怀的爱，能够作为内在的光源把人照亮。那种纯粹与浓烈，精明的所谓现代人难以承担。我们在调情中夸饰氛围，心神却拒绝给付，不过擅长隆重的口语表达罢了——体积大、密度小的东西，在性质上无不轻浮。我笃信，真正的爱，以最古老的方式存留；现在普及的快餐感情，我会犹豫着如何描述。这是爱吗？假如彼此只有一片安眠药就能镇压的惦念、两次红灯之间的等待耐心？现实中充满太多转折和变化，爱到图穷匕首现，我们就会发现，此前曾经生死相依的誓言，成了多么令人尴尬的荒谬修辞；而遇挫总结起来，或许也会被归纳为某种技术故障吧？说来说去，我们都只是自己的宠物，自私中反复计较，生了一副期望被他人随时呵护的狼心狗肺。我们太狡黠了，缺少可爱可敬的笨拙，结果反而被聪明所误。

> 我将不厌倦地守护着我的羊群，
> 安详地在肥沃的牧草地上吃草，
> 孕育自家乡摇篮的
> 我的传统、歌谣及故事
> 我将带着它们到远方……

这是乌仁娜的声音，尘世中的天籁。

选择她的 CD 时，我完全没有听说过她，没有受到任何宣传的推动和蛊惑。三联书店的音乐架柜上，我偶然遇到她的专辑。她的样子与众不同，丝毫不符合封面美女的造型，烈日灼伤留下的晒斑非常明显，直接得让我不习惯。乍一看，这个与我同龄的女人比较显老，但她脸上流露着一种沧桑者身上稀有而别样的纯真，瞬间吸引了我。

十九岁，不会说汉语的乌仁娜离开祖先世代居住的鄂尔多斯草原，先在呼和浩特，然后到上海音乐学院学习扬琴。在北京寻找工作时，她遇到德国的巴伐利亚筝乐手罗伯特，随他定居柏林多年，现在乌仁娜又把家搬到开罗。她始终是个游牧人啊，云游四海的自由者。

没有系统学习声乐，恰恰是对她天赋的保护。乌仁娜为此感到庆幸，她说："在音乐学院我遇到很多纯真的声音，来自文化古老丰富的少数民族如西藏等地，但他们毕业之后唱起来都一样，唯一不同的是演唱的语言，真是耻辱啊。"

《生命》录制于泰国清迈山区的木屋，我很多年没有听过如此质朴感人的声线，动听到直抵魂魄。放进汽车的音响，我听了足足半年，毫不厌倦，又买了十几盘送朋友。对《蓝色草原》一碟，乐评人这样描述：

> 歌声带给听者的神奇体验："在原野上看到瞪羚纵身一跃，却不知它将落在多远的地方。"她值得赞叹，不止是跨越四个八度的天赋，而是她的音乐能够如此自然、温暖、饱满而又满怀倔强个性。

杜丽曾把蒙古族作家冯秋子形容为"身怀五谷的女人"，对，也可以用"五谷丰登"来形容乌仁娜和她的歌声。她的歌吟有时神秘高渺，有时生蛮莽撞，听了就觉得牛羊都忠诚，爱恨都结实；地气饱满，水草丰实，这里养护着羔羊清润的肠胃，而呼麦那奇异的喉音回荡在远方的地平线……只有襟怀敞亮，歌唱起来才能如此荡气回肠，令人沉浸。

《斯莱花》是首慢歌："离开一个月，就可以看到，高大的榆树已经长出了巨大的花冠，在灵魂深处，我总是思念着我亲爱的斯莱花……"我感动的不在于她唱得多么舒缓，而是专注，对植物的一往情深——清澈又醇洌，盛满马奶酒一样令人饮醉的爱。

传统民谣里一般大量都是情歌，但乌仁娜不，许多作品都是她对传统的延伸性继承，包含着即兴创作成分，直接表现爱情的所占比例甚微。她歌唱大地、河流、兄弟、蒙古人的品德，当然，还有温柔忠诚的马匹。她经常歌唱骏马，"挺立在水塘边，骄傲而野性，沿着池边漫步，像流水一样从容……它是琴达木尼马，美丽的珍宝。"或者，"我的小棕马们有漂亮的毛色，健壮的脊骨，我用上好的草料精心喂养，我要骑着它们云游四方。"

马的确是蒙古人的骄傲。我喜欢这种极具灵性的动物：披拂飘逸的鬃毛，夜空下映现星星的深水晶眼睛，以及，眼神里痴情般的信任。在缎面般平滑的皮毛下面，腱肌微微隆起……当我贴合着马的脖颈，它由于某种羞涩轻微抽搐了，我的面颊感到一阵颤抖的暖意。记得那年在康西草原，我骑马，从下午到黄昏。后来我疲倦了，喝过浓酽的奶茶，就仰躺在草地上，看天上的羊群，听耳畔的马头琴。那匹枣栗色的牝马温顺地垂下弯长的睫毛，似乎鼻息也调整得轻柔。那夜，在草原的黑子宫，在额嬷的摇篮里，我沉睡如婴儿。

夜晚，星空

前两个月，一直下雨，北方少有如此贯穿整个夏日的漫长雨季。当乌云翻涌，当天空卷起旧铁皮的屋檐，雷声阵阵，大神在用力锤敲……他需要维修他的工程，我们也需要维修我们的信仰。闪电，巨大无比的枝形水晶吊灯被剧烈震动，然后一盏盏地爆裂、碎掉。我知道，在丛林中，每个闪电都意味着数百平方公里的暴风雨。枝干折断，树冠倒塌，然而聚力千钧的雷霆过后，大自然依旧，生死寂静。

旷日雷雨，终于放晴。一整天的大太阳，晒得人筋骨酥软，懒洋洋的。傍晚散步，贴着地偶尔吹过一缕凉风，好像有只小兽从脚边匆匆跑过去了。仰望天际，今夜群星奔涌：真美，这场亘古不曾寂灭的焰火。星空，宗教里的天堂，被遥想却不能被触及……永远激动人心，它是长久蛊惑着我的神秘意象。

的确，夜空华丽非凡，这镶满碎钻的表盘，每分钟转动都昂贵得超乎时间本身，象征着天堂这座最奢侈的酒店，仅住一晚，就要花费我们终生的美德。我们的灵魂飞升之前，肉身曾经怎样匍匐大地，胸腔里酝酿无声的悲喜，像衔着残渣的小蚂蚁踉跄奔行。据说，如果在人间吃够苦头，反而有助于荣享死后的天堂；那么在地狱里继续受苦的，似乎依然在延续人间磨难，他们是否在筹建远景意义的更大的天堂？那些通过苦行与终生祈祷进入天堂的圣徒，一旦身处天堂便无需劳作，成为终日无所事事的寄生虫，他们为何不在免除劳役的舒适中，感到瘫痪般的幸福里预埋隐患？

当月色如水，我们就被想象中的宠爱所照耀；当流星闪逝，我们就看到天上的棋手正移走他的王后……而谁又能从容，与神对弈，破解千年残局？在星光下想象诸神的宴乐……我们究竟充当什么角色，是被邀请的宾客，抑或只是他们舞步下的尘埃？或者，人神之间存在着更为残酷的关系，虽生如草芥，但作为挖掘众神山的一群白蚁，我们螯足间举着战胜品的残渣……像教堂里分食给信徒的圣体。

　　地平线上的苍生，每每仰望夜空，都无法否认，他们见证着壮阔的奇迹。创造星宿的，出自什么样的伟力之手？无神论者抱定实证主义原则，否定教徒的胆怯作风：他们把天地运转全部归于神的光荣，如此才感知自己归属，这其实是自降为奴。教义往往强调，要彻底解除理智，无依无靠地完全信赖，然后才能获得清醒的灵，以追随神光。这个过程意味着我们首先被降服——作为孽障众多的妖魔，然后才被神悦纳——作为唯命是从的奴隶。在无神论者的自信里，远古洪荒，全无逻辑，直到人类这种先天脱毛的裸猿出现，世界才被真正地归纳、总结、命名甚至提供。他们说，坐在王位上的，并非人类想象力的产物神明，正是人类自己；人对神的观念执迷，相当于艺术家爱上自己所创造的雕像。人类说，要有光，于是就发明了蜡烛和电灯。从狭隘的审美趣味出发，我难以把一切概括为某种科学公式下的运行，我内心需要敬畏，需要神话和信仰以及对此伴生的怀疑与僭越。想起某小说里的一句引文，是罗伯特·勃朗宁在《布洛格拉姆神父的报告》里所言："我们注意到的是诸事危险的一面，是正直的小偷，是慈悲的凶手，是迷信的无神论者。"人类的骄傲和自信出自何处？我想其中既有蒙受神恩的喜悦，又包括针对于神的不甘、反叛与革命。

　　即使是宗教信徒也拿不出什么确凿证据来指认显灵，然而，上帝的伟大之处也许同样在于他的隐身。天地壮阔无垠，万物繁复多姿，他创造奇迹却放弃彰显荣耀——上帝淡漠，对此不感兴趣，因为他并不需要向谁炫耀能量。能够频繁创造奇迹者，态度上必然无动于衷，因为奇迹不再被认作奇迹，仅只寻常之物。但我们热爱奇迹，尤其为自己所创造，因为在那非凡的偶然性里，我们无法平息哗众取宠中的自得。该怎么克服自满且贪婪的弱点？我们难以自持，习惯于跳出来占有哪怕微小的分币和零星的褒义词。

浩瀚，无垠，广阔无边……从地球观察宇宙，我们难免卑微。那么，调转望远镜的方向，从太空观望地球，景象如何？探索外太空的飞行器传回的照片显示：地球在幽蓝的空寂里缓慢转动，像一枚神圣的骷髅；旋转在上帝手里的我们，就生活在它结痂的表面。

我们颂扬神威，或者亵渎，或者在复杂情绪中忐忑，无非是为了赢得有限之中可怜的自由。到底什么样的温暖才会令人屈服，什么样的屈服才能让神怜悯，什么样的怜悯，值得，我们所有的放弃？跷跷板上起伏着大的世界和我们的小命，被晃动的摇摆之间，什么，我们才最应听从，神的耳语还是领袖的口号？山鲁佐德的悬念还是斯芬克斯的谜语？

圣像之下，血流得比任何一个最凶恶的暴徒所能制造的都要多。为卑琐之事死去的不过几个区区单数，而宗教之战，为古往今来的抽象之神，复数的死者庞大到不可计算。也许，没有斩钉截铁的忏悔，也没有不流血的信仰，看那星空：即使在最高远的夜幕教堂，也孤悬千万飘浮的烛火和亡灵。

法国人雅克·阿达利在一本论述迷宫的专著中曾在结语中写道：

"不管怎样，明日的漂泊者都将需要重新把圣体搁在他的双肩上，都需要随身携带他的上帝。"在"随身听"的MP4之外，人们还将听从于内心的"随身上帝"——它是随身携带的与彼世的联系，这意味着，上帝被拆解成美丽的残片，每个人都因这种随身的携带，而拥有甚至成为上帝的一小部分。我们将用一生的时间穿越身体里由细胞、血管、神经、欲望、理想、道德等组成的重重迷宫，去寻找那个上帝的残片，那片脱落的彩鳞。那么支配我们的某种美德，有可能是那个秘密上帝的统治吗？是否某种盛大到极处的完美，以致独立的载体无法承担，上帝才被分裂成更细小、更轻盈的部分？良心，是不是上帝最小最小的倒影？之所以找不到上帝，原因是否在于我们不够团结，所以无法凝聚成上帝的整体。巴别塔寓言揭示过，如果团结一致，人类可以抵达天国，它是否隐喻着：人类不仅可以拥有上帝的视角，并且，彻底团结的人类整体就是上帝本身？现在，我们带着无法拼合的元辅音和敌意，各自孤独。从巨塔上被拆散的砖瓦，铺成了相互隔绝的檐瓦；共同建筑的万丈雄心，跌落为需要各自守护的低矮乃至卑琐的秘密。

……夏至，我随意记录这天从早到晚的心情。五分钟过去，如果我的思维还处在停滞阶段，文字上没有任何增加和修改，电脑的屏幕保护措施就启动了：黑暗渊深，无数流星向我飞行，彗尾留给看不见的虚空。这是我的星空。星空背后，藏着我想象力的魔法、写作中的未来。假设我感觉倦意，膝盖微弯，进入劳动后的梦境……我知道，覆盖所有睡眠者之上，苍穹遥远，夜空清凉，上面种植着星星点点的海棠花。

沈念

小说家,散文作家。出版有散文集《时间里的事物》,小说集《鱼乐少年远足记》《出离心》;长篇儿童小说《岛上离歌》等。

小暑

沈念

7月6—8日

生命中唯一燃烧着伤心记忆的节气。

那些过往封存在时间的底片上,向光即可见影,闭上眼睛,我还看得见。

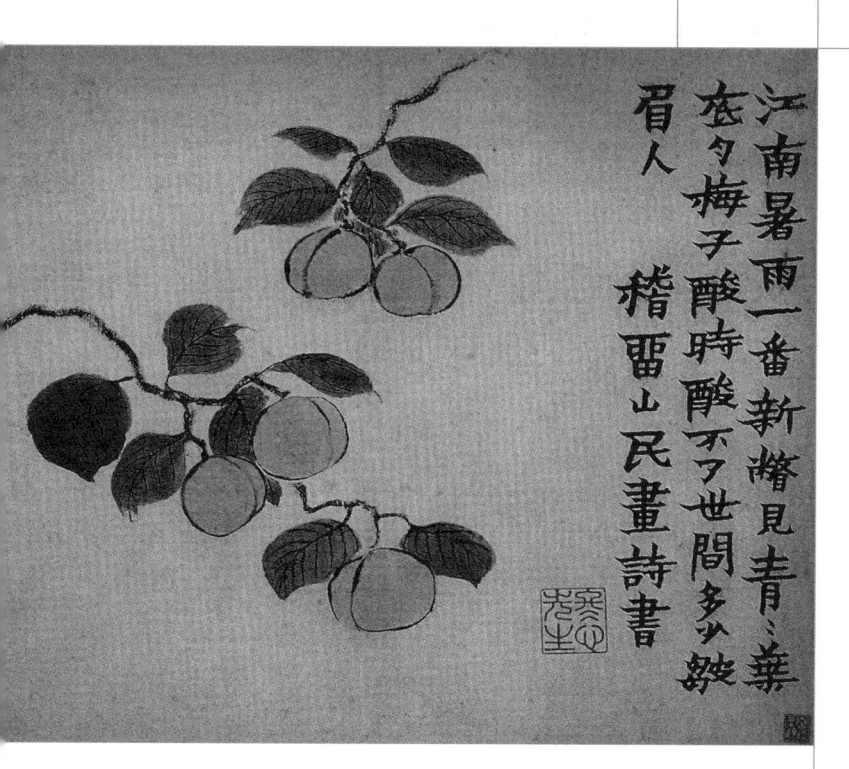

清·金农·花卉蔬果图册之七

夜色不安，天空中没有一丝凉风，身上热黏黏的。半夜我醒来的时候，正听到堂屋里外婆对外公说，明天小暑，入伏啦，就真正热起来了。这时，屋角不知何时藏进来的一只蟋蟀，发出了两声短促的低鸣。唧吱，唧吱。

鸣声穿过耳畔，并没赶走甸甸睡意，我翻身侧卧，凉席上的湿热之气，仿佛是一口能将人淹噬的沙地之井。迷糊之中，一个身影走进来，影子覆盖墙身。我又沉沉睡去。

那年暑假，父母把我送到外婆家住些日子。那时，我以为小暑是一年中唯一的节气。

向晚时分，薄薄的热气漫漶而至，日头还晃悠悠地炫耀在河堤那棵高大的老樟树的枝桠之间。阳光拨枝弄叶，织出万缕金线。树身周遭金光镶嵌，光彩熠熠，是河堤上最美的静物。老樟树像一屏扇面，折起夕光，也收拢河堤上的风物。外婆家隔壁的猛子一头大汗跑过来，叫我去河边捉蟋蟀。这是我们很早之前的约定，他声称要驯养几只骁勇善战的斗士。猛子的性格像夏天一般燥热，却又寡言少语。他比我年长两岁，是个会玩的高手，上树下河，钻窗过洞，但对我亲密依顺。外公看我们急急火火，说，别急，送上门的时候都有。我们来不及探究外公话中的玄机，头也不回地爬上了堤坡。

河堤蜿蜒消失在视线的尽头，据说它长达百余公里，穿越三乡五镇。这条河在清咸丰年间因江堤决口而成，分道两支，流过外公家门前的是东支。河口离得很远，是长江入洞庭湖的"四口"之一，猛子说冬天到过那里，是一片淤积的沙滩，有几头无精打采的牛几棵掉光叶子的树。河道是直的，在八里地之外才拐了一道弯，冬天有大雁野鸭白琵鹭成群栖息，夏天到来之前都走得无影无踪。有一年我从发黄的老县志上读到河的身世，逐字抄记下它所流经之地：从藕池口经康家冈、管家铺、老山嘴、黄金嘴、江波渡、梅田湖、扇子拐、南县、九斤麻、罗文窑北、景港、文家铺、明山头、胡子口、复兴港、注滋口、刘家铺、新洲注入东洞庭湖。河水，从这些悦耳动听却又陌生僻远的地名，也从我的少年时光中穿流而过。

爬上河堤，我向外公举手示意，他站在屋子前坪的台阶上，影影绰绰，被夕阳的橙黄之色一笔笔涂抹进虚无之中。屋顶青瓦早已发旧，白得耀眼，仿佛蜷缩成一颗发光的小贝壳，潮水退却，有数不尽的孤独无人破解。多年之后，人去屋空，破旧败坍，回乡再见，惊愕四起。我瞬间想起随猛子逮蟋蟀的时光段落。

只要看见河流，季节之变就呈现了。桃花汛后，河水一天天见涨，河床隐没，河身日日丰腴，像个怀孕的女人。但到了七月初，河水抵至堤身的那道浅绿处，就不再晃荡跋扈，杂草却丛生疯长。那些调皮的家伙就经常隐身在堤坡的草丛、闸头的沟石之间。猛子熟悉它们活动的一切场所。久晒下的草地，蒸腾起一片摇曳的热气，刺眼的光，开坼的地面，隐约有炊烟的味道飘来，不知不觉就要进入日照时间最长的一天了。

猛子侧耳倾听，逮到一点响动就弯腰蹑脚，循声而去，有时干脆匍匐在草丛间，伺机出动。他双手弯曲成蛇头状，又眼尖得很，笨手笨脚的我往往还没回过神来，他就钻进草丛，左扑右扣，像只机敏的猎犬。待他不动时，已是双掌合拢，窝成拱圆状，喜形于色。我跑上前，俯身下探，他张开指缝，有活物在光影里跳动。我赶紧把玻璃瓶递上，一只长得贼溜溜的小家伙从合十的掌间滑落，已成瓮中之物。猛子又从草丛中抽几根狗尾巴草和灰灰菜，塞进瓶中，然后盖上一片圆卵形的叶子。

河上的黑影吞没漫长的黄昏，天边残有一线红光。回到外婆家，我们对着光，透过瓶壁，欣赏河边的战果。蟋蟀是白不如黑、黑不如赤、赤不如黄。教我们如何辨识的外公正好走过，瞅一眼，鼻孔里似是冷笑了一声。我们看着瓶中收纳的黯淡光影，那两个中不溜秋的家伙，全身油黑，也还英俊潇洒，但离赤黄甚远。我执一根草叶茎，挑逗瓶中蟋蟀，两个小东西一动不动，各自倚靠，身体触碰到一起就立马退回避开，好像不是属于生性好斗的蟋蟀这一物种。我们瘪瘪嘴，叹一声，心头就像刚生火吐烟的炉灶，被结结实实地泼了瓢冷水。我嘟囔着说抓到的是两只孬货。外公过来搭讪了，七月在野，八月在屋，九月十月到你床下，蟋蟀也怕热，这天热起来，到时它们也会寻清凉之地，过不了几天在家里就能捉到厉害的家伙了。

我依旧闷闷不乐，原以为的一场蟋蟀之斗还没开场，就已谢幕。真是沮丧。猛子也不服气，说明天早起再去逮几只。是夜，我在翻覆的梦中，果真见到他逮到一只，一身黑亮盔甲，一对触角如长矛，一双薄翅紫褐而光润油滑，六条健壮的腿屈弯跳跃。猛子把它捉进掌间，刚泄开细缝，嗖的它就蹿奔于地，蹦躲石缝之中不见了。我迷糊之间听到屋角的几声唧吱，也被误作是梦境了。

清晨醒来，屋里比往日要闷热几分，外婆已经将床上的被物搬到了前坪。外公把几个三脚撑衣架搬出来，又设法在石柱和几棵屋前的树桠间牵线搭桥，盖被棉褥、厚衣冬袄，悉数要在小暑之日接受太阳的暴晒。排屋前，家家户户都把存放箱柜的衣物晾出来了。我问外婆为什么大家都要晒东西，她说这叫"晒伏"，去潮去湿，防霉防蛀。外公插话说，这是个习俗，过去老班子讲，七月七（公历），六月六（农历），龙宫晒龙袍。你去看水府庙，和尚还会晒法器、晒经书。水府庙是离镇上不远的一个小寺院，猛子带我偷摘过庙中所栽植的梨，相貌平平，又苦又涩，但那几个和尚咬得津津有味，还供上香桌，让一些信佛的老太带回家。

早饭外婆煮了热汤面和鸡蛋，她说小暑入伏的早晨吃鸡蛋清热消火，煮汤白面清洁辟恶，又说中午做我最爱的羊肉汤。外公拍拍我的头，伏羊一碗汤，不用神医开药方。然后提醒她别忘了煮新米，前两天叔公从乡下就送来了几斤新打的米，沾着地气的米粒像是一丝一丝向外抽出地母的芬芳。

我跟着外公屁股后在屋里转，他是个手勤的人，抹洗修补，精细熨帖。外婆却说他年轻时是个大懒虫，我疑惑这是骗我的说法，外公也从不否认。外公还是个注重仪式感的人，面汤端出锅前，他已在神龛前点燃三炷香，把面汤和酒杯摆放好，郑重其事地拜了三拜。我问外公，为什么今天要叫小暑呢？他说，这小暑是一个节气，天道有序，小暑大暑，谷熟忙收，这小呀，是个开端，是个提醒。

猛子从晾晒的被子底下钻到我面前，两眼惺忪，朝我挤眉弄眼的样子很滑稽。外婆招呼他喝碗面汤，他推辞着，被我一把拉进了屋。

猛子是个苦命伢子，外婆常常哀叹，他娘生育之后突然得了奇怪的病，皮肤眉毛头发日渐变白发黄，瞳孔里闪着粉色的光。她怕见阳光，看东西时总是眯眼，后来干脆不再出门，整日躲在门后窥看外面。他爹是个爱喝酒的泥水匠，喝醉了就朝猛子摔板凳。次日早上醒来，猛子第一件事就是把缺胳膊少腿的板凳修好。猛子娘的眼睛像是有电，是整个身体带电，我从来都不敢多看一秒这个隔壁女人，即使她曾经有过漂亮的容颜。

我们吃完面汤，正想溜出去，被外公叫住，他返身从卧房里走出来，扣在背后的手神秘兮兮地伸到我们面前。是个长条形的竹笼，擦磨发亮，散着竹木之气。这是外公昨晚赶做的。他取一节粗圆的竹子，剖成两瓣，把和毛线针般粗细的竹篾穿进竹筒的劈口处，织成一张透气的网，两头用半圆形的竹闸门封闭，防其逃逸，中间也用半圆竹闸门作隔栏。这个竹笼养四五只蟋蟀，空间也绰绰有余，最重要的是竹笼里斗蟋蟀，无疑是最好的场所了。

我们喜出望外地接过竹笼，突然看到一个黑影一闪，听到一声清越的鸣叫。是个厉害的家伙，猛子喊出声。我疑惑地看着外公，他笑着说，这是昨晚在屋角捉到的。果真如他所言，小暑天一热起来，蟋蟀都躲到庭院墙角屋内避暑热了。我这才明白外公昨天说的那番话。

我一看到这只蟋蟀浑身透着赤中带黄的发亮色泽，就兴奋起来。它触角有三厘米多长，右翅上的短刺像铁锉，左翅上的硬棘像铡刀。两颗大门牙向前突出，是打斗的利器，还挺着个明显的长颚。外公说，我帮你们给它取了名字，就叫长颚将军。它先是一动不动，突然间两翅一张一合，就发出一声锐利的叫喊，像是与我们示威。我后来才知道，它的"嗓子"是假的，翅膀才是它真正的发声器官。繁殖之时，雄蟋蟀卖力地振动翅膀，用动听的歌声吸引雌蟋蟀。它的鸣叫是真正的翅膀之音。

好戏来了，猛子把昨天捉的两只"老死不相往来"的青蟋蟀都安置进了竹笼之家。它们左顾右盼，又装模作样地竖翅哼了一声。显然它们发现了长颚将军，然后跃跃欲试地逼近。长颚将军似乎并不想搭理，也很鄙视这两个闯入者。猛子用草茎拨弄长颚将军的腹部，它竟然还躲闪到了一旁。信心倍增的青蟋蟀噌噌跨步，张牙舞爪地逼近，长颚将军出其不意，张开钳子似的大口咬向对方，双方的几条大长腿猛踢，搅成一团，一场乱战。不出所料，那两只青蟋蟀节节退后，败下阵来，然后垂头丧气地蜷缩角落，不再发声，长颚蟋蟀竖起双翅，傲慢地发出两声长鸣。

也是不打不成交，三只蟋蟀后来相处融洽，大有结义之情。但时间证明，我们养蟋蟀并不成功，天气闷热，竹笼干燥，没出几天，两只青蟋蟀先行死去，长颚将军也日渐消瘦委顿，最终郁郁寡欢，无疾而终。后来外公告诉我们，竹笼比不上陶罐吸地气，应该每隔一两天向笼子内喷洒些水。蟋蟀死后，外公让我们把它们送给住在瓦厂的廖医生，他在自家开诊接医，说蟋蟀的干燥虫体入药，主利水肿、小便不通等症。晒伏这天，他那位有点瘸腿的老婆，一跛一拐地把小抽屉的药搬到太阳下晒，草药清香四处飘溢，镇上的人路过都忍不住要多吸几口。那个费了外公大半夜功夫的竹笼，后来被弃置角落，有一天外公翻捡出来，竹片早已开坼，积满尘垢蛛网和蟑螂产卵后的黑颗斑点。

小暑的到来，虫声机杼，蝉鸣密集，蛙声如鼓，在这些声响的罅隙间，却是最深沉的安静。但每个隐秘的角落都在源源不断地生发热气，让人觉得衰弱无力。外公怕热，打着赤膊，一手抱着他的茶盅，一手拎把竹椅，午后找到樟树荫下歇着。他藏在一片影子里，瘦弱而骨头暴突的身躯有时就成了树的一部分。燥热也刺激了鸟，平日见得最多的燕子、麻雀、八哥、灰喜鹊，田野稻田常见的黑卷尾、斑鸠都变得活跃，热情得像家里即将迎来贵客的中年女人，忙忙碌碌，叽咕的声音像水面之下的暗涌，流动着焦灼、激烈的情绪。

　　外公家屋檐下的燕子窝，这两天是空的，平日进进出出的忙碌身影不见了。外公从树影下探了探头，嘀咕了一句，燕子都回去啦？回答他的却是几声嘹亮的蝉鸣。猛子掏过一次燕子窝，那是一只尚未成年的乳燕，两翼像精巧的镰刀，两眼向前突兀，头缩在身体里，完全看不到脖子，爪子隐缩，纤细到几乎看不见。这真是长相古怪的鸟。我手握它时，羽翼之下的体温微灼手心。我翻覆它的身体，却没看到燕子的脚，惊诧之中我从腹部靠近尾部的地方，找出了那双萎缩的双足，一动不动，像是瘫软在地上的一只硕大爬虫。

　　炎夏抵至，燕子并没全部迁徙，偶尔还有几只从头顶掠过。估计它们也怕热，找了荫凉之处躲起来。没有了欣赏者，没有了舒适的天气，燕子也懒惰了。但燕子飞行的灵活性堪称一流，是飞行技术最高超、飞行姿势最美的鸟。我和猛子爬在闸堤的墙头上，看几只身穿黑礼服的燕子表演飞行特技。空气燥闷，燕子在天空中盘旋，转圈，穿巡。它们的飞翔迅疾，多变，让人眼花缭乱，好像整个天空是属于它们的。如果能记录下来，它们的飞行轨迹一定是世界上最复杂的迷宫和最优美的曲线。没有鸟能像它那样在急转和冲刺中随时改变方向，它能在飞行中休息，也能捕食。那些在空中微微摇曳的猎物，苍蝇、蚊子、松毛虫、金龟子，和那些不知名的小昆虫，都能被它们精准地逮到。燕子脚爪的欠缺，才有了特别发达的翅翼弥补。所有的美好都藏在变化与守恒之中。

　　从闸堤上看得见排屋，有时我看到猛子娘就站在门檐下抬头探望，她像一团毛乎乎的光，刺眼，让人想起她的奇怪模样就无端地惊惧起来。

　　孩子们的耍性注定是不惧炎热的。午后，猛子说带我去摘莲蓬。离镇十里的牛氏湖种满荷绿，荷莲重重叠叠。天热，荷莲反倒长势凶猛。去往牛氏湖的路很窄，要过半人高的冬茅地，叶片狭长有齿，奔跑穿过，碰触身体，就像一把长锯拉过。走着走着，会听到哗啦哗啦的划水声，矮下身子去看，是一位戴草帽的老人划着仅容一人站立的筏子。偶尔这响声会惊动几只藏身水中的白鹭，细长的腿拨啦飞起，在荷塘上空盘旋几圈，又不知仄身哪片荷叶之下不见了。我们摘几片荷叶顶着太阳，但没过多久，叶缘全卷起来，之前饱满的水分全被空气中的燥热吸干了。从荷塘转一圈，我一身晒红，满身大汗，前臂小腿不知何时被草叶割开道道小口，又痒又疼。外公对这个有办法，到家就会舀水把我手脚细致洗净擦干，然后取下酒瓶，喝上一口，鼓咽几下，接着用力喷我手上脚上，搓拍一番，隔一阵疼痒就消失了。

　　返回的路上，河堤像是燃烧的长龙，脚底发烫。但不是所有的小暑入伏都是艳阳当空,暴雨也在这个时节来袭过。有一年,大雨如注,河水猛涨,每个人都出不了家门,我和猛子站在屋檐下,伸出手,让檐下水珠一寸寸滴湿手臂。水迅速吃掉那道警示安全的线痕,晃荡上堤面。廖医生同母异父的弟弟陈木匠家房子建在堤垸外,水进了屋,那些可以浮起来的东西,桌椅、畜圈里的猪,悄无声息地跑出了家门。陈木匠老婆手忙脚乱,嚎叫着,把辛苦养的鸡赶到堤上,由着它们各自避水逃命。这一下,人们都紧张起来,转移的通知到了堤垸内的每家每户,镇上的干部组织人们披衣戴笠上堤防护,外婆家里的桌椅叠搭,东西都打包搁在高处,一片狼藉。雨水的到来并没有减弱热度,汗湿的衣物贴着皮肤,黏乎乎的,让人格外难受。外公那一天彻夜未归,大人们在河堤的暴雨中守住了那个夜晚。第二天雨过天晴,大人们疲惫回家,敞开大门,镇上鼾声一片。后来却听说,下游对岸三十多公里外的凤山发了山洪,抹去了半个村子。山洪冲去的田地,曾经是条古河道,大自然的神秘力量,让它多年之后又呈现出来。

  回到那个发烫的下午,从荷塘回来,排屋前挤了很多人,外公看到我们,赶紧走过来,牵着猛子走了,外婆却一把抱住了我。那位信了基督的老女人走过来,冲外婆说,上帝召她前往,是为了帮她洗净痛病,第二次诞生。说完她又踅身走到另一个人身边重复上述之言,眼里噙泪,皱纹里都折叠着悲伤。从纷杂的议论中,我慢慢才听明白,猛子娘下午竟然出了后门,电排站放了一排沟的水,她未知原因地落水了,幸好被一兜草挽住了身体,不然尸体不知会冲到哪里去。这一切发生得太意外,也太蹊跷,人们用各种猜想喟叹着生命的脆弱。我想要挤进团团围住猛子家的喧嚣人群,却被不知哪里爆发的哭声吓住了。我在人缝里偷看到，死了娘的猛子没有哭，连一声抽泣也没有，只是默然地看着地上的草卷盖，像面对一个陌生的死者。猛子爹在寒伧拥挤的屋里转来转去，听任几位老人的指挥，他伤心地哭一阵，又摆出一副坚强的模样，唇鼻之间始终挂着永远抹不干净的鼻涕，走过猛子身旁时，手落在他的头顶摸了摸。那是我见过的这位父亲对儿子最亲昵的一次抚摸。

这一天显得无比漫长，阳光被枝杈扎碎，却又很快融合在一起，重新生长成一个整体。天色注定在喧闹中暗下来。虫声、蝉鸣、蟋叫，声响消遁，耳畔却轰轰烈烈。我不知是何时绕到猛子娘身边，这是我第一次最长久的注视。她脸上变得光洁，有一种无比温暖慈祥的表情。那一块块白癜痕像飞鸟收拢了翅翼，我想这是世上最美丽的溺死者。我后来一直有个幻觉，我伸出了一只手，摸向了这张美丽的脸。

但我又记得清楚，那天夜里，天气燥热，大人们额头和身体大汗淋漓，使劲挥动着手中的蒲扇。外婆扇来的风，让我心生寒惧。坐在角落的猛子一直沉默，他被黑色棺材的影子遮住，以后也变得越来越沉默。走向不安的夜色，越来越深，发出幽蓝的光，那些过往封存在时间的底片上，似乎没有留下任何印痕，可向光即可见影，闭上眼睛，我还看得见。

黑陶

诗人,散文作家。出版有诗集《寂火》;散文集《夜晚灼烫》《泥与焰:南方笔记》《中国册页》《烧制汉语》《漆蓝书简》《绿晕》等。

大暑

黑陶

7月22—24日

炽烈的夏阳,经由坚硬发烫陶器的反射,变成了火焰和光的浓郁液流,在夹杂绿河的屋顶和房子之间,笔触粗重地慢淌、蜿蜒。

宋·轶名·槐荫消夏图

洗竹橱

上午八九点，被热汗渍红脸额的父亲，从火焰熊熊的窑上驮完货回家。来，今朝拿竹橱洗洗。因为年久而呈暗红的竹橱，贴墙立在灶头一侧。和父亲一起，首先清空它的内部：将半罐头的剩粥、深褐雪里蕻盐菜、红豆腐瓶、就要见底的脂油碗、一摞瓷盘子、两摞空碗、调羹、久已不用的舂米小石臼、三根遗忘且已生霉的竹筷、圆肚的酱色陶坛等全部拿出来摆在近旁的木台子上；之后，再将橱顶乱叠的旧报纸、秧绳线、雨伞、擀面杖清理干净——现在，就可以搬动已经没有承载的空竹橱了（倾斜始搬时，橱背靠墙处总会有白色的蛛丝飘舞，偶尔，一两只突然显现的蟑螂百脚也会惊恐逃亡）。

我和父亲抬着它，走出阴凉冷清的灶间，走进已经强烈的上午太阳光里。在东坡书院前面的河浜（书院浜）石埠边，久违一年的竹橱重又缓缓沉入青绿荡漾的河水之中。连冒的气泡、浮丝以及若干油花，瞬间出显水面，几条好凑热闹的串条鱼倏忽窜来，围绕沉没的竹橱，游戏，或寻觅它们的吃食。父亲和我涉进河里，拉起竹橱，卸下所有橱门，用板刷和抹布开始用力洗刷。太阳将青绿的河面晒成迷离花白，小腿肚上不时感到有鱼嘴微小的触碰。等到淘米洗菜的烧午饭人络绎来临时，我们已将洗刷一新、淋漓发亮的竹橱抬上了河埠。

……干透洁净的竹橱重新立于幽凉灶间。一年一度，干净暗红的竹橱所携附的河流清气，给清贫的家，带来了暑夏。

残旧古书

隔壁邻居,那个落魄一生的乡镇读书人,他所摊晒的残旧古书的划线部分:"夏不谒客,亦无客至。头巾不设,衫履皆废,或袒处乱荷之中,妻孥觅而不得;或偃卧长松之下,猿鹤过而不知。洗砚石于飞泉,试茗奴以积雪……"(《闲情偶寄》)

红烧肉和锅巴

父母买菜回来的竹篮里,在长豆冬瓜和沾红辣的榨菜底下,终于看见一小块猪肉的影子,那么,从早晨开始,那一天我和姐姐们的心里,就充满了秘密幸福(我们从不主动要求大人买肉)。肉汤冬瓜,榨菜丝炒冬瓜皮(用肥肉熬油炒的有特别诱人的香),炒长豆,一小碗油亮闪烁的红烧肉——这是我们的梦中之餐。……灶上大铁锅内的饭盛掉以后,剩下的是一整张锅巴。舀半调羹豆油绕锅沿滴入,锅盖盖好,再往灶膛内添烧半个草结,焖片刻,等揭开盖时,便是可以顺利铲起的整张半圆形锅巴!金黄油脆,齿颊留香……

南方炎夏的典型花纹

午饭之后,疲乏的父母总要抓紧时间小睡一会。待到他们从竹床上爬起,又匆匆迈出家门,冒着滴火的炽白阳光外出干活时,我总会看见他们的肩臂处、脸颊上,刻满了竹床和枕席所馈赠的肉体波浪之纹——这是我记忆最深的、代表少年时代南方炎夏的典型花纹。

废镜片

一块废镜片是大暑之夏孩子的宝物。把它拿在手中，在太阳下调整角度，马上，地面就出现一粒米珠大小的灼白光点。从灶壁里偷出几根火柴，排放在门前光滑的青石板上，将玻璃镜片聚成的灼白光点首先照准其中一根的漆黑火柴头，就听见"嗤——"的一声，火柴瞬间燃着，莹青的石板面上遗留微小的一摊乌黄火迹。更多时候，是照活物（孩童天性中的残酷成分在此毕现）。一只蚂蚁爬下磨损的石头门槛，正朝屋外移动，这时用废镜的光点紧紧追照——只需追踪一二厘米，它便被晒蜷一团；还有将苍蝇故意拍成伤残，脚与翅仍会起劲挣扎。将它同样放上青石板的屠场，用灼烫的光点罩住，慢慢地，透明并有着美丽花纹的蝇翅开始变焦，继而消逝，空气中随之隐约弥漫烧焦昆虫的特有腥臭。偶尔，还会试一试自己的承受能力，将镜片所聚光点照在裸露的手背上，但最多几秒钟，就会感到有如锐利钻头钻入肉体般的灼痛，甩手不已。废镜片。夏天。无意中，一个孩子用一块废镜片提炼出了夏天内部的火焰。

六月廿四

农历六月廿四下昼，坐在西面毛家高大屋山头渐伸渐长的阴影里，吃过冷冬瓜汤泡饭的点心，就见东乡临太湖地区衣着整洁的乡人，挑了小圆竹篮的馒头担，络绎从门前往西，过蠡河上的蜀山木桥，朝镇上走去的情景。宜兴滨湖农区，每逢六月廿四，有做馒头送镇上亲戚的习俗，只是此俗系何起源，已经难考。这天，只要是镇上有亲戚的农户，几乎家家都用新麦磨成的面粉做馒头。馅心种类很多，有咸菜馅、长豆馅、青菜馅、豆沙馅、酱油糯米馅等，只是少有肉馅。竹篮里的馒头层层堆叠，通常几近篮把手，上面再用红色薄纱巾覆住。也有人家在送馒头之余，顺手再从自留地上摘一篮渎地香瓜（滨湖渎地又称夜潮地，日干夜潮，所产瓜果特别甜脆），给住在街上的亲戚尝鲜。街镇亲戚在收到新麦馒头和香瓜之后，除盛情款待晚餐外，会准备些肥皂、火柴、瓷碗、钵罐等日用品作为回礼让客人带回，这样，既交流了感情，又互通了有无。接近暮色已经委顿的乡镇阳光里，自东乡往西镇路上沉甸甸的馒头、香瓜篮担，让最不关心日历的人，也会醒悟：呃，六月廿四到了。

做酱

伏天酷暑，正是做酱时节。将洗净的黄豆放入铁锅内煮烂，再和进少量面粉，拌匀烧熟取出，稍凉时用手将面豆捏压成一块块圆饼状，摆入铺有麦秸的大竹匾内，任其阴干霉变（此圆饼状面豆谓之"酱黄"）。待由软转硬的酱黄霉变剧烈时，放在烈日下曝晒一下，就可以"合酱"了。所谓合酱，是指在广口的荷花小酱缸内贮一定比例盐水，再投进发霉酱黄即告完成。此后就是日晒夜露。日晒，可以让酱色浓厚；夜露，能够使酱味鲜美。合酱后忌碰生雨，生雨入酱，则酱容易生虫；

还有，民间传说响阵头（雷鸣）天气不做酱，若做，则以后吃了这种酱，肚腹也会鼓鸣。通常情况下，合酱一二星期后即可食用。自此，盛夏一季的吃饭桌上，便每餐可见这种褐红色的佐餐之菜，我们用来搭粥、搭饭，把酱抹在整锅摊的干面饼上再卷起来大嚼。假若哪天父母在酱碗里切几粒肉丁进去，放饭锅上蒸熟，那么，在我和姐姐的心目中，这碗酱的身价顿时上升千倍万倍，它的被消耗的速度，总是空前的。

虫子们

1.

乡镇农家，夏天常见的是苍蝇。开坼墙壁上、红漆桌面上、杂乱长台上、泛黄中堂上、蒙尘灯泡上、油腻锅灶上，到处歇有这种活着的小圆墨滴。人走过，或喷香饭菜上桌时，苍蝇们就无声群聚着飞起，在空中瞄好目标，再纷纷落下。大人和孩子们挥手驱赶着停在饭碗和菜盘上的苍蝇，虽然很讨厌，但在内心又有一种下意识的、奇怪的平静：苍蝇嘛，总归有的。仿佛和墙壁、饭桌、长台、中堂、灯泡、锅灶一样，苍蝇也是组成这个家庭环境的部件之一。我们只是习惯性地挥挥手，在"饭苍蝇"（习惯的命名）暂时飞开的间隙，埋头吃饭、吃菜。只有肥硕并且浑身闪烁荧蓝光泽的"金苍蝇"像一架直升机一样，嗡嗡有声地从外面飞进来时，才必定是全家行动，直至将其歼灭。我们对普通苍蝇最感愤怒是在午睡时候。它们喜欢将轻盈的身子歇在人裸露的肌肤之上，起降或移动，那纤细的蝇足总让人痒极难眠。记忆中夏天的祖父总是在拍苍蝇，那个油亮亮的光脊背上有着许多褐色小肉瘤的佝偻矮老头，举着肮脏的绿色塑料蝇拍，时刻在搜寻他的猎物。有时拍重了，木凳腿上的一只苍蝇，便成为白的红的汁血横溅的丑陋肉酱。战果辉煌蝇尸狼藉之时，祖父会轻易唤进两只雄捷的红冠公鸡，似乎只是片刻，它们就将地面一一啄净。

2.

下昼或傍暮，门口常会有金虫飞来。金虫从来都是单独飞翔，它在家门口低飞着探头探脑，有时不小心碰在墙上或门框，稍一坠落总又急急飞起。每当这时，总是赶紧跑进房里拿出葵扇，对准它就是一下。金虫扑跌在地，于是手到擒来。长着一副黑金铠甲的金虫是孩子喜欢的玩物。捉到后，马上会到抽屉里找一根母亲缝衣用的白棉线，将线嵌系在金虫头与躯体之间的缝隙内，这样，一手拉住棉线一头，就可以任金虫像风筝一样在头顶飞翔。有时为了寻找刺激，故意放手，待金虫飞高后再跳起来拉线，幸运的金虫就此能够逃生——偶尔会看见脖间系了白棉线的金虫在野外飞过，那它肯定就是被哪个孩子捉住后又逃跑的幸运者。有时捉到金虫后也不系，只是把它的一对翅膀剪小若干，那么，这只金虫将永远再不会飞高飞远，尽管它求生心切，但即使任它飞去，低低地掠过一段距离后，它必定跌倒在地（现在想来，其状十分可怜）。

3.

肉乎乎、肥嘟嘟的白绿"杨辣子"，是我们轻易不敢触碰的厉害之物。它们静静躲伏在杨树叶子底下，宛如狼牙棒的身上长满了数不清的刺毛。长汗毛的皮肤只要稍一触及，立刻又红又肿，辣豁豁地疼痛。不小心被蜇以后，治疗的土法是寻一张橡皮膏药，贴在被蜇处，再揭开，这样就能把刺入皮肤的"杨辣子"细毛拔出；若没有橡皮膏药，我们就会到蜀山脚下的做陶工场，在露天摆放的釉水缸里捞一把釉泥贴上皮肤，经烈日曝晒后揭去干泥，也能将刺毛带出。

4.

假如没有抽汲人血的恶行，作为仙鹤缩小版又兼有飞行伴音的蚊子应该可以成为人类宠物。两百多年前的苏州人沈复就曾"宠"过蚊子："又留蚊于素帐中，徐喷以烟，使其冲烟飞鸣，作青云白鹤观，果如鹤唳云端，怡然称快。"（《浮生六记·闲情记趣》）但这种"长喙细身，昼亡夜存"的嗜血之物，毕竟可恶。蚊子出现，人人喊拍。在室内，我们用"野猪牌"蚊香熏蚊；在猪圈，大人总是燃起一堆干艾，浓厚的青白草烟，弥漫驱呛着圈内的嗡嗡之虫（"煨草驱蚊烟满扉"），烟雾之中，伏在稻草上"哼哧"不已的肥胖白猪，酷似《西游记》中现出原形的可笑八戒。

5.

天牛，家乡习惯叫它"洋蟢"。号称"锯树郎"的洋蟢，有一对厉害的钳子，它们轻易就能咬破人的皮肤，切断一根坚韧麦秸。所以，对洋蟢，孩子是又爱又怕。洋蟢狭长的黑壳身子上布满碎银般的小白星，捉到洋蟢，为防它逃跑，一般总要剪掉它藏在壳底的翅膀。我们让它咬东西，仔细观察它的触角——洋蟢细长的触角是一节一节的，据说一节代表着它一岁的年纪。

6.

雷阵雨前渐暗渐浓的天气里，群飞的蜻蜓像一团低低的惊恐红云，它们似乎消逝了在炎阳灿黄丝瓜花前的那种轻盈与优雅。用细竹棒打，潜心屏气地用手捏，我们想尽办法来捉住它们。捉到蜻蜓，我们总是将它们放入蚊帐。蜻蜓会吃蚊子，一辈一辈的人都这么说，但我在帐子内放了那么多的蜻蜓，却从来无缘亲见过这种"吃"的场景。

7.

记忆里大暑季节的声音就是蝉声。一座浓绿的山，或一片河滩的树林，就是一个盛大澎湃的蝉声发源地。蝉总歇得很高，手抓不到。我们在长竹竿顶端戳了个面筋团，悄悄地伸上去，便可以粘住它们；长竹竿也够不到的时候，就掏出用八号铅丝自制的弹弓，弹弓子弹则是窑场上已烧成陶质的小圆泥钉。击中了，结实乌亮的蝉往往碎成两半；没有击中，吓坏了的蝉就"嘎——"地尖叫一声，逃离刚才伏歇的树枝，飞停于远处的另一棵高树。蝉，吴地俗呼"知蝶"，另有一种与蝉类似，只是身子要小一壳的"知音"，在树身上总歇在一人高左右的地方。"知音"的叫声较之宏亮旷远的蝉声，要纤细、清丽得多。但"知音"对人很警觉、敏感，当你将手慢慢接近于它，眼看就要抓住时，它总会"吱——"地一声，在你抓住之前得意地逃之夭夭。

8.

像伞兵，又像民间恐怖故事里的吊死鬼，一根丝线垂下来，飘飘摇摇、悬悬荡荡于槐树枝枝杈杈下的，是"吊包虫"，也叫"出尿婆婆"。"吊包虫"的"包"，其实就是它们用所吐之丝混杂了枯叶烂茎所织成的茧。"吊包虫"青黑肥软的肉身，在平静时分总喜欢钻出柔韧茧壳，呆头呆脑地东张西望，一遇动静，马上缩回茧中。在夏天，大人们总要我们去捉"吊包虫"。拿回家后，将肉肉的虫身从茧包里硬拽出来，扔给鸡吃。吃了这种肉虫美餐的母鸡，特别肯生，所下的鸡蛋个个圆润、硕大，令人喜爱。

迷宫

从熊熊窑焰内出来，那些堆垒似山、闪射深酱釉色的缸、瓮、坛、罐，在青绿故乡的各个角落，承受着炽烈夏阳的灼烤。炽烈的夏阳，经由坚硬发烫陶器的反射，变成了火焰和光的浓郁液流，在夹杂绿河的屋顶和房子之间，笔触粗重地漫淌、蜿蜒。滨湖故乡，成为了布满耀眼镜子的玻璃迷宫。不管是梦中还是现实，都能看见，黝黑肤色的清瘦父母，在火焰浓绿的阴影下，匆匆行走，艰难生息。

白粥 · 凉粉

太阳依然强烈的下昼心，蜀山山麓靠近窑场的屋子里，就开始散出白粥的清香。圆桶形的陶质煤球炉上（烧蜂窝煤），很大的"钢中锅"

里粥早已沸腾，水米交融，正在一点点变得黏稠。——为了晚饭吃到冷粥，放暑假在家的我们，很早就把粥烧好。粥香弥漫空气，弥漫有苍蝇停歇的阴暗的家，这是下午至暮前的象征，也是关于故乡夏天一个少年独有的嗅觉记忆。烧好白粥，父母回家之前，有时我还会骑了自行车到镇街上去买凉粉。生面店前的大木盆里，一块又一块方形的凉粉汪在水里，碧青、莹润，近乎透明。两分钱一块，买一角或两角钱。回家，放凉开水里洗净后，必须再将每块切小：把凉粉托在掌中，先用菜刀横劈一刀，再从上面纵横切上几刀，便告完成。将所有切成小块的凉粉盛进瓷盆，放入酱油、麻油、味精、姜末、醋等作料，搅拌——我们都知道，这是劳累一昼的母亲在昏暗露天晚餐桌上的喜爱吃食。

夜

将木头长脚盆放下，一头垫高，再端一脸盆的热水，就可以洗浴。高悬的灯泡昏红。先洗脸洗头，再抹身子，等脸盆里的水洗完，就在长脚盆里洗腿洗脚。换上干净短裤，浑身有清爽轻松的感觉。有浴水的长脚盆被抬到屋外水泥场的下场头，倾倒，黑暗里被白天太阳晒得焦干的场地顿时布满滋滋吸水的声响。竹椅端了出来，竹床早已搁好。几粒火萤从长了两丛凤仙花的西面屋墙根飞来，尾巴的绿光点一亮一亮，又飞散入前面的院墙之上。大人在喝茶、抽烟，招呼踱过来的烧窑乡人坐下。葵扇扑打蚊子的声音此起彼落。头顶是满天繁星，像是无数银亮的雨点悬却不落。竹床上的孩子们正起劲地做着"脚趾扳扳，扳到南山"的游戏；大人则总是仰头，看天河明亮，便说，哦，今年的米贱佬；天河昏模，则相互感叹，今年的米要贵啊！邻家正要发育的少女为了风凉，洗完澡后裸露着稚嫩上身就走出家中，她的母亲便笑骂：这么大了，还不晓得难为情，家去穿了汗衫再来！苇影的池河里有鱼激水，像是远处窑场屋顶上的一颗星星，倾斜着坠落水中的声音……

江少宾

散文作家。出版有散文集《爱着你的苦难》《无处安放的乡愁》《谁在深夜祈祷》等。

立秋

江少宾

8月7—9日

稻花香里，裹着一股悠悠的凉意。田埂上，菜园里，浮游着一层薄薄的雾，如梦似幻，立秋时节的乡村，是中国画里的乡村。

清·金农·花卉蔬果图册之十一

总是在夜里，迷迷糊糊间，耳畔漾起爆炒蚕豆一样的雨声，由远及近，仿佛若有风。灼烫的凉席浸满了我们的汗渍，后背粘在席子上，猛然起身，皮肤几乎要揭下来，唑唑啦啦的，如裂帛之音。窗外，站着两棵枝繁叶茂的梧桐树，雨水如一万只小手，轮番拍打着梧叶，沙沙沙，沙沙沙，疏一阵，密一阵。挣扎在梦境的边缘，我仿佛看见梧叶在风雨中翻卷的样子，叶子们已经习惯了荣枯，像乡下那些饱经沧桑的老人，不卑不亢地承接着人生的风雨。重新沉入梦境时，潮水一样的雨意在床头浮荡，燠热，从雨声里慢慢消散了。

夏秋之交的雨，短促而热烈，猝不及防地潜入墨汁一样幽深的暗夜。季节，这趟跋山涉水的列车，终于裹着一阵凉风，驶进了秋天的第一站。清晨起床，枝头湿漉漉的，雨水刷过的梧叶青翠欲滴，像初生婴儿新洗的脸。一两片梧叶躺在水洼里，枯黄的叶边微微翻卷（灰烬的颜色），中间卧着一汪清亮的水。梧叶截留的雨水像大地圣洁的使者，它们远道而来，向农民兄弟传递丰收的音讯。农谚说，"立秋雨淋淋，遍地是黄金。"卧床听雨的农民兄弟嘘出一口长气，他们撂下疲累的蒲扇，在一阵疏一阵密的雨声里酣然睡去。

只有旺财叔始终睡不着，他是牌楼第一个听见雨声的人。在牌楼，旺财叔比谁都盼着立秋，比谁都盼着立秋后的第一场雨。节气一过处暑，他就天天抱着收音机，准时收听天气预报。在旺财叔的眼里，这场雨既是寒暑易节的标识，也是上苍赐给他的天露。那些雨后的清晨，当我们拎着镰刀下地收割时，总能撞见一头白发的旺财叔，端着一只粗粝的蓝边碗，喜滋滋地，将叶子上的雨水，小心翼翼地倒进碗里，倒完了，还要把叶子贴在碗边，一点一滴，沥得干干净净……"么事哉，旺财叔？"旺财聚精会神地盯着叶子，头也不抬："收天露哦，给顺子喝。"说到顺子，大家就默然了，心有戚戚。旺财三代单传，为了顺子这根独苗，旺财耗尽了心血，五十岁不到，头发就白了，远远望去，像一蓬芦花。

"顺子哎！大大回家咯……"每次刮够了一碗，旺财叔总要自言自语，满心欢喜地朝家里走去。顺子对花粉过敏，偏偏又生在依山傍水、花团锦簇的牌楼，泡桐花开过油菜花开，油菜花开过槐花开，每一个花期，顺子都要喘半个月，呼哧，呼哧，呼哧，喉咙里扯着一只风箱。十几年下来，各种各样的药顺子吃了几箩筐，终究无济于事，春秋两季，依旧生不如死。大家都劝旺财，命，那是天定的，谁也斗不过，得认……旺财涕泪纵横，一个劲地点头，一转身，却又不肯认这个命。一过立秋，旺财就四处收集树叶上的雨水，用一个铁皮桶子储起来，熬蒲公英，给顺子喝。这道偏方完全是旺财自己的发明，根本没有经过时间的检验。好在顺子从不拂逆父亲的好意，在饱受折磨的日子里，顺子试过不知其数的偏方，有的外敷，有的内服，有的兼而有之。有一次，顺子喝过偏方脸就变了色，呼吸急促，浑身乌紫。日头滑入巢山的时候，破罡街上的唐医生来了，他搭了搭脉搏，听了听心跳，一句话没说，拎起药箱就走了；掌灯时分，"过阴的"来了（"过阴的"俗称巫婆，尊称仙姑），她撑开顺子闭合的眼睑，又摸了摸天灵盖，默默地摇了摇头……这几乎宣判了顺子的死刑，但旺财叔依旧不肯认命，他把顺子捂在被窝里，寸步不离地守着，一刻不停地喊："顺子哎，醒醒啊！""乖儿子，你别走啊……"第二天中午，奇迹出现了，顺子大汗淋漓，像从水里捞上来的一样，头发窠里蒸腾着一股股热气……呵呵，呵呵，旺财叔先是站在床边一个劲地傻笑，接着便伏地跪拜，嚎啕痛哭了起来……大难不死的顺子似乎自带排毒功能，他毫不犹豫地端起茶缸，一饮而尽，抹着嘴，不动声色地说："这个味道好淡……"仿佛在说一件和自己无关的事。

一年又一年，旺财叔锲而不舍地收集着天露，只要他端着蓝边碗，牌楼的大人和孩子就知道，又到立秋了。花开花谢。草荣草枯。田畴里，稻子熟了一茬又一茬。在岁月流逝与四季更迭里，常年抱着"药罐子"的顺子已经成年。神奇的是，成年之后的顺子居然不喘了，谁也不知道他是什么时候开始不喘的，大家只是惊异地发现，足不出户的顺子破天荒地牵着黑水牯，跟在旺财的身后，走过一道又一道田埂，层层叠叠的油菜花地。白白净净的顺子腼腆地穿过漫游的花粉，田埂上滚过一道道闪电。

旺财一言不发。顺子一言不发。田畴里，翔集着一万只忙碌的蜜蜂。

顺子痊愈后不久，旺财叔就老了，像一座破败的茅屋，忽然间塌了下去。立秋之后，弯腰罗背的旺财叔依旧热衷于收集树叶上的雨水，储起来，自己泡茶喝。旺财叔的做法虽然无人效仿，但再也没有人在背后说三道四，当笑话看。然而，牌楼的偏方不胜枚举，旺财叔何以就笃信立秋的天露呢？

每年8月7日或8日，太阳到达黄经135°时为立秋。"一叶梧桐一报秋，稻花田里话丰收。虽非盛夏还伏虎，更有寒蝉唱不休。"（左河水《立秋》）古人分立秋为三候：一候凉风至。梧叶开始飘零，虽然依旧是盛夏，但此时的风已不同于暑天，尤其是傍晚，稻花香里，裹着一股悠悠的凉意。在徐徐吹来的晚风里，女人甩着湿漉漉的双手，孩子们兴高采烈地搬着凳子，欢天喜地抬着饭桌。二候白露降。早晨，田埂上，菜园里，浮游着一层薄薄的雾，白的白，绿的绿，青的青，如梦似幻。立秋时节的乡村，是中国画里的乡村。三候寒蝉鸣。感阴的秋蝉在午后的枝丫间嘶鸣，秋蝉并不鼓噪，反倒极尽抒情，长一声，短一声。我们掂着一根长长的竹竿子，竿头上蒙着一层蜘蛛网，秋蝉振翅欲飞，却不知，早有一张天罗地网……顽劣如我，儿时捕获的秋蝉最多，我和小伙伴们享受着这小小的恶，这小小的恶，是我们农忙时节仅有的欢乐。

古人一直很重视立秋，认为立秋是夏秋之交的一个重要时刻。早在周代，立秋这天，天子会亲率三公九卿、诸侯大夫到西郊迎秋，举行隆重的祭祀仪式。汉代沿承此俗，并杀兽以祭，表示秋来扬武之意。到了宋代，立秋这天，宫内要把栽在盆里的梧桐移入殿内，等"立秋"时辰一到，太史官便高声奏道："秋来了！"奏毕，梧桐应声落下一两片叶子，寓"梧桐一叶落，天下尽知秋"之意（我家门前有两棵合抱粗的梧桐，以我多年所见，梧桐落叶，其实都在立秋之前）。

庙堂之上，做的都是官样文章。民间自古对节气也很讲究，立秋这天，民间有占卜天气凉热的风俗。东汉崔寔《四民月令》："朝立秋，冷飕飕；夜立秋，热到头。"民间讲究二十四节气，秉承的都是实用主义路线。民以食为天。二十四节气除了关系到农时，还时常与口腹之欲、防病祛灾联系在一起。清代，北京、河北一带民间有三伏之后"悬秤称人"（大多是称小孩），与立夏时体重对比检验肥瘦的风俗。伏天胃口差，所以不少人都会瘦一些，瘦了当然要补，弥补的办法就是到了立秋"贴秋膘"。"贴秋膘"首选吃肉，以肉贴膘。立秋这天，普通百姓家吃炖肉，讲究一点的人家吃白切肉、红焖肉，以及肉馅饺子、炖鸡、炖鸭、红烧鱼等。汪曾祺先生专门写过一篇《贴秋膘》，说内蒙也有"贴秋膘"的风俗，干部秋天下去考察工作，别人会在背后议论说，哪里是去工作？是"贴秋膘"去了！内蒙的"贴秋膘"，特指吃手把羊肉。手把羊肉我没有吃过，"好吃吗？好吃极了！鲜嫩无比，人间至味。"读到这里，口水都流下来了。

这样的口腹之欲，小户人家既消受不起，也满足不了，对于黎民百姓来说，防病祛灾显然更实际一些。自唐宋起，立秋这天，孩子们有用井水服食小赤豆的风俗。取七粒至十四粒小赤豆，以井水吞服，服时面朝西，据说吞服之后，可以一秋不犯痢疾。清代，天津等地流行"咬秋"。人们在立秋前一天把瓜、蒸茄脯、香薷汤等放在院子里晾一晚，立秋当天吃，能避免痢疾。杭州一带流行"吃秋桃"。立秋时大人孩子都要吃秋桃，每人一个，吃完要把核留起来。等到除夕，再把桃核扔进火里烧成灰烬，人们认为这样就可以免除一年的瘟疫。

不光是立秋，民间的每一个节气，都有一些防病祛灾的风俗，口口相传，代代相传。由于空间和时间的原因，这些风俗在南北各地的差异又很大，渐渐的，又假巫婆和神汉之手，衍变成了一道又一道神秘莫测而又匪夷所思的偏方。在那些无药可用也无钱求医的混沌岁月里，民间偏方纯粹是死马当活马医，是死是活，全凭患者自己的运气。这些广布民间的偏方，普遍发端于对自然、对万物乃至对宇宙众生的敬畏，它们是物质化的心理暗示与精神祷告。我猜，旺财叔发明的立秋的天露，大约也是如此吧？

从字面上看，立秋的"立"，是开始的意思，"秋"由"禾"与

"火"两个字组成,是指谷物成熟的时期。立秋前后,草木开始结果孕子,大地即将迎来收获的季节。我国中部地区开始割早稻,栽晚稻。牌楼的早稻熟于立秋前,风调雨顺的年份,还没到大暑,家家户户就磨好了镰刀。穿过二爷家的菜园子(茄子和辣椒都熟了),翻过村口的石拱桥(桥墩像老人空洞洞的牙床,基石剥落,青苔漫漶),就是一代代牌楼人赖以谋生的田野。极目远望,田埂上浮着一层白白的雾气,远处的白荡湖烟波浩渺,水际接天。一水护田,两山排闼。一代代牌楼人在这一片山水间刨食,日出而作,日落而息。我尚未成年就跟着二哥下田做农活,锄禾、车水、插秧、割稻、捆稻把,甚至要走上一里多路,将一捆将近一百斤的稻把挑回家。

我喜欢割稻。那些雨后的清晨,高低错落的田野梳洗一新,颗粒饱满的早稻黄灿灿的,沉甸甸的稻穗在风中私语,优雅地摇摆,像盛装待嫁的村姑。早起的乡亲已经开镰了,唰、唰、唰……刀刃与稻茬正面交锋,留下一束束齐扎扎的断口。搁置好稻把,断口处,会慢慢渗出一粒晶亮的水珠。初二时写作文,我写割稻:"我割得飞快,一束又一束,稻子在田里铺成了一首丰收的诗……"(大意如此)因为这句话,语文老师陆柏松专门跑到我家,对我父亲兴高采烈地说:"你儿子能念书,别让他干活了,让他发狠念书!"父亲欣喜异常,从此对我另眼相看。可惜我当时太过顽劣,又年幼无知,屡屡伤父亲的心,也屡屡让陆老师大失所望。

开镰割稻的牌楼人,早上都要吃"米粑",此风当为牌楼所独有。包米粑程序复杂,既费时,也费事,"一锅米粑两亩秧"。一年忙到头,也只有立秋割早稻、腊月过小年的时候,主妇们才会熬夜排着长长的队伍，有说有笑地磨一箩面，包一锅米粑。做米粑要磨面粉。二爷家的石磨坊建在巢山脚下，入夜时分，萤火虫举着鹅黄色的火把，草绿色的火把，仿佛在为熬夜磨面的主妇们照亮。金樱子在山墙边匍匐，白色的花骨朵次第绽开，草叶间浮动着幽幽的暗香。母亲个子矮，力气又小，每次磨面，总要带上二哥去帮忙。那时候我也没有多高，每次磨磨，我总要夹在二哥和母亲中间，上半身挂在磨档上，看上去全力以赴，其实并没有使出多大的力气。母亲心知肚明却从未说破，汗湿的脸上，爬满了金樱子一样明媚的笑容。

　　说是磨面粉，其实是磨人，一盆面粉，要磨两三个小时。磨面粉只是第一步。接下来，母亲还要连夜将脸盆洗干净，舀进两升面粉，加水揉成面团后，放在锅台上，盖上锅盖，"醒"。面"醒"之后我们也醒了，第二天一早，蒸笼里便飘出久违的米粑香。"米粑香"究竟是一种什么样的香味呢？不单单是五谷的香气，我说不上来，乡间诸多食物之香，均无可名状。母亲包的米粑手掌大小，纺锤形，薄薄的面皮上还留有几道深浅不一的手指印。米粑馅有咸豇豆（家家户户都要腌），也有山芋粉丝（这个也是牌楼的特产），掺着几粒肥瘦相间的肉丁，一口咬下去，余味绵长，"好吃吗？好吃极了！"我十九岁离开牌楼，之后因工作之便跑过安徽省境内许多地方，却再没有吃过这样的米粑。三河米饺与牌楼米粑略有几分相似，不过三河米饺是用滚油炸出来的，皮薄，酥脆，只是馅汁太油腻，需佐浓茶以食之。桐城民间早年有吃发粑的习俗，但发粑不是"粑"，是白面馒头。

　　我很想念母亲包的米粑。如今，母亲已经长眠于巢山，牌楼的留守老人所剩无几，我想再吃一回米粑的心愿，久久未能实现。恐怕，再也不能实现。

  兹晨戒流火，商飙早已惊。云天收夏色，木叶动秋声。（唐•刘言史《立秋》）
  乳鸦啼散玉屏空，一枕新凉一扇风。睡起秋声无觅处，满阶梧叶月明中。（宋•刘翰《立秋》）
  ……

  立秋这天，诗人们吟诗寄怀，托物言志，写立秋的诗词因此不胜枚举。在古代的诗词中，节令之秋往往隐喻人生之秋，透着一种落寞之意与苍凉之态。唐人李益的《立秋前一日览镜》最有代表性，诗云："万事销身外，生涯在镜中。惟将两鬓雪，明日对秋风。"李益一生为官，垂垂暮年，忍不住涌起无限悲思——起句感叹人生世事如过往云烟，承句感怀镜中之我已老态龙钟，转句自嘲一生所得唯鬓上白发，结句惜时怜己，岁将暮，人将老，不亦悲乎！

  就在众多诗人感怀悲秋之时，刘禹锡却独树一帜，他在《秋词二首》中这样写道："自古逢秋悲寂寥，我言秋日胜春朝。晴空一鹤排云上，便引诗情到碧霄。"一反往昔悲秋的文人时尚，表达了爱秋、赏秋的新意境。尽管王维的《山居秋暝》已流露了"随意春芳歇，王孙自可留"的尚秋情绪，但王维传达的只是一种归隐意识，而刘禹锡却独辟蹊径，气势豪放，立意高远。

  一年四季，寓意着人生的四个阶段：少年、青年、中年和晚年。对四季的态度，其实就是对人生的态度。四季中，我偏爱大地微凉的秋，偏爱枝头累累的秋实，偏爱日暮时分的秋水，长天，落霞与孤鹜。人进中年，我尤喜在秋日的余晖中枯坐，天气不冷不热，光阴不疾不徐。薄暮冥冥，我时常生出回到牌楼的幻觉。如今的牌楼，我每年只回去两次，一次是清明，一次是冬至。2011年，七十四岁的旺财叔在睡梦中驾鹤西去。旺财叔不算高寿，但他总说"我活够了""我真不想再活了，活着累……"顺子婚后育有一儿一女，儿子智力缺陷，歪着头，双臂蜷曲，呵呵呵，一个劲地傻笑。女儿精神障碍，一年四季赤着脚，十几岁了，还裸着身子，在村子里乱跑。顺子老婆承受不了这样的重负，投身白荡湖，生不见人，死不见尸，踪迹全无。顺子比我小三岁，但他尚未不惑便已经老了，满头白发，行动迟缓。"我活着还有么意思？还不如死了……"那年清明，顺子蹲在旺财的坟头，一个人嘤嘤地哭，向着一堆茂盛的杂草悲切地诉说。我轻轻地喊了一声"顺子"，他迟迟疑疑地站了起来，抓住我的手，粗大的喉结上下滚动，泪眼模糊。他的手，像褪过毛的鸡爪子，一层皱皮包着几根嶙峋的细骨头。被他紧紧地握着，我久久说不出话来，心里满是酸楚。

巢山肃穆，坟茔低矮，那是乡亲父老最后的宿地。永久的。唯一的。一辈子的路，最终在坟茔上站了起来，成了一块小小的墓碑。时间这破坏者，也是唯一的胜利者。我们终将在时间这条渺无际涯的长河中湮没，杳然，默默无闻。旺财叔，顺子，乡亲父老，你和我，时间是我们共同的敌人。

长空澹澹，万古销沉。

蒋蓝

诗人,散文作家。出版有散文集、文化专著《豹典》《媚骨之书》《梼杌之书》《霜语》《一个晚清提督的踪迹史》等。

处暑

蒋蓝

8月22—24日

明·沈周·东庄图册

这是气候由狂热主义渐渐退烧的征兆,是北方冷空气南下活动的转折点。夏去秋来,正是逢几案而斜靠濒临报废的身体。

处暑即出暑

我乃后知后觉,一直认为处暑之"处"是"处于"之意,属于正在进行时。记得去年酷暑时节上峨眉山,偶翻字典,才发觉"处"字原初的意思"终止",其它意义都是由此荡漾而开。比如处长,比如处死,比如处理品,还有青涩的处女哟……四川民间的说法是,处暑即为"出暑",就像一个少年,渴望一闯江湖。

古人信奉仰察宇宙之无穷,俯究万类之运动。元朝吴澄的《月令七十二候集解》指出:"处,去也,暑气至此而止矣。"这是气候由狂热主义渐渐退烧的征兆,是北方冷空气南下活动的转折点。处暑的些微变化在白天并不明显,但晚上的确可以退凉。记得我幼年时节,节约的父母一到处暑,深夜总会起身关掉风扇,我几乎是在一身臭汗的浸泡里醒过来……由于日夜温差有所增加,因此在处暑以后的一个节气叫白露,指的就是夜晚降温导致的露水凝结。

许慎《说文解字》解释很妙:"处,止也。得几而止。""止"的前提是得"几"。拟人化修辞,夏去秋来,正是逢几案而斜靠濒临报废的身体,哇,处暑了。

蜀地四周为群山围合,盆地、丘陵多为静风,闷热一如凶恶的移情别恋,毫无刹车迹象。所以蜀地的处暑其实没有黄河流域那样明显,季候的长裙仍然卡在酷热的门缝里,怎么也挣脱不了。

蜀地江河漫流,水汽拼命蒸发而上;蜀地夏季多云,太阳把云层加热,上下其手,逐渐形成蒸笼效应。幼年时候,我为了学习电影里的伟人,往往是双手卡腰,站在高坡上遥看大地雄视古今,还必须深呼吸，列位看官，一片灰蒙蒙啊，人间正道是沧桑啊，城市就像是云朵的分泌物。

古代将处暑分为三候："一候鹰乃祭鸟；二候天地始肃；三候禾乃登。"这一节气中，老鹰开始大量捕猎鸟类；天地间万物开始凋零；"禾乃登"的"禾"指的是黍、稷、稻、粱之类农作物的总称，"登"，即成熟。

可惜成都既看不到老鹰，也看不到"禾乃登"，偶尔倒是见到一个人硬塞给我克莱登大学的招生广告。

昨天就是处暑，一早我沿锦江跑步，看到几个美女迈着传销或瑜伽的超迈步伐，轻松超越了我，一路香汗淋漓，还抛撒一路歌声。我回头看看望江楼上空的低云，云朵总是轻而慢，具有神话学色彩。我想，只有置身大海或极高山，当云朵俯下身躯，以匍匐的军团那样冲杀而至时，才会领略到云朵的浓重与坚硬。

这就像我与思想的相遇，多半是在猝不及防的时刻，遭受到它的反手剑与蹄铁的攻击。甚至还没有看清楚思想的容颜，它已经轰然远去了。而留在我身心的伤痛与惊骇，应该就是思想的影子。现在，望江楼上空的白云突然溢出了墨汁，我确信，它就是某种天象的再一次君临。

蝉仍然在高叫，加速空气的炽热，构成了一张巨大的网。壮美而有力的东西，比如出血的文学，比如一去不复返的情人，总是让人在惊骇的热浪里，学习冷却，学习收敛。

杉木的雷声

近年,每到七八月份我一般要去峨眉半山住一阵。处暑时节,峨眉山新秋已觉山林生凉。夏秋之交气候变化明显,白日秋阳肆虐,温度较高,晚上时有细雨绵绵,湿气较重。

今天是 24 日,我决定带女儿上山。熟门熟路,我熟悉这里起伏的季候。峨眉山海拔 1000 米之上是独立王国,气候不受周围影响,它自给自足,不停地下雨,不息地掀起雾凇,又突然翻手,托起一轮朗照的孤月……一过清音阁,山风就变得非常舒服了。但是,它的吐纳功夫与别的名山不同之处在于:云与雾可以造型、可以彼此转换,云雾与精灵构成了一种停云,它们并不需要躲避阳光,反而在强光下放荡,渐次妖冶。这里有孤零零的一片一片的冷杉林,四川人称之为林盘,因为采取紧紧相拥、密不透风的站位,看上去却是发黑、发蓝色。它们豹子一般呆在坡度陡峭的山肩修身养性,吐纳湿度极大的雨雾,一团团从密林间涌出,就像志怪、传奇的母体一样,于瞬间生成,又在瞬间完美,和谢幕。

山间仍有暑气,可是无法升高,在蓝色天幕下迅速化作低矮的一层淡雾,比荒草略高,似乎就是荒草的呼吸。

山林暗下来时,往日仍在嘶吼的蝉儿,从高音部上自找台阶,声音一弱下来,山林似乎就黑了一层。虽然不至于体现铁板一块的集体意志,但它们打情骂俏、嘤嘤咛咛,与蛙鼓、鸟噪、蟋蟀的蛩声相互漫漶,形成了一种奇妙的错落之音,山民们称之为"山响"。

处暑前后的"山响"的确存在差异。而在处暑之后,"山响"往往越来越细弱，直至山林黑尽时分，彻底哑灭；而海拔低一些的青城山脉，"山响"依旧，涛声依旧，甚至通宵不息。这显然不是植被的原因，我只能归结为山林气场的不同。

我居住的度假区位于半山森林当中。水汽蒸腾，树与树已经不分彼此，针叶林紧靠，举行着贴面舞会，也像叔本华所描述的那种相互取暖的"刺猬困境"，但各自把针叶调整到彼此可以忍受的长度。因为处于一种迷醉之态，冷杉在夜晚将雾气的浓度调至最黏稠状态，像是从褴褛的爱情里提炼而出的欲火，以体液的方式玉体横陈。我猜想，如果剖开树干，它一定会流出乳白的髓。或者，里面晃动着金瓶梅的叙事腰身。

沉默的杉木不开口则已，一旦开口，就有雷霆之势。这让人联想起海德格尔住在南黑森林里说的话："那种把思想诉诸语言的努力，则像高耸的杉树对抗的风暴一样。"

植物比人更容易感知到自然的节律。

处暑时节季节交替，气温变化，天干树燥易伤精气，易致秋燥。植物也在条理，这是它们的亢奋时节，远不是它们神清气爽的姿态。

古人察天俯地，准确辨识出杉木的阴面与阳面。

唐代最为著名的斫琴家是四川雷氏家族。雷氏造琴传承三代共计九人，造琴活动从开元起到开成止，前后约一百二十多年，经历了盛唐、中唐、晚唐三个历史时期。他们所制的琴被人们尊称为雷琴、雷公琴、雷氏琴。《娜嬛记》引前人之说："雷威作琴，不必皆桐，遇大风雷中独往峨眉，酣饮著蓑笠入深松中，听其声连绵悠扬者伐之，斫以为琴，妙过于桐。"大雪压树，树枝欲裂，直到发出咔咔的开裂声，斫琴家由此循声辨音寻木。雷威所作之琴，并不拘泥于梧桐、梓木，而是"峨眉松"，却比桐木制作的还要好。在传世古琴中，以往尚未见有松木之作，历史文献中亦只此一例。据我的考证，所谓的"峨眉松"，正是杉木。

所有的节气，不过是古人赋予时间的可以触感的刻度。"处暑雨，粒粒皆是米""处暑满地黄，家家农事忙""处暑谷渐黄，大风要提防""处暑正当暑，炎热在中午"……这些近乎老生常谈的古训，恰恰构成了华夏民族的文化精粹。处暑养生要早起，早起可以舒展阳气，振奋精神；斫琴师将采集来的木材，放置晾干三年，每年处暑一过就要小心保管，不可再受潮气，造成变形与浊音。

……

想着这样的心事，我伸手抚摸身边一棵杉树，不料，摸到了一只蝉蜕。奇怪的是，阳光从来也泼不进去的冷杉密林，深夜的月光却像登徒子一般，翻越花墙而来，从容插足。并在林间旋转，撒下了一地的珙桐花。

今夜，我在杉木林里顺石板小道穿行了很远。非常清楚，我听到有一个声音在我身后叫我，猛然回头，一棵树把我拦腰抱住。

处暑后的笋子和金蝉

在峨眉山一侧的洪雅县高庙古镇，海拔 1200 米以上，四面环山，竹海茫茫，以刺竹、箭竹、冷竹居多。这是一座未被开发惊动的古镇，一切仿佛都是 20 世纪 80 年代的模样。古镇老街绝大部分建筑为清代老建筑，清一色木构瓦房，典型的川西民居风格，鳞次栉比的房屋下是青石板路，房檐间只容得下一线天光射入。去高庙市场上转了一圈，发现有百合、野蜂蜜、蝉蜕、新鲜冷竹笋出售，均为这一时令的好东西。这里有"处暑有雨十八江，处暑无雨一河装"的民谚。山溪纵横，四季从未干涸。一过处暑，雨量陡然增加，小小的山溪，发出了狮子吼。

由于冷竹笋到了十足成熟期，这是处暑时节本地上演的重头戏。

8月23日处暑当日，距离高庙古镇不远的瓦屋山镇总要举行"打笋子"前的祭山仪式。为期一个月的"打笋节"吸引了各地山货客商与游客，通过举行祭山仪式、民俗文化展演、竹笋陈列等，向外界展示当地多姿多彩的青羌文化和民俗风情，让更多的游客前往体验"打笋子"的快乐。洪雅的竹笋自古以来就有"雅笋"一说，瓦屋山镇与高庙镇拥有数十万亩高山冷竹笋，每年处暑节前后进入采摘期，采摘冷竹笋被当地誉为"打笋子"。多是立秋开刀，中秋收刀。打笋人结伴上山，在雨雾中攀岩爬坡，为了尽量不打湿衣服，他们会穿上草衣。打笋人集露水而饮，以鲜笋为菜，住在临时搭起的简易棚子里进行大会战。小贩会上山来收购打下来的鲜笋，打笋人也会就地制做干笋，增添附加值。这一季的劳作是山区家庭重要的收入来源。

我去年处暑之后去参与过一次"打笋子"，自收自买，固然快乐，但被竹枝划破了外衣，鞋子也坏了。一算，快乐的成本也蛮高。

也许是受到竹林的惊扰，处暑之后的金蝉，声音也渐渐委顿了。

这次带女儿进山，她急于想干的事，不是"打笋子"，而是亲手捉几只知了。她十三岁了，竟然从来没有摸过这个肚皮里装着永动机的发声机器。

我带女儿来到高庙沟底的铁索桥边，砍了一根一丈来长的斑竹竿。顺口给她讲了柏拉图在《菲德拉》里的一个故事：从前，蝉本是人，是在缪斯诞生之前就已有了的人。后来缪斯诞生了，她们的歌声非常美妙，人就开始模仿。有些人模仿得太投入了，以致忘记吃喝，就于不知不觉间死去了，死后就变成了蝉……女儿似信非信，哦哦哦地应付我。

钻入陡坡密林，真是太热了。

金蝉是闪电的收集者，也是电锯的学徒。

幼年的我就感到，从蝉翼上随便刮去一块，就足以照亮骨头。

蝉风餐露宿，吃阳光、吃月亮、吃风，也吃黑暗。金蝉在黑暗的边缘逡巡，通电的身体发出炉中煤的黑红色。它们收集闪电，在甲壳掩护下秘制膏丹。当金蝉的闪电牧放出来，整个丛林因其轰响而大逃亡。

我还发现，大凡有金蝉聚集之地，燠热总是加倍。那里的鸟儿，都被迫成了帕瓦罗蒂。

粘蝉子，我是行家里手。知了本名蝉，北京人俗呼作"既鸟"，上海等地称其为"夜胡子"。每年四五月间出生，到八九月才死，半年长的时间内在老柳高槐上不停嘶叫，奇怪的是，诗人们往往取之入诗，知了便成为很具风雅的文化虫了。处暑一过，蝉似乎预感到了什么，它们时断时续、高高低低地唱，就很不容易找准方向。

在一大片老瓦房屋檐下终于找到了两个大蜘蛛网，我用竹竿的巅头去绕蜘蛛网，并不断用唾液润湿它，以免干燥失去黏性，我这个动作让女儿皱起了眉头；以前也可以固定一坨黑糊糊的桐油胶，就是粘蝉的理想工具，而如今是望不可即的。北方儿童多是找那些能流黏液的榆树，刮下黏乎乎的树脂，用小手把黏黏的树脂团成球，粘在长竹竿的顶端。实在找不到树脂时，才用"面筋"——就是把和成的白面在水中洗去粉质，最后剩下黏性的面筋。乡居儿童往往是用麦粒在口内咀嚼，吐出渣滓也能得到面筋。

  粘知了如同钓鱼，也需要手艺、经验、耐心和注意力。哪怕热汗都流进眼睛了，女儿也顾不得擦，眼睛一眨不眨死死地盯着树枝上的蝉，瞄准了，悄悄把竹竿伸到背后，手不能抖动，一下子粘住，就成了！这是她的成功，得来全不费工夫。我告诉她，蝉一旦在一棵树上安顿下来，就不会轻易飞走，远没有蜻蜓敏感。哦，我看到前面的树林里，有一个男孩也在捉蝉、捡蝉蜕，他屁股上吊着一个小"笆篓"，用来装盛，估计他已收获了几十只。

  我回忆起幼年时节一边粘一边哼着的童谣："知了叫，割早稻，早稻黄，卖老娘，老娘老娘，你不要哭，一担欢团，一担肉……"到底是什么意思呢？自己一直就搞不明白。

  三伏蝉鸣秋雨来，处暑蝉蜕壳残骸。蝉脱下的壳叫蝉蜕、玉衣，但蝉蜕与蝉同样伏在树枝上，距离稍远，并不容易区分得开，我曾经就上过当，怎么觉得这只蝉子这么老实呢？粘了半天，老粘不上，就觉得不对头了，它像革命的螺丝钉一样钉在树枝上，从不休息，而树枝太细，我又不敢再往上爬，只好作罢。

  孩子们回到院子里，彼此的"笆篓"满满实实，知了大声合唱着。从中选择一两只叫声最响亮的单独放起来，剩下的，就对不起了，点把柴火，全部烧着吃了，那个香啊，比现在流行的烧烤强多了。

在北方，入伏以后一直到处暑，还有一种绿色的小蝉，因为它的叫音近似"伏蝶儿"的发音，又因入伏以后才有，所以北方人就呼它为"伏蝶儿"。颜色形态都比知了美观，但机警异常，稍有动静立即飞去，不易粘到。即使粘得以后，叫声吱吱，也没有在树间鸣叫"伏蝶儿"的声音了。

山间气候突变，一场大雨劈头盖脸而来。我们赶紧在一间房子下避雨。古镇沟下居民多迁居到山上去了，屋檐长阔，遥看峰顶上竹海飘动的庙宇，恍若仙境。

女儿一直在研究奇怪的蝉蜕。她说，很卡通。

古语枯蝉就是指蝉蜕。过于强调很容易让读者迷失于形式主义，找不到逸走的肉身。但我喜欢这个复合词，它暗示了那个端坐在枝条上的悟道者的种种情状，尤其是化入冥思后，半推半就，可有可无，留在物质世界的半截身体。因为另一半，已经羽化了。

《拍案惊奇》里说："只要做得没个痕迹，如金蝉脱壳方妙。"蝉身漆黑，间杂着橙红色，与金子的色泽似乎相隔一段距离，说是黑金或红金庶几近之。但我认为，这并非古人观察不力的后果，金色在汉语中一直具有提升物性的本能，它可以赋予物体一种形而上的突然之光，所以金蝉可以放声鸣叫，也可以随机锋隐没，成为遁词。

法布尔在《昆虫记》里对蝉进行了长篇工笔式的摹写，他试图令喜欢遁走的蝉无处藏身，他用手斧挖开土块，观察蝉艰苦一月修筑起来的光滑通道。蝉这种闭关修炼的本性一旦被科学考察扰乱，它的性命就十分堪忧了。法布尔发现：

假使它估计到外面有雨或风暴——当纤弱的蛴螬脱皮的时候,这是一件最重要的事情——它就小心谨慎地溜到隧道底下。但是如果气候看来很温暖,它就用爪击碎天花板,爬到地面上来了。

在他肿大的身体里面,有一种液汁,可以利用它避免穴里面的尘土。当它掘土的时候,将液汁倒在泥土上,使它成为泥浆。于是墙壁就更加柔软了。蛴螬再用它肥重的身体压上去,便把烂泥挤进干土的缝隙里。因此,当它在顶端出口处被发现时,身上常有许多湿点。

对这样的研究,崇尚道法自然的东方人是完全不屑的。把浑圆的悟道仪式撕开,露出道藏的身体,完全是佛头着粪之举。不过,对蝉怪异的头部,东方人也并非视而不见。《本草纲目》指出,"崔豹古今注言:齐王后怨王而死,化为蝉,故蝉名齐女。此谬说也。按诗人美庄姜为齐侯之子,螓首蛾眉。螓亦蝉名,人隐其名,呼为齐女,义盖取此。"从中我们就了解到,这个貌似好女的男人长得"螓首蛾眉",体现了蝉头"广方有冠"的气概。据我推测,这蝉头是否与蜀人叫的"蝉花"同出一源,虽无法判定,但起码可以说,齐女之首是高蹈在齐国审美天桥上的尤物。按古人说法,凡是造型诡异的物象,往往具有无法探知的大能。就像鸠形鹄面之徒,多是自然赋予神秘力量以后的显形一样,因此,"蝉"对"禅"的全方位浸淫,就构成了蝉对悟性一道的全然问鼎。这在佛道圣地峨眉山,似乎更容易进入参"蝉"

之境。

雨说停就停，山间一派清凉，甚至微有寒意。我带女儿去市场买了十斤冷竹笋，她手里捧着两个蝉蜕，说是要作为画画的标本。宋人苏泂的《长江二首》有"处暑无三日，新凉直万金"之句，道出了酷暑过后，对秋凉的感恩之心。天道循环，笋子来年会同样迸发，金蝉会继续高唱。我感恩什么？我无法金蝉脱壳。而且处暑过后几天，乃我生日，分明是秋后的蚂蚱。

毕竟，又老去一岁矣。

庞余亮

诗人,小说家,散文作家。出版有诗集《开始》《比目鱼》;长篇小说《薄荷》《丑孩》《有的人》;小说集《为小弟请安》《鼎红的小爱情》《出嫁时你哭不哭》;童话集《银镯子的秘密》等。

白露

庞余亮

9月7—9日

他看到了他的平原上全是露珠。最为饥渴的是他内心的蝉,被无数颗露珠拥抱的蝉,重新找到了属于它的嗓门。

元·倪瓒·疏林图轴（局部）

那蝉还在枝头呼唤。

快两个月了，夜以继日，无所畏忌。蝉笨拙的，执著的，孤僻的呼唤，并没有在这沉默的人世里激起一丝波澜。

他实在太焦虑了。

躺在两根扁担上午睡的父亲的呼噜和蝉声完全不在同一个频率上。劳作了一个上午的父亲，呼噜沉闷有力，而得不到回声的蝉声嘶力竭。

在第一批露珠到达之前，最先变成哑孩子的，不是蟋蟀，而是那只整天听声不见面的蝉。

亲爱的洛尔迦，此时此刻的蝉，比蟋蟀更需要一滴露珠。

在蝉还没有变成哑孩子之前，他的语速依旧快如机关枪扫射，一大片一大片。他从不管别人是否听懂，总在急切地说着什么。

是的，他要说出这个夏天在他内心汹涌澎湃的汁液，太阳在推搡他，土地在命令他，他必须马不停蹄地生长，那么阔大的叶子你们看到了吗？那么肥硕的花朵你们看到了吗？那么密集的果实你们看到了吗？他的抒情无休无止，他的叙事更是密不通风。他就像莫言小说《四十一炮》里的那个"炮孩子"，口无遮拦，热情奔放，几乎没有缰绳可以绑得住他目光所及处生命的孕育。

稻叶坚挺，棉花叶长成了梧桐叶，玉米们的长叶子仿佛一把长剑，无论是谁走近它们，玉米叶都如母兽般毫不客气地刺将过来。山芋们则躲藏在招风耳的叶子下偷笑，裂开的土缝里露出了他们掉了乳牙般的慌乱，其实他是完全不需要慌张的，期末考试还没到来，甚至还没到期末复习的阶段。这是一段过了期中考试后的考试空白期。在这样的空白期里，这样的紧张和慌乱是徒劳的，亦是可笑的。

夜晚里的萤火虫多了起来，他们是提着灯笼的小顽童，点了灯，并不翻书，只是到处访客，到处闲逛。如此自在，如此悠闲，这是他期待的成功吗？萤火虫的夜晚，有多少深不见底的自卑，就有多少深不见底的迷茫。

父亲说，一个人将来要有饭吃，要能文能武才行，你光能文，不能武，将来不可能靠吃纸吃字当饱。

他开始狡辩，并没有面对面地狡辩，而是在一张纸上。

窗外的蛙声一阵阵涌来。呱呱呱。呱呱呱。混杂在蛙声中的，还有癞蛤蟆的叫声。是短促的呱呱呱。可能癞蛤蟆的舌头比青蛙的舌头要粗短一些。

父亲是说他只是想吃天鹅的癞蛤蟆吗？可他并不知道天鹅长的什么样？他只是见过家鹅，他曾在无人注意的情况下，快速奔跑起来，威胁在打谷场上觅食的一群鹅，鹅们先后飞了起来，翅膀扇起的风刮到了他的脸颊上，似乎是天鹅带来的风。但它们并不是天鹅，扑腾着很少用到的翅膀，飞得既不高，也不远，最后一只只落到了打谷场边的河面上。嘎嘎嘎地抗议。

他坐打谷场的青石磙上注视着更远的地方，似乎听不见家鹅们的抗议声。对岸的父亲还在棉花地里除草，他应该是光着身子的。汗水太多太多，衣服会被汗水浸坏的。父亲让他也光着身子除草，他坚决不服从。棉花地里的第一批伏前桃已开了。青涩的棉桃突然吐出了雪白的棉絮，令他更要保守内心的秘密：他曾吃过一只刚刚结成的棉桃，那棉桃的汁液涌到他喉咙里的时候，他吃了一惊：柔软的棉花原来是这些微甜的汁液变成的啊。

打谷场的土无比松软，而休息了快两个月的青石磙周围全是茂盛的牛筋草。这牛筋草是童年和父亲"斗老将"的玩具。他已没任何兴趣。再过一个月，收获季到了，青石磙会忙碌起来，父亲会毫不客气地除去打谷场上所有的野草，用河水将打谷场上的土浇透，再混上积攒下来的草木灰，拉起青石磙，将打谷场碾压得结结实实。

在这结结实实的打谷场上，青石磙还要继续碾压，碾压那些不肯吐出口中果实的黄豆荚和早稻们，坦白，再坦白。

他不想坦白。一个夏天没有盖过夹被的他，在萤火虫游走的夜晚里，那夹被令他感到了青石磙般的碾压。

他不止一次地在夜里醒了过来，站到院子里。院子里全是晚饭花的香气，率先结籽的晚饭花在嘀嘀嘀地往下落。

父亲以为晚饭花是母亲种的。如果父亲知道是他移栽的，就会板着脸训斥，一个要顶天立地的男人，弄什么杂花乱草？

这株晚饭花与汪曾祺有关。《晚饭花》：这是他购买的第一本小说书。绿色封面的。晚饭花在他们这里，叫做懒婆娘花。懒婆娘花，意思是到了黄昏时才开花。实在太难听了。他坚持叫它晚饭花。他甚至想，他就是走过王玉英家的那个少年李小龙。

父亲肯定不知道他竟然幻想自己是李小龙。但父亲反复对他说起了稗子这种寄生者，稗子混杂在稻秧中，稗叶和稻叶几成乱真，不到抽穗，稗子这个伪造者会继续跟跑下去，直到抽穗那几天，稗子突然发力，蹿高了个子。可即使稗子的根系比普通的稻子扎得更深，但它比不过父亲的手，父亲蹲下身去，抓住稗子的根，使劲晃了晃，稗子上的露珠率先滚落下来，接着是稗子周围的稻叶上的露珠，几乎听不到露珠跌落的声音。

稗子抛到田埂上的时候，还是连根带叶立着的，分了许多蘖的稗子成了一大簇了。他吓了一跳,这稗子长得太高了,和他的个子差不多。

突然，一阵羞愧袭击了他，他想拎住那簇稗子甩出去。可那簇稗子连根系带出来的泥太重了。他的身体被稗子扯住，晃了晃，差点失去了平衡，如果不是用脚趾紧紧咬住田埂，这才避免跌倒在稻田里。

尴尬不已的他回头看了看父亲，正在全力剿灭稗子的父亲在稻行间越走越远了。父亲的旧草帽上那颗红五星褪了点色，红五星的周围是毛体的四个字："劳动光荣。"

劳动光荣，应该是在他的平原上最适合的四个字。这褪了些色的四个红字，被露珠完全打湿之后，会焕发出最初的艳红色，仿佛最初的书写。

适合在他的平原上出现的还有一句诗："喜看稻菽千重浪，遍地英雄下夕烟。"这两句诗他不知道书写过多少次，稻菽，千重浪，英雄，夕烟。这一组意象中，"菽"字最陌生。他决定探究个明白，在一本《毛泽东诗词》中，他找到了"菽"字的解释。还了解了常常所见的"五谷丰登"中的"五谷"是怎么回事。"菽"就在"五谷"之中：稻、黍、稷、麦、菽。

"菽"是第五名。"菽"是大豆。大豆是黄豆。大豆并不是比黄豆大得多的蚕豆，它就是黄豆。这样的发现实在太惊奇了。他开始了对从不入他法眼的黄豆田的逡巡。

"菽"根本没有"千重浪"，风再大，"菽"的叶片相互传递着风能，"菽"们仅仅是细浪。唯一能激起"菽"浪花的是来偷黄豆的野兔。这些野兔等待得太久了，它们对他更熟悉"菽"成熟的时间。"菽"比"稻"成熟得更早。每当偷黄豆的野兔慌慌张张地蹿过"菽"田的时候，"菽"浪就出现了，不过仅仅一道，那一道"菽"浪完全出卖了野兔逃跑的途径。他不想告诉父亲野兔光临"菽"田的消息。这消息告诉了父亲等于是告诉了父亲手中的鱼叉。他曾使用过父亲的鱼叉，从来都是徒劳而归。父亲说他的手没力气。其实他是怕鱼叉叉到了鱼的身上，叉到了野兔的身上。父亲说，你要饿死的。这世上，总是大鱼吃小鱼，小鱼吃小虾，小虾吃泥巴。

他知道父亲是在批评他身上的多愁善感。但他摆脱不掉这样的多愁善感，他曾和一只小野兔目光相对，野兔眼神中的胆怯，他很熟悉，非常熟悉。

他不去想野兔了。他已讶异于"菽"田中满目的黄。黄豆成熟时的叶子也黄了，在早晨八九点钟的太阳下，那"黄"被露珠浸润了，是最标准最周正的"黄"。比稻田的灰黄，向日葵的焰黄，银杏叶的金黄，是更接近秋天的黄，是黄颜色中的最高值，是百分之百满分的黄。

过了好多年，他为黄豆田的"黄"想到了一种表达：那是诚实的黄，也是丝毫不说谎的黄。世界上没有哪个画家能再现出土地上长出来的"黄豆黄"。

父亲不识字，但他肚子里有许多农谚。比如大瓦风小瓦雨：如果天上的云像大瓦一样排列的话，表示要刮风了。如果天上的云像小瓦一样排列的话，表示要下雨了。再比如，早上烧霞，等水烧茶；晚上烧霞，晒死蛤蟆。这是说，如果早上霞光万丈，表示马上就下雨。晚上霞光万丈，那就等着高温暴晒吧。对于即将到来的白露节气，父亲每年都会念叨：白露白迷迷，秋分稻秀齐。

这几天晴着，头伏的棉花很快就晒干收袋了。黄豆们也被晒干了，一半存到了豆腐店里，一半被装到了大肚子的陶瓮中。而天气预报中，南海上的台风已快到了10号了。总有一个台风会刮到平原上来，刮到已准备了三个月的稻田中来。但父亲从不向他说出对于天气对于收获的担忧，这是父亲的领地，是父亲的王国。

他估计父亲还是担心白露的天气，因为父亲加快了对台风到来前的准备工作。父亲找到磨刀石，伏在院子里霍霍磨亮了割芦苇的大镰刀。

正在伏案写诗的他听到了磨刀的声音，在磨刀的声音中写诗，他想到了卡夫卡。

为什么是卡夫卡？

他也不明白，在那样的日子里，在蝉声依旧，蛙声遍地的平原上，"卡夫卡"这三个字，为什么要在他的日记上出现过那么多次？其实他当时根本不懂卡夫卡，但他就是喜欢这三个字。他根本不能和父亲说起卡夫卡。如果说到这个名字，他估计父亲的喉咙会被"卡夫卡"这三个字如鱼刺般卡住。父子大战就会不可避免地发生。这些年，父亲和他的战争几乎是每年发生，但发生的次数越来越少。原来的战争次数为两位数，现在已下降到个位数。他不想让这个位数再上升到两位数。

芦苇们已"秀"出了紫褐色的芦穗，刚刚"秀"出来的芦穗湿漉漉的，蓄满了露水，仿佛有一层湿漉漉的胎衣裹在了上面。湿漉漉的芦穗要晒三天左右才能变成"白头翁"。父亲低下头收割，这样的收割可能是割稻子的演习。他负责在后面捆。捆芦苇的"腰"是芦苇荡中的杂草。每捆成一个，他都会仰头看天。天上有快速游走的云。台风不远了。

突然，一道绿色的光蹿过他的眼前。那是一条被父亲和他惊动的青草蛇。有胳膊粗，有扁担长。他呆住了，看着那绿光又如闪电般消失。

蛇！他叫了一声。

父亲像是没听见似的，继续割芦苇，一排又一排的芦苇在他的前面矮了下去。芦苇汁液的清香一阵阵洗涤着他。

除了父亲割芦苇的声音，几乎没有其他声音。声嘶力竭的蝉鸣消失了。

台风到来之前，父亲和他一起用新割的芦苇给猪圈加了顶，还修补了灶房的屋顶。余下的芦苇们继续放在太阳下晒。

此时的阳光和半个月前的阳光已完全不一样了。走到树阴下，清凉之风一阵阵拂来。他再次去逡巡了收割了的"菽"田，父亲已用大铁锹将他们深翻了一次，整个"菽"田里几乎没有黄豆的"黄"，变成了满眼的黑土。

也许是父亲的收割行为刺激了依旧在平原上生长的植物们，它们憋了一口气，拼命地生长。山芋地里的缝隙越来越大，稻子们已在秘密地灌浆，玉米们已结到了高处，还有南瓜冬瓜们，几乎每天都会给父亲一个奇迹，随便到哪个草丛中都会摸出一只大南瓜或者大冬瓜。

他从书本上抬起头来，看着磨盘样的南瓜和胖娃娃大的冬瓜发呆，它们的肚子里究竟藏了什么秘密？

有几只蜜蜂还撞到了他的脸上，这是去山芋地里冒出来的青葙花（野鸡冠花）上采蜜的蜜蜂。他认识这开着桃红色花的青葙，前年是一株，去年是三株，今年是八株。

父亲决定在"菽"田里被种一季紫萝卜。与"黄豆黄"一样，紫萝卜的叶茎会呈现出纯正的紫，也是百分之百的紫。

汪曾祺在《萝卜》中写道："紫萝卜不大，大的如一个大衣口子，扁圆形，皮色乌紫。据说这是五倍子染的。看来不是本色。因为它掉色，吃了，嘴唇牙肉也是乌紫乌紫的。里面的肉却是嫩白的。这种萝卜非本地所产，产在泰州。每年秋末，就有泰州人来卖紫萝卜，都是女的，挎一个柳条篮子，沿街吆喝：'紫萝——卜！'"

他读过这段文字，但博学的美食家汪曾祺错了。父亲种的紫萝卜的确是紫色的，紫萝卜的皮也不是五倍子染的。紫萝卜天生是紫的，就像桑椹，吃了，就是满嘴唇的紫色。

他想跟父亲说起大作家汪曾祺，但他还是忍住了。万一父亲生气了，命令他说出汪曾祺的地址，要去和汪曾祺先生计较紫萝卜的真假怎么办？

其实他很感谢父亲，先是"黄豆黄"，后是"紫萝卜紫"，这样的土地美学，这样的植物美学，他没问父亲是不是故意为他种的，但他在他的日记中写下来了。黄豆黄，紫萝卜紫，这是平原上的彩虹，更是他的彩虹。在属于他的彩虹下，父亲和他，一人扛着铁锹，一人握着镰刀，肩并肩地向平原深处走过去。

现在，露珠在他的叙述中出现了。

他已意识到了自己的紧张和可笑，正在训练自己要控制住自己的语速。从夏天到秋天，他原来的语速像准备顶橡树的小牛犊，现在他已慢慢驾驭了这只小牛犊。当他需要表达，需要叙述，他会准确地抓住那刚刚冒出来的牛角。

那稚嫩的牛角是刚刚学会的修辞。他的叙述中有了逗号。在许多失败的逗号之后，他渐渐学会了使用逗号。再后来，他学会使用了句号。那句号，就是露珠。这是白露节气的露珠。每一滴露珠都藏着颗隐忍之心。这颗隐忍之心，目光一样透明，孩童一样无邪。

他不再是小伙子了，成了这个平原上沉稳的叔叔。他看见了草叶上的露珠。稻叶上的露珠。山芋地里青葙上的露珠。摘光了玉米棒的空玉米地上的露珠。被野兔惊落的露珠。刚刚吐絮的新棉上的露珠。蜘蛛网上的露珠。青石磙上的露珠。已长出四叶的紫萝卜地里的露珠。他看到了他的平原上全是露珠。离他最近的一穗狗尾巴草最为贪心呐，它拥有不止一百颗露珠，正肆无忌惮地吮吸着，仿佛饥渴的孩子。最为饥渴的，是他内心的蝉。被无数颗露珠拥抱的蝉，重新找到了属于它的嗓门。

239

汗漫

诗人,散文作家。出版有诗集《片段的春天》《水之书》;散文集《漫游的灯盏》《一卷星辰》《南方云集》。

秋分

汗漫

9月22—24日

我在分水岭上徘徊,回望向阳的一侧。
在人生和自然双重的秋分里,练习分别、接受丧失。

宋·马和之·月色秋声(局部)

一

办公桌上一页一页撕掉的这本台历像树木落叶，告诉我，秋分了。

二十四节气中，秋分是第十六个节气。之前：立春、雨水、惊蛰、春分、清明、谷雨、立夏、小满、芒种、夏至、小暑、大暑、立秋、处暑、白露。之后，寒露、霜降、立冬、小雪、大雪、冬至、小寒、大寒，渐渐结束一个阴历年度，像渐渐结束一次人生——

秋分，秋天的分水岭，我在分水岭上徘徊。回望向阳的一侧，那由立春到白露这些光阴组成的童年、少年、青年、中年；眺望背光的一侧，那由寒露到大寒构成的暮年，流水向下加速度倾泻——在低温的区域里结冰。

秋分这一天，阴阳平衡，白昼和夜晚的长度相等。之后，夜晚将逐渐长于白昼，直到次年春分开始转折：白昼再逐渐长于夜晚。人到中年并练习逐步适应晚年的气温和光线，是必要的。在人生和自然双重的秋分里，练习分别、接受丧失是必要的——

王维曾经站在这样一个秋天的分水岭上，叹息："分岭中峰变，阴晴众壑殊。"

里尔克则低声祈祷："主啊！是时候了。夏日曾经盛大，/ 把阴影落在日晷上，/ 让秋风刮过田野。/ 让最后的果实长得饱满 /，再给两天南方的好天气，/ 催它们成熟，/ 把最后的甘甜酿入浓酒。"

策兰把"目光落到我爱人的性上"："我们互相看着，我们交换黑暗的词，/ 我们相爱如罂粟和回忆，/ 我们睡去如海螺中的酒，血色月光中的海。/ 是时候了。我们在窗口拥抱，人们从街上张望：/ 是让他们知道的时候了！/ 是过去成为此刻的时候了。/ 是时候了。"

余孟光吟诵："五十不造屋。六十不种树。七十不制衣。八十不访友。"

——三位著名诗人、一个非著名农夫即我祖父，无论古今、中外、雅俗，他们的思想一致贯通于这个秋天：在中年的峰顶接受变化、分别、下山，在高楼大厦形成的阴晴众壑之间逐步降低欲望的温度；因房价上涨而难以买套别墅去满足身体和虚荣，在秋分以后开始学会珍惜"南方的好天气"；恋爱，在窗口拥抱如"罂粟和回忆"，给"大街上张望的人"传递暖意；不造屋、不种树、不制衣、不访友，在秋分以后学会拒绝和减法……

是时候了。九月，秋分。

上海依旧繁枝密叶。我依然穿着 T 恤、牛仔裤，染发剂抑制两鬓的斑斑霜痕，读情诗，假装依然是一个内心盛大的夏日里的人。但秋分，一页台历，提醒我：必须为体内体外双重的晚秋、冬日，做准备；为各种各样的分别，做准备。从满桌的公文、财务报表、几本文学杂志所构成的暧昧混乱格局中抬头，看看窗外，没有人从街上张望我。那条通往外滩、垂直于黄浦江的大街，刚好走过一个肮脏的浪游者。在依旧炎热的枝叶花朵下面，他背着破棉被、穿着棉袄、提着脸盆饭盒，提前预感到坏天气的来临。一个悲观的乐观主义者、乐观的悲观主义者？

他当然不像王维、里尔克、策兰、余孟光。可能像我——

在文字、数据之间浪游，背着破绽百出的往事和现实、穿着某种约束自我的隐形衣、提着墨水瓶和墨盒，走在炎热的时针和词语下面，附近的白纸预言一场大雪……

二

办公室的门被敲响。已经退休的 F 进来，拿着大笔记本："给我题个词。鼓励鼓励。哈哈。"F，药物研究员，六十七岁，生了癌症，已切除肝脏的一部分。"给我写句话，我在家、在医院随时都翻翻读读。"

F 已有了半本的题词和签名。他指给我看并解释："这是我的同学、国家药监局的副局长，这是我的学生一家人，这是我儿子从国外寄来的信，这是病友，这是出租车司机……"题词或复杂得占满两页，或简约得只有一行；以毛笔、钢笔、复写笔、铅笔来书写；有藏头诗、对联、名人名言摘录、刚出生的婴儿蘸着红色墨水的脚印……

从这些题词，可推测出题词者当时态度的庄重或草率、淡漠或感伤。他每半个月去医院检查一次，每次住院三天，随身带着这个大笔记本。他说，翻开它，就忘记了病。他研究了一辈子的药物工艺。我想，这个大笔记本是他为自己研究出的最后一方良药——翻开它，一生中所认识的人、所经历的往事，就一下子涌上眼前、淹没疾病。他有一个远大理想：获得免费乘坐公交车和地铁的资格——这是上海给予七十岁以上市民的待遇。"三年，还有三年……"他向我举起三个手指。

F 以及单位其他退休的同事，几乎人人都买了一个小收音机，装在裤子后面的口袋里。一路走一路有音乐从臀部传递出来：臀部像一个音箱,用音乐填补性激素退潮后的空白?"老人"的一种崭新定义:热爱小收音机的人。通过声音的手,试图抓紧这个时刻在准备挣脱而去的世界。单位离退休老职工每季度聚会一次,就是一群小收音机的聚会。这一天,像节日。他们的腰肢或者坚持挺直,或者已佝偻如弯曲的树枝绽放满头白发这样一种白花。他们聚集在一起像一片苍老的树丛。围桌聊天、吃饭,回忆上次聚会之后去世的某某,打量周围陌生的年轻人,在座谈会上接受单位领导的祝福,提着发放的一桶食用油或一篮水果,在路边互相告别甚至就此永别……这,也是我的前景,在若干年以外,冷静等待一个坐在"中年公交车"上磨磨蹭蹭不想下车的人。

在F的大笔记本上写了一句话:"祝福您!我们将来一起坐免费的公交车。"他握紧我的手,竟然红了眼睛。

F拿着大笔记本离去,依次敲响其他门扉和心扉:"来,朋友,写一句话。"他臀部的小收音机在走廊里隐约传来歌声:"夜上海,夜上海,你是一座不夜城……"

三

F两年前发现了体内隐藏的病灶,在单位内引起巨大恐慌。同事纷纷体检。

某个早晨,我空腹,走近医院、走近忘却了很久的身体,悲壮感油然而生。这时,这世界上,无数少年正在约会、挥霍身体,周围桃红柳绿、悬念丛生。而我,一个立秋以后的人,基本上尘埃落定,唯有身体内部的运行状况，是一个重大未知。脾、胃、肝、肾、心脏、血压、脑血管，安定否？

等待体检报告的一周里，忐忑。像赌徒等待彩票揭晓？人人最终会被死神选中去赢得一个长夜，但不要太早。我还有那么多的遗憾、羞愧和失败尚未完成。拿到体检报告，急切如少年收到情书，拆——病灶是否突然建立并且柴火熊熊、炊烟袅袅？死神是否正在X光的光辉中微笑？腰部存在一个疑似脂肪瘤的硬结。连续数日，以空中视角梦见墓地、掘墓的人、怀抱鲜花的哭泣者——这是一种关于死亡的军事演习？反复演习，像空军陆战队的跳伞演习。最终，一个人将准确地把自己空投到散发出泥土腥甜气息的新鲜墓穴里去……

遵医嘱在医院做门诊手术：除掉左腰部的硬结，并确认其性质。第一次体验了麻醉的力量。第一次局部体验了妻子曾经三次体验过的全身麻醉的力量。局部麻醉，像小地震，让局部地区中断与外界的通讯联络。刀子第一次介入我的身体。没有痛感，但感受到了一丝清晰的凉意，像尘封几十年的老房子打开小窗呼吸到了新空气。取出一个指尖大小的异质的事物——把一个试图潜伏下去的偷渡者驱离国境线。经确认，这是一个良性、没有恶意但恶作剧一般的脂肪瘤。暗自松了一口气。

从手术完毕那天开始，感到身体轻盈了一毫克。我已经死掉了一毫克。小刀口微痛了两天，表明：局部地区与整个身体的通讯联络恢复了，神经系统、血管，正奔流着关于一个人身体内各地区冲突、坍塌、陷落、挣扎的种种谣言和消息，关于脂肪肝、高血糖、尿酸、缺钙、视力下降……这一切，佐证中年、晚年的次第到来。

在上海，搬动自己的身体像搬动一具未完成的遗体：它麻木，对痛苦和欢乐的感知开始迟钝，对周围美色美景，漠然而疲倦……完成一具遗体，需要再增加一些心痛、一些脑血管的脆弱，需要再强化与往事的距离、对女性的敬意，需要以整理遗物的心情抓紧清理抽屉、账单和书柜，需要去植物园练习在鲜花丛中躺着时的决绝和宁静……这样想着，就觉得自己还有那么多事情要做，搬动这具身体还有不长不短的路要走。它，终将导致一小块无价的泥土变成昂贵的墓地，这是多么遗憾的事情。怎样补偿那一小片泥土所丧失的花香、蚯蚓？这样想着，就感觉内心微微一热一动，像夏日青草里的虫子在飞鸣……

为了脂肪肝等问题，访问过南京路、石门二路交叉处的一个中医诊所。周围高耸的药柜上写满诗意的药名：当归、半夏、曲莲、菖蒲、见愁、广角、丁香、方海、天雄、寒水、藕节、神曲、地松、芥子、木瓜……中药需要药引——某种植物茎叶或小动物的骨骼——像路标，诱引疾病去一剂中药构成的湖泊里投水自尽——但这疾病却可能顽强地游动、上岸。它热爱人体内毒素和阴影所构成的山川夜色。它将主导每个人的生活，或迟或早把他改名为"病人"。一个病人，散发着来苏水这样一种香水，迅速接近诗人的状态：疼像诗篇中的痛，呻吟像诗人朗诵中的"啊""哦""呀"，夹在腋下的体温计是一支灼热的笔，病历和药方是分行、跳跃、充满暗喻的句子——一个诗人，就是在精神世界里充满隐疾和痛感的病人。

办公桌抽屉一角渐渐增多着药瓶，这是中年证据。药瓶有着人身的轮廓。瓶壁上粘贴的药品说明书，有着遗书般简单、明晰的风格，如"一日三次，饭后口服，每次二分之一片"，酷似遗书中的表述："一笔存款，妻、子各二分之一"等等。药瓶们大概羡慕酒瓶、花瓶、香水瓶，可以堂而皇之地摆在酒柜、梳妆台那些醒目的地方，阐释生活的美好。而药瓶只能出现在某些角落，像疾病一样隐秘。同一个"瓶"字，因不同前缀而拥有了不同的生活方式和命运。像一个"人"，病人、情人、商人、仇人、雪人是多么不同啊——"病""情""商""仇""雪"等等字眼的前缀和引领，多么有力。

秋分中的"分"，大概羡慕春分中的"分"。

四

中午，办公桌上的电话响了，来电显示很陌生。

每隔一段时间，这个电话都会传来身份不明的男声或女声："请找建南。""请找蒋建南先生。""蒋总啊。""请找柳泉。""柳泉。""柳处长您好。""泉，可找到你了。"……我反复解释："我不是建南，没这个人，不要打了好吗？""我不是蒋建南，很多人找这个蒋先生，号码错了。""对不起，没有柳泉这个人，请把这个号码删掉好不好？"……我猜测，这号码曾经属于某个读音为"蒋建南"和"柳泉"的人，像来历不明的遗产，已被我使用三年。"蒋建南"，"柳泉"，这两个人应该是三年前某个职员、商人、多情者、隐姓埋名的逃亡者？那些打来电话的人与蒋、柳构成什么样的关系？一个人的单方面消失，会给相关者带来多少困扰、悲伤和无奈？

我曾无聊地拨响自己十年前使用过的一个号码。心跳加速。一个川味男声传了过来："你好，找谁？"赶忙放下话筒。恍惚。这个川味男人，大约也多次收到过"余先生你好"一类的电话。他也会好奇和烦恼于一个"余先生"的存在。他，继承了我的一部分生活。他是一个可能的、变形的我？我和"蒋建南""柳泉"一样，都是尘世中不断遮蔽、失踪的部分。最终都将彻底消失于大地，用植物们深入到泥土中的根茎来模仿电话线，试图恢复与人间的关联。

现在，桌子上的电话响了，来电显示很陌生。我拿起听筒："您好，找谁？""找你，余！"心里一震，是她，多年未联系的大学女同学。但一下子想不起她的面孔——"得意忘形"这个成语的最初含义就是这样。她对于我是有意义的。声音依旧。像夜晚里听到风声，但已看不清窗外的景色。她在虹桥机场，等待转机，三小时后飞往另外一个城市。我赶到机场，在约定的三号门位置上看到了她——多年前一个女孩的相似形。像那个女孩的母亲了。握手。走进一个快餐店。

我说："终于想到我了。好吧？""好，都好，"她笑，"我脸上皱纹多了吧？""不多。没变——我两鬓斑斑了呵呵。"她说："还好，没变。"都笑了。粗略说着大学毕业以来各自的生活，包括她的离婚、女儿的恋爱、父亲的病。两次同学会，她都缺席。我知道她通过其他同学打听我的近况，找到我的电话。餐桌上方的吊灯，像空降到桌面的小神，穿着灼热的外衣，关注一对中年人的内心。她衣服是黑灰二色，遮掩住身上依旧存在的一丝妩媚。指甲涂有淡淡的紫，像十朵小花。记得以前出现在校园、大街上，她都是惹眼的，惹来周围眼睛的打量。现在，她坐着、说着，周围食客毫无反应。许多年已经过去了。

桌子上的两杯啤酒慢慢下降高度，像两具身体内的一种火焰慢慢下降高度。杯口互相碰了碰，像嘴唇们碰了碰。沿着各自的轨迹而来，也可以大致看到彼此的前途。不会出现什么转折、转机。暗自想起波兰女诗人辛波丝卡的《不期相遇》中的句子:"我们之间过于彬彬有礼 / 我们说:这么多年以后见到你,真难得 /…… / 我们的蛇已褪尽闪电 / 猿已逃离幻想 / 孔雀已宣布放弃羽毛 / 许久以前,蝙蝠已飞离我们发间 / 在谈话中途,我们陷入沉默 / 随后一起笑了,无可奈何 /……"

她说:"我偶尔上网搜索你,看你的动向——东西写得比以前深沉了。头发短了。性格好像也没有以前那样激烈了。"我笑:"身沉嘛——身体沉重啊,要减肥呀。你别笑,身体体形对写作有影响的啊。胖,身体宽广,就不激烈了——中年了还激烈,很麻烦啊。"我们"随后一起笑了,无可奈何"。突然想起作家田汉所喜欢一个词"芳烈"——芬芳的激烈。这是一个在田野上劳作的汉子对阳光、土腥气、青草芳香综合在一起的刺激所形成的书面表达。大地芳烈。而我长时间处在办公室一角的阴影中,离芬芳、激烈都远了。她曾经芬芳,我曾经激烈。

坦然地、轻轻地拥抱,纪念多年前校园角落一次慌乱的、潦草的拥抱。看她消失在安检口深处。看她转身朝我挥了挥手。秋天里的一次分别——秋分。

秋天以后的分别,基本上都是永别。

五

静下心,为弥留之中的Y院士草拟悼词和挽联。

今天早晨上班途中,单位主要领导给我电话:"你亲自写。抓紧!

要动情。"这位领导是 Y 带出来的博士生之一。他动情了。

敲打电脑键盘。这姿势总让我联想起旧时代敲打算盘的账房先生。滴滴答答，通过键盘，与虚无中的命运加减乘除、讨价还价，计算情感的盈余与亏损，算计生存的投入与产出。时代崭新，我依旧。一个无纸时代的人，准备告别世界之前，已没有情书、日记可以焚烧，只需将 MSN、QQ、微博、微信、博客中的对话与独白温习一遍，批量删除，并设置成"离线"状态即可——他已离开地平线、天际线，无迹可寻。

Y 有迹可寻。作为中国工程院院士、药物工艺研究界有影响的大师之一，他去年体检时发现了胰腺癌，七十九岁，住院。其代表作是"用化学合成方法生产伪麻黄碱以替代从植被中提取麻黄碱"，改变传统工艺大量采集麻黄草对自然环境造成的侵害，减少沙化现象。伪麻黄碱，解热、镇痛，但也可由此转化制成"冰毒"——"药"与"毒"之间，也存在一道相互转化、互为联系的分水岭？

研发伪麻黄碱工艺期间，警方按照相关规定参与实验室安全管理，"这让我很有成就感，也有些不安——我感觉自己的行为有点鬼鬼祟祟了，哈哈……" Y 在去年底为他举行的八十诞辰纪念会上这样回忆。那是一个为了告别的聚会，因发现病灶而提前举行的聚会。他的众多学生、同事、合作企业老板、政府官员，一一献花、讲话、敬酒，最后，在大草坪上合影留念。合影，是联合起来抵抗时间流逝、加固存在感的一种方式。

那一天，Y 拄着拐杖到我所在的办公楼一层一层地看。这座楼，是二十世纪初期建设的雷士德工学院的主体建筑，一座英式风格的历史保护建筑。上海电影制片厂的许多电影如《陈毅市长》，曾在这里取景。Y的青年时代、六十年代，就是在这座实验大楼里开始起步、进入药物研究领域。他一层楼一层楼地看，在走廊里悬挂着的一系列黑白历史照片里，辨认早年的光辉。碰见我，笑了："小余啊，我再看看这座楼。"我握紧他的手："您想回来看很方便的，说一声，我就去接您。"

一年来，多次去医院看望他，总见他读报纸或者与小护士开玩笑："我的告别仪式，你就不用去了，记着将来发喜糖时朝天上扔两颗，我就接住了哈哈……"小护士就难过得眼睛湿了。我也开他玩笑："院士啊，您现在戒烟了，牙齿白了许多——开始说白话不说黑话了？"他大笑："对，对，来不及了，不能再说黑话了！"这牵扯我们两人之间的一个"黑话"。

Y曾经为去世多年的妻子、上海某著名中学退休语文教师胡老师，印了本没有书号、封面简单的诗集，送我："只印了三十本，你读读，听说你也写诗——我们家胡老师写格律诗，我懂——你的自由诗是不是写得像黑话那样难懂？"我笑，翻读胡老师诗集中的一首《丈夫赴浙江药厂工作半年感怀》："君在钱塘半年整，鱼雁传书寄深情。祝愿早日回上海，碧水环绕湖心亭。一九八〇年四月五日。"我感叹："这么深情啊——院士，怎么突然写到湖心亭呢？这'湖心亭'好像也是黑话啊？"他竟然显得羞涩："你呀，眼睛真毒——湖心亭就是胡老师嘛，她的代号啊。一九八〇年，我还年轻，她还算亭亭玉立，哈哈！"我说："明白了明白了——您的代号是'碧水'！"他大笑。

胡老师写的情诗很多，都以信件寄给在外地工厂转让技术成果往往长达半年、一年的丈夫。胡老师去世时，Y还不到六十岁。一个才华卓著、风度翩翩的中国工程院院士，对女性仍有吸引力，说媒牵线者众多，他拒绝。每个月都到奉贤海滨墓园看望胡老师。开始抽烟。烟瘾加大，甚至到了每天三包烟的程度。去年发现病灶后，戒烟。

现在，他弥留，魂魄大概已经提前移居到海边、妻子身边了。

挽联、悼词不属于公文，因为，它们紧密联系心灵，是叙事诗、抒情诗。

秋分，九月，结果的季节——大地上的果实成熟落地，溅起三尺高的芳香和尘埃。

是时候了。

六

昨晚梦见去世多年的父亲。在秋天，梦见他的次数比其余季节多。

父亲墓地远在故乡中原一座名叫"独山"的山坡上。一九九七年十二月十二日，脑溢血，在下象棋的过程中轰然倒地不起。六十岁。暮年刚刚开始，一个父亲的角色还处于未完成状态，就戛然而止，像一个剧本结尾写得不太好的大戏，突兀谢幕。

昨晚，梦中，父亲在我面前哭泣，像孩子。我则像父亲似地询问："哭什么呀？"他说我母亲要为他买一件新衣。困惑：这是高兴的哭，还是忧伤的哭？蓦然苏醒。失眠。父亲过早去世，使我丧失了赡养晚年父亲的责任和经历。一个未完成的父亲，必然有一个未完成的儿子。只有梦，让我来扮演一个呵护者的角色，父亲扮演孩子在我面前哭泣——他去世了，仍想通过一个梦，来让我找到一丝父子在晚年相处的场景和气息……

失眠。这些年开始习惯性失眠。只要想起一些人、事、情、句子，就失眠。我采取的办法是找一本不喜欢的书读着读着就无聊地陷入混沌。常常是妻轻轻关掉我枕旁的台灯。曾经在梦中与一个令人厌倦的女人发生关联、发出欢呼。蓦然醒来，一动不动，听到妻均匀的呼吸声。暗暗松一口气。愧疚。失眠。对自己黑暗中的身体加重迷惑——我对自己一无所知。厌倦，难道也是期待的一种形式？梦境是在呼应还是反对现实？各种各样的梦，使我屡屡醒来，仿佛从战场生还。窗外黑暗中一闪而过的飙车轰鸣声，如同流弹。失眠。即便半夜里起床去厕所，我也告诫自己闭着眼睛以便保持睡意的连续性，一旦睁眼发现窗帘微微亮，就无法重归梦乡。失眠的人即使闭着眼睛捏一张世界地图和手电筒钻进被窝，也无法再找到通往美景的道路。

一个医生朋友说我得了焦虑症，工作压力、精神压力都太大的缘故。抑郁症的前奏——从空中一跃而起成为自由落体的前奏。单位里一个对事业追求到了极端的完美主义者，就是这样在空中画了一条弧线，离世。我嘲笑医生："忧郁的人有我这样胖、这样热爱肥肉嘛？"他接着打击我："你还有强迫症呢。"这些年，我的确在加重自我怀疑、回忆、穷思竭虑、对一分钟前的个人行为难以确认——常常下楼之后又转身上楼推推家门或办公室门，确认关闭否；梦中一旦苏醒，失眠，也爬起来在黑暗的房间里晃荡一圈检查门窗——不知道自己进入墓地后，还会不会半夜里爬起来重复检查墓碑是否关闭，对春联一样的碑文加重怀疑……

但昨晚，梦见父亲，是美梦。失眠也是值得的。听到了窗外黑暗中三点左右的鸟鸣。三点了，鸟也失眠？为花朵、泉水、果实或者异性鸟，而失眠？鸟失眠可以唱歌。我失眠，只能仰卧、沉默。保险公司是否可以设立一个新险种：为失去睡眠者赔偿一个夜晚，为丧父者赔偿连续一个夜晚的重逢之梦。我正加快接近父亲去世时的年龄，像立秋、秋分以后的节气，明显加速度接近白露、霜降、小雪、大寒。我已经能从父亲早年照片中看出年轻，也从周围中老年女性身上看出性感，这在我青年时代是不可能发生的事情，标志一个人的衰老在提速——像京沪之间的高铁不断提速。

这些年来，我和母亲多次去独山看望父亲。在墓碑面前摆放下他热爱的酒、花生米、饺子、西瓜，像童年时代随父亲去雪地里捕鸟，往往需要摆些米粒一类的诱饵——现在，我想用酒、花生米、饺子、西瓜，来从虚无中诱捕出父亲的双臂和灵魂？母亲唠叨着、数落着父亲，问他随着云朵跑哪里游玩去了，喝醉了没有，交女朋友了？我和母亲都笑了起来。然后，她哭了。

少年时代最爱《诗经》中的《蒹葭》："蒹葭苍苍，白露为霜，所谓伊人，在水一方。溯洄从之，道阻且长。溯游从之，宛在水中央。"而今，在中年、异乡、丧父之后，《诗经》中最爱的诗章变成了《采薇》："昔我往矣，杨柳依依。今我来思，雨雪霏霏。行道迟迟，载渴载饥。我心伤悲，莫知我哀。"写尽"往"与"来"之间的巨变和哀伤。人生，单向度的长旅，雨雪中归来的这个"我"，已不是杨柳春风中离去的那个"我"。父子一旦各自远行，就只能依托梦境来重聚、还乡，道阻且长，行道迟迟。

父亲墓碑上除了名字、生卒年月、子孙名字，没有履历。他太普通。墓地里众多墓碑上的溢美之词大同小异。父亲墓碑背面刻着我给他写的四句话："今生，我们是一盏灯下的亲人；/ 来世，我们依然是一个屋顶下的父母子孙；/ 从余冲村，到南阳，/ 我们一路分享着风雨、阳光和温醇。"余冲村，父亲和我的出生地；南阳，独山下的一座小城，父亲在其中停止呼吸。

一个未完成的父亲在墓中遗憾、失眠的时候，也许会起身散步，再读读儿子的这四行诗。

七

黄昏，开车去浦东陆家嘴某酒店，面见一个合作伙伴。

在南方、上海，北京时间十五点到十七点这样一个时间段，有四个词汇来说明："薄暮"，"傍晚"，"天擦黑"，"黄昏"。薄暮：一个手拿三角板的乡村小学教师，向上，一尺一尺测量从地面升起的由浅薄而臻深沉的暮色，但三角尺很快就不够用了，他踮起脚尖、爬上树梢、最终飘进天空，成了一只鸟，向上，继续测量暮色的深度；傍晚：一个孤单的人寻找可以依傍的夜晚的宽肩膀；天擦黑：一个油漆匠用刷子蘸着黑色，把南方天空一点一点擦黑了；黄昏：一个穷人看到无边黄金，激动得昏了过去——

我选择"黄昏"这个词汇，显然是一种穷人的眼光和心境。

此时，故乡中原及其以西的陕西、青海、西藏等等地区，阳光高照、明媚。

打开通往某酒店的 GPS 显示仪。路线曲折。上海教会我迷路的艺术。这句话是对本雅明一声低语的仿写。本雅明一边游荡在巴黎一边低语。迷路，导致他碎片式的写作风格，碎片式的人面、灯影、桨声、钟声、暗香、风……碎片飞扬，就成了巴黎街头巷尾上空彼此疏离、呼应的星辰，连缀在一起就成为他钟爱的一个词汇——"星丛"。这些年来，我时常揣着相机在苏州河、外滩、衡山路……游荡、街拍。通过橱窗、汽车反光镜、卫生间镜子、行人的表情，我窥探自己——在这个把银行伪装成教堂的庞大城市里，我需要确认自己没有迷路，确认本名的我依旧紧跟着笔名的我，没有在人海中走失。

距离约定时间早到半小时，我将车拐到黄浦江边。黄浦江、苏州河在外白渡桥处碰头，一同朝十五公里外的入海口，流逝——像一个人朝十五公里外的晚年，流逝。"流逝"，与"时光""故乡""爱"等等一起成为诗歌的基本母题。时光、故乡、爱等等在流逝，是每个人都要面对的生存命题。移居上海以来，我的文字与身体，渐渐适应长江以南地域的天气和风物——文字就是文身，纸，就是隐秘的皮肤？南方潮湿、多云，云朵密集。云集。云朵下的事物、语言，也迥然不同于我青年时代生活其间的干燥中原。我的表情、味蕾、语调、心态在转变，像一棵乡间的树移居街头之后，树皮皴裂的密度乃至内部年轮旋转的速度，都在转变——

越过一道秋天的分水岭，万物转变。

一个女声悄然出现："先生，找小姑娘不？"我一愣，摇头。来不及看清楚女人的面孔，她就消失在江边大道上的人群里。我像一个在找小姑娘的人吗？我是一个形态孤单的可疑者？那女人大约看出了我的孤单和可疑。除了她,不知道周围还有什么人在观察我、判断我,就像我在观察、判断周围逐步浓重的夜色和灯火。这太像电影中的场景,侯麦电影中的场景。法国新浪潮电影理论家安德烈·巴赞说:"电影是现实的渐近线。"反之,现实是电影的渐近线?上海,渐渐趋同于电影所想象、虚构、揭示的某种景观。周围,江边,面孔模糊的人们似乎都充满了镜头感,像剧中人一样随时准备在拐弯处转折庸常的命运、遭遇鲜艳的事件。而我的文字和身体,也在不断移动、拐弯之中,形成一条"自我的渐近线"?以我自己为主人公的小电影,在哒哒哒哒隐秘摄制,无数支离破碎的场景、细节,渐渐接近上海生活的幻象与秘密——

一个孤单、可疑、拒绝了小姑娘的人,从黄浦江边回到酒店大堂;合作伙伴仍然迟迟未到;他坐在大堂一角的咖啡吧内,翻弄一叠需要交谈的有关数据和资料,显然,这个人正处于一种非诗的状态;手机响了,区号0371——河南郑州出现了,一家刊物的编辑向他约稿;他似乎一边对着手机表达歉意,一边紧张关注着大堂电梯门的开合;他在走神;俄罗斯诗人帕斯捷尔纳克的画外音:"然而剧情的布局已定,最后的结局已经显示。在伪君子中间我孤身一人,活着并非漫步于田野。"……

上述"小电影"中的他或者说我,在走神中盯着大堂电梯的开合——电梯,新时代里一尊带电的神,随时携带若干人物和奇迹,自空中降临……一份故乡的刊物强行介入这个秋分的黄昏,让我恍惚。像一首诗,强行介入一本印刷精美、充满价格和美人的广告杂志,会使一页纸有些恍惚和波动。中年以来,我的诗作数量越来越少,散文逐步增多——这是逐步进入晚年的一道分水岭。但博尔赫斯说:"散文是诗歌最复杂的形式。"他简洁地指出了两种文体之间的关系,并启示我:上海是余冲村最复杂的形式。我把散文作为诗歌来写,就像把上海作为余冲村来热爱——那潺潺流淌往小寒、大寒方向的一脉秋水,也曾经是穿越春分、惊蛰方向的一派春水。"桃李春风一杯酒,江湖夜雨十年灯"——宋人、南方人黄庭坚的诗句,我喜欢。我的桃李春风在河南、夜雨十年在江南。河南,江南,都有一个"南"字,为我次第延续暖意。

站在秋分、这一道秋天的分水岭上,留恋、回望朝南一面温度比较高的山坡。

转身,裹紧衣服,下山。

周华诚

散文作家。出版有散文集《下田:写给城市的稻米书》《草木滋味》《造物之美》等。

10月8—9日

寒露

周华诚

此季寒露，获稻。这样一种朴素的粮食，滋养着我们的身体。

南宋·马远·寒江独钓图（局部）

一

二禾君，九点十分，我去吃一碗牛肉面。

穿过文学馆路，穿过这个日渐浓重的北京秋天。于我来说，这是一段逃离了日常生活的日子，比如说孩子、家务和没有尽头的工作。这日子很简单，一天坐而论道，一天散漫生活。所谓生活，也不过是读书与写作，话剧或历史，离烟火生活其实是有一点远的。于是，就更见奢侈了。

一碗面却是烟火的——这家牛肉面馆子，据西北来的同学向阳兄说，很是正宗。这不用他说，我对牛肉面有研究——我每次经过兰州，都会起个早（一反常态地），吃一碗牛肉面。

细的，毛细，二细，三细，二柱子，韭菜叶，宽的，大宽。二禾君，我是从这一排字里，看出牛肉面的用心。不同粗细的面条，讲究到这样的地步，这就有一点，简直是——像南方了。南方人做点心，分量极微，真正是"点"一下心而已。日本人做点心，也是这样，包装设计都舍得美，食物本身却少，就像装裱画作的行家，给一个小小扇面装上大画框，留白辽阔，苍凉无边，这是好眼光。

面的粗细，直接关系口感，而口感，人各不同，各有所爱。很多事情，最怕讲究，一讲究起来，讲究到极致，那便成了"道"。只有到这个层次，才可以领受事物幽微的一面，玄奥的一面，复杂的一面，至简的一面，相互转化的一面；才可以懂得一样事物，其实在乎一心也。

面馆的墙上写着几个字，"小心高手，请看好随身物品"。什么是高手，什么是低手？高手真高，写这行警示语的人也高。另一块牌子，

"禁止吸烟"。一个提请,一个禁止,这算摆平了,顾客不吃亏,也不会有多大意见。

侧面墙上贴着许多照片。等面的时候,我无聊数了两遍,确认是十七张照片。北京市从业人员健康证明,黑白照片,小小的,贴在墙上。乍一眼我以为是通缉犯什么的,又不像。通缉犯的照片一般印得极大,醒目却粗糙,使人远远可以看见一个人,一张脸,然后记住。

墙上其他的东西,与一般面馆无异,无非是一些俗语,一些典故,几句俚语,比如"面条像裤带"之类,或"源自大清康熙年间",或是乾隆爷微服私访,饥肠辘辘时吃到一碗面,诸如此类,这已经是惯例了。有点儿像小老板们,都愿意在自己的办公桌后面,请人用硕大的字体写上"厚德载物"几个字。是流行,也是标配。

二禾君,我吃完面出得门来,在风里,拂去额头细汗。

这是一个美妙的早晨。吃饱饭的人民,在上苍厚爱下感到心满意足。路边有一小摊,摊上有几样水果,绿的红的,都很好看。走出远了,我才想起,刚才看见有一样是柿子。

那么大的柿子,上下两截儿,四四方方,这在南方没有。南方这个时节,柿子是挂在树梢的,圆溜溜,红通通,树叶大多凋落了,柿子越来越红。田野里也是一片金黄。麻雀叽叽喳喳。天渐渐地凉了。

二

香山脚下也有人卖柿子,也四四方方,摊主说那叫"盖柿"。我想起"盖世无双"几个字。

二禾君，柿子是很吉利的，画一幅画，全是柿子，就可以题名"柿柿如意"，要是柿子与芋头画在一起，便是"事事遇头"，啥事都能有机遇，送人也有面子。齐白石画了几十幅柿子图，个个憨态可拘，意气欢喜。上次我去逛北京的老胡同，就在齐白石的故居里见到一株柿子树，一颗颗柿子挂在枝头，好看。那四合院里也有一棵石榴树，石榴在深秋咧开嘴，一眼可以看到猩红的果实。

老舍的故居里也有柿子树，他的院子，自己起了名叫做"丹柿小院"。南方人院子里爱种石榴、枇杷、桂花，柿子少一些。文人的院子里最爱种石榴。石榴花好看呀，至于果实，倒真的不一定要摘下来吃，画在画上就很好。

南方柿子圆溜溜的，北京的柿子是四方形，上面还有一个盖，有点像茶壶盖，怪不得叫"盖柿"。据说是清凉的——天气冷下来，鲁迅文学院的宿舍里还没有开暖气，有同学就叫冷。其实我一点也不觉得冷。我怕热，尤惧怕北京暖气的天干物燥。以前冬天到北京，最受不了又热又闷又燥的暖气，夜不能寐，犹如困兽。霜降的时候，城区还没有集中供暖，我希望供得晚一些才好。

如果暖气太干，倒是可以吃柿子解燥——南京人黎戈说柿子是"冬天最贫贱的水果"，而且"大冬天被暖气烘得口干舌燥，此物正是最解燥的冷饮。"黎戈出了新书，某天晚上我读到这一句，才知道柿子有这功能。我被北京的干燥弄得烦人，唯一的办法是拼命喝水。可是喝水也不顶用，水分输送不到身体的边远角落去，皮肤干，鼻子也难受极了。我只好用土办法，在房间里加湿，一只加湿器整天开着，再把一只电水壶也开着，水煮开了，一直咕嘟咕嘟地冒泡，水汽氤氲，居然有了一点仙境的意思。

二禾君，有一回，南方朋友过来，我也带去牛肉面馆吃面。出来的时候，看到两个男人站在水果摊外面吃柿子，吃得两手都是黏乎乎的汁水，还有软蔫蔫的柿子皮。因为嫌麻烦，我不喜欢吃柿子（事实上，因为嫌麻烦，我也不喜欢吃芒果和猕猴桃）。从前在南方的故乡，村里分回来一篮青黄的柿子，大人细心地藏在米缸里，也不记得过了多久，拿出来时，表皮上依然敷着一层薄薄的白霜，柿子却已经发软，似乎吹弹可破。

那时候村里有一棵古老的柿树，到了秋天柿子成熟，全村老小都汇集到树下来。年轻身手又敏捷的小伙子，就会上树去采摘柿子，一筐一筐地用绳子吊下树来。最后由村里的老人，统一过秤后平分到各家各户，孩子们抱着一篮柿子欢喜地回家去了。我见过几次这样的场景。然而最后一次，大概是因为柿子分不匀，就有鲁莽的家伙把整个的大枝桠也砍下来，连果带叶，据为己有。别的人当然也很不服气，拿了斧头，在根上砍斫起来。这样的瓜分真是令人瞠目结舌，居然没用多久，一棵数人合围的老柿树就轰然倒地，然后连树桩也给瓜分了个干净，只留了一地的柿子汁液，以及残枝败叶。那时候，我人还很小，却第一次见证了柿树的消亡过程，并感到了人心的可畏。很多时候，一旦群体做起恶来，破坏力真是巨大，简直不可收拾。那以后，我再也没有吃过村里的柿子了。

二禾君，我前面不是说去香山吗？是去看香山的红叶。这个时节红叶漫山，人也漫山。爬山的时候，不禁想起几句诗：

> 两人对酌山花开，
> 一杯一杯复一杯。
> 我醉欲眠君且去，
> 明朝有意抱琴来。

满山红叶中，我想你要在就好了，可以一起喝点酒。

三

二禾君，寒露前后，是获稻的时节，我终于忍不住要回乡一趟。于是约了几个朋友，一起去收割稻子。

我们乡下现今已经没有多少人种稻子了，这一门古老的手艺，怕是慢慢将成为乡村的绝唱。我父亲还很固执地种了一些，一年一年种下来，仿佛已是生命的习惯，真要不种田了，日子反而不好过。闲也是闲不住的，人反而会闷出病来，父亲一直这样说。早些年他在城里住过一段时间，横竖都无法适应，只好依旧与母亲一道回乡下了。种几样菜，养一群鸡，料理田间的水稻从春到秋，虽然经常挥汗如雨，却是他们所喜欢的自在生活。

前些时候，一位人类学家还是社会学家，在一次交流中谈到现代社会的文明与土著部落的原始，哪一个更具有持续性。其实这个话题，答案不言自明：刀耕火种是可持续的，涸泽而渔为不可持续；小农生产是可持续的，大工业文明为不可持续——举例说，有一天真要打起仗来，说不定成个什么样子呢，因文明社会是很脆弱的，一碰就碎，一点就炸。电影《阿凡达》不就是一个隐喻吗？处于自然状态中的原始人的生活，不一定就是绝对落后，当文明落败的时候，人们说不定还得要求助于最原始的生活方式。本来，盛与衰，先进与落后，是一个循环起伏的过程，周而复始，生生不息。

二禾君，我们聊这些，我姑且说说，你也姑且听听，权当是解个闷子而已。人类文明的大事情，我们也理不出个子丑寅卯，就留给学者们去论争。然而我对乡下的耕种，实在是有着一腔热情的。在梭罗生活的年代，二三百年前，他甘愿躲避到山野之中与湖水之滨，离群索居，自耕自种，悠然自得。而今，我却依然觉得这样的生活，有它的价值。可不可以这样说，在乡下生活，实是将身外的欲求缩减到最小的限度，而由此，却换来一个更大的心灵的自由空间。

我们就这样来到田间，眼前是一整个秋天。虫鸣，鸟叫，炊烟在村庄里升起，露水在清晨凝结，一阵风来，成熟的板栗从树梢上掉落，啪啪作响，大尾巴的松鼠则轻盈地从这个枝桠窜到另一个树桠。这样的秋天摊开在我们面前，令所有人都觉得新鲜不已，这些来自城市的客人，算是真正闻到了秋天成熟又内敛的香气。

六个壮年男劳力共同抬着一个硕大的打稻机，嘿呀嘿呀，走到田里去。然后就踩进田间。大家的皮鞋早已沾上了泥巴。衣服上挂满了草叶。但这没问题，大家都觉得高兴极了——这么多的人，大家是要干什么呢——二禾君，那一天，我们大家就在一小片稻田中间，围拢起来，双手抚过沉沉的稻穗，然后弯下腰身，以近乎一种仪式般的虔诚与敬重，开始这一项秋天里的劳作——是的，与其说是一次收割水稻的劳作，不如说是一场以稻田为名的艺术活动。简直了。

四

　　二禾君，你知道，那是我早就想看的舞剧，云门舞集的《稻禾》。我在北京的国家大剧院，观看了这场演出（就在"父亲的水稻田"获稻后不久的一天）。二禾君，你不知道我在观剧过程中，内心的波澜与震颤。我从小到大在田间经历过的一切，风云雷电，稻浪声声，仿佛就在那个舞台上被唤醒。当全剧终了，演员们集体谢幕时，我居然不禁泪下。

　　那是献给大地的颂歌。从春到秋，从冬到夏，从谷到禾，从禾到谷，大地上的故事周而复始地上演。大地上的人，分分合合，生生死死，悲欣交集，热烈平淡，也不过是在轮回复盘。

　　正是这一刻的顿悟，令我动容。

　　演后谈环节，导演林怀民拄着拐杖走上舞台，缓缓说起台湾池上人们种田的故事。池上175公顷稻田，一望无际，没有一根电线杆，造就一片纯净如童话的世外之境。池上人不被外部世界打扰，坚守着自己的一方稻田，过着自己的日子。泥土，花粉，谷实。风，水，土，火。太阳，月亮，星星，天空。

　　"福也！好哇！天地开场，日月同光，今日黄道，割禾收仓！"

　　"福也！好哇！稻谷两头尖，天天在嘴边，粒粒入肚皮，顶过活神仙！"

　　此季寒露，获稻，在我故乡浙西常山，"父亲的水稻田"田畈之间，我特邀了国家级非物质文化遗产"喝彩歌谣"传人曾令兵，来稻田间为获稻喝彩。其人憨厚素朴，内力深厚，其声激越，其气浩然，声声喝词激起众人阵阵回应。福也，好哇，人与稻禾的情意，震荡在天地之间。

五.

二禾君，收获是这个时节最重要的主题。在田间。在山上。挖番薯，挖芋头。拾板栗，捡核桃，采山茶果。我不知道，你有没有看过日本电影《小森林》，那里面采摘秋天的野果的场景，也是我在故乡最喜欢做的事。

露水重重的清晨，大山还没有从沉睡中醒来。蓝色清冷的天光下，一座屋子里的黄色灯光亮了起来。白色炊烟袅袅升起。木门吱呀一声被推开。这是五点，远处的群山依然笼罩在一片云蒸霞蔚当中。

带上一袋干粮、两个水壶，64岁的金大娘和68岁的刘大爷出发了。他们脚下穿着解放鞋，腰间绑着柴刀，身后背着竹筐，手上拿着绳索，一前一后，朝着大山深处走去。

不停地攀登。金大娘和刘大爷要花一个多小时才能登上那座青岚缭绕的高山。露水打湿了他们的裤腿。此时，朝阳的暖色正一点一点地洒向山坡。山鸟也开始啼唱。而一颗一颗圆圆的山茶果正挂在枝头，等待着一双粗糙的大手将它们摘取。

这是采摘山茶果的一幕场景。从寒露开始，大约有一个月，山人们每天上山采摘山茶果，饿了就吃干粮，渴了就喝山涧水；爬上枝头，用手去摘取一颗又一颗蒴果。那些果实被扔在竹筐中，最后被装进编织袋。太阳落山时，六点多钟，他们又一前一后地挑着沉沉的果实，走在越来越昏暗的回家路上。

山茶果摘回家，先是翻晒一个多星期，然后手工剥去厚壳，取出果实籽粒。剥山茶籽也是很费劲的事情。一筐一筐的果实要被剥出来，那是一件需要莫大的耐心才能去完成的事情。就像漫长的生活一样需要极其巨大的耐心。

二禾君，如果我不告诉你，你一定不知道这些山茶果是做什么用的——剥出的山茶果实可以用来榨油。那是非常好的一种油。遗憾的是，有很多城市人并不知晓这种油。

山茶果，它从开花到结果足足需要十五个月，如此漫长的生长周期，可以让它足够固执地缓慢生长。在一棵山茶树上，许多花正在开放，许多果已经成熟，这是山茶花与山茶果的奇妙约定。在我故乡，高山野生的山茶树，有的已经五六十年树龄。在这样的大山里，它们有着山里人的性格：沉默而缓慢。

二禾君，我常常想，大山给了人们那么丰厚的馈赠，人们是不是真的懂得它。比如深秋，我在山道上行走，随意可以发现很多甜蜜的野果——比如八月炸，正是这个时节成熟，高挂在枝叶藤蔓之间，果皮开裂，蜜一样甜；比如野猕猴桃果，小小的，挂在藤子上，表皮缀满细密的绒毛，已然吐露着发酵的酒香。这时的山林，风一吹来，飘扬着成熟的野果发出的甜香，果然是深秋的气味。这时节熟透了的果实，鸟会吃，松鼠也会吃，蜂子也会来吃；时间再往后一些，天气就更冷了，树叶将会凋零，成熟的果子也就落地，送给更小的蜂子或蚂蚁去吃。

在这一点上,草木野果真是慷慨,并且不执——不执于事,不执于人。秋风起时,当枯则枯,当黄亦黄,当落就落,当败也败,顺应着时节的进展,一切都是正好。这岂不是魏晋人的风度?我们这个时代的人,哪里还学得了这些?

六

二禾君,再过些日子,河对岸的木榨油坊就要开动了。

远远的,榨工的号子声听起来有一种击中人心的力量。晒干的山茶籽送进木榨坊,于是山茶籽被碾磨,被炒熟,被筛选,被蒸热,被箍成圆饼,被摞成一叠送进木榨,被木桩塞紧,被撞头击打。于是,清清亮亮的黄色液体,像雨天的檐水一样细细长长地淌下来。油的香味开始在村庄的上空飘荡。

二禾君,你见过那古老的榨油的情景吗?你真该去看一看的。古老的榨油坊,在村庄里快要消失了,就连那些年老的榨工也要从村庄里离开了。二禾君,在木榨坊,我看到有一滴油,落到了承接的木桶外边,正在滑落。山农赶紧用手指去接。油在她干裂的皮肤上渗透下去。那是一双怎样的大手啊。

七

父亲把新碾的大米装好,交给我。晒了好几天,稻谷吸饱了阳光的灿烂与热烈,送进碾米机的时候,稻谷立刻嘎嘣脆地脱下了谷壳。

现在，一粒米，终于抛弃它沉重的外衣，显出晶莹纯洁的质地。

城里的孩子们吃着碗里的米饭，并不知道大米是从田里长出来，也并不知道大米生长在一种叫水稻的植物上。到乡下去，孩子和大人都欣喜欲狂，是带着观光的心情攀蜂捕蝶，却并不能清晰地分辨水稻与小麦，小麦与韭菜，韭菜与蒜苗，蒜苗与芋艿，芋艿与荷花到底有什么不一样；他们能经常吃到南瓜、冬瓜、丝瓜、黄瓜，却也并不能分辨南瓜与冬瓜、冬瓜与丝瓜、丝瓜与黄瓜的藤与花到底有什么不一样。

所以，二禾君，当我此刻谈到大米时，我的心里是有一大片的稻田的，稻禾在我身后的风里起舞。我与大多数的人都不同。这一刻我所感受的稻田是无比静谧的。

我在一本书《一平方英寸的寂静》中读到这样一段话：

我们蒙大拿州的人民感激上帝赋予本州岛静谧之美、
雄伟的山脉与浩瀚绵延的平原，
为了改善现今与未代世代的生活质量、
均等机会并享有自由的恩赐，特制定与确立本宪法。

（《蒙大拿州宪法》序文）

蒙大拿州在州宪法的开篇中开宗明义地提出了"静谧"的价值。这也使我想起台湾池上的稻农们为了守卫稻田的静谧所做出的努力，他们拒绝电线杆，也拒绝路灯的进入——他们说稻禾在夜晚是要睡觉的，他们说这一片宁静不该被打扰。他们成功了。

二禾君，当我谈到大米时，我的内心如果宁静，这样一种朴素的粮食，滋养着我们的身体。今天我已经离开了村庄，但内心仍有一条渠道，由这片宁静的稻田源源不断地传送给我。不管什么时候，只要我一回到稻田，我内心的某个角落就会被一下子激活。

父亲把新碾的一袋热乎乎的大米交给我。这是稻田里这一季的产出。新鲜大米有一股米香，这是城市的超市里的大米所没有的。我把整袋的大米塞进汽车的后备箱，之后又一次离开村庄。

八

几天不见，银杏叶子就黄了，飘落一地。院子里的银杏树并不高大，却都是果实累累。我见过许多棵银杏树，几百岁，上千岁，屹立在那里像一个沉默的长者，叫人仰望并生敬畏心。最年长的树，是山东莒县的一棵，已经四千岁。站在那棵树底下，正好下了一场大雨，倾盆大雨啪啪而下，仿佛从世界的顶端落下，使我领受到老树的教诲与美意。

穿过一地银杏叶，从鲁迅文学院出门右拐，走几百米穿过红绿灯，穿过渐渐起来的寒风，再行一百多米，我去吃一碗牛肉面。二禾君，你如果来的话，我也一定要带你去吃一碗牛肉面——就在对外经济贸易大学西门的马路对面。

寒露之后是霜降，乡野此时应有遍地白霜了吧？光阴流转，四时节气就是这样悄悄地流走。而我是那个游荡的人，像风一样四处奔走。二禾君，我是一个奔走在城市与山野之间的人，一个行在大街上的山里人。我常对着街头赶驴的人行注目礼，我也常对水果摊上的柿子、玉米棒子、糖炒栗子瞪大眼睛。

　　在北京。二禾君，在西长安街上，我是一个携带野果的人，我怀里揣着一个故乡，就像揣着一个巨大的秘密。

傅菲

散文作家。出版有散文集《屋顶上的河流》《星空肖像》《炭灰里的镇》《生活简史》《南方的忧郁》《饥饿的身体》《故物永生》等；诗集《在黑夜中耗尽一生》。

霜降

傅菲

10月23—24日

霜是一个隐喻,是凝与散,是相逢与告别,是万物的起始句和结束语。

南宋·佚名·寒汀落雁图轴(局部)

霜，不是降下来的，降下来的是衰老的时间。时间在催化，在鬓发上，在草叶上，在浆果里，霜是一个隐喻，是凝与散，是相逢与告别，是万物的起始句和结束语。

是古老的民谣："白月光，露结霜。"促织唧唧唧唧地低吟，一声比一声微弱和悲凉，似乎大地有重大的事情即将发生。秋雁嘎嘎嘎在夜空裂帛似的叫，叫得让人无法入睡。秋雁怎么就来了呢？像一封无法投递的家书，带着远在异乡的人渺渺音讯。打开窗户，月光奔涌进来。窗外的平畴一片白茫茫。远处黧黑的山峦罩了一件白衫。白是一种冷白，凝结的白，匀称地铺在屋顶上，铺在收割后的稻田上，铺在墙头上。月光浮在一层白上。白，是一种没有过去也没有将来的颜色，是从植物茎脉里抽出来的汽，是尚未满盈之月分泌的汁，远远看去，白在平缓地流淌，漫过山梁，漫过屋顶，漫过河堤，漫过田埂。流淌声交织着夜蝉的鸣叫，夜鹰咯咯咯啄壳的磕碰声，使冷夜陷入无边寂静。提着红灯笼的人在巷子里低头走路，脚步声悠远回荡，跫然。红灯笼轻轻地摇晃，竹笼里的烛火一团一团地跳动。荞麦花在门前的矮坡地，一浪一浪地开了，积雪一样压坠枝头。提灯笼的人，摸摸自己的头发，凉凉的，湿湿的，满眼的白让他惊诧，自言自语："寒露还没过几天，不知不觉霜降了。霜降了，要摘油茶了，要腌柿子了。腌了柿子，冬雪也来了。"

清早，廊檐下晾晒的衣服，被霜冻成了硬硬的布片。平畴上的霜迹还残留着昨夜野兽的斑斑脚印，偶蹄形的，奇蹄形的，梅花形的，单爪形的。秋雁去了哪儿呢？已不见踪影，饶北河多了一群长脚白鹭，在洋槐树上叫得让人慌心，呱呱呱呱，仿佛它们是一群孤儿，仿佛这个客居之地永远不会成为它们的故乡。它们将在河畔度过严冬,觅食、求偶、孵育。它们一群群,沿着河面斜斜地飞,飞过湾口,飞过树梢,飞过甘蔗地,随夕阳一起坠落。霜迹在埠头,在门前的青石板台阶,有了人的脚印。妇人在埠头淘米,筲箕在水里洗去米灰,把米扒进柴锅的沸水里,捞米煮粥。男人用木桶挑水,储满一个大水缸。霜降这天,与往日淘的米有了区别。淘了粳米,又淘糯米。糯米用来焖三黄鸡板栗糯米饭。这是最滋养的饭食。家鸡有白毛鸡、麻鸡、乌骨鸡、花鸡、三黄鸡。三黄鸡体型小,特别会跑会飞,脚小而短,跑起来,脚往两边撇,胖胖的身子滚球一样,在稻田里,在菜地里,在茅草山里,到处找谷物找虫子吃。三黄鸡羽毛黄、爪黄、喙黄,汤汁也浮油漂黄。秋鸡肥,板栗也刚下树剥开,和糯米一起,在铁锅里慢慢焖。深秋初冬,一年的农事,将只剩下两件重体力活,摘油茶和挖番薯。没有体力,油茶籽和番薯都进不了家。吃了糯米饭,挑一担箩筐上山摘油茶籽。

  油茶花前些日子已经开满了山坞,白如霜,红如焰。这是一种迎霜花,花苞被青蓝色的花衣紧紧地包裹着,像个豆蔻少女。寒露过后,早晨的雾霭便笼罩了山冈,太阳白晕晕的,长出绒毛,露水日重,白茅倒伏。油茶花一瓣一瓣地开也一瓣一瓣地焦枯萎谢。霜来了,花蕊绽放了出来,野山蜂钻进了花粉团里,嗡嗡嗡。我们能听到野山蜂的颤抖之声,薄薄的羽翼携带着全身的震动。油茶树上挂满了油茶籽。山楂完全熟透了,红皮黄肉,嚼一口,浆水喷射。只有到了霜降这一天,油茶籽的含油量最高。这一天,也叫"开山门"。

  进了山坞,雾霭散尽,山梁上的枫树和昨日不一样了。枫树叶慢慢转黄,金色透明。乌桕也是这样。太阳斜射下来,整个山冈都变了模样。溪涧边的芦苇枯黄下去，哀哀的，芦苇花飞絮一样飘飞，起起伏伏，若有若无，像一群白蝴蝶在翩翩而舞。芦苇抽穗的时候，我们还觉得，长长的暗紫色的穗，在秋风里自由地摆动，一副无忧无虑的少年样子，没想到，初霜来临，穗扬起了白花，丝丝缕缕，随风而去，留下空空的芦头。野柿子胀红了圆圆的脸，那么肿胀，似乎随时会胀裂。山崖上的野菊，却第一天开了小果盘一样的花，仿佛它的绽放在诉说昨夜的冷霜。山峦层林尽染，霜色不再是白的，而是浸透了植物，成了山毛榉的麻褐色，鹅掌楸的赤金色，银杏的素黄色，皂角的烟褐色，枫杨树的烈焰色。海棠和野石榴，还来不及变色，已落叶纷纷。而冬青更墨绿，青松更葱茏。毛竹在这一天，停止了生长，不再发育。

在随处可见的山垄里，毛竹绕着山坞长，青青翠翠，蓬蓬勃勃，风吹来，呜啦啦作响。做灯笼的篾匠梅七，选择这天上山砍毛竹。从这一天开始，毛竹变轻变实，肉瓤木质，皮青有一层霜灰。毛竹用柳条扎成捆，泡在溪涧里，泡个三五天，晾晒半个月，竹青发白，破开，拉成篾丝，编织灯笼。挂在门前的灯笼，提在手上的灯笼，板桥灯上的灯笼，全靠梅七的一双手。他坐在自家的院子里，篾丝团成一圈圈，日日编织。他从十四岁开始学做灯笼，做了多少灯笼，他也记不得了。上门接亲，放着炮仗，吹着唢呐，媒人手上晃着灯笼；除夕元宵，屋檐下红彤彤的灯笼，让一个远游的人，看看天上的红月亮，泪流满面，无怪乎欧阳修写《生查子》："去年元夜时，花市灯如昼。月上柳梢头，人约黄昏后。今年元夜时，月与灯依旧。不见去年人，泪满春衫袖。"一条长板凳两盏灯，长板凳连着长板凳，几百人接成长龙，在晒谷场上，舞龙，灯笼在黑魆魆的夜里，形成灯海，在一个人的心里沉淀，成为亘古的记忆,如卢照邻所言:"锦里开芳宴,兰缸艳早年。褥彩遥分地,繁光远缀天。接汉疑星落,依楼似月悬。别有千金笑,来映九枝前。"走夜路的人,提一个灯笼,风吹雨打,竹笼里的灯映出一团火——灯笼,故园的别称,用霜降的毛竹围拢在一个篾匠的手心里。糊灯笼的红纸褪去了颜色,变白,又糊一层红纸,篾丝却不腐烂。灯笼糊了多少层纸,人的头发也变成了白色呢?梅七也是不知道的。若是知道,他也不会头发变白。

已经很多年,梅七不做灯笼了。做好的灯笼也没人买。接亲的媒人背一个烟袋,不要走路了,坐小车了。以前接亲的人,再远,也是走路,或坐牛车,现在再近,也坐车,有车队接。灯笼没地方放。巷子里,家家户户有路灯,灯笼也不需要挂了,谁会浪费那个钱呢?板桥灯也不抬了。抬灯比耕田累人,谁也不愿出力气。灯笼就这样消失了。

还有一种比煤油灯还小的灯笼,挂在高高的树上。满树的灯笼,我们在五里路之外,便看见了。树下有一位母亲,穿着灰蓝色衣裳,坐在竹椅子上纳鞋底或缝衣边。近近地看,那不是灯笼是柿子;远远地看,哦,不是柿子是灯笼。霜让柿子青涩的浆汁变甜,变浓,甘冽,也让柿子青色的肉皮红出火光。腌柿的师傅来了,扎一条藏青的围裙,揣一把剃刀,进村。他手中的拨浪鼓,咚咚咚,摇起来,吆喝:"打霜了,腌柿了。头白了,磨刀了。霜腌了,不烂了。没牙了,吃柿了。"一群孩子跟在他后面,也吆喝:"打霜了,腌柿了……"柿子用一个竹杈从树上拧下来,一米箩一米箩地装在厅堂里。腌柿的师傅坐在板凳上,用剃刀一圈圈地把皮切下来。他一边切皮,一边说,霜真是个好东西,没有霜,柿子一直麻涩,霜让酸涩的东西变甜变醇,真想不出世上还有比霜更好的东西。在所有的手艺人中，腌柿师傅是唯一在霜降这天出门觅活的。腌一天柿子，师傅收五升米。腌了的柿子用圆簸箩晒在瓦屋顶上，一棵树的柿子，晒十几个圆簸箩，遮了半边的屋顶。黑瓦红柿，乌鸫来了，果鸽来了，低地莺来了，吃鲜红肉瓤。晒了三五个日头，肉瓤萎缩，慢慢渗出霜白。出了霜白的柿子，甘甜，口感绵实，可以藏一个冬天。师傅一般在晚上腌柿，刀在掌心一圈圈地削，第二天晒。腌柿师傅在十年前不来村里了。已无人腌柿了。柿子挂在树上烂，喂鸟。柿子价低，卖柿的钱不如工钱。村里有十几棵柿子树，零零散散地分在屋前屋后，地头地角，红灯笼一样挂着。

　　霜降了，夜晚拉长了饶北河的流水声，又黑又冷。这个时候，村里会来一个陌生人。他穿一件驼色短袖的夹袄，解放鞋的鞋帮沾满干燥了的泥浆，背一个帆布袋。帆布袋里放一个罗盘和一个油布纸包、一根旱烟管，油布包里是金黄色的烟丝。他长长的旱烟管，包了一个铜头。他用铜头打欺人的狗。他是一个地仙。他在村里，走来走去。每一个山冈，他都要走一圈，爬上去，放眼四望。他熟悉饶北河流域的每一个山冈，每一条河汊，他熟悉大地的骨骼和筋脉。"人在霜降之后死，有福分。"地仙说。他看泥土的成色，看山冈的形状，看泉眼的深浅大小，看溪流的流向，看太阳东出和西落的方位。"霜降了，土层干燥了，才知道哪里适合葬人。"他的罗盘像他拼接起来的脸，"人死，怎么选择得了时间呢？选一块葬人的地，可以提前选。"在村里谁叫他留宿，他也不推辞，他说："人选一地，鸟选一枝。"地仙是村里最受老人欢迎的人，请地仙吃饭，好酒好菜伺候着他，想请地仙选一块好地。而地仙无论喝得多醉，也不说好地在哪儿。也有人根本不信地仙，说，农忙结束了，地仙又来蹭吃了，有龙凤地，他早留给自己葬了，还把子子孙孙的葬地也留着。二〇〇〇年，镇里实行了殡葬，选了一块向阳的坡地，修了陵园，作统一安葬地。地仙再也不来。

土层干燥，芝麻落壳了，豆荚噼噼啪啪爆裂。天气越干燥，早上的霜花越绽放。饶北河边的柳树，白茅，稻草人，斑竹，豆架，霜花一层叠一层。我们以"昙花一现"形容时间的短暂。昙花是月下美人，从开至谢，四个小时。或许比昙花谢落更快的，是霜花了。霜花也是最寂寞的花，无蜂无蝶，开放的是花瓣，谢落的是冰水，晨雾还没散尽，便已无踪。热爱霜花的人，必是了悟人生的人。霜降之时，人暮之秋，一切都消逝得那么快，让人不忍说出草木又凋零。而唯一漫长无尽的，便是霜冻，和随之而来的严寒。虫蛰蛰伏在地洞里，蛇不再爬行，梧桐一夜落尽树叶。黄连木涌出了全身的血浆。山寺里的晚钟时远时近时有时无。白菜萝卜的秧苗铺上了稻草，橘树桃树开始修枝剪节。番薯藏进了地窖。屋顶上晒出了豆瓣酱，用一个土缸，蒙一张纱布，日晒太阳夜浸霜。冬白菜也泡进了土瓮里，萝卜辣椒刀豆也压在盐水里，预备了丰足的冬藏。

霜降了，棉花全白了。弹棉花的老洲师傅一日也没得空闲。他背一弯长弦弹弓，腋下夹一张檀木磨盘，手握一个弹花槌，脖子上套一条牵纱篾，穿一双软底棉布鞋出门了。他是村里两个弹棉匠之一，另一个是他儿子。他不带徒弟，他的手艺世代祖传。他的额头有一个麻雀蛋大的肉瘤，说话的时候，忍不住要快速眨眼睛。咚咚咚，弦声可以穿过两条巷子。我们喜欢看他弹棉絮。棉花在弓弦上鸡毛一样，飞起来。一天弹八斤皮棉，他便收工。第二天，压棉，用磨盘一圈一圈压，一层一层压，压出一条棉絮的形状，再拉经纬线，一条红线一条白线，交叉织出一块田野阡陌。他脱下鞋子，站在磨盘上溜，腰水蛇一样摆动，磨盘溜来溜去，棉絮变薄变实。他儿子叫毛三，二十多岁，在家里撬棕床。霜后的棕树，可以割棕皮，一片片割下来，不用晒，也是干燥的。毛三坐在一条长板凳上，握紧一片棕皮，往向上倒起来的耙钉上，拉扯。耙钉有九个，排成一排半拱形。棕皮被扯烂，一丝丝落在地上。把棕丝团起来，用一块大石头压住，开始捻线。捻线的，有一个木轮，左手快速转动木轮，右手捻棕丝，棕丝捻成线。两根棕线头绑在一个葫芦形的木槌上，又快速转动，捻成了棕索。棕索一根根固定在一个床体一样的木框上，编织，编织六天，有了一张棕床。棕床有弹性，干燥，透气，不伤腰。毛三还会撬蓑衣。撬蓑衣一般是在上半年。棕树一年长十二片棕皮，在端午后和霜降后分别割两次棕皮，一次割六片，十六片约一斤，一斤六毛钱。抓了棕皮，捻了线，拉了棕索，便缝制蓑衣领口。一个领口十六片棕，用棕索订实，在一张大木桌上，用一个蓝边碗固定领口的形状，摊开棕叶，摆出衣服的形状，开始缝制。棕叶作线，横缝成行，缝八十行，便成了蓑衣。蓑衣也叫棕衣。雨天穿上蓑衣戴一顶斗笠，插秧种地，淋不湿浇不透。

弹棉花撬蓑衣，不分家，同一个祖师爷。这是老洲师傅说的。他不厌其烦地哼着"檀木榔头，杉木梢；金鸡叫，雪花飘"。"我们的祖师爷是黄帝，没有哪个行业的祖师爷，比我的祖师爷位高了。"他每次说，都显得十分自豪，似乎他也高人一等了。他爱弹棉花，溜起磨盘，眉开眼笑。可惜他五十多岁得了肺结核病，再也弹不了。毛三成了村里唯一的师傅。毛三的儿子有四个，没一个学弹棉花，一个贴地板砖，一个做汽修，一个开农用车，一个在小学教书。弹棉花的生意很清淡，蓑衣已经没人穿，虽然一件蓑衣可以穿十几年，但笨重，不如一件塑料衣披在身上舒服。棉絮也是机器压的，把棉花送到压棉絮的人手上，早上送去晚上抱棉絮回家，只要六十块钱。

棉花还是种的，平畴里，棉桃吐出花的白雪。霜降之后，棉桃全开了，棉叶纷纷掉落，妇人扎一条围裙，去采棉。棉花塞进围裙兜里，围裙兜要不了一会儿鼓了起来，再倒进扁篓里，扁篓满了，背回家，晒几个日头，收仓了。

蒙霜的大地，素净白练。河水彻底枯瘦，天空过于吝啬雨水。浆果不得不坠落，果蒂霉变，果肉腐烂，果核陷入土里。霜清洗了万物，该凋谢的凋谢，该腐烂的腐烂，该埋葬的埋葬。而留下的生命，霜给予了水的滋养，葱茏多汁，甜美温婉。虫蛾以死亡迎接了霜，死在稻田上，死在茅草上，被风高高吹起，不知所终。霜降有三候："一候豺乃祭兽；二候草木黄落；三候蜇虫咸俯。"豺狼早绝迹了，打猎的人也没了。祭兽的庙还在。庙在村口的一棵桑树下，有一个半圆形的拱门。晌午，庙里的油灯莹莹发绿发黄。桑树叶一片一片飘下来，像天空的灰烬。油灯前的方桌摆上了祭品。祭品是谷烧酒和四个菜、四个瓜果。祭的神是太阳神，门口挂了一副红对联：闲品山茶迎日起，静凭阁槛看人忙。年少时，我害怕庙里莹莹油灯，油灯亮起来，会加深庙的黑暗，而神会在油灯里现身，我不敢想象神的样子，神有怎样的面孔？有一次祭神，不知道哪里来的一条野狗，突然窜进来，叼起桌上的猪蹄吃起来，吃得狼吞虎咽。结果可想而知。祭神的人，抡起门栓，狠狠砸狗脑壳，三五下，狗瘫在神像下，牙齿咬着猪蹄，嘴角淌着长长的血丝，血丝很快变成了乌黑色，绿头苍蝇嗡嗡地飞来。我再也不去太阳庙看祭神了。祭祀的人，与他的心灵无关。

天很快阴了下来，太阳随飞鸟消失在山梁另一侧。我们早早吃过晚饭，去晒谷场。一年中，第二次社戏，在这里上演。第一次在芒种，第二次在霜降。演社戏的人，是本村的串堂班，有十几个人，男男女女，拉二胡的，吹唢呐的，吹笛子的，打钹的，演戏的。晒谷场摆了二十几张八仙桌，大人坐在桌上嗑瓜子吃麻子粿，小孩子穿来穿去胡闹。也有喝酒的。酒自家带来，还带椒盐花生米和酱豆干。年轻的男女，站在晒谷场的边角上，看不了一会儿，人不见了，去了哪儿呢？谁也不知道。社戏的曲目，年年没什么变化，《郭子仪上寿》《穆桂英挂帅》《玉堂春》《碧桃花》《八仙飘海》等戏的选段。戏唱完了，人散了，月已中天，乌鹊绕树三匝。刘长卿写的"霜降鸿声切，秋深客思迷。无劳白衣酒，陶令自相携。"也就是这个意思吧。月亮沉在水缸里似的，扁圆，辉亮。瓦蓝的天空在荡漾，秋雁再一次飞过平畴。"人"字形的列队，嘎嘎嘎，叫得大地一阵阵荒凉。月光是没有尘埃的光，它不奔放热烈，照在额头上，多了阴寒和落寞。手摸摸额头，湿湿的，露水圆圆，从发梢落下来。

社戏已经二十多年不演了。演社戏的人，已大多不在。而霜一年一年在降。

露水白白发亮，月光溶解在露水里，剔透晶莹，裂冰似的闪射。南方的深秋之夜，霜是不可承受之轻之物。水赋物以生命。水也有生命。水的生命，以各种形式存在，如霜雪如雾露，如汽霄如冰霰。霜是水最冷的一种生命形式。水分从空气中析出，高于冰点，凝结为露，低于冰点，凝华为霜。霜覆盖大地表面，那么沉重。李贺说"夜来霜压栈，骏骨折西风。"最后，霜还覆盖我们的双鬓。

霜还会从湿土里长出来，像一根根银针，拱出一个个虫洞一样的噬孔。我们称之芽霜。芽霜是最后融化的霜。太阳出来，雾气散去，大地之上，纯白的颜色慢慢褪去，枯黄色裸露出来，麻黑色裸露出来，墨绿色裸露出来——一切的本色还一次交还给大地，霜变成了一颗颗露珠。每一颗露珠，映照出一道彩虹。彩虹相互映衬。露珠吧嗒跌落。屋顶，是白色屋顶，看起来像一块块的斜坡。屋顶毗连屋顶，像一块不规则的白格子布，白色消失，布又成了黑格子布。我们坐在屋檐下喝粥，埠头前的水池，被一块厚冰冻住。冰下，小鱼在游来游去。冰慢慢塌裂，漂走。

彩虹是光的幻象。而霜是轻薄伤逝之物，也是沉重寒骨之物。我们以"风霜"喻人生多艰。霜是水滴的晶体，也是阴寒的晶体。霜降，是季节的一个节点，也是生命的一个节点。霜白叶红，或许说的就是一个人的中年吧。而霜，以消失的方式存在。

葛水平

小说家,散文作家。出版有长篇小说《裸地》;中短篇小说集《守望》《喊山》《甩鞭》等;散文集《我走我在》《河水带走两岸》《走过时间》等;电视剧本《盘龙卧虎高山顶》《平凡的世界》。

立冬

葛水平

11月7—8日

我的乡亲们从大地的深处缓缓走入。

铁匠铺里的人喊了一嗓子：立冬该唱一场戏了！

宋·轶名·杂剧

一

农家的院墙上有一排铁钩，上面挂着犁耙锄锹，一年的生计做完了，该挂锄了。庄稼人脸上像牲口卸下挽具似的浮着一层浅浅的轻松，农具挂起来时地便收割干净了。阔亮的地面上有鸟起落，一阵风刮过来，干黄的叶片刷刷刷刷往下掉，入冬了，落叶、草屑连同所有轻飘的东西都被风刮得原地打转。早晨和傍晚，落叶铺满了院子，还有街道，远处重峦叠嶂的山体恰似劈面而立的一幅巨大的水墨画屏，霜打过的红叶还挂在一些干枝梢上，怕冷的人已经裹上了冬装，袖住了手。

秋庄稼入仓，那些留在地里的秸秆和茬头堆积在地当央，火燃起来时，乌鸦在漂浮的灰烬中上下翻飞，它们在抢食最后一季逃飞的蠓虫儿。天气干爽得很，空气就像刚擦洗过的玻璃窗户，乌鸦的叫声，拨动了人敏感的神经，孩子们追逐着乌鸦，他们想把它们驱赶到高处的山上。每个人手里都拿着一把长条竹竿，那些抢食的乌鸦在孩子们的驱赶下飞往远处。谁家的马打着响鼻，河岸上未成年的柳树是挽马的马桩，青草在入冬之前衰败，如一层脱落的马毛，马干嚼着，不时抬头望着热闹的人群，马肚子里装了村庄人所有成长的故事，每个人的故事马想起来都觉得好笑。

要立冬了。一个知道季节的人牵着他的毛驴走在村庄弯月形的桥上，他要翻越山头去有煤的地方驮炭，冬天，雪就要来了。

村庄里的铁匠铺热闹了，家家户户提着农具往铁匠铺子里走，用了一年的农具需要"轧"钢蘸火。用麻绳串起来的农具挂在铁匠铺的墙角，大锤小锤的击打声此起彼伏。取农具的人不走了，送农具的人也不走了，或蹲或坐，劣质香烟弥漫着铁匠铺。轧好钢的锄头扔进水盆里，一咕嘟热气浪起来。龇着牙的农人开始说秋天的事，秋天的丰收总是按年成来计算，雨多了涝，雨少了旱，不管啥年成，入冬就要歇息了。冬天是一个说闲话的日子，冬天的闲话把历史都要揪出来晒两轮儿。

村庄里的土狗聚集来铁匠铺，狗打闹着，有公狗抬着没有重量的蹄脚架在另一只母狗屁股上，追来追去的，按照自己的意愿去做事。周边围着的狗极骚情，个个都是情场老手的模样，而母狗极享受地接受它们的挑逗。铁匠铺子里的人望着这些畜生们，极有情意地笑。村庄里的闲话一下就又拐到了另一条路上，说到土地，说到人吃地一生，地吃人一口，土地不动声色年复一年，还是老样子，人都几茬了。生产队长从门前走过，铁匠铺里的人喊了一嗓子："立冬该唱一场戏了。"

队长站在铁匠铺门口眯着眼望门里，谁说下的立冬就该唱出戏？有人答应说，早几年唱过，自从你当了队长就不唱了，小官也得为民服务对不？一群人起哄说，小队干部是国务院最低一级领导机构，怎么能说是小官呢？生产队长突然意犹未尽在想什么，初冬的太阳再能巧也难把积累了一个夏天和一个秋天的渴望抚平整了，铁匠铺里的人突然发现队长的脸上皱起了笑，听见他说：咱就重拾庙会给立冬唱回戏吧。

快乐来得太直捷了，所有铁匠铺子里的人来不及回神，门口就只剩下空荡荡的阳光了。

二

　　暗夜里下了立冬前第一场雪，没有一丝一缕的风，下雪天很安静。透过玻璃窗格看外面，细碎的声音灌入耳膜，天光把人的目光迷幻得很虚，地上有些微的光明，雪把村庄里的人心揪了起来。雪可是不能下得太大了，雪厚了一冬不化剧团进不了山，唱戏的事情就要泡汤了。

　　"好大的雪啊！"应了这一声喊，左邻右舍，家家户户接连不断哐哐当当把门打开，一时间便有了更多的惊叫和惋惜。一些人开始往大场上走，大场上有一座舞台，舞台前大雪纷飞。"雪大了"先到人的声音比往日压得瓷实。

　　中国的乡村，除了那些藏在沟里的山庄窝铺，"村"或"庄"，几乎都修有戏台。因为"娱神"的缘故，村庄都有自己的庙会。民间一直把"神"看得很高贵，爱着，敬着，怕着，哄着。神不过是无数人的一个不言语，却"娱"得喜怒无常。神住在村庄的寺庙里，戏台大多建于寺庙神祠之内，多是坐南面北，对正殿而建，戏台下一般有高低不等的基座，以方便神平视瞻赏。神啊，离谁家都很远，离谁家都很近，与富贵与贫穷都有着深刻的血缘关系。

　　神管不了天，天很有耐性，雪整整下了三天，雪已经铺絮得看不清万物了。

　　队长站在舞台上说，不是小队不舍得出钱，是老天罢工了。雪看上去有一尺厚，村庄里的人哀巴巴看着雪，半晌雪住时，男人们急不可耐扛着扫把来扫雪。雪很轻很软，扫起来不费力气。人们一边干活一边高高低低说着话。从舞台上放眼望去，被雪覆盖后的重重叠叠的大山，白花花一片，天地一色。扫雪人身上似乎涨满了力气，雪屑在空中旋转飞舞着，不知哪个提议去扫山路，扫开山路就能唱戏了。扫雪人的鼻子、耳朵、脸蛋子冻得通红通红，因为扫雪头发里冒着热气。每个人头上都顶着一个气团子，如同神头顶浮着的云团。

大人和孩子们疯子一样从村口开始往山外扫路。不知谁裤口袋里装了一台袖珍收音机，黑壳，大小不过半手掌，收音机里播放着地方台，一开始播放的声音嘈杂不清，大家注意力就不集中扫雪了，盯着收音机等听到清晰的广播，拧着就出来了地方戏。有人破喉咙沙嗓子跟着吼，吼戏的人额头青筋暴突，脖子伸得很长，有人就想叫他住口。一个雪团子打过来，正好打在吼戏人的头上，对方便骂开了。扫雪的人们乱作一团，有人觉得这样下去不是扫雪，是打雪仗，建议分段扫。分配到山顶上的人二话不说，"呼哧呼哧"踩着雪走了。

晚夕时分，路上的雪扫净了，走回村庄的人们一个个都比往常生动鲜活。女人们端了簸箕拿了笞把领着娃娃们出门碾谷，路一开，就要唱戏了，几年不遇的好事，亲戚朋友都要来看戏了，碾米磨面，那是要坐鳌子炸麻花呀。

乡下的好，明清建筑高门大院是一个好，吼吵打逗呼儿唤女声挑开屋脊，也是一个好。有戏唱必然是集会，村庄的石板街道两旁搭满了棚子，卖饭的，卖菜的，卖农具的，卖杂货的，理发点痦子的，密实实排过去，阳光下，赶会的乡下人面孔绛酡，劳动的双手满是纵横的纹理，吆喝声结实有力，像练过嗓子的演员，热闹掀翻了以往村庄寂寞。几年不见的冬日庙会像捻子一样被点燃了，热闹稠稠的，能把寂寞了大半年的村庄喝饱。

三

从小生活在村镇的那一代人，回忆起从前的日子来那是有很多说道的。每一个节气到来都要先敬神。天地间与人掰扯不开的神是农家院子里的天地疙窑子，虽然敬奉的是天地人三界尊神之位，最主要的还是天地神。万物的本源，没有辽阔的土地，人们便会失去生存的根基。我们的上古神话有盘古化生万物，盘古以肌肉化成田土，用血液滋润大地，后来又出现了后土。乡民们开工动土时先要献土，土为"后土"。后土是谁？共工氏有子曰勾龙，为后土。因为共工氏统治天下时，他的儿子能够平治九州的土地。后土有凭尊贵和功劳享受庙宇的资本。乡民院子里的天地疙窑子由专门工匠造就，大户人家都在自己正房的门脸前，有的在进大门处，有石雕和砖雕样式。拜祭地神与拜祭天神是对应的，天地合称为"皇天后土"。

作为司农神的后土神，常和土地的出产物——五谷神合在一起祭祀。谷神最早祭祀的是"稷"。《风俗通义·祀典》说，稷者，五谷之长。五谷众多不可遍祭，故立稷为代表。在交通不便的方国之中，人们对农作物的需求是一致的。敬神是护佑来年风调雨顺，看戏是农民与金钱无关的耳福和眼福。

台下人头攒动，是一张张凝神上望的脸，台上，生旦净末丑，正演绎着一场场沧桑岁月的人生大戏，让人们感受着人生的喜怒哀乐，生死荣枯。历史上可真有这样的事啊，那些千真万确的不同寻常，留得住生，留不住死，看戏的人开始为生欢呼雀跃，开始为死悲从中来。

一段哭腔唱得入心入骨疼，唱得好呀，戏到此时不是演了，是唱，是说演员的唱功，五音六律揪扯得人心战栗。一场接一场看，误了吃饭也不误了看戏。

台上关公手举大刀追杀华雄，从戏台上踩着锣鼓点一鼓作气追到台下。

两位演员在观看的人群中穿梭，那时节，一个胸前挂着鼓，一个臂弯上挂着锣的乐队跟着他们，有一下没一下的敲打着，他们绕场子边打边跑，一时又跑到了场子外的街道上。鸡们狗们家畜们，老者站在村边的路沿上，下巴颏一翘一翘的，嘴张着笑不出声来，笑在肚子里乱串。一群大小娃娃跟在后头，走进村街，关公和华雄沿途随意抓取摊贩的瓜果梨桃，边吃边打，觉得寒风并不都是凉风刺骨，亦有千姿百态。打一阵子，摊主笑逐颜开地再一次扔给他们吃食。

舍得，是福报是大吉大利。

一群娃娃横晃着膀子钻到演员前面，两张挂了油彩的脸齐齐对着娃娃们，吓唬他们，说是要杀人啦！娃娃们呼呼四散，敞亮的空地上，把历史演得玩儿似的轻松。

敲锣的敲鼓的，不时吼一声，此时打斗到了戏台下。演出快要结束时，跑得满头冒汗的关公和华雄重新登上戏台，关公大刀挥舞，斩下华雄首级。

民间剧团就像一个走街穿巷，流动的表演群体。演员与观众融为一体，演出气氛高潮叠出。表演者和观看者相互追逐，村子有多大，戏台就有多大。

通看《三国志》（包括裴注），提及"华雄"这个名字的只有一处，出现在《三国志·吴书·孙破虏讨逆传第一》里，确切地说是在孙坚（破虏将军）的传里，只一句话："坚复相收兵，合战於阳人，大破卓军，枭其都督华雄等。"说的是（梁东一战后）孙坚重整旗鼓，在阳人大败董卓军队，杀了董卓的都督华雄等人。显然，华雄是因为被孙坚的军队打败而被杀的，虽然具体是谁下的手不得而知，但绝对不可能是并不在孙坚军中的关羽，甚至极有可能真正的华雄终其一生也与关羽毫无瓜葛。

历史给戏剧最重要的一点是戏说。民间奔田地，奔日月，奔前程的普通人，能知道多少历史中的事情真相。看戏看热闹，热闹中那些非想、闭眼、睁眼、醒着、梦着，黄尘覆盖着村口大道上，一出戏明晃晃亮过来，历史中的真真假假对后来人没啥坏处，那就娱乐吧！涂脂抹粉，更换各种鲜亮的戏装，放开喉咙的歌唱和扭动肢体的耍弄，民间没有严肃，严肃在简单的民间是犯忌的。

谁见过这样的演出！无论过去还是现在，走至村口的人都要愣愣站站，步子里显出几分怀念，盼一个节气到来，一场戏开始，不光是人，鸡了狗了的，都盼。

四

乡村的戏台经历了完整的嬗变过程，它是热闹的中心，于平淡平常之中系着撕心裂胆、揪肠挂肚的乡情。要说什么地方最能体现乡村的味道，肯定是戏台。只要唱戏了，生活就进入了最饱满最疯癫的时刻。很多人平常想不起来，在你就要忘掉的时候，一转身却和他在戏台下碰见了。天涯海角走远的家乡人，到了过会的节点上，再忙也要找一个借口，回乡看戏去。回乡看戏，啥时候念着了，心吊在腔子里都会咣咣响。

一场庙会结束时，冬天真正开始了。村庄成了麻雀的世界，它们把饥饿和焦躁嚷嚷得满世界都知道。冬至将至，"交"子之时的"饺子"家家户户都要吃，这意味着冬天要数九了，九天里的乡村就像黑白电影，而在生活中交谈的人们，无异于在重复从前的每一个冬天，他们抑制着自己的情绪，在黑白世界里想着明年春天地里的非非之想。女人们冬天里看不得男人闲着，日常生活中会施以他们一些小惩罚，女人们总喜欢制造一些生活的叽吵打闹，喜欢在冬天里交出眼眶中的泪水。

柴烟延续着平常的日子，也用柴烟描绘着特殊时光。冬至过后，旺盛的日子，一天胜似一天，一直到入了腊月。腊月里的灶间少有消停，杀猪、宰羊、磨豆腐、买新衣裳，家家都忙乱得很，一个最大的节日在等着，那是一个样样儿不能耽搁下的好日子：年。

傍近年根，你到北方的村庄里去闻吧，翻过山头便闻见了肉香。"紧锅粥慢锅肉"，一锅肉从午后开始炖，一直要炖到天色麻糊。不管孩子们多嘴馋多心急，大人们总沉得住气，非要等那走外的人回来，非要等年三十晚才要吃那一口香。人最大的本事就是把寒冷的冬天过成一个温暖的期望。

立冬是反映季节变化的二十四节气之一，我国古代将立冬分为三候：初候，水始冻；二候，地始冻；三候，雉入大水为蜃。蜃，蚌属。意思为立冬之后，北半球获得的太阳辐射量越来越少，由于此时地表下半年贮存的热量还有一定的剩余，所以一般还不算太冷。

等数了九，北方的地是实冻了，村庄里的娃娃们就开始争抢着在河道里溜冰。有大人们在木板上缠绕了洋铁丝，没有木板座骑的就从旧戏台上偷拆一块瓦片，厚瓦包着屁股蛋子，从河道的高处溜下来，一河道奔逸绝尘。河道里有时候也会传来哭声，屁股下的瓦片碎了，支疼了屁股蛋子，那泪不及时擦干净就会冻成泪珠子。这样的日子要延续到年三十。长大的孩子回想此时，会生出一种病叫"思乡病"。知道童年的冬天是与身相随的，思乡只在独自和安静时才显现。

五

一个节气就是一个季节的驿站。我反复回忆那个冬天的夜晚，我是那个冬天里舞台上的一枚花旦，我甩着长长的水袖，我为我的故乡唱戏，为一个节气唱戏。

我的乡亲们从大地的深处缓缓走入，那样的不约而同，寒凉的空气里有尘屑擦着光照飞翔，暮色斑驳迷幻，一轮明月升到孩子们仰望的高度，远山肃穆，它凝聚着山外的声色犬马。不等饭毕，大人和孩子们齐齐聚在了场子上。一方戏台，一个腰肢纤细，头戴花冠，袭一件镶边水红绣花长裙，在戏台当中走台的女子吸引了山里人的眼眸。星光与夜鸟的鸣唱在彼此胸腔汹涌。那时间，我们觉得大地上的声音开始乱了，村口的老槐树黑黑地站在夜幕里，横杈上落着一层来看戏的乌鸦。

旧去了，走在灰秃秃的现在，辨不清蛛网密布的老庙内是否还有戏台在演戏，我站在现代文明的中央，四围尽是塌落的旧，砖瓦，风物已是比不得昨日，上下八方，村庄都少了人烟，谁还记得老庙内的从前，谁还知道节气！一声老腔，突然的在一个什么地方响起，如同放逐的囚徒，——咿呀！丝丝寒凉，余音袅袅拖拽得很长，很长。

那一嗓子的余音还缭绕着，我害怕一丝声息都会惊吓那些雕梁画柱上糟烂的木纹和色彩，有鸟扑簌簌直刺天空，巨大的空间，看不见的风在剧烈地运动着，羽毛落下来，风是一种力量。村庄，青砖地面，几代农人走过的脚印重重叠叠，大大小小，生命存活于瞬间真实，有多少节气走过了？我们在时光推攘的路上，谁又能够忍受得了时光的驱赶和道路的驱赶呢！？

阿贝尔

散文作家,小说家。出版有散文集《隐秘的乡村》《灵山札记》《白马人之书》《隔了河的会见》;长篇小说《老屋》《飞地》。

小雪

阿贝尔

11月22—23日

走到河坎上去看雪,看见的是雪融、雪线的后退,它是一个羞怯少女在山路上的后退——转过身去奔跑。

南宋·马远·晓雪山行图

小雪，英语名 Light snow，二十四节气之一，每年 11 月 22 日或 23 日，太阳到达黄经 240°。已列入联合国教科文组织人类非物质文化遗产代表作名录。

立冬之后，感觉到的不再是秋凉，而是一种寒意。只是这寒意还不是多浓、多渗骨。

一场秋雨一场寒，十场秋雨就穿棉。差不多已下过七八场秋雨了，红叶落尽，草木凋零，天地荒疏，眼睛看见的、身体感觉到的都是一种收势、一种聚敛，天气高升而地气下潜，夏日繁景不在，秋实归仓，大地呈现出某种空隙——不是沉寂，不是荒原，而是由夏盛、秋酣过渡到沉寂的一种如抽丝的状态。站在山地收了玉米的高坡上看江河蜿蜒穿峡而过，江水陷落，驯服而安静，水质也日渐澄清，颜色回到了原本的青蓝——还不是九寨蓝，还余留着一丝秋日的浅灰，江水也还余留着一份丰满，虽然明显地在枯瘦，但还没到隆冬里窈窕如蓝带的境地。

泥泞凝固的过程便是秋去冬至的过程，但很长时间，感觉与印象都停留在秋雨与泥泞里。那是一种感伤的气氛，一种未被理解的诗歌的气氛，吻合了一个年轻的未名诗人的心境。

秋风过后，落叶萧萧，落叶是枯红或病黄的，落在泥泞里，是幻灭的意象。公路上收了玉米或荞麦的台地本身也是意象。台地上的柿树枯叶落去，裸裎着红红火火的柿子，这又是一种意象——感伤主义诗人绝望中的希望。不只是火的皮肤，也包括皮肤下变软的甜蜜。

追寻感伤的气氛是从何处弥散来的，始终得不到有说服力的答案。细节上，肉眼看见的，是从秋风秋雨落叶泥泞弥散来的，是从枯瘦的江水弥散来的，然而，肉眼看不见的呢？甚或至于非物质的呢？天地间的气场变了，一切都在归于沉寂，开始是走下坡路，最后便是死亡——感伤是由外部世界引发出的对自身命运的联想，也是对自知的无法回避的寂灭的调侃——来一句诗，感伤就跑到诗句中去了。

泥泞，还包含了脏污和跋涉的艰难。

第一场雪落在秋雨结束前的夜间。晨起，不经意推窗望见。河坝里是雨，山里是雨，海拔够了的山头是雪。因为是初雪，加之距离远，看见的是一片绒绒的白花，鼻头、额头和脸颊感觉到的甚至是一种暖意。而河坝、山里的雨才真正地冷，这些在夜间滴打过芭蕉、聚拢在白昼制造泥泞的雨水像是添加了液态的冰。其寒冷不是以水的形式、而是以气息的形式咄咄逼人的。

在某些年份里，第一场雪会下得矮一些，下到了半山。头天晚上宿了火，喝了热酒，次日早晨起得晚，推窗便看见雪下到了河对岸的半山上。也是绒绒的白花，但看得很清楚，初雪的状态是睡梦惺忪的、羞怯的，尚未涉世的少女的眼帘便是如此，面对即将的融化没有一点心机，接触空气的只是初雪的本性。

出门，走到河坎上去看雪，看见的是雪融、雪线的后退。这样的雪线后退不是通常意义的雪线后退，它是一个羞怯少女在山路上的后退——转过身去奔跑。换一种解释，就是看雪花化成水和水雾。这是一种较花儿凋谢、木叶飘落更快节奏的幻灭，却又不及叶落花谢那么让人上心。

第一个激灵不是来自秋雨，也不是来自第一场雪，而是来自一个太阳过早隐去的午后。

山人对温暖的需要比丘陵平坝的人要迫切。在白昼,温暖主要是通过对太阳光的采取获得的。如果没有风,山地的太阳就是火苗,晒太阳就是烤火,得以在午后的阳光里驱寒。然而立冬过后,太阳越见斜照,方才还晒得好端端的,难得地感觉到了山地阳光的颗粒状,转眼便隐入了山脊的垭口,晒不到了,人一下没入了冰水,从手脚寒到心里。

寒气不是从脚下起,而是从呼吸的、肌肤接触到的空气一下进入身体的,于是这个激灵打得尿都要流出来了。激灵过后,酥麻过后,能感觉到体内的虚空和悬坠的心,像钟摆一样荡着,制造出隐秘的轻微的内伤。

对于一个上世纪八九十年代青春年少的人,小雪是一包药膏。他不清楚药性、药力,但能感觉到需要。药膏扑在尚未完全褪色的山林的落叶上,像他长期渴望而不得的红唇。红不是口红,是少女本身的血色。涉世未深,年纪尚轻,他怎么就有了创伤?

原本就瘦弱,现在,抱着药膏从卫生所出来显得愈加瘦弱,神情恍惚,脸颊苍白。他甚至不清楚自己所受的伤、伤在哪里,只是感觉到精神不振、疼痛、失眠多梦——也往往是被忽略的。忽略不了的是梦遗,但总是无法开口,只有自己承受黑夜里那一片黏湿。"没啥要紧的,或许只是一点外伤。"睡前,他总是自言自语,不知道算是劝慰还是自慰。明明感觉到冷,还打着冷战,却又固执地认为自己所受的是烫伤,需要小雪的冷敷。

在别人身上，再怎么病弱的青春都是花枝，然而，在他则是疮痂——至少是形状和颜色如花枝的疮痂。

立春就不提了，它太过遥远。这个青春年少的人是在惊蛰醒来的。不是睡醒，是体内某种本性的融化，听得见哗哗的溪流声。然后经历了第一声春雷。

小满之后是芒种，他出过第一身汗，照说就成了男人。可这一身汗不是跟他想的、爱的人共同出的，而是一个人偷偷摸摸出的。他依旧青春年少，从此多了某种病容，要成为真正的男人还得捱到小雪、捱到某一轮小满和芒种。

在青春岁月的两性关系中，没人回避得了一个"爱"字，他自然也回避不了。夏日苍郁、茂盛，不要说一片山林，就是一条田埂，也理不清繁杂生命之间的关系。理不清，便称之为爱。

初雪过后，江河又瘦了一点，这下像个穿蓝布裙的纤弱的女子了——纤弱得有那么一点飘忽。江河的瘦有河水的枯涸，也有凋敝的山谷的衬托。穿蓝布裙的女子像是患过病、痊愈了，肌肤连同骨头也透出一种蓝，几乎没有皮下脂肪，眼窝深陷，下巴溜尖，眼眸透出宁静之光。

收了庄稼的山地越显荒寂，秋日里还有着几分娇艳的山菊也枯萎凋零了。荒是一种疏空，庄稼收割、野草枯死呈现的面貌，它的宽度远远超出了山地的边界，延伸到了空谷，衔接到了阴阴的时间；寂是禾桩和野草经秋雨浸泡后变深的颜色，又是山地生趣丧尽后的无声，它是可以闻到气味的——腐坏的气味和果酒香，有时在昏昏太阳下看得见纷纷的灰烬。

落光叶子的核桃树没有一点意思，就算树顶还留着几个夺口的核桃。柿树就不一样了，红灯笼一般裸裎的柿子简直就是灯盏，除了可作为象征，还有回味与想象的柔软和甜蜜。在涪江上游的岷山峡谷，这样的挂满灯盏的柿树是单调旅途中唯一的鼓舞与安慰——心里的光线本来就暗，又遇到峡谷。在白龙江上游，进入舟曲，也有这样的柿树，除了照亮，还给人一种人间烟火气。

灰色是这个时节的主调。天灰灰地灰灰，那些山谷里日渐变短的白昼也都是灰色的，人们的内心也是灰色的，挂了柿子的柿树才得以凸现。

想必这个时节，额济纳旗的胡杨林也过了，皖南徽州的红叶也过了，它们还有什么可以凸显？

小雪当是适合于淮河—秦岭一线农耕地区的节气，其气息是农耕文明的，由此辐射到南北相应的片区。在江南，小麦、油菜种上了，且已长出幼苗。小麦和油菜是整个冬季最广大、也是最真实的绿色。或许显得稀疏，但毕竟是一种长势，扎根的同时根须在更深的泥土分发，每一片麦叶的绿都是绝对有保障的。

所有的播种休止了——种子也不再萌芽。除了已经萌芽的冬季作物，一切都进入冬眠，小麦和油菜的生长停止了，就算有暗中的生长也只是为了寒冬的消耗。在寒潮南袭的晴朗的早晨，湖面开始结冰，麦苗上扑了白霜。江南的平坦与宽绰让小雪显得低矮、密集，寒湿开始弥散，但还没有散尽，让行走的人有种想跺脚的冲动。

荷塘的荷叶、荷花是一个标志，干枯了还保持着舞姿，审美的悲剧性让人感伤而又心安理得。它们的确是灰烬的样子，沾没沾水都干干净净，从它的深灰色和干皱的纹理能想见燃烧的过程。偶有余烬，带一点未燃尽的枯黄，残留着荷色、荷香。不过，一场寒流过后也就完全寂灭了。

那些爱拍枯荷的女子，多是一些多愁善感的人。她们有她们的发现，但从来不讲出来，只是通过快门和构图呈现。不知道她们是在欣赏还是在凭吊，或者欣赏与凭吊皆有。她们在夏日认同了亭亭玉立的荷花，在秋天认同了衰败的荷叶，现在又自出心裁地欣赏起枯荷——真是美呀！且更接近本质，区别于幻觉。有时，某人也会琢磨：会不会有误解——对于美、对于审美、对于生之虚幻和死之宁静？

一天天，大地呈现出交付后的空旷。当然，也有一些植物的种子被忽略，它们有草本的，有木本的，草本的居多。它们有裸子植物，有被子植物，生长、枯干在荒野，亦是荒野的一部分。长期以来，这些保留着种子的植物与野生动物建立了天然的关系，种子在作为它们美食的同时也得到它们的传播。它们是獾、竹鼠、松鼠、野猪、黑熊、鬣羚、毛冠鹿、林麝……

有些种子也由人无意间传播。牛瓢子和鬼毛针即是。牛瓢子粑在衣服上就像粘了胶水，要是粘在头发里就更麻烦了。一些大人搞恶作剧，摘了牛瓢子揉在小孩的乱发里，除了把头发剪掉再没有别的办法。鬼毛针是一种菊科植物的种子，每一颗种子都像一根针，一旦碰上便会满身皆是。

青春往往是人生的败笔。这败笔有家庭的份儿，也有时代的份儿；

毫无办法，它总是与叛逆和病态联系一起。叛逆是独立与理想主义的宣言，病态则源于时代的流毒。

压抑是他童年的感受，被压制才是他青春的遭遇。瘦瘠的土地最终被青春撕裂，灌入雨水，一夜间种子萌芽。性的种子是生命自带的，自由的种子亦是，但从西方的书页吹来的风是至关重要的，风里有启蒙的因子。这风把眼光、把心导向另一种文明。

他在冰雪初融的早春——这早春太漫长了——所经历的爱与自由，都可以归于一首蹩脚的诗。事实上他也在建构一首这样的诗。这首诗是他活着的意义与价值。

蹩脚不是诗歌本身的问题，而是土壤和病虫害的问题。

那是一个个人尚不能回到个人的时代，心不能回到心，自由不能回到自由。有时自由是一种感觉，临近了又远去，得到了又失去；有时则是一种孤独、一种与世隔绝的状态，它不是被你压在身下——像你臆想的那样，而是与你无关。

在诗歌的美学里，自由又是一种表达——讲出真相。这便是诗歌被视为异端的理由，也是诗人被当作敌人的罪证。

自由应当是一种不觉寒冷的感觉，就像对爱的最佳情境与状态的想象。对真相的表达要求我们裸裎，而裸裎则需要把环境温度控制在体感舒适的范围。然而，早春的特征是倒春寒，它迫使人们又穿上冬衣。倒春寒威胁的是先锋——先萌的芽，先开的花和先挂的果……很多时候都是扼杀，扼杀在摇篮中，就像那些暴风雪过后倒伏在雪地的棉苗和落得满地都是的青果。

他对自由的最高展望是可以说不——对父权说不，对权威说不，对教科书说不……青春啊青春，美丽的时光……他看见的、感觉到的却是美少丑多、美少恶多，盘踞在父权的蛇，盘踞在时代的蛇，盘踞在信仰的蛇……虚伪，剧毒的红信子一伸一缩，或者一个劲地摇曳——颤抖，即便是没有身体的接触也能感觉到被吸噬。

跳一曲迪斯科吧，把屁股扭起来，和着《猛士》的节奏——他已经对父权说不！跳迪斯科是那个时代最大的自由——自由的爆发，身体表达了真相，也带动了精神表达，东方的身体一下踩到西方的节奏。身体身体！自由的前提便是处理好身体，因为所有的善爱、美好与灵魂都发端于此。

变态的自由会不会是对自由的糟蹋？冲凉之后，他蜷缩在囚室般的偏屋，耳边回响起绝望的歌：

> 我站在地平线的尽头，
> 把寂寞抛向星斗，
> ……

海子在山海关那截慢车道上躺下的时候，这个人的自由还没有终止。他的自由终止于稍后的一场雷暴，青葡萄散落得满地都是，他扔了饭碗坐在葡萄架下，来不及哭便失去了知觉。

他没有去医院就诊，便也没有任何的诊断。他被迫与父权和解，顶着铁丝网一样的神经，回乡下做一个淘金人。

小雪是气象在时空上的一个节点，且有着精确的刻度，站在大气层之外去看，想必像个云带。这云带像极了一个多愁善感者的忧郁，泊在颅腔里，又时时与心相连——分泌更多的忧郁。

小雪近了，雨水和湿气彻底收敛，路上的泥泞变得干爽，出不出太阳已无关紧要，有风就足够了。

白头霜打过几场，地里的萝卜缨子开始变得萎蔫。河谷里看不见人，山地也看不见人，已经变干的泥路上也看不见人，破旧如几百年的村落里也看不见人……但闻得到炊烟的味道，看得见远处的柴烟。一辆汽车或拖拉机从巨大的几字型公路开过，汽车的马达声小，拖拉机的马达声大，在寂静的河谷显得尤为特别。

大地在瑟缩，人和人心也在瑟缩。万物倒空，水气、叶子、果实，包括颜色，给春天腾地儿。

人也不例外，把夏日的烈焰和滂沱的大雨统统倒出来，把秋天收获的绚烂和甜蜜也都倒出来。有火烤足矣，偎在火边，也算是冬眠。

小雪前后，有一段平静阴郁的慢日子。日子过得慢，河水也流得慢了，冷也不是很冷，但的确冷了，视野所及的萧条帮着你的感觉降温，经历了激烈的盛夏的心也冷静了，随便在哪家的火塘都能睡着。

午后没事的话，一觉睡到吃晚饭。床铺上有床铺上的好，没有人可以搂抱，只好搂抱自己。通常无梦，有梦也是些简单的农事，再无夏日欲望的泛滥。睡醒，绵床，初冬的气息在屋里也能嗅到，从半开的掉光玻璃的窗户看出去，视线所及是一片光秃秃的寂静的山林，和一片海子般的水域。

有时也去户外，爬山或沿公路走。空气里始终有种消极的东西，像尘埃，但比尘埃有腐蚀性，一抓一把。好在心已经放平，无所求也便无所惧。走公路时总是感觉在走向尽头，不管前面怎样都能看见尽头；它是一根线、一片迷蒙、一道河湾、一处虚无……它不再是地理的，而是诗歌和哲学，是被青春过早误解的死亡。

这个祭奠青春的人到了小雪，感伤与绝望在他的皮下脂肪里结成冰——少量的冰，更多的已成灰烬。他也不再去想燃烧的过程——燃烧是一种剧痛。

现在，他一无所有，整天置身在冰水里，像一颗午间才晒到太阳的白菜，幽怨地吞着白气。

青春速朽，先是无节制地饱吸污水，随后便是脱水，污染物留在了血液里。毒性发作过了，他只是倦怠，如果还残留有浪漫、感伤或者妄想，也只是一种游戏。

唱"就让雨把我的头发淋湿，就让风将我的泪吹干……"的时候，他长发抵肩，嘴上说不在乎，心里还放不下。

唱"我是一棵秋天的树，稀少的叶片显得有些孤独……"的时候，他还是长发。已经不在乎了，仅仅是还有点不甘。

唱"不要对我说生命中无聊的事（不要对我说生命中辉煌的事），不要对我说胜败是兵家常事（不要对我说失败是命运的事）……"的时候，他剪了光头，找到了一生的状态——低头前进。

唱"那天你用一块红布，蒙住了我眼睛也蒙住了天……"的时候，已经过了小雪，他的光头长青又剪成光头。他喝醉了酒，眼里的红布不再是一块红布，而是一块裤头。裤头蒙住眼睛，是反讽也是反叛。

白天，他躲进维科的《新科学》。在维科的叙述中，他发现了诗歌、自由与美学。到夜晚，他合上书，交出诗歌、自由与美学，身不由己地回到现实，写一封遗书，次日天明睡醒再撕毁。

在《新科学》里，他重新找到种子——不同于过去二十余年的种子，它尚未变异，尚未被化学药剂浸泡。青春的灰烬给予了新的土壤，柴火给予了萌芽的适温。自然，这萌芽需要长时间地沤培，需要小雪乃至寒冬的隔绝。

一切都结束了，好在不是终结，而只是第一幕、第二幕。闭幕——虚伪！闭幕——爱情！闭幕——自由！

闭门，穿一身黑，祭奠已逝青春。不用冥纸，用一本《新科学》。

小雪那天，真下起了雪。之前在夜里下的都不算。

岷山中小雪那日下雪的过程可以看见了时间的形状，它有着洁白的不是太实在的羽毛，有着静默的蚕食般的声音。

雪花是时间的另一种尘埃和叶片。

那些上学提火笼的孩子，事先把木炭放在火笼里，从别处要了火种，一路摔着圈，借了风把木炭点燃。

大多数孩子提的都是火盆。一个烂瓷盆，沿口穿了铁丝，可以放更多的木炭。大多都是放柴，用明火点燃，依旧摔着圈，借了风让火燃旺。于是，上学路上的孩子成了耍火圈的人。

课间，孩子们去到校园背后的梅园捡柴续火，也有去老师宿舍的后院偷炭的。他们续了火，便在火笼、火盆里烧洋芋、烧玉米、烧黄豆吃。玉米烧爆了，把火子和灰溅到了脸上，转眼就有了烫伤。黄豆不经烧，丢进去马上得拈出来，孩子们练就了一手火中取豆的高超技艺。男生在篮球架下烧玉米吃,女生在核桃树下烧黄豆吃。孩子们在火中取了豆取了玉米吃,又拿手去揉眼睛、揩嘴揩鼻涕,于是校园里看见的男生像是棒老二、女生像是花猫儿。

下雪了,孩子们丢下火篼火盆,丢下手里的玉米黄豆,齐刷刷站起来看雪。

"下雪了!"有谁叫了一声。

雪下在地上、身上、树上、花台和乒乓台上,倏地不见了。埋头去觅雪,却耽搁了看下雪。伸出手板儿,让雪花下在手板儿上。手板儿上还沾着炭黑,沾着灰烬。明明看见雪落在手板儿上,手板儿上却什么也看不见——黑的脏污的也看不见,雪化的水也看不见。

捉不住雪花,便把眼睛抬得高高的,去觅这雪的来处。灰蒙蒙的天,山巅也是灰蒙蒙的。

"哦,没有来处,所有来处皆虚无。"这话,不是孩子们说的,而是出自那个祭奠青春的人之口。

孩子们仰起头,看见雪的的确确是从天上飘落下来的,但在高出了树和房子的位置便看不见了。

下雪不冷化雪冷,但这小雪之雪是边下边化的,冷不冷便也是自然而然的。他知道,这是一个封冻的信号,一天一寸,地封冻天封冻,人的感觉与心也封冻,要死不活的欲望也封冻……死了死了,细菌、病毒、虫害!死了死了,他和他那一代人的青春——第一幕和第二幕。

小雪过,冬至近,天地相隔,天人相隔,所有的生命都回到了本我、回到了孤独和自己的"小"中。原本只是一个节气一种气象,现在影响到了生命存在的状态,影响到了人的精神。草木的凋敝和孤寂是一种,人的忧郁是一种,极端的自绝又是一种。

在小雪,祭青春是一种不舍,也是一种新生。篝火熄灭,余烬冷却,但余温尚存,不舍便是余音、余味,真正的动力是潜在的、隐秘的,让人在接踵而至的寒夜尚能记起雪莱《西风颂》的诗句:"冬天如果来了,春天还会远吗?"

人邻

诗人,散文作家。出版有诗集《白纸上的风景》《最后的美》《晚安》;散文集《闲情偶拾》《桑麻之野》等。

12月6—8日

大雪

人邻

宋·佚名·雪景图（局部）

大雪时候的下山，是有几分庄严的。那僧人大雪后的下山，有几分洒然，亦真是决绝，一去不回头。

太阳黄经达255度，时为二十四节气之一的"大雪"。

《月令七十二候集解》："十一月节，大者盛也，至此而雪盛矣。"到了这个时段，雪往往下得大、范围也广，故名大雪。

古人将大雪分为三候："一候鹖鴠不鸣；二候虎始交；三候荔挺出。"一候天气寒冷，寒号鸟不再鸣叫。二候阴气最盛，所谓盛极而衰，阳气已有所萌动。三候的"荔挺出"，"荔挺"为兰草之一种，由于感到阳气的萌动而抽出新芽。

——题记

1. 大雪几件事

每年冬天大雪之前，家里总是要忙几件事。这几件事，总是母亲在忙。棉衣棉鞋是一件。不过，这要早一些就忙开了。大雪之前，棉衣和棉鞋就弄好了。新是新的，旧的棉衣也已经添了新的棉花，里面都拆洗得干干净净。破了的地方，也已经缝补好了。大雪时候，这些棉衣棉鞋都早早妥妥地包在几个包袱里，静静地在柜子里等着我们。

母亲侍弄棉衣棉鞋的过程，我们多看不见，似乎母亲总是在我们上学的时候折腾这些。

我们能看见的是冬藏。冬藏也有点好玩——

能过冬的菜主要有两种——白菜、洋芋。土豆，我们这里是叫洋芋的。白菜，约略两种，冬藏买的是椭圆多叶子的那种。

宋代苏颂《图经本草》有："扬州一种菘，叶圆而大……啖之无滓，绝胜他土者，此所谓白菜。"宋诗人杨万里有《菜圃》诗："看人浇白菜,分水及黄花。"《本纲目草》亦有记载:"菘性冬晚凋,四时常见,有松之操,故曰菘。"在古人那里,白菜的品格是不低的。

冬藏这事父亲不管。每每到了日子,母亲嘱咐我早早去外面街边看着,有近郊的农民拉着架子车进城卖白菜,就喊着叫了家里来。

母亲看看白菜,用力按按,手里掂掂分量。若是遇到特别好的白菜,要买三百斤以上。遇不上好的,无奈,就先买上百十斤,等着有好的再买。

冷了,大雪就快下了。白菜怕冻,城里又没有地窖,只能择背风处码好了,用草帘子厚厚苫上几层。城里,不比乡里,没有地方去弄麦草。草帘子从哪儿来?捡的,算是偷的也行。我们早早就在哪个建筑工地看好了。买了白菜,摸黑去工地上,抱不动,就在地上拖着,去上两三次,草帘子就够了。当然,也不能算偷,我们不会去拿那些新的,那个时候盖楼很慢,总有去年遗留下的不用的草帘子。

若是要腌酸菜,还要多买一二百斤。整颗的白菜,不洗,一劈为二,再分别把草根劈开,开水烫了,整齐地码放在洗干净的大缸里,一层白菜一层盐。白菜在大缸码到七八分满,再用沉实的鹅卵石压在白菜上面。讲究一些的,还要熬上一些花椒水,兑在腌菜缸里。

有几年,家里也会腌一些雪里蕻。雪里蕻洗干净了,晾凉水气,一小把一小把地拧在一些,码在坛子里。也是一层雪里蕻一层盐。雪里蕻最好吃的时候,是腌到七八天,微微的咸,碧绿绿的,切成丁,用油和辣椒炒了,下米饭是绝对美味。可惜的是,那个时候米既很少,油亦缺乏。若是有油,再有猪肉丁,一并炒了,配着白米饭,简直可以做神仙了。半个月以后的雪里蕻就不好吃了,腌到最后的,最难吃,齁咸，叫人无法下咽。至今一想，嗓子里还都是齁咸的感觉。

　　奢侈一点的，是腌洋姜。洋姜贵，只能用小缸腌上七八斤、十来斤。洋姜先用盐腌，腌到后面还要加上一些酱油。洋姜不太咸也还脆生的时候，切极细的丝，淋上一些熟油，若是有香油，就着馒头吃，咸香脆，还说什么呢。

　　大雪之后，菜店里就很少新鲜蔬菜了。过冬的几样菜，白菜说是炒着吃，其实就是炖。每人每月半斤油，没办法炒。一碟子白菜，除了盐味，就是盐味。好在还有味精，勉强可以吃。尤其大雪之后，尽管用草帘子苫着，白菜总还是免不了有冻坏了的。半透明的白菜，叶子冻得硬邦邦的，撅一片，是"沙沙"的声音，慢慢折断了那样。这样的白菜，极其难吃，一炖就烂乎乎的，有一种怪味。

　　洋芋，稍稍耐冻。比起没有油的白菜，洋芋炖起来要稍稍好吃一些。尤其还可以烤着吃。上学之前，将一个半大的洋芋放在炉子的灰门里。母亲通通炉子，就有没有燃透的煤碴落在灰门里。煤碴覆盖在洋芋上，慢慢焐着，中午我们回来的时候，就烤好了。

　　除了这些，就是吃酸菜了。酸菜不管怎么做，也比白菜好吃一些。尤其讲究一些的酸菜，腌的时候，会撒上一些花椒，有一些微微的麻香。酸菜最好吃的时候，是加上冻豆腐一起炖。

　　菜市场里不时有豆腐，三五斤地买回来，放在窗台外面，真正寒冷的时候，一夜就冻瓷实了。冻豆腐有许多孔，很容易入味，稍稍有点油盐，就极好吃。酸菜炖五花肉，汆白肉，不敢想。似乎小时候也不知道，大了以后去东北，才知道这两样东西绝配，真是好吃。

　　据说，老南京有俗语，叫做"小雪腌菜，大雪腌肉"。大雪节气一到，家家户户忙着腌制"咸货"。将大盐加八角、桂皮、花椒、白糖等入锅炒熟，待炒过的花椒盐凉透后，涂抹在鱼、肉和光禽内外，反复揉搓，直到肉色由鲜转暗，表面有液体渗出时，再把肉连剩下的盐放进缸内，用石头压住，放在阴凉背光的地方，半月后取出，将腌出的卤汁入锅加水烧开，撇去浮沫，放入晾干的禽畜肉，一层层码在缸内，倒入盐卤，再压上大石头，十日后取出，挂在朝阳的屋檐下晾晒干，以迎接新年。

兰州那个时候，似乎没有这样的习俗。但关键，可能还是没有可以腌制的猪肉。后来下乡，发现附近的农村富庶了的时候，大雪时候会杀了猪。腌制是两种办法，一种是油盐花椒腌制。将猪板油化了，猪肉切成半个拳头大小，在猪油里炸到半熟。然后，将一块块的猪肉码放在缸里，随后将加了花椒盐的猪油倒在缸里。猪油要很多，要把全部的猪肉淹住。吃的时候，从猪油里面捞一块，切片，配着青菜辣椒一炒，味道极妙。想想，这可能也是古人总结出来的保存猪肉的办法之一。肉如此腌制，骨头上的肉，有意不剔光，留着一些。抹上椒盐，悬在通风的阴凉处。吃的时候，白水一煮即可。这叫肉骨头。

贫穷时候，没有这些，也不知道。没有肉，也就安心也无奈地白菜洋芋，偶尔的豆腐、粉条，偶尔的一些洋葱过冬，从大雪开始，这些菜一直要陪我们吃上一冬天。

开春了，就忘了大雪了，似乎天气就该这么暖。急忙要脱了棉衣、棉鞋，嫌它们笨重了。脱了这些笨重的，跑起来，想要飞起来一样。

2. 大雪天地闭

"大雪天地闭"是韦应物《送令狐岫宰恩阳》里的句子,整首诗最喜欢这一句。一个"闭"字,是大开之后的大合,是气定神闲的安歇,亦是韦应物的难敌胸襟。

于古人来说,交通的不便利,大雪时候,真是要天地闭的。

数年前,各样的因缘,去过两三次东北,远至佳木斯、双鸭山,以至于边境的同江,见过这样的"大雪天地闭"。

地里的作物早就收获了。雪下得厚厚的,人就不出门了。吃的喝的,早就预备好了。猪肉预备好了,黏豆包蒸了,豆腐成几十斤甚至上百斤的冻上了,不像以前贫寒时候,要快过年了才能有。对男人来说,还要预备的是酒,玉米酒,几乎每家都要预备百八十斤。

大雪来了,人都窝在屋子里,门窗紧闭,窗子上甚至还蒙了厚厚的透明的塑料布,用来挡风雪。

我去的那一家,主人烀了新的玉米馇子粥,里面加了一种紫色的花豆,宰了鸡,切了卤好的猪头肉,整了蘸大酱的生菜和豆腐皮。白酒、啤酒,堆了半炕。

进门脱鞋上炕,用喝茶的大玻璃杯子喝酒。那家的男人不搿拳,似乎东北很多地方都不搿拳,径直伸出手,碰一下,就喝一大口。

大馇子粥,真好,黏香,浓香,闷闷的香。到底是新粮食,到底是柴火煮的,不一样。还有水,这儿的水,也好。

豆腐皮卷上蘸了大酱的葱和青菜,鲜香爽口,简直比任何地方的菜都好吃。

白酒喝不动了，主人给倒上啤酒，笑着说：涮涮口！

炕，烧得热热的。吃饱喝足，没有洗漱，就睡下了。一夜，睡得真香。

早上，醒了，拨开窗帘，又下了一夜的大雪。

第二天去一座小城。

下午不到五点，天就黑透了。汽车摇摇晃晃，不时滑一下，滑一下，可司机镇静，寻常样子，叼着烟，撇着嘴，滑归滑，滑完了，轮子止住了，接着开。

路上，没有人说话，嘴冻住一样，都张不开。

外面走路的人都低了头，看脚下的路，怕滑倒，瞥见一个饭馆的亮光，赶紧掀了厚厚门帘进去。肉，读不清，只能读 you，四声。读四声，嘴就不用张开。

炖菜，酸菜炖白肉，干豆角炖排骨，热乎乎端上来。带汤的盆子，热气腾腾，冻僵了的手赶紧捂住。焐一会，不大听使唤的手，僵硬地拿起调羹，喝一口热汤下去，嘴唇还都是木的。再一口，嘴唇又木又疼。疼了，嘴才是自己的。

吃完，热热地出去，一掀门帘，又紧一下缩回来。太冷了，只能紧紧裹了棉衣，低了头，没奈何地出去。

漫天，看不见月亮，只星星点点，一粒一粒，寒冷的冰一样，深深嵌在虚空里。

虚空里，也是冰天雪地吗？

想想，春天，太好了！

3. 两种雪滋味

大雪日子，曾在近郊见过一群羊。

一群羊缓缓地从石坡上漫下来，临近一道溪水。寒冷的溪水依旧湍流，因水中倔犟的石头而不断溅起，犹如不断迸裂的寒冷锋刃。天阴沉沉地压下来，不断压下来，逼使溪水更加露出它的闪烁牙齿。

面临这样的溪水，走在前面的几只羊停了下来，沿着水边来回走着，犹如人类的思考一样。也似乎有一两只有点想要喝水的样子，黑灰色的羊嘴向溪水探去，但最后还是停了下来。古老的经验一定在血液里遗传下来，告诉后来的羊们，这寒冷溪水的冷漠和麻木。

这几只羊让开时，是因为有一只似乎是有些地位的公羊的到来。这只羊在水边踱了几步，就从水边一处近乎傲慢地涉水而过。后面的羊望着它，一只只跟了过去。这几只羊过去了好一会，后面才又有一些羊慢慢来到溪边。显然它们不知道那只羊选定的地方。几只羊试探着涉水，但都没有那只羊选定的地方水浅。犹豫了一会之后，最后的羊一只只在没了腿的溪流中匆匆过去。走在后面的有一只小羊，过了溪水后，往另一个方向边走边玩，玩了一会才又掉头追了过去。最后一只过去的，是一只黑色的母羊，在水边徘徊了许久。

牧羊人也不管，只在远处慢慢跟着，似乎这些羊愿去哪儿就去哪儿，似乎和这个牧羊人并没有什么关系，这些羊和他在这个世界上，只是偶然遇在一起，也是偶然遇到这一溪寒冷的流水。

（修改这段文字的时候，忽然想起那只顽皮的小羊。七八年过去了，小羊安在？）

裹挟在凛冽寒风里的大雪疾疾落着，大地转瞬白了。

再走，雪渐渐更大了。路两边的树木，是近乎黑色的。落了雪的树枝，半边湿黑湿黑。那些落了雪的树，树枝，是轻了，还是重了？

车过去，带着些风，风斜过去，裹挟着雪和尘土，不肯用力的样子，落在泥泞里。

路边，偶尔的屋舍，似乎没人住着。

未完工的水泥建筑裸露着，它们敞开着门窗，屋顶，人看不见的它的空空的内部，一定落满了更多的雪。

不远处，是一些纤细的树，像是一幅铅笔画。似乎有人细细地在落雪的天气里一笔一笔地画着。

这是雪的静静的时间。寒冷让一切都慢了下来。

几个时辰以后，雪慢慢停下了。人似乎因着雪的寒冷而加速行走，一会儿，落在地上的雪就给踩踏得面目全非。只是在背阴的墙根，还残存着一些雪。

雪似乎也就这样等着最后的消融了。可天黑下来以后，我却在窗前无意向外望去的一瞥里，看见山坡下面村子里，一片片的屋顶上有整整齐齐的因着夜色显得有些灰白的残雪。别处的雪消失殆尽的时候，这些残雪的意外存在，那冷漠的执着叫人深深感动。尤其是它们在屋顶上形成的方方正正，更显示了某种严肃的品格。

并不仅仅是我所能看见的这些残雪吧，我暂时居住的这间屋的屋顶上，还有那些远的、更远的屋顶上，那些低矮的甚至是有些破旧的屋顶上，更多的陌生人家的屋顶上，也都会布满了同样的雪。

这夜晚,远远近近的人家,因为这些残雪而变得相似和更加亲近了。

4. 大雪日,在京郊

一段时间暂居京郊,地气已冷,临近大雪了,推门望望几近荒芜,可还是想一个人出门走走。这也许是奇怪的心境吧。大雪后就是冬至了,冬还未至,似乎还可以出门走走。

顶了凛冽的风走,忽然想起多年前读过的袁宏道《答梅客生》:"……观御河水,时冰皮未解,一望浩白,冷光与月相磨,寒气酸骨"。读来令人寒栗。

村道上,有斫头柳,树干楞楞的,每年生出来的枝条,都给贪恋的村民砍去。

也有大杨树。大杨树速生,材质的虚,似乎不真实,感觉敲一下会是空空的。

偶尔有芦苇,色泽干白。干白什么色泽呢?略略黯然的白,全然脱水且疲惫那样,就是干白吧。

也有小黄狗,见人打一个激灵,盯着,一直,到看不见了。

也有荒草,枯草色,蒙了尘土那样,似乎荒了很多年了。

也有湖水,知道冷,不会去触摸,只是看,湖水生涩、陌生的样子。

也有下午的阳光,些微的金黄,逆光中带着尘埃。

也有空院子,无人,以为是空的,无人,其实不是。怎么可能呢?

也有不知名的荒凉大树。

也有不少喜鹊，忽地展开一点喜悦，起了，落了。起和落，都带着喜气。

也有一种麻白相间的鸟，大小如麻雀，飞得极快。可这么冷的天，飞来飞去，干什么呢？那鸟看着人，走来走去，干什么呢？鸟也会这样想吧。

半天，没一个人。清冷里，路边有一个小酒馆，门帘上灰尘厚厚的，可毕竟是酒馆。不想进去，身边没合适的人，若有的话，灰尘就灰尘，只要暖暖的，暖暖的喝上几杯，也是愉悦的。即便那酒是旧时候的大酒缸，也没什么不好的。掀起盖在酒缸上的桌面，酒提子下去，一下就半斤。

酒甘冽，痛快。

饿了，一盘炒疙瘩就好。

满是荒凉的风味。

5. 大雪 · 山僧

修订旧稿，看到往日写的《大雪 · 山僧》：

漫天的雪的席子，端端落下。
青碧的天已然浑白。
唯一的蜿蜒小径，雪厚三尺，没有枯草的消息。

雪的席子，端端落着。

风景盛大，真是风景盛大啊。

那个下山的僧人，大雪七日，早已不知去向。

这可以算是"大者盛也"吧。

是否大雪日子写的，记不得了。再次翻检，似乎觉得还过得眼去，只是与近年的诗全然不一样。那样舒泰的心境，没有了。

"端端落下"、"端端落下"的意味，自己是满意的，甚至稍微有一点自得。大雪时候，雪亦可以是庄严的，一个"端端"算是写出这庄严了吧。与大雪的相应，是大雪覆盖的小径，因雪的太厚，几尺高的枯草，看不见踪迹。

可是写半天，还是没有那几个古人写大雪写得好：

大雪满长安（释法薰《偈颂六十八首》）

大雪满马鬣（苏洵《和杨节推见赠》）

大雪冬没胫（苏洵《忆山送人五言七十八韵》）

都城大雪酒价高（苏颂《送王秀才出京》）

而眼下，不仅是大雪，连那样的小径都难得见到了。

一些年前，在这边的岷县一处叫上白塔的地方，与一位画家友人去一户农家探访，茶酒说话到夜深，下山时候，男主人竟然是打着火把送我们下山，走的就是现今难觅的曲折小径。

这样的小径亦如人生，弯来弯去的，暗夜里，总也不知道要怎么弯下去。可是弯着弯着，豁然就到了山下。

大雪日子，若在山上，茫茫看去，那一派干净，是要叫人觉得恍惚远离了人世也厌倦了人世的。

　　山上看够，看得厌倦了，是要下山的。

　　大雪时候的下山，是有几分庄严的。

　　这庄严，亦可以是有几分决绝的。那僧人大雪后的下山，有几分洒然，亦真是决绝，一去不回头。

庞培

诗人，散文作家。出版有散文集《低语》《少女像》《乡村肖像》《五种回忆》《小城童年》《忧伤地下读物》等；诗集《四分之三雨水》《数行诗》等。

冬至

庞培

12月21—23日

宋·李迪·雪树寒禽图（局部）

那些全是一年里最寒冷，而且从最黑暗的阡陌旷野深处吹来的风，但因为小小生命的喜悦，节日的狂欢部分遮蔽了这霜天极地的创痛。

有些弄堂是甜的，给人一种甜丝丝的感觉，像是砌给戏里唱的那些人住的。靠河边的弄堂，树多，人家也多。围墙一段一段，并不整齐。有些地方搭出来的篱笆，夏天开满牵牛花。透过篱笆看得见井台，人家的天井。那里的人家仿佛一个夏天全住在露天里，住在一棵高大挺直的梧桐树底。风吹来，这样的弄堂香甜香甜的，到了每年的春天，人家门洞和台阶旁边陡然开出油菜花，沿围墙种了些蚕豆，一路走，一路蜜蜂绕着人飞。

有些弄堂是苦的。式样森严，光线微微发苦。因为弄深墙陡，大白天看起来也有些阴暗，弄堂底像是有电影里放的那种拴铁链子的水牢。

味道发咸的弄堂，就是酿造厂旁边的印家弄以及靠河的码头，厂里渗出来大量的酱油汁、盐霜。还有做酱菜的五香粉味道。围墙闻上去芬芳扑鼻，只不过香味道过后，很快感觉到嘴巴里发咸发苦。

有几处弄堂，小学之前根本不敢走的，白天一个人经过附近弄堂口，敢停下来听听里面的声音，已经冒了很大的风险。感觉别的地方天都亮了，这几处旧弄堂，里面还是黑的，像坟墓一样静。想想（试着）往里跑几步，就浑身发僵。

弄堂有又高又陡的石头做的门洞。门洞因年久失修，现出一种一半颓圮、快要坍塌的样子，里面的地下阴沟特别深。门楣上描了几个古代的汉字。连那些字也显得怪异可怖，像快被活埋的人，土已埋到颈梗的一半。

弄壁上，石头砌的门洞缝隙里，到处长出来藤蔓荒草，可能还有鸟窠。事实上，一直到上四年级，天黑以后一个人敢走出贡家桥头，走过小桥头大弄口的小孩，我们中间也寥寥无几。古老的县城，有些弄堂的围墙，实际上就是十几年前挖掉或坍塌的古城墙的一部分。一个人家的后院天井，可能就是元代土城墙，那古老墙垣的龇牙咧嘴、久已湮没了的墙基。

家里粮食紧张，烧饭米不够了，父亲就会悄悄乘长江轮船回趟老家。隔一天回来，总肩上捎半麻袋山芋或乡下特制的山芋干。山芋干抓一把在口袋去学堂，那是何等的奢侈激动。一路上心都要"怦怦"猛力跳好几回，心想着男女同学满含羡慕心情的"回头率"。山芋干也是小辰光我们磨牙的零食，冬天头，吃煮山芋和吃山芋干都特别香，前者还可以捏在手上焐暖两只手。山芋有红皮的"山上山芋"，也有平原农田里的"白皮山芋"。前者甜糯起粉，表皮鲜红，简直跟孩子们脚根头生的冻疮一样娇艳欲滴。白皮山芋水分多，适合生吃和放泡饭锅里切成块煮。时隔数年，我最记得冬至那几天，寒冬腊月里姆妈煮在饭锅头上的山芋的香味，洋锅子上的水蒸汽在一大清早的太阳光里冉冉升腾，沿着那一缕木门板上的光线外溢、缭绕，那是儿时最美的冬日清晨，那时家家户户，全用煤球炉烧饭。烧时先放三两只山芋在淘米筲箕，拎到码头上洗干净，洗山芋还要带一把刷蓬尘用的木头板刷，到水里用板刷把山芋通体刷一遍，冬日清晨，快要结成冰的河滩头，在彻寒的水中抖抖索索捏了板刷，蘸一蘸河水，刷一刷山芋，那山芋身上现出的鲜艳红光恰好跟东方天际酡红的朝霞相辉映，这也是有关冬至，有关童年大冷天的一个难以磨灭的记忆。洗过之后，山芋扔到筲箕里实沉实沉，跟块黄石头无异。拎回家，姆妈会用菜刀把它们一只只对切成两半，然后放了水跟米饭一起煮，一起烘饭锅，童年学的第一桩事体就是烘饭锅。待到饭熟过半，屋子里也飘满了熟山芋又热又甜的香味，把大人小孩全馋得口水直咽。一般都是红皮的"山上山芋"放饭锅头上煮特别好吃。山芋起粉，乡下人家的大灶头，有人还直接把山芋放灶膛灰里焐熟了吃。我想，那种吃法大概更加馋人。

烧饭锅里的水蒸汽，弥漫到整个童年小屋的每个角落。水汽夹杂山芋煮熟、起了粉的味道，就跟诱惑人的萝卜干香味一样，说不清道不明，这样说吧：我小辰光，光嗅闻几遍饭锅头上煮山芋的味道，感觉也能够御寒！心里厢一闻见煮山芋的甜热，户外冰天雪地的莫名苦寒就好似一阵风似的吹走了，人就有了许多新鲜的劲道和力气，就生出些跃跃欲试的崭新憧憬来。山芋的热甜，跟大冷天的寒风刺骨，正好是一对古已有之的冤家。尤其是用 1970 年代县城人家烧饭的大洋锅子煮出来的热山芋。

孩子们土里土气，在那种年代的大冬天，充其量也就有一颗煮熟了的山上山芋一样的心罢。我最欢喜闻煮熟后山芋弥散在空气里的那份沁甜。暖心贴肺的甜，剥开薄薄一层皮，山芋还一个劲往外冒热气呢，看上去傻傻地要冒很久。姆妈煮的半爿头山芋，从饭锅头用筷子小心戳夹，弄到碗头还直往下滴水呢。我们总是就着那上面的饭米粒一大口咬下去。这第一口，既有解馋的山芋香，又有米饭颗粒的甜糯。孩子们赶紧舔了舔嘴唇，稍加回味，又大口吃将起来。

不吃煮山芋，就吃泡饭锅里的。山芋切成块，跟隔夜饭一起煮成粥汤。这样，用洋锅子煮熟的效果，大冷天一清早也特别温暖人心。人还钻在被窝里"焐被头窝"，煤球炉子上的山芋香就像闹钟一样催促大家起床了。在这放了山芋块的泡饭汤香气里你拖了双棉拖鞋起床，去拉开大门看：户外白皑皑一片，屋檐马路上全是耀眼的冰棱冰柱，天空比一年中的任何季节都要明亮，光线异常强烈，但又不是太阳光，而是天寒地冻冰雪的寒冽之气，街上有人喊："啊！过冬至啦——"这时候赶紧关上大门，一户人家就在价廉物美的山芋泡饭香中体验到了那种凡俗人间其乐融融的乐趣。这幸福，格外的贫贱昏暗，也格外的珍贵。

至于江北带回家的山芋干，也可以煮出"山芋干饭"来，供一家人享用，使米饭的吃口更甜，可惜吃得顿头多了，就觉得糙了。但也是童年度过饥荒年代的一道特殊的风景，那时下饭的菜，也就是一大盆咸菜，一碗酱油汤而已，偶尔另外烧盆汤，汤里放块豆腐，放一把小青菜，不要说吃肉，连猪肉另外熬出来的油渣也是难得一见的美味。

家里米缸、米桶里，时常能够摸出一把山芋干来，三两只大人舍不得吃的鸡蛋来。每次用手一摸，小孩的手就一怔，原地不动了，在陈年稻米的那一阵生涩气道里，苦苦思索，揣摸一番这两只鸡蛋，或一小把山芋干在自己父母心目中的分量用场，并从其中得到是否可以有加以利用的空歇的答案来。这答案，在 1970 年代，往往异常精准。精准到如果决定偷吃一只鸡蛋，家里的父母会误以为上几次烧菜已经用掉了的很少出纰漏的地步。

冬至前后的天气，比每年春晒头或者夏天要艰难得多。好在有个珍贵异常的过年做安慰。对于每家每户做家长的大人，从"冬至"这一天开始的过年，恐怕也确是自古皆然的"年关"，是需要去作了牺牲化力气战胜它的一头猛兽。这农历的节气：冬至，大概是中华传统民俗最古老顽强的那部分了。有如枝繁叶茂的一棵参天大树的根部,深深扎根在晦暗土壤层中。小辰光过年那种特殊的亲密、恬淡、幸福感,也几乎是每个哪怕再贫贱的中国人一生中的一个谜。孩子们全都在从冬至夜饭到过年的这十来天里,体味到了其它日子里从未有过的尊严、体面、温情乃至难得一见的狂欢。对于特殊年代的中国人来说,"冬至"是他们仅剩的温习回归悠久古代的节日,是一年中感情最外露的那几天。过年辰光,人人都变得脆弱起来,都一反平常的死板、严峻和政治正确,看人时目光含有少见的人情味。所有平常要罚站、游街、批斗的人,全稍稍恢复了点平常人的生活,不再在指定的时间里被罚挂牌牌示众了。一时之间,人们似乎暂时淡忘了那场"史无前例"的运动,忘了满大街铺天盖地的标语。广播和高音喇叭也在寒流中不吱声了。大家全开始争抢着怎样置办年货,买卖更多的市场紧俏商品,托人"写条子,开后门"正是这个年代特殊的一景。甚至小孩子也放下了平时一直紧扣在手里的皮弹弓,有一桩更朦胧、更隆重的事情摆在了他们面前,那就是"过年"。逢年过节,家家户户忙一顿像模像样的"冬夜饭",一顿冬至夜的馄饨(北方是饺子),另外还有蒸馒头、蒸年糕、泡炒米、泡老蚕豆,后来几年,还添加了一项炒花生。满大街都是炒熟了的花生和热的砂子味道,焦糊的蚕豆味道,馒头刚出笼时酸汪汪的水蒸汽。还有人家专写对联,墨和宣纸并没如想象的那样被人遗忘。弄堂口的寒流中不时有新研出来的墨味道。至于炒米、鞭炮和炮仗的硝烟气道,那就更是随处闻见的了。如同大热天热得透彻时人的赤膊一样,冬至日脚这一天开始,过年时的街巷人家,也因此而平添出来许多少有的童稚。饭菜质量是平常的十几倍,酒吃得多，客人来去也见多了。大人小孩全轧闹猛逛在一起，即使最寡言少语的人，也会出门和邻居寒暄几句，讨个吉利。不仅有一桌丰盛的"冬夜饭"，家里、大街上也全是瓜子花生壳，香蕉皮，水果渣，全是各种废物和垃圾。县城马路上花花绿绿，所到之处，只听见"喀嚓喀嚓"走在垃圾堆里的声响，人听了非但不争嫌，还个个满面红光、满心欢喜呢。连城里最偏僻的小弄堂，也变成了热闹非凡的临时集市。家家门口都有竹匾篮头里的糯米（团圆）粉，都有夹在粉里的红纸，因此，回忆起来，"冬至，粉米为丸，祀祖如仪。"我还会独自沿着弄堂走，长长的石板弄，经过小庙巷，到火车巷。一直走到城里高巷口的地方，一家"大众书店"，那里七分、五分钱可买到一本簇簇新、散发出新鲜油墨味的小人书，怀揣着再走回北门的家里，在到达家门之前甚至舍不得哪怕翻开书中的一页看上一眼……

民俗中有"冬节不回家无祖"之说。每个人，全在过冬至节气这几天里获得了一个属于自己的"宝贝"的观念。

每年腊月里开始盼过年，一般叫吃"冬至年夜饭"那天称"过小年"。这天开始，学堂大多预备放假了，孩子们就纷纷聚在一起遥望自己的"年景"，今年我要泡多少多少炒米，吃多少块红烧肉，放几次炮仗，还有能拿到多少压岁钱，怎么花，心里全有厚厚一本账。往往由于想往得太多，太厉害了，结果适得其反，比如压岁钱少了一毛钱，小脸孔就板起来，在家使性子，结果反遭父亲吃了一巴掌，弄了个大年初头涕泪纵横嚎啕痛哭的场面。过年穿的新衣裳，也值得我们小孩反复猜摸想象，年前牵姆妈的手，裁缝店里总是要去一趟，闻闻皮尺，滑石粉香味，有时也被领到布店柜台上，量身高，心里觉得特别开心炫耀，自己从未被别人这么侍候着，这么好过。做馄饨皮子的摇面店也是必去的，小孩子排队买年货是份内事，还有豆腐店，蒸年糕的地方，帮家里拷酱油拷酒，老远跑一趟亲戚家，总之事情忙着呢，小小一个脑袋瓜，有时竟想不过来，每天回家都加倍地观察父母亲的脸色，试图从中解读出一鳞半爪关乎过年的讯息。跑路都一溜烟的比平常快一大截。临近过年半个月，家里咸菜早已经腌制好，开始腌鱼、咸肉、咸脚爪。这不可思议的过年的"年味"，就一点一点弥漫开来，直到除夕那一天，像一大堆旷野上的篝火般火光冲天，熊熊燃烧起来……古老的年味，像是用腌猪头上的粗盐粒搓出来的，又像是蒸年糕的蒸笼蒸出来的；也像泡炒米时街头围观的一大堆雀跃的小孩子欢叫出来的。古老的年味，被放了茴香、花椒，也在各人家的祖宗像面前烧着燃续了香火，祭拜出来的。更像是一种传统的民间请神仪式请出来的。例如恭请菩萨，请财神爷、观世音保佑一年里风调雨顺，心想事成，等等。一切都成了古老的象征，都演变成了一个其过程漫长复杂的许愿和承诺。大人们的虔诚恭敬和小孩子们的顽皮嬉闹如此融洽自如地交汇在了一起，构成了传统春节光怪陆离，同时又稀松平常的和谐市井的氛围。每名中国人都在这一氛围里其乐融融着，一大清早努着脸笑，安享节日的既十分公开，又有着不同寻常内涵的秘密的诗意。

  年一过，人就又大一岁了。头发须白的老人表情看上去更庄重了。年过四十的父亲走路时手和脚的摆动也谨慎起来，像是要去茭白田里捉一只微风中的蜻蜓。小孩子被人告知"你又大一岁了！"全是一脸懵懂，无所谓的样子，而且爱理不理一转身走开了。姆妈说到小儿又大一岁，相笼着手，竟是满眼睛的喜悦。年初一发完压岁钱，围着转着我们哥两个看，像是在看一份经年流传下来的稀奇。岁月深处，我始终记得姆妈闪烁着欢喜的眼睛，那目光深处对于生命的一种亲密无间的爱恋、审视和迎迓，始终在我儿时的记忆里熠熠生辉。

天冷。屋里屋外竟有明显的温差。十二月里，清清老早不敢把小脸蛋伸出被头筒，一旦伸出，室内空气就寒冽异常。光线灰蒙蒙，只听得见吹了一夜的寒风慢慢停息，守候在破旧的窗棂和屋门跟前，使得人想象一下自己出门的情形，就不由得倒吸一口冷气。

我和比我大四岁的哥哥睡一张床。床就搁在靠窗位置，早上起床穿衣裳，伸出一根手指往窗户前一试，立即冻得缩了回去，把窗玻璃上一层水蒸汽擦掉，外面早已垂挂下一根根冰棱。

1970年冬至前后，县城人家的住房面积都很小，一般的四口之家，不超过三十平米。也就一间正房用于睡觉起居，另外搭配一间小披屋，做烧饭的厨房。到了大冷天，清清老早都是父亲最初起床，开炉门，把早饭要吃的泡饭锅子炖上煤球炉子。我至今仍记得父亲披一件破旧的棉袄，脚上拖一双芦花靴筒下床来瑟缩前行的样子和声音。那是十二月里一天生活的开始。我们家睡觉的房子直接连着厨房。隔夜封好的一只煤炉，天蒙蒙亮时，会有炉门被人拉开，"嗤！"一下的声音。这声音，存留在我幼年时的记忆里，好像是唯一一种可以抵御自然界严寒的声音，代表了穷愁潦倒，但仍一息尚存的人类社会。这炉门拉开的声音对于每名那个年代活过来的人都有一种奇妙的慰藉，躺在被窝里不肯起床的我们，饥肠辘辘的身子一下子全都有了反应，仿佛被寒风吹刮中的一小根火柴点着了一样。

那时城里人家居民的住房，全由房管所统一指派分配。六十年代通了电，几十户人家共用一只电表箱，隔一个季度或半年住户们集中开一次会，电费统一分派每个户头，0.2 度或 0.3 度电，这类上缴电费的会议每次都闹得面红脖子粗，有时还要打架。除了电灯、广播外，偶尔有一户人家偷用电炉，后者也是 1970 年之后的事情。那时家家户户，没有冰箱，没有空调、电视、电风扇、电话。根本没有任何所谓的"家用电器"。有经验的住户，一眼而知隔壁邻居家一年会用掉几度电。

一户人家跟一户人家，有时只隔开一层薄薄的土坯墙，或芦扉墙，或一层老式的天井。家家户户，住房连着住房，走廊连着走廊。县城的街区，无形中也有点小范围的"人民公社"化了。各人家风俗习惯，饮食起居相互渗透影响，渐渐趋于一体化了。一天三顿吃饭，无非是：早上，萝卜干泡饭；中午，老青菜米饭，外加一碗酱油汤；晚上仍旧是泡饭，把中午头剩下的青菜一扫光。

泡饭锅子，又名"洋锅子"。那时家家户户洋锅子、搪瓷盆、搪瓷的杯子总是必备的。除了吃饭用的碗，瓷器一般很少见了。洋锅子便宜，用用掼掼不要紧。屋子发黑了，洋锅子一般也是又旧又黑，凹凸不平。记得锅子的盖头常常会盖不抿缝，锅子被烧得变形了，仍旧经年累月在使用。这种便利的器皿，一方面也像是在救苦救众；一方面，也成了平头百姓和居民们艰难度日的象征。

临睡前，家中最后一句话总是父母床跟头传来的"炉门封好啦？"周围死寂一片的夜色，忽儿西北风，忽儿东北风，在屋前屋后弄堂里打旋。父亲说话带点苏北口音。我听了父亲的声音，心里最定心，立即就呼呼大睡起来，把再冷的夜全远远抛到了脑后。有时这句话变成妈妈的声音:"这个月电费交了吗?"妈妈声音小,与其说是轻柔,不如说沙哑无力,就像再过两天——一般不超出三天——她又要生病住院了一样。人在那个年代里,被贫穷压得常常抬不起头,大气不敢喘一声。妈妈脸上表情,就是这样。我闭上眼就能看见这个表情。直到今天,我仍记得妈妈在被窝里,一边因为要提醒什么的说着话,一边往被窝里缩的声音。家里人每个动静,我都听得清清爽爽。1970年的冬天,天冷到有时一家人洗好了脚,洗脚水却没办法倒。总不能倒在家里吧。而大门外面已经开始下雪,只听得见隆隆的风声。那种严寒,已经到了用耳朵去听一听也会吃不消的地步。小孩生怕再听一听,耳朵就会掉落下来。全家人都在忍耐,因为省煤球,唯一的一只煤炉是必须要封好的,于是房子里全是昏沉沉的煤气。四处弥漫,在屋顶、房梁四周缭绕。如果开了灯检查,炉膛里的煤气还在白乎乎地往上冒一种看不见的烟雾。那时候湿煤球、干煤球一闻就闻得出。好煤和劣质煤也是,夜间封煤炉时气味明显不同。逢到天寒地冻的一夜,碰巧攥了一只劣质煤球封上去,屋子里气味就难闻多了。那时有种说法,叫"发火",说煤球的好坏优劣,叫"这只煤球发不发火?"劣质煤,自然发火的力道远远不够。冬天,我记得好煤坏煤有时一批批的,可按月计量。父母之间时常嘀咕,"这个月这批煤不怎么发火",或者"还蛮发火的"。家里煤球,一般是一个月、二十天去买一次,用挑水的桶一只只装满了挑回来。后来用借的板车去拖,最后是借三轮车踏回来,这期间运输工具每隔五六年变换一次。到踏三轮车时,我已经是名十五六岁的少年。

父亲不仅担水,还用同样的一副水桶挑煤球。水桶是腰圆形,煤球从桶底往上排列，到一定空间就不能放匀称，于是每次总有三两只煤球被挤扁压破了回来，妈妈总是用一副惋惜失望的目光看它们。桶底的碎煤屑倒在一块空地上，用畚箕扫起来，到出太阳的好天气，再用水和了之后，重新捏起来，做成卵形的小煤球。

　　米、煤是一点也不浪费的。穿的衣裳也同样。一条北门大街，人人全是穿了带补丁的衣裳长大的。1970年，家里还没有茶叶，我小辰光没碰见有一家人家家里泡茶叶茶的。直到1976年左右，市面上出现一种细碎的泡茶吃的东西，叫"茶叶末末"。我们才晓得中国原来是吃茶叶的国家。那种茶叶末末，泡了茶，要吃时，必须使劲吹，才能把杯子、碗上密密的一层碎梗梗吹开，人才喝得到真正的茶汤水。

　　有时煤球炉子的炉门"嗤！"一声开了，还要拣起铁钎小心捅下煤灰。封了一夜炉子，煤灰淤塞满了上下炉膛，如果要让炉子加快"发火"，就捅底下煤灰。煤灰被捅掉多少，跟蜂窝煤炉的火力是成正比的。假定炖上去的泡饭锅只须稍微温热，煤灰一般就不捅了，只要炉门开条缝，让余火焖着就行。但有时起床在被头窝里懒的时间久了，全家需要紧急动员，不仅要让炉子赶紧发火，余下的琐事也要加快节奏：预备早饭，穿衣裳漱口揩脸。这当口，妈妈还要替家里人预备中午饭的饭菜。

　　中午饭的青菜、咸菜豆腐是一大清早烧好了焖在饭锅头的。妈妈上长日班，中上头不大可能出厂门赶回家替我们做饭。

　　这时候，父母如果嫌炉子再不"发火"，就需把煤炉从固定的底座拎下来，拎到靠近大门口有风的地方，利用风力大小来加速火力。有时他把煤炉拎到风口偏左一点位置，有时会直接对准风口，这要视全家人那天早晨的需求而定。

煤炉固定的底座，不过是平常做饭用的空地，垫了四块红砖，砖头围成"口"字型，炉子放在上面。逢到隔夜煤炉没封好（有时是劣质煤的缘故），大冬天的早晨起床一看，手一摸，炉膛冰冷冰冷，家里人全都要痛苦地喊出声音来。炉子熄火了，只好预备柴爿申报纸到家门口生炉子去了。妈妈责怪爸爸："跟你说下床去看看的，你不听！"爸爸骂哥哥："封得太晚了，那只煤球烧过的了喂！"哥哥骂我："喊你不要烧水，偏要！"一片哀叹埋怨声，此起彼伏。屋子里也比平常慌乱许多。

每名家庭成员，对煤球炉上炉火的脾性大小揣摸熟悉的程度，表明了他对于家庭的认知程度。冬天夜里，每晚父亲临睡前，都像一名鉴宝师一般小心对待那只煤球炉，他不会轻易更改、作出他的判断。今天这只封下去的煤球怎么样。他跟那只炉子的关系在我的童年时代，也成了赫赫父权的象征。很小的时候，哥哥对待那只煤炉的熟悉程度，就达到了令人惊叹的深奥地步。小小年纪，他会提出异议。在绕着炉子，脚蹬芦花靴筒转悠几圈后，他会跟妈妈郑重宣布："不行的，这只煤炉到早上会熄火！"妈妈立即把大儿子的判断转达给父亲。父亲不屑地撇了撇嘴角，嘀咕道："怎么老是不吉利的话，明天天亮还早呢。"说完转过脸睡觉。哥哥无奈，走到自己，也就是我睏的床跟前时气鼓鼓的。然后，他把伸进被窝的脚踢我一下，说："你看吧，明天早饭吃不成了。"我们分睡一张床的两头，他这样踢和生气时我早已假装睡着了，怎么办呢，总要有所表示吧。于是我"嗯"了一声，不置可否，并且又在被窝里假装换姿势似的翻了个身。

我对煤炉脾性的把握，也很在行。差不多一瞅一个准，只不过因为家里年纪最小，发表的意见无人重视罢了。无论是烧饭、捅炉子、封炉门、生炉子，样样全精通。轮到我来，几乎不用费什么脑筋。不过，对于煤炉这样的家庭大事，小孩子实在插不上嘴，我的技能本领只得显示在礼拜日脚，假期里跟同学小朋友到家里偷东西烧了来吃。那时，我方有机会露一手。偷烧一只煤球，而使家里原先堆煤球的那块地方，看上去完好如初。小孩子一起偷吃的食物，无非是冷天头的煎鸡蛋、烧年糕、烘馒头；夏天的烤知了烤土豆一类。冷馒头放在火钳上，放到煤炉边上烤热烤焦，这是小辰光常干的事情。

煤球炉不仅配备铲煤灰的铲子，还配备火钳、炉盖、铁钩。我在户外寒风呼啸的大冬天，在睡梦中听到的最后一点声响往往跟这只宝贝煤炉有关。听得见封炉门时家人用铁钩子钩上去的圆铁盖"扑！"一声压上去。听见铁钩被扔到干泥地上。在经过了一夜暴风雪肆虐之后，古老的县城仿佛脱胎换骨，突然出落成了一个新人，变得年轻甚至陌生了许多，有一种令人新奇的感觉。好多平常熟悉的声音全没有了，甚至一座城市相关的历史和记忆也没有了。大雪使时空产生出一种断裂，我们眼前仿佛有一种新生活的景象，一种回到了远古年代的温暖。大雪带给每个人一种感人的纯洁，惟独屋子另一头那只煤炉，不死不活矗立着，提醒大家这只是一时的幻觉，周围仍旧是1970年的中国。在这之前，我仍旧睡着，朦胧的意识最初作出反应的是一只炉子被在屋门前拎来拎去。我先听着风在屋顶上打旋，想象了片刻户外白色的严寒。然后，我听见煤炉被在空地上放下时炉子上的铁丝搭襻声音。搭襻掉落下来，"垮拉！"一下，童年的八音盒由此打开。

  这之后，我又睡着了，时间并不长。天色也由最早的漆黑一片转换成朦胧的曙光。冬天早晨的曙光，那才叫真正的曙光。周围的光线变得如此柔和，光线浸染在一种大面积的纯净里。地面上的一切全显得卑怯、矮小，显得潦草，只待美丽的曙光自遥远的天边喷薄欲出。我始终觉得，冬天的天空是最大最遥远的，人在自己屋子的那一头一直能望出去很远，望得见太阳跟地球之间最远的空间距离，寒冷和大雪已经使得人的视线最大程度地显得纯净，能见度极高。小辰光，我总喜欢在自己破旧的小平房里遥遥望向天际的一轮朝阳。每一层红红的朝霞都能像妈妈手心里的胭脂防裂膏一样依次均匀地搽抹到你脸上。而你作为一个初醒的小男孩仿佛从未有过如此柔软的红红的小脸蛋。从日出破晓的地方一直到你站立的地方，天地一派寂静，如果这之间太阳会有动静，会发出笑声，你一定立即跟着微笑。不自觉地受到太阳的感染。因为除了伟大的冬天，在你和太阳之间就再也没有别的什么了，再也不剩下其他的障碍，只有无限悠远的称之为太空星际的那一方开阔地。这片开阔地，一年四季里，唯有冬天的早晨清澈可见，能够映入一名好奇心极强的孩子的眼睛。

  我再次醒来，并非因为曙光初现，而是在朦胧的意识对周围一番搜捕之后，突然接触到了一种新异、芬芳的香气。我全部幼小的身心，都在那阵香气里停留下来，稳妥着，定心一闻：唉，原来是家人捡到天井里生煤炉的柴爿片发出的烟。我顿时感到心头一热，沉睡着的意识一下子苏醒了大半，木柴块的烟味道使冬日的清晨显得更完善了。我闭上眼睛，听到弄堂口和天井空地上的风吹得生炉子的报纸"哗哗"响，听到寒流中炉子上做铅丝的搭襻——搭襻掉落下来，击打在煤炉身上"垮啦！"的声响，那声响比世间最美的音乐还要动听上百倍。我甚至听得见炉门口的煤灰被风沿街吹走，吹远的声音；炉膛冒出熊熊的火焰，直直上蹿中发出"呼呼"声响，这火焰，恰好跟满天朝霞相辉映，形成视觉上生机盎然的一幅画面。由于这一阵屋里屋外弥漫开来的烧柴片片的烟，冬日清晨的一切气息全被唤醒了。旷野上雪地的味道。炉子上红薯稀饭的香味。弄堂口，菜场，大饼油条包括附近工厂的味道。隔夜路灯和有线广播声音留下的气息。全被烟气熏赶出来，被凛冽的晨风吹醒了……

烧柴的烟雾，跟户外天寒地冻的清冽空气相交织，像是一对孪生兄妹，一对自古皆然的冤家，相互比拼，斗殴，撕咬着。放在十二月天亮不久的天井，弄堂口，你被这两种截然不同的气流刺激得浑身一激凌，大脑像刚冰镇过的一样，骤然间清醒，这过度的清醒简直使你身上的各种知觉比平常扩大了数倍的敏捷度。与此同时，满天朝霞漫出高高的云层，使大街上积雪的部分笼罩上了一层柔和特别好看的红晕，鲜妍异常。你出门，小心翼翼踏着冻土层的砖头地走到弄堂口，小小的肺部从一股猛烈的生炉子烟雾中刚刚逃脱，却又迎面撞见颜色清白无处不在的冷空气……

有年冬天煤球质量不好，隔夜封的煤球，经常性一到早起头就熄火，炉子摸上去没有一点生气。妈妈骂的闲话是"比死人多口气"。如果一天早晨，逢到这样一只冷煤球，房门口到睏觉的床跟前的空气会格外沉寂，好像房子荒凉得就像一块户外料峭的田野，一切全了无生气，只有家人在被窝里偶尔一下动弹。每动一下，都要小心翼翼计算和分配各自体内的热量。实在捱不过了要起床（生炉子、预备到学堂、上班），就要深呼吸一口，身子扳过来像弹簧一样弹出热被窝，以免人在没穿好冬天头衣裳之前被冻结成一个冰坨坨。

炉子熄火，家里最后一块贮存热量的地点已经不保，于是人蜷缩在霜寒遍野天蒙蒙亮的早起头的被窝，能明显感觉到自己家房子已被户外横扫一切的寒流裹挟而去。一家人冻得空气里只剩下些板结的鼻涕、破棉絮味道。连冷煤球、煤灰味道也闻不到了。严寒之际，人的嗅觉格外灵敏。

已经听见火钳声音了（爸爸披了老棉袄，拎了炉子摸黑往大门风口处去），太阳也像火钳撇到一边去的漆黑的煤块。

天冷到墙角的蜂窝煤竟然冻结起来，冻成硬实的一块，要用柴火的烟熏上半小时方才有点酥松，恢复过来神智，你见过蒙了一层霜迹、冻硬实的蜂窝煤吗？那就是我们的童年，我们北门街上十二月里冬至前后的景致。

"煤球硬得好敲煞人！"爸爸在冷风里嘀咕。

"要翘连——比死人多口气。"妈妈说。

城镇全是被一家家冷天头的泡饭锅子救活过来。这里那里，弄堂口，屋子里全是烧柴爿片的烟。全是大人忙乱小人哭。全是雾霭朦胧中烧熟沸开的泡饭香味。那香味透过人的饥肠辘辘的胃壁，一直热到活人们的心尖尖上。

弄堂发出刮干净盛光了的泡饭锅子声音，厅拎噔啷，跟着是挟煤球的火钳炉门扔一边的声音。

泡饭萝卜干。

慢慢地，仿佛那些晨曦中的围墙土坯、河埠头、古桥、青石板弄也喝到了一小碗烫嘴的泡饭汤。那些空气中来回缭绕的炸油条的油烟气，那些沿围墙耷拉下的被霜迹弄皱了的标语、枪毙人的布告……

    邯郸驿里逢冬至，抱膝灯前影伴身。
    想得家中夜深坐，还应说著远行人。
          （《邯郸冬至夜》·白居易）

  雪落下来，庙门口青砖铺的地上竟然积不起雪来。只看见雪花在光滑而空旷的砖地上打旋，只要一点点风来，就被刮走了。我们学堂就在庙门口，不过是废弃了的，大门紧闭的孔庙。中间一幢大成殿，据说是城里年代最为久远的建筑了。没人知道这一建筑的意义何在，孩子们当它是秘密的贮藏室。而且，由于它外观过分陈旧，过分的宽绰，自然就成了封建社会黑暗罪恶现成的陈列品，人人都本能地加以蔑视和批判，即使位于校园的一侧，那也是一年四季里面最为冷清的一角。同学里面，胆子大，成绩差的学生，才去那里面玩，绕着大殿长长的砖墙走廊奔走嬉耍，斗鸡，爬树，掏鸟窠。

  雪未落之前，地面已经连续数周，冻得很硬实很阴碜了。

  雪，是从庙门口的台阶背风处开始积起来的。渐渐地，整片大院的空地，开始形成一层湿湿、朦胧的冰霜，小孩走上去，容易滑倒。

  雪是冬至这一天，从我们下午三点的体育课，开始下的。

  老师只来了一分钟，宣布自由活动。

  大雪纷飞，树是没人爬的。

  女生在雪地里跳绳，男生斗鸡。

我突然觉得庙里的空气清新异常，天很好看，雪也很好看。这久已废弃的古庙竟然在那样一个阴霾的午后，显露出来异乎寻常的美丽。大块大块的墙砖不动声色，承载着落雪和呼呼作声的寒流，寂然无声中自有一股千年巍峨的生气，一种处惊不变，令人惊悚的威武庄严。我绕着孔庙围墙往更加没人的僻静处走，只觉得这大庙仿佛在跟从天而降的茫茫大风雪说话。它们之间有一份令人嫉妒的友情，有一种人所不解的说话，"嗡嗡"作响。陡直的高墙在我头顶上弯曲，向着没有尽头的远天延伸。我四处瞎逛，追逐着雪花落下来的天井和落不下雪来的过道门廊，这已经是染上了古庙光线的，砖灰色的雪，我第一次知道雪好闻，就在那个下午和傍晚，在古庙天井的一棵枯梅树底。

我轻轻推开森严的殿门，在大门的"吱呀"声中，努力抬头看昏暗的房顶，看雕梁画栋的大殿上空，一根根圆弧形、方形的殿梁上精心绘制的古代图案……暗绿色，有时是绛红色的线条。这到底是什么地方？派什么用场？一阵寒风，夹杂着雪花，跟在了我身背后吹进门缝。

窜了几条弄堂，又跑到我家里。碗橱空空如也。有人看看挂在门前花爪钩（竹杆）上的筲箕。我明白军海他们肚皮饿了。我家那时里外两个房间，进门靠右首，里面一间是卧室，地板房。顶上有一间木板悬空的阁楼。我有一段时间，晚上临时支起一架竹梯，睡在阁楼上。阁楼也有属于自己的一根电灯拉绳。进门一间，是干的泥土地。凹凸不平的地面放吃饭的四仙台。放碗橱、长凳、煤炉，也就是烧饭的厨房兼客厅。木匠做出来，红漆漆过的碗橱分上下两层，我到底下一层翻东西吃。罐头里也就一把被虫蛀过的老蚕豆。水缸边上还有几条过年蒸的年糕，我喊阿寿他们过来，自己动手用菜刀切糕，打算在煤炉上烤熟了吃。

父母亲出门，煤球炉子是事先封好的。要让他们回家来发现不了小孩偷吃食物，只有一个办法，要么开足炉门来把一只整煤球烧掉，重新再封一只上去，而且封炉门时还得小心翼翼在煤球生熟、深浅，炉子里煤灰的多少上做文章，尽量要保持原状，要完成这一切需要特别的谨慎老练。总之，不能让大人晓得我们在家里偷烧食物，尽管依照我家的情况，父亲在周围街坊邻里向来有脾气好的口碑，从不对家里小孩发火，对街上小孩，也一直笑眯眯。可是，我在偷切那方年糕时内心仍充满了恐惧。

我刚才说了，要么一整只煤球烧掉，要么只烧肉眼几乎看不出的一眼眼。我们选择了后者，炉门只开出针一样细小的一道缝。在早春天气的大风里，这一小道缝。对于煤炉的发火，已经足够了。

把炉子上烧水的壶——我们那里叫"吊子"或者"调子"——拎掉，炉子上搁一把火钳。切成片状的冻年糕一块块并排放在火钳上，烤吃热的年糕，就这样开始了。

炉门开得小，烧时，几乎看不出火苗，即使天冷了风大，火苗蹿上来，也是浮空的一串串，蓝荧荧那种，状若鬼火，可以说是真的火苗的幽灵，气泡一样，一个个直往上蹿，白生生的年糕块很快烧出了香气扑鼻的焦黄色。而且搁在火钳头头上的年糕片慢慢变软，这时喊："阿奇军海快吃！"到第二回年糕放上去，炉门就"嗤！"一声重新封死了。底下的蜂窝煤仅仅来得及吐出一口气，炉膛又重新恢复了原状。

我们就着一屋子很重的煤气味道、烟雾，指头上沾的煤灰煤碴吃将起来，有时会满屋子找盛白糖的碗来蘸了吃。可是像白糖这样贵的东西，妈妈总是预先藏到了大家不易想见的地方。我们常常扑了个空，最后，在碗橱顶上，房梁顶上找到小半碗白糖，里面竟爬满了一大碗的黑蚂蚁，蚂蚁的数量，比白糖多出足足一倍。吓得大家赶紧把盛糖的碗又重新扔进篮头。

借着炉火的余热，把剩下的几块糕烧得有点热，吃时外面焦，里面还是冷的，又冷又硬。

阿奇偷吃过家里的咸肉、鸡蛋。他弄这些事情，比较有办法，他从小父亲就生病死，家里只有一个老奶奶，一个棉纺厂上长日班的妈妈。有一次，趁奶奶下乡跑亲戚，把我们中午之前喊了去，竟然足足烧掉一只整煤球，烧了一锅香肠粉丝汤，味精、葱花，切香肠的刀功，每一样弄得有板有眼，汤里还放了几只油坯，害得大家香肠没煮好之前，咽掉了不知多少口水。在他家里偷吃，我们差不多处于半公开状态，不怕过路或隔壁邻居听见，盆子铲刀弄得乒乓响，因为阿奇没有了父亲。

军海偷偷地烧过一顿水潽蛋，邀请了一条街上的七八个小兄弟。他烧水潽蛋特别在行，为了这十只鸡蛋，他足足等待和筹划了半年，一直等到他妈妈生病住院，爸爸在那一天中午去医院送饭。"每年这个季节，我妈妈都要犯老毛病。"他说。

"毛病？"

"哮喘。"

水潽蛋放盐、放葱花，最为奢侈的是，用一种很隆重正式的表情，放一点点味精。"味精，"军海说，一边自我首肯地点点头，"味道鲜……"

再拿豆油瓶过来，滴两滴油，油滴下去，泡沫撇掉，大家都围着桌子雀跃起来。

油坯塞肉，不说一年（过年时）吃一次，至少冬至这一天才能吃到，肉做成了斩碎肉是用筷儿塞到一只只油坯里，肉里有拌好的酱油，谁又能够忘记，寒冷冬夜里的饿肚皮时，那冷冷瑟瑟的酱油味道？至于那个"塞"字，我们这里的发音是"撑"字。

有人家冬至那天吃馄饨的。只记得小头里向，每逢这一天，天气总是最冷，天寒得街镇各处、房屋马路，全冒出一阵阵的雾霭，仿佛整个大地都燃烧了，那实际上不是烟，但也不尽然是雾霭。我觉得，是接连数日厚厚霜降的反光。大气中萦绕不去一层寒冽的光。小孩子上学棉帽子护耳套全用上了。街上人家为了御寒，有的还戴上了白口罩。但虽然这么冷，物质条件也极匮乏，街坊百姓还是把这一天郑重其事地看作是一个重要节日，谓之"过小年"。听来像是正式过年之前的彩排。冬至开始，家家户户蒸糕的蒸糕，做馒头团子的做馒头团子。小孩子抢着举筷儿头，哄围在做馒头的摊头灶头上替每只刚起锅的馒头点象征吉祥的红影。筷头上蘸一点点红粉水，轻轻一戳，那被妆点过的馒头一下子活龙活现，个个像小人的脸蛋，看得人开心了，简直舍不得吃。一般人家，有好几种馅心的，洗沙、萝卜丝、咸菜。当然萝卜丝咸菜里总要放点荤腥，没有猪肉，也至少拌点切碎的油渣罢。街上最穷的人家，也要出点工钱，拌点馅做几屉头馒头，洗沙啦、萝卜丝做不起，就只做一种——咸菜馒头。

冬至夜饭——有点摆桌头菜的讲究了。大碗的面筋塞肉，再一大碗红烧肉，一整条红烧鱼——总是有的。过节之前统购统销发的食品券，好像冬至也开始用了。鸡蛋香肠咸肉，当然多数人家总要先藏起来，放到正式过年用。但各家各户，明显有喜庆的食物香味了。

天黑下来那一顿夜饭——一扫平常的阴寒寡淡，全家人热热碌碌，全在一只只好小菜面前活跃异常。街上亮灯的人家，也变多起来。灯一多，小孩就兴奋，到处弄堂口、沿马路串门，寂静的县城，全是嘻嘻哈哈小孩子的笑声脚步声。有时我想，我这一生别的或许可以忘记，但儿时冬夜街头的孩童嬉闹声，我会永志难忘，铭想一生。孩子们一边跑，一边手里举半只还冒热气的馒头，我甚至记得是咸菜馅，记得不经意举到我鼻尖底下那馒头酸汪汪的味道。又一名小孩跑过来，边躲避后面嬉笑着的"追杀"，边往嘴巴里塞一把炒米，就好像那炒米是从追他的小伙伴那里"抢"来的。结果心急慌张，炒米只有一半进了口腔，另一半洋洋洒洒掉下来，先在他身上，再一路洒落到弄堂地上，我们还没来得及仔细看，一阵寒风就把地上那石路缝里的炒米吹得窸窸窣窣滚跑……新的一年，就这样在到处撒野的小孩淘伙里，慢慢临近了。

——我永远也忘不了风吹着沿街片门的声音！那些全是一年里最寒冷，而且从最黑暗的阡陌旷原深处吹来的风，带着仿佛一千柄霜刃，一千支夜冷深黑的箭。孩子们纷纷被这些箭、刃刺中，但因为小小生命的喜悦，节日的狂欢部分遮蔽了这霜天极地的夜的创痛，所以一个个咧着嘴，仍旧痛苦地拍打着小手掌心，半步不肯离开这冬夜节日的光环。路灯一盏盏隐灭，沿街人家窗口的灯也追随长夜的深度渐次熄落，而因为不久来临的新年的企盼憧憬所鼓舞，每个不肯回家的小孩子身上仍热呼呼的，从冷风里跑过去，全是一团团白雾雾的热气。竖在店堂门槛上的片门,也可说是排门(用一块块窄长木板嵌拼起来)因为不可避免的大小缝隙而受到整个严寒之夜的呵责、怒斥!风一阵阵灌进去,如同拍击岩洞的海上急流,先是一条条马路,再是整个弄堂,再是房顶阁楼烟囱,门窗,最后是哪怕再细小的一道道门缝。店铺排门的大小,亦如编钟序列的先后而发出不同的夜风撞击的音量声腔。人在这种寒流中根本吃不消多呆一分钟。风撞在厚厚木门板上,周遭的一切全是硬实、古老、经年累月了的,古墙、台阶、弄堂深壁,门上的铁搭扣,粗笨的铰链,运河上下陡直的堤岸,这一切全跟寒流作斗争,不能说乐此不疲,至少也个个坚若磐石,浑然忘我。风无奈,于是扯紧节日里忘乎所以的小孩的帽耳、衣领、棉袄下摆,一不小心,钮扣就被吹松脱开。若哪名孩子帽子不小心被吹落,可以在总也不见大雪飘落下来的石子路面滚出去百来米吧……孩子们呢?一躲进自家屋门,原先冻得僵冷的手脚、脸蛋立即就热起来,尽管上床之前嘴巴呼出来的气还是寒意重重,但脸蛋绯红,个个像上过冬至那一晚上秘密的露天舞台似的,已经悄无声息被寒夜的聚光灯照映过了(炫目的灯光会一直透射进他有关除夕之夜的梦境……)——临睡之前,外面店铺的排门还在轰隆作响,还在次第参差地拍打……

已讶衾枕冷,复见窗户明。

夜深知雪重,时闻折竹声。

(《夜雪》·白居易)

正式到冬至这一天,街比往常开阔,色泽比往常清爽。老房子里的气道也清爽，仿佛其中积贮的各种年代、沧桑、杂物全部慢慢被接踵而至的寒流腾空、擦拭过了。这是隆重市井的节日，古老年代的小城（它有一千八百多年）像个换上节日新棉衣的祖父祖母，端坐在一大清早的太阳底下，浑身上下都被还算孝敬的晚辈孙辈们拾掇得光鲜体面，他或她就要安度过不知多少年龄高寿的寿庚了。儿时的喜悦无穷无尽，其中之一就是大冷天早晨鲜红晶莹的朝霞。大街上，多数过路人身上都有绽露的破棉絮，但正是那种露在衣服外面的棉花，给人冬天的朝霞一样可亲、美丽，也一样温暖的感觉。弄堂的清晨，第一拨捎倒马桶的声音过去了，运粪车子也"空通空通"过去了，街巷依然那么古老，院子里的青石、太湖石、汉白玉、年代不详的皇帝御碑仍旧矗立在原地，像某道镇宅的密码，上面爬满陈年的藤蔓、苔藓。县城和冬天仿佛在比试谁更古老。空气中，处处是一派蔼然童心。乡下人挑着大颗的白菜、青菜进城来了，湿塌塌地一路洒下菜担头上的水滴。冬至那天预备要吃馄饨的人家赶紧来买啊，青菜什么到了一年中的那种季节就不值几个钱了，更多人家成筐买回家，清洗一番用石块压在咸菜缸里做腌菜。于是各家各户，趁天气好，清晨红彤彤的，就把湿淋淋的腌菜从盐渍里捞出来，一棵棵分开菜帮骑挂在晾衣裳竹竿上晾晒。大冷天的空气里于是有了凛冽早春的味道。冬天头的空气真的也像菜根一样，放在嘴里咬得出声音呢。霜降之后，小城的一切都是脆生生的，人依着这么古老的生活智慧比邻而居，彼此礼仪周全，表情庄重，谁都没把贫穷看得太重。鱼在江河里流，粮食在田野里生长，还怕什么呢？一切祸喜灾福，该轮到的都会轮上；冬天，江南各处的里弄人家，仿佛重又分泌出来一份别样的智慧，每个季节，人的脸上都有着不同的狡黠欢喜。

我忘了说，江阴人吃冬至夜饭，所谓"冬至大如年"，桌上必定要有一只菜：胡葱烧豆腐，因为本邑土话说法："若要想富，冬至隔夜吃只胡葱烧豆腐。"这一乡俗尤以江阴的西乡路里：西石桥璜土石庄利港申港一带，为历年的讲究。江阴方言，所谓"跑跑出去十里路，说话就不一样了"，西乡和东乡的土话，也大异其趣。西乡人发"豆腐"音，往往说成"兑富"。好像吃了碗胡葱烧豆腐，马上就可以去银行领拿钞票似的。一时间每逢冬至那天，菜场上豆腐胡葱竟成俏货。

据明《嘉靖江阴县志》载："冬至节，闭市三日，节朝，悬祖考遗像于中堂，设祭奠，其仪并依元旦。"冬至那天等于就是过年了。江阴人叫"小过年"。

冬至起，到九九八十一天寒天尽。街头巷尾会有人喊："河滨要结连底冰啦！"那实在是一年里厢最冷的天数，所谓"隆冬季节"，冬至就像一道白色起跑线。穷人家还有一种说法，叫"三百日天好过，六十天难熬"啊。

我第一次对于故乡老旧的混堂（浴室）有记忆，是在1965、1966年某一年里的吃罢冬至夜饭，父亲一时高兴，容光焕发，带我到一个蒸汽密布的水泥房子，地上有湿漉漉的积水。脱光所有的衣裳之后，小辰光的我，对于那一晚上的际遇备感诧异，眼前世界分两个部分：白雾雾的混堂热气，黄惨惨的电灯泡光……第一次下公共浴室，仿佛一名丑角出场。因为我强忍着害怕，没有哭，而是一本正经自己要爬过浴池中间滑溜溜、乌黑黏滑的那块长长的木板。结果一个踉跄，滑倒热水池中。待父亲把我捞入怀中，周围袒胸露背的大多数浴客全笑了。我只听到"嗬嗬"一片笑声，仿佛被陌生的宇航员带到了外星球系。过了很多年，我已经是冬天街头各式混堂里的常客，才听到邻座有人念叨起关于冬至日的一条谚语，叫"干净冬至邋遢年"。意思说冬至那天如果落雨落雪，过年春节时一定会天晴。相反，冬至阳光明媚，春节时一定风雨交加。民谣有言："冬在头冻死牛，冬在中暖烘烘，冬在尾冻死鬼。"管它天气好坏，反正冬至日脚热腾腾酱胖头气的胡葱烧豆腐已经落肚。

柯平

诗人,散文作家。出版有散文集《历史与风景》《蠡塘乡间之书》《阴阳脸——中国传统知识分子生态考察》《文化浙江》《素言无忌》等。

1月5—7日

小寒
柯平

从陆游眼里的「塘水绿生鳞」，到三白笔下的「蚊声如雷」，这个传统的月令小寒算是太太平平过去了。

元·吴镇·芦花寒雁图（局部）

十二月一日（明正德十年公元 1515 松江）

进入小寒第一天，松江乡绅顾清在城南的小斋里敲冰煮茗，呵手读书，因为无聊，就顺手写了首诗向儿子通报自己的近况：诗题就叫《十二月一日寄书天彝有感，用赍茶韵》："一冬今夕始知寒，起斸清冰试小团。水品无劳问鸿渐，火攻聊欲效田单。肠间古字搜应遍，灰里仙书默自看。好办百株供岁晚，归期报与客心宽。"同一天，跟他隔了一条钱塘江，但隔了三百年的陆游也在写诗，却因那天气候晴暖，心情大佳，加上近日病情亦有好转，于是策杖出去散了一回步，有《十二月一日》诗自纪其事云："病愈都忘老，晴和已似春。畦蔬青长甲，塘水绿生鳞。酒盌论交密，丹炉作梦新。穷居那敢恨，幸远庾公尘。"他的诗名比顾清大，又是主战英雄，爱国典范，是否气象部门对他有特别关照，亦未可知。而杜甫诗才更高，享受的级别自然更加不同。按专家考证，永泰元年他六十岁，携家小自同谷避兵剑南，同样也写了诗，而且诗题也叫《十二月一日》，诗云："即看燕子入山扉，岂有黄鹂历翠微。短短桃花临水岸，轻轻柳絮点人衣。春来准拟开怀久，老去亲知见面稀。他日一杯难强进，重嗟筋力故山违。"一路上不仅桃花流水，连燕子黄鹂也飞来了。当然，官当不成，生活环境好一点，也是应该的。

十二月二日（宋至道二年公元 996、宋靖康元年公元 1126 开封）

进入小寒第二天，是北宋的天庆节兼亡国日，因真宗赵恒生于乾德六年的这一天，以生日为国庆，是他家家法，不过遵旧制而已，也不算有什么特殊。《宋史》本纪说他是太宗第三子，老妈李姓，品貌技艺不详，"梦以裾承日，有娠。"用现在的话来说就是体外受精，自然异于常人，不但出生那天赤光照室，害得开封消防部门以为皇宫失火，白跑一趟。而且"幼聪睿，姿表特异，与诸王嬉戏，好作战阵之状，自称元帅。"可惜他喜欢武功，他的子孙却喜欢文艺或文艺女青年。因此一百三十年后的这一天，在城外驿舍一宿没睡的宋徽宗，终于盼来了和谈成功的好消息，"曹辅、韦寿隆、邵溥赍黄旗归报，倾城迎驾，数百万人自阙至南薰门（金兵大营），填咽不绝，至暮散归，皆以情乞诣军前献金帛牛酒谢过，敌人不纳。"（靖康要录卷十）描述君臣百姓情状，相当真实，比司马迁强多了。其中和约签成市民不忧反喜，主动劳军，除了反映宋朝人民爱好和平的美好愿望，亦有文化方面的因素在焉，因再过几天就是著名的腊八节，东京大相国寺里的八宝粥，那可是天下一绝，还有李和炒栗，宋嫂鱼羹什么的，让人一想起就流口水，和议签了，至少保证今年还有得吃。因此，不管怎么说，这个冬天不算太冷。

十二月三日（明崇祯十四年公元1641苏州）

进入小寒第三天，在西湖边久候柳如是不至的李流芳，已变得不那么自信。"相期百遍总能过，一日愆期可奈何。妾自寻郎郎不见，段家桥外画船多。"他在诗里这样自我解释，又觉得可能性不大。加上陈寅恪教授怀疑的目光在锁定程孟阳以后，终于开始朝他这边扫过来了。于是胆战心惊，觉得还是走为上策。"辛酉（辛巳）腊月北行，意思萧索。到吴门，闻子将将来，迟之同行，因暂住虎丘之铁佛僧舍。比玉还白下，与予一路同来，乐酒晨夕。……女冠王修微数以扁舟往来山中，差不寂寞。然夜阑客散，辄苦无绪。或终夜不寐，无可自遣。灯下索墨汁作书及画。十二月三日灯下题。"在图册上他写了这么几句后，就早早上床。可哪里睡得着，脑子里一会儿是王修微，一会儿还是柳如是。尽管孤衾如铁，但枕上灯前，有这两位江南顶级女校书的倩影相伴，室内气温至少可以提高一些。

> 作者附注：李流芳图册所题年月均不足信，他的北行系年《檀园集》里相当混乱。如此知名之士，《明史本传》只得五十一字，连生卒年都没有，仅称万历三十四年举于乡，而汪纯翁《乡饮宾席翁墓志铭》明称"嘉定李进士长蘅"。仅举一例，其他可知。

十二月四日（明天启四年公元1624 嘉兴）

进入小寒第四天，李竹懒一早起来，至晚不息，忙碌了整整一天。计划多年的旧居改造终于成为现实，虽是这几年做书画买卖，加上暗中参与《金瓶梅》出版，手里攒下了几个钱，更主要的原因还是年纪大了，不想再四处奔波，能住得舒服一点，已成俗世最大愿望。如今理想居然实现了，怎能不让他有踌躇满志之感。晚上热闹过后，客人散去，于灯下写日记："甲子冬十二月四日，春波旧居改构落成。移居之前一月，搬运大都书画十之九，床几琴砚奇石古敦彝十之五，而他物仅足用，亦先君旧器多破裂者，不忍弃也。余所贻后人者，书画二事，虽未能精丽，然亦麄足，备玩索矣。"末句口气或许稍大，然能有如此自信，《宣和画谱》里记的《消寒图》《岁寒图》之类，想必藏了不少。加上新糊的纸窗，案头的梅花，床角的熏炉，手里的茶壶，亦仿佛满室春气。

十二月五日（清光绪七年公元1881 杭州）

进入小寒第五天，红豆词人杨古酝也未闲着。该年他在杭州太守幕中，为自己能生于西风东渐的晚清感到自傲，因此时刻注意与传统文人形象保持距离，除了出门喜欢搭炮船，还学袁随园收女学生，为提高妇女的社会地位作出了自己应有的贡献。包括多年坚持的日记，也写得跟人家大不相同，既有科学工作者的精确，亦有形式方面的创新，总体分天时、人事、酬酢、自修、函牍、出纳六个部分，每天像往六张信用卡里打钱一样，有则输之，无则免之。比如当天日记他是这样写的："光绪七年十二月初五。（天时）：晴，大热，夜小雨，雪珠。（人事）：以岳庙公言付有容斋刻，取回琴。季符送文二。闻徐福田病故。写协轩鲤门对。王妈来。（酬酢）：访松生、何七丈、介甫、鹤桥、荫侯。到晋壬处陪客吃中饭。梦薇、季符、晴江、秀峯、衡伯来。（函牍）：瑞初来信。（出纳）：收兑钱二千二百十。支洗钱百。支朱力钱百八十。支洋油钱百十八。支舆钱四百。支日用钱五百十。支修琴钱二百八十。"风格简洁，找不出一个多余的字。其中松生为丁丙，杭州文化大腕，八千卷楼主人，王映霞祖父王二南就在他手下打工。梦薇为王延鼎，《红楼梦》研究中的重要人物。"兑"或为"说"之简写，即讲经收入也。洗钱百，非指参与金融犯罪活动，洗澡，支付浴资也。朱，春秋朱方，今丹阳，修脚擦背为业，至今古风犹存，支付搓背费也。洋油钱，刚时兴之美孚灯，电费也。舆钱，轿夫，打的费也。文末日用开支与修琴开支并列，物质文明精神文明双丰收也。活得这样滋润的人，想要让他的生活里出现点寒意，还真不容易。

十二月六日（南宋淳熙八年公元1181 绍兴）

进入小寒的第六天，因腊八节快要到了，老百姓日子过得怎么样，能否都能吃上是大事情，就任两浙常平提举不久的朱熹早朝刚毕，就带上手下几个弟子出皇城东青门（俗称菜市门），沿沙堤，过江涨，渡钱塘江去了对岸的萧山。年谱淳熙八年十二月六日条下记他当天"视事于西兴。先生初拜命，即移书他郡募米商蠲其征，及至，客舟之米已辐辏。日与僚属寓公钩访民隐，至废寝食。"但既然是圣人，饭可以不吃，觉也可以不睡，学问不能不做。于是晚上在当地书院跟学子们亲切交谈，授经解疑。有人问他，二十四节气的内涵到底是什么？月令称小寒以半月为期，初五日雁北乡，次五日鹊始巢，后五日雉始雊。大雁哪有这么晚才过冬，鹊巢也非天冷才有。《周书》又解释说雁不北向，民不怀生。鹊不始巢，国不安宁。雉不始雊，国乃大水。但读后反而更糊涂了。他的回答很爽快，说汉儒的东西大多是胡说八道，不必理他。天地是由大气层构成的，自今年冬至，至明年冬至，只是一气周匝。把来拆做两截，则春夏为阳，秋冬为阴。分做四截，便是四时。又分做二十四气，七十二候，皆自此始。你只要记住这个就行了。（详见宋鲍云龙《天原发微》卷三下所记）

十二月七日（清嘉庆十年公元1805沈阳）

进入小寒第七天，虽按《遵生八笺》所言，初七日不宜水陆远行。但朝鲜史臣姜时永和他的朝贡团队还是奔波在冰雪之中。"平明发行。过靠山屯，至二道井子午饭，适见店壁上有五言古诗一篇题留者。副使指示曰，此甚可观。其诗曰：妾着石榴裙，艳色侔花片。为郎作羹汤，点污几欲遍。未肯令郎知，弃掷复偷换。非不重罗纨，恩深命且贱。其下有'泪泉'二字，未知何时何人所题，又未知何所托意，而字样墨痕，宛如昨日。……到小黑山止宿，亦是大都会，市肆间阎，极其繁丽，不下新民屯。尝闻此地每患泥泞，而值冻，稳涉可幸。"至于晚上的居住情况，有热炕是可以肯定的，其它因书里没写，谁也不知道。（详见燕行录全集卷七十三《輶轩续录》）

十二月八日（唐开成三年公元838扬州）

进入小寒第八天，是吃腊八粥的正日，可除了《东京梦华录》里说的"十二月，都城卖撒佛花。至初八日，有僧尼三五为群，以盆器盛金铜佛像，浸以香水，杨柳洒浴，排门教化。诸大寺作浴佛会，并送七宝五味粥，谓之腊八粥。都人是日亦以果子杂料，煮粥而食。"

具体是怎么个吃法，尤其礼仪方面的要求，就是专家也说不上来。好在有日僧园仁的《入唐求法巡礼行记》，其开成三年十二月八日条下，有当天扬州名刹开元寺的整个行礼过程实录："辰时，相公（市长李德裕）及军（当地驻军首长）入寺来，从大门，相公将军双立，徐入来。步阵兵前后左右咸卫，州府诸司皆随其后。至讲堂前砖砌下，相公将军东西别去，相公东，入东幕里；将军西行，入西幕下。俄顷，改鞋澡手出来。殿前有二砌桥，相公就东桥登，将军就西桥登，曲各东西来，会于堂中门。就座礼佛毕，即当于堂。东西两门各有数十僧列立，各擎作莲花并碧幡。有一僧打磬，唱'一切恭敬敬礼常住三宝'毕，相公将军起立，取香器，州官皆随后取香盏，分配东西各行。相公东向去，持花幡僧等引前，同声作'梵如来妙色身'等，二行颂也。始一老宿随，军亦随，卫在廊檐下去尽。僧行香毕，还从其途，指堂回来，作梵不息。将军向西行香，亦与东仪式同。一时来会本处。此顷东西梵音交响绝妙，其唱礼，一师不动，独立行打磬。梵休即亦云'敬礼常住三宝'。相公将军共坐，本座擎行香，时受香之香炉双坐。有一老宿圆乘和上，读咒愿毕，唱礼，师唱为天龙八部等颂，语旨庄严皇灵，每一行尾云'敬礼常住三宝'。相公诸司，共立礼佛，三四遍唱了，即各随意。于是日，相公别出钱，差勾当于两寺，令涌汤浴诸寺众僧，三日为期。"本来大家一天站下来，脚都有点酸，身上也有点冷，但有这难得享受的公费请泡，加上领导关怀及时，别说身体，连心里都是暖洋洋的了。

十二月九日（唐开元九年公元 721 河南）

进入小寒第九天，或许因粥里凝结着传统文化的精粹，强身健体，滋阴补阳，效果极其明显。据著名媒体《唐会要》报道："开元九年十二月九日，修蒲津桥，绹以竹苇，引以铁牛，命兵部尚书张说刻石为颂。"王应麟《玉海》又补充报道："旧制横绹百丈，连舰千艘。辫修筏以维之，系围木以距之。开元十二载俾铁代竹，取坚易脆。"后来被刘禹锡看到了，为这建筑奇迹振奋，诗情勃发，可能其中"千寻铁锁沉江底，一片降幡出石头"这两句太有名，没过多久黄河就改道了。好在出家人不打诳语，相距不远就是河南少林寺，有个名叫神光的僧人，听说他崇仰的达磨大师就在寺里静修，"往彼日夕参承，师常端坐面墙，莫闻诲励。其年十二月九日夜，天大雨雪，光坚立不动。迟明（早晨），积雪过膝，潜取利刀，自断左臂，置于师前。师知是法器，因与易名曰慧可。"这就是著名的神光立雪的故事，载于佛典《传灯录》里。和尚们身体好，内外兼修，据说主要是不结婚，体力消耗少的缘故。因此无论小寒大寒，对他们是基本不起作用的。

十二月十日（清道光十九年公元 1839 镇江）

进入小寒第十天，逃亡中的龚自珍回到杭州家里依然感觉不很安全，只好四处流窜。其《乙亥杂诗》第三百十二首云："古愁莽莽不可说，化作飞仙忽奇阔。江天如墨我飞还，折梅不畏蛟龙夺。"下有自注："十二月十日，携女辛游焦山，归舟大雪。"注家都说他是带了女儿游镇江，显然不合常识。自己的命随时都保不住，哪会再坑害家人？这里的辛是假借，潜义为商，以商帝名辛故也，而女商即女伎。所谓商女不知亡国恨，隔江犹唱后庭花，亦自嘲反正死到临头，不妨苟且偷欢之义。别忘了他外公是段玉裁，他从小是得其亲炙的。再考前有诗称"设想英雄垂暮日，温柔不住住何乡？""青史他年烦点染，定公四纪遇灵箫"，坦白得已够彻底。至于注语里的雪是不是真的，也很难确定，看看他女友的《东海渔歌》被况周颐糟蹋成什么样子，他的遗稿落在魏源手里，又能幸运到哪里去？诗里的注到底是魏写的，还是他自己写的，谁也不知道，起码也是两人合作吧。因此，那天是否真有大雪，要看姓魏的是不是想下了。

十二月十一日（公元 1936 西安）

进入小寒第十一天，蒋介石飞临西安，"是晚召张、杨、于各将领，来行辕会餐，商议进剿计划。杨、于均未到，询之张汉卿，则知彼亦于今晚宴来陕之中央军政长官，杨、于先在西安招待，俟此间餐毕，将邀诸人同往也。汉卿今日形色匆遽，精神恍惚，余甚以为异。"临睡前他在日记里这样写道。事实证明他的感觉是对的，次日凌晨五点半，预谋中的政变就以一记枪声拉开了序幕，由于当天的日记至今没有公布，对此有兴趣的人，依然只能借助 1937 年 6 月官方抛出的《西安半月记》，根据该文描述，危难中的总统，当然还如平时一样镇定，甚至比平时更镇定，判断情况，制定应策，奋勇突围，一切都有条不紊，即使被抓住时发现没穿鞋，而且脚上只有一只袜子，也可以解释是因气候太热的缘故，好在旁边就是唐玄宗和杨贵妃洗出一首著名长诗来的华清池，也不能说完全是说谎。

十二月十二日（公元 1926 广州）

进入小寒第十二天，郁达夫对这一天的情况记得很清楚："晨八时起床，候船不开，郭君汝炳以前礼拜所映的相片来赠。与阿梁去西关，购燕窝等物，打算寄回给母亲服用的。在清一色午膳，膳后返家，遇白薇女士于创造社（时总部在粤,沪为出版部）楼上。伊明日起身，将行返湖南，托我转交伊在杭州之妹的礼物两件。晚上日本联合通信社记者川上政义君宴我于妙奇奇酒楼，散后又去游河，我先返，与白薇谈了半宵，很想和她清谈一晚，因为身体支持不住，终于在午前二点钟的时候别去。返寓已将三点钟了。唉，异地的寒宵，流人的身世，我俩都是人类中的渣滓。"郁氏笔下之清淡，可媲美于鲁迅之濯足，亦谓人间乐事。当然人多的时候不算，要两人单独相处时才算。谈得开心，天气再冷也就不觉得了。

十二月十三日（清光绪二十九年公元 1904 海宁）

进入小寒第十三天，王国维的老爸很生气，因《海宁县志》说了，当地农事活动有件大事叫藏蚕子，"腊月十二日，养蚕之家，各以盐卤茄灰，熏揉蚕子，藏之谷壳中。至廿四日则出之,浴于川,以待春至。"虽然早就吩咐了，昨天是道家三元君的百福日，光顾了那头，忘了再叮嘱一声，果然让下人疏忽了，是夜晚想起才补上的，不知当算作昨日还是今日。心情不好，日记也是一年来写得最短的："连日纷纭不绝。早健安杭回，看其新小说。张闷复鼎，代付廿元；子云款。雨仅能湿地，故出须屐，畏亦不出访。约紫清理厂事。"（《王乃誉日记》手稿本中华书局2014年7月影印出版）

十二月十四日（清雍正五年公元1728北京）

进入小寒第十四天，对《红楼梦》的爱好者来说，可能是个大喜的日子。因为雍正十天发出的将曹𬖆交部严审的旨意，已经获得执行。此后力度愈来愈大，至《雍正五年十二月二十四日谕旨》："江宁织造曹𬖆，行为不端，织造款项亏空甚多。朕屡次施恩宽限，令其赔补。伊倘感激朕成全之恩，理应尽心效力。然伊不但不感恩图报，反而将家中财物暗移他处，企图隐蔽，有违朕恩，甚属可恶！着行文江南总督范时绎，将曹𬖆家中财物，固封看守，并将重要家人立即严拿；家人之财产亦着固封看守，俟新任织造官员绥赫德到彼之后办理。伊闻知织造官员易人时，说不定要暗派家人到江南送信，转移家财。倘有差遣之人到被处，着范时绎严拿，审问该人前去的缘故，不得怠忽！钦此。"性质变了，相当于已从纪委转交法院。这样一来，贵族变成平民，满人改籍汉军，作品的思想性想不深刻也难了，而搭便车的胡适因而名闻天下，亦理所当然。不过他白话文第一人的头衔，可能要让贤于雍正才是。考旨内"不但不"、"反而"、"企图隐蔽"、"说不定"等用词，语言风格生动准确，朴素有力，可谓开一代之新风。而考之两百年后的《尝试集》增订四版自序："既已自誓将致力于其所谓活文学者，乃删定其六年以来所为文言之诗词，写而存之，遂成此集。"两相比较，高下立判。他的《日记全集》至今尚阙 1917 年 7 月 11 日至 1919 年 7 月 12 日这关键性的两年，有关方面迟迟不肯拿出来，希望不是因为这个原因。

十二月十五日（清乾隆五十七年公元 1793 广州）

进入小寒第十五天，跟着表妹夫徐秀峰赴粤经商的沈三白，途中于南安度过三十岁生日，终于在"腊月望日（即十五日）抵达省城，寓靖海门内，赁王姓临街楼屋三椽。"依托徐某在当地的人脉，居然不到半月，带去的货物就销完了，扣除成本，粗粗一算，竟赚有百余两银子，相当于他作幕三年的薪金。好在两人是亲戚，又为好友，因此不会说他搭便车，只强迫他坐瓜皮艇，并在舱内做了点不大不小的坏事而已。"除夕蚊声如雷，岁朝贺节，冇棉袍纱套者，不惟气候迥别，即土著人物，同一五官，而神情迥异。"这个"冇"字大概是新学的，即广东话没有的意思，可见他在语言方面有天生造诣，难怪留下的这部《浮生六记》，能有这么大名气。包括他那位身材干瘦，牙齿外突的老婆，也被林语堂誉为中国文学史上最可爱的女人。这个字现在各种版本都作"有"，既与文义不合，也显不出作者的本事，顺便替他改回来。就这样，从陆游眼里的"塘水绿生鳞"，到三白笔下的"蚊声如雷"，这个传统的月令小寒算是太太平平过去了。

陈漠

小说家,散文作家。出版有散文集《风吹城跑》《谁也活不过一棵树》《你把雪书下给谁》;作品集《优钵罗花》《蒙地》等。

1月20—21日

大寒

陈漠

宋·范宽·雪景寒林图（局部）

它是春天前的最大考验，也是黎明前的黑暗。它是艰难的，甚至是绝望的，但同时是痛快的、特殊的和希望的。而所有的等待，也许只需要一个爆破点，需要一个无声的暗示。

1. 大寒节气

现在，我们来到大寒节气的门口。

无论是否敲门，我们都得走进这扇大门。我们要奋力穿过这扇大门，走到时间的下一站，走进新的一年。或许可以说，大寒节气就是一个时间的大网兜，横挂在每个人前行的道路上，恭请你纵身穿过。

人虽然过去了，肯定有一些东西留下了。你的年龄，面对花朵的微笑，艰难的生活与无奈，那种大海一样铺天盖地而来的哀伤，以及永远也说不出疼痛的疼痛。当然还有唱进生命里的歌声，在血管里奔腾与咆啸的呼喊……都被留下了——留在网兜的这一面，留在正在被埋葬的这一年里，留在大寒之前。

也可以说，大寒节气就是一个口袋底，一个一年四季的收尾工程。每个人都已走完前面二十三个节气。九九归一，大家一起来到大寒节气里。酸甜苦辣，爱恨情仇，生老病死，该经历的都经历了，该来的也来了。人们汇聚在这个四季的口袋底，在一年中最寒冷的时刻，彼此依偎，相互取暖。仔细盘点来路，翻看全年的是非功过。然后辞旧迎新，把该扔的东西扔掉，该带的东西带走，该沉淀的东西沉淀下来，装在口袋底部，变成生命中永恒的积累。

这真是个非凡的节气！

大寒节气在每年阳历 1 月 20 日前后，这时，太阳到达黄经 300 度整，寒冷程度达到全年顶点。大寒之前是小寒。小寒在阳历 1 月 5 日前后，离大寒 15 天时间，太阳到达黄经 285 度，也就是说，太阳还在地球的南回归线附近徘徊，北半球能接受的太阳光热能量极其弱小。

　　小寒与大寒之间，有一种心照不宣的合作与递进关系。

　　《授时通考·天时》引《三礼义宗》说："大寒为中者，上形于小寒，故谓之大……寒气之递极，故谓大寒。"《历书》是这么说的："小寒后十五日，斗指癸，为大寒。时大寒栗烈已极，故名大寒也。"《月令七十二候集解》中说："（农历）十二月中，月初寒尚小，故云。月半则大矣。"小寒与大寒，就像两个亲兄弟，情同手足，互为悲悯，难舍难分。

　　"大寒小寒，冻作一团"，说的是这兄弟俩的共同特性——寒冷。

　　"过了大寒，又是一年"，说的是时间。过完大寒，人们杀猪过年，欢度新春佳节。而大寒节气一过，就要立春了。立春是下一年二十四节气中的头一个，它的到来，意味着新一年的轮回又开始了——

　　周而复始，无休无止。生命得以延续，生活照常进行。

2. 过年，在忧伤而浪漫的城市

　　每年大寒以前，当我的蜜蜂们给我做出足够的蜂蜜之后，我就收拾好蜂场的行李拿着醇香无比的蜂蜜回乌鲁木齐过年了。我把蜂蜜安顿好，喝一碗酸奶，吃一块馕，又喝了一大碗老伴炖的牛尾巴和恰玛古汤，就出门了。

　　走在街上，看到每个人都亲切无比啊！我想告诉乌鲁木齐人：我是一个养蜂人，我又在外地度过了一年，我回来了。你们每晚入睡前喝的那杯牛奶里兑的醇香蜂蜜，就是我的蜜蜂酿造的。我想给每个人做点好事，比如给妇女们让座、帮孩子们背沉重的书包，比如在大雪之后的街坡上帮拾垃圾的老汉推车、帮行路婆婆提一提菜篮子或清油……

街上光秃秃的树，像一只只冻僵的手，向高处伸着，无声地诉说仓促轮回之中的满腹委屈和隐痛。正是这些树，像忠诚而清瘦的门童，伸出他们干净有力的手，接我回家过年呢！也正是这些长也长不大的树，以它们羸弱的身躯，还有落叶遍地、满目萧瑟的景象，令我产生一种面向亲人的悲喜与悲悯。我恨不得跟每棵大树小树拥抱。我从它们身上看到了我父亲的影子我的影子和我儿子的影子。

傍晚，白茫茫雾气开始笼罩城市。南门、北门、光明路、红山、西虹路、友好路、八楼……人们手提文件袋或食品袋站在公交车站台上，鼻孔和嘴里呼出一两尺长的白气——这似乎向旁人和自己证明着一种生命的能量与温暖，每个人无限的期盼。橘黄色路灯奋力拨开迷雾，朝人们头顶或面容上泼洒柔美的光辉。细碎的雪花在我的脚底下泛射出清洁的光，钻石般晶莹璀璨，提醒我们留意城市中那个幽深又明媚的生命世界。走在雪路上，脚底下发出的类似老鼠磨牙的踏雪声像似告诉我们："你还活着，你的生命依然坚强有力……"

白雾，寒风中萧瑟的树，穿面包服、黑大衣、皮夹克的行色匆匆的人群，孤独凄美的灯光，人们呼出的生命雾气，旧公寓楼斑驳的墙壁……这一切就是乌鲁木齐大寒时节的典型意象，他们卷动成一种铺天盖地的忧伤，弥漫空中，深埋心头，挥之不去。

这就是我的乌鲁木齐呀！我喜欢的乌鲁木齐，梦魂牵系的家。这种忧伤而浪漫的情感，与乌鲁木齐乃至整个新疆的大地气质相吻合。

走在寒冷的冬天夜晚的乌鲁木齐某条幽深而昏暗的街道上，我甚至会产生一种错觉，以为自己正走在陀思妥耶夫斯基或巴乌斯托夫斯基笔下的某条莫斯科巷道里。

把衣领子竖起来，用围巾裹住耳朵，在铺满花砖的人行道上行走，在傍晚行色匆匆的人群中行走，内心涌动着一种莫名的喜悦与温暖，我在内心深处为这些陌生的同城人的生活信心而感动。我是他们中的一员，我就是他们，我应和着他们每一个人的心跳动。无论男人或女人，我有一种深深的甘苦与共之感，一种多色人群、多元文化杂交之后的认同感和归宿感。换句话说，我愿意跟这些陌生的邻居一起并肩行走，愿意和他们站在一起、并成为他们。

路过博物馆、天主教堂、基督教堂和新疆国际大巴扎这样的一千零一夜中的场景及某户人家的雕花院门时候，我会忍不住停住脚步，多看几眼。这里蕴藏着大美和大境界，这些地方需要思想与仰望。我们继续往前走。我们孤独而宁静。夜晚的大片黑暗很快会接纳我们、平抚我们、纵容我们。我们、我们的街道、我们的眼泪、我们的呼吸和欢笑、我们的每一件东西都会被温暖的黑夜淹没。要不了多久，我们就可以在路的尽头拐进一幢房子里，那是我们的家，是我疗伤止痛的地方，也是我出发和到达的地方。这个地方有暖气，有天山雪峰上流淌而至的冰川水，有我精心收藏的各类书籍。好像只要换上拖鞋，平躺在床上，我就可以做失落的传奇梦和繁华梦了；可以安享属于我们的时光，过安静又平淡的小日子——

此时此刻，东方人和西方人的眼睛都看不见我们。

3. 大寒三候

二十四节气起源于黄河流域，完善于长江和淮河之交的地域，特别是完善于淮河沿岸的安徽省淮南八公山。周代时，我们的先民用一种叫"土圭"的工具——一根垂立在大地上的木竿观测太阳的影子，他们把竿影最短的那天叫"夏至"，最长的那天叫"冬至"，而把竿影是长短之和一半的两天，分别叫"春分""秋分"。先秦时期，立春、立夏、立秋、立冬四个节气已被确定。到两汉时期，《淮南子》里就出现了二十四节气的全部名称。

人们认为，太阳在星空背景下行走的线路叫"黄经"或"黄道"。以春分点为0度，太阳从春分点（太阳垂直照射赤道）出发，沿黄经每运行15度所经历的时日，为一个节气。每年运行360度为一回归年，共经历二十四个节气。

祖先们以美好的词汇给二十四节气命名。读读每个词汇，它们泛射出来的幽深而明媚的光芒，足以照亮春秋，振奋乾坤。只要愿意，任意抽取一个名字，比如，清明、谷雨、立夏、芒种，比如白露、霜降、小雪、大寒……任意一个汉语词汇，都可以擦亮目光，开启心智，镇定世界。

不仅如此，我们的祖先又把五天称为微，十五天称为著，五天多又称为一候，十五天是一个节气。所以每个节气细分成三候，二十四个节气就分出了七十二候，每候都以一种特殊动植物指代，候应也应时而生。树木花草，把根深植于泥土，悉心体会大地冷暖，从土地内部汲取养分和秘密；飞禽鸟兽严格按照季候变化活动，总结和完善了各自全部的迁徙规律。农人借助二十四节气，把时间定格在播种、施肥、浇灌、收割、仓储等农作物的生长与收获的循环体系里，把时间和生产生活定格在人与天道相应和的状态。农业生产有时，人生社会有节，人身人性有气。见微知著，观候知节，既是祖先们立身处世的生活，也是安身立命的参照。

先人给大寒确定的物候同样是三种，每种时限五天：一候鸡乳，二候征鸟厉疾，三候水泽腹坚。意思是：虽为大寒，母鸡已能感觉到阳气回升，开始产蛋孵小鸡。鹰隼等凶猛飞禽，处于捕食能力最强的时候；天寒地冻，地面一片冷寂，出窝觅食的野兔、田鼠极易被发现，鹰隼们会箭一般疾速猛扑猎物，又快又准。三九四九，冻破石头。大寒时节后五天，也是每年的最后五天，江河湖泊的冰一直冻到水中央，厚而结实，全年冷到了极点。——鸡乳，水泽腹坚和征鸟三种物候，天上、地上和水里，尽被大寒节气说破，同时也被其瞬间概括。

祖先们还摸索出了负面规律。假如过时不候,那么，就说明背时了，反常的事情就要发生啦！——大寒不寒，母鸡不下蛋，就说明社会上有淫乱事件发生；鹰隼这样的该高飞的猛禽不高飞，则国家不能剪除奸邪；数九寒天，水不能坚冰，说明国君的政令无人听从。该寒不寒，水不能结冰，则预示着气候反常，百姓生计无法得到保障，政令无法推行。

4. 我把雪书下给谁？

大寒一到，乌鲁木齐寒冷至极的大雪季节就到了。

大雪飘飞的日子，我甘愿做一只困兽。望着窗外成团的雪片漫天飘落，望着童话般的安详静谧与圣洁，觉得自己就是这世界上最幸运的人了。我被某种清洁的喜悦所笼罩。整个上午或下午，情不自禁地在屋子里走来走去，高兴得啥事也做不成，心里装满了幸福，以及某种莫名的期待。

这是上天恩赐给我们的享乐的日子。是神性的时刻。老天爷有意让人们停住忙碌的脚步，啥也不要干了。停下来，悉心体会我们应有的光阴和生活。我们怎能够辜负上天的一片好意呀！于是，我就坐下来，给远方的朋友写信。我要在大雪落定以后，步行到邮局，把这封信发出去。或者约请朋友到人民电影院附近的红茶坊及北门的仙踪林西餐馆喝茶聊天。这是上天安排给我们的特殊时刻，最适合的事情就是探亲访友，约会喝酒，倾心长谈。这是令人无法荒废的时候。也是让我们可以肆无忌惮地挥霍并虚度的时刻。

雪，这些整齐的六角形图案——大地的使者，是如此的精美、整洁、轻柔和吉祥，也是如此的宽容、隐忍与高贵。它们源于寒冷，却给大地带来温暖。它们携裹着充足的水，却以干爽而圣洁的姿态到来。它们纤尘不染，却无怨无悔地扑向污垢并包容所有的不洁。它们从萧条的冬季降落，却孕育并预示着来年的丰收。它们把那些高级的愿望和神圣的光芒持续输送给大地，并驱散了隐匿在我们体内、禁锢及吞噬着我们灵性的东西，使我们不再世故和麻木，使每一个生命复活和放大。于是，维吾尔族兄弟们开始下雪书、喝慕萨莱斯、吃手抓肉；蒙古族人给来访的客人们敬酒献哈达；哈萨克族人在冬窝子里唱起谎歌，所有的孩子们开始堆雪人、打雪仗，以及坐狗拉雪橇。

迄今为止，在人类美好愿望中发生的一切事情，都是以雪为坐标进行的。假若冬天没有雪，就像大海里没有鱼，森林里没有鸟，土地上没有庄稼，女人没有生孩子。假若乌鲁木齐没有雪，那它肯定就不是乌鲁木齐了。

一场又一场大雪，使乌鲁木齐人获得了短暂的间歇式的惊喜、洁净与安宁。最美好的时刻还在每场大雪落定之后——特别是在新年到来前的大寒时节那场大雪落定之后。

仿佛听到一声神秘的口哨似的，出租车、私家车、公交车及公务用车一律就近停靠在街边。停雪就是命令。两小时内，所有店铺、单位、机关、学校，必须各自清扫掉门前及马路上的积雪。再要紧的事也不办了！全城人只做一件事：扫雪。

时光一下子停下来！仿佛我们与世界的联系都中止了！这是一件何其迷人和有趣的事情啊！人们戴上手套和帽子，肩扛铁锹、榔头、扫帚或簸箕，浩浩荡荡走出一幢幢黑乎乎的办公大楼，开始一年中一次或几次的集体性的扫雪劳动。我们好像进入一种战时或国家灾难时刻的短暂的特殊氛围当中，每个乌鲁木齐人都无比喜悦地参与到这种有些强制性的集体狂欢中。我们齐心协力、挥舞着手中的铁锹砍剁个不停，整个城市都淹没在成千上万个铲雪剁冰声形成的汪洋大海之中。看啊！青春貌美的女子也正活力四射地干着活，她们的面孔被雪冻得又红又白；爽朗而清脆的笑声使四周冰冷的空气也温暖流动起来⋯⋯在这个时节，雪是一种载体和理由，强迫我们连成一个整体、寻思着共同的命运；雪将我们团结在一起，同舟共济、生死相依⋯⋯

5. 腊八节和小年

大寒前后，有两个传统节日是需要关注的。

一个是腊八节，即农历腊月初八。先秦时起，我们的先民就开始过腊八节了。

在我的老家——陕南安康市，至今仍有腊八节吃腊八粥的习俗。小时家里生活贫困，无论日子多么艰难，每年腊月初八这天，母亲都要想方设法凑齐八种谷物，煮一大锅腊八粥给我们吃。至今，我仍能清晰记起母亲当年清数谷物种类时的样子。她左手掌托起一瓷盆精心挑选出来的粮食，手背搁放在桌面上，全神贯注盯着瓷盆看，右手指逐一清点粮食种类，拣掉粮食中的草秆、石子等。花豆、绿豆、黄豆、大米、小米、花生、麦子、红豆……母亲往往会清点好几遍，生怕少了一种两种，不吉利，日子会有什么闪失。保险起见，母亲往往会多放一些谷物种类。因此，我家的腊八粥有时就变成了十几种谷物的粥——谷物越多，就预示着来年五谷丰登，六畜兴旺，日子越过越红火。

每当五谷飘香的腊八粥盛在碗里，递送到我们手里的时候，一种丰收的喜悦、生活富有的满足感和对来年美好生活的期盼注满心间，让我们增添了无穷无尽的信念和力量。

据说，释迦牟尼就是农历十二月初八得道成佛的，佛教称这天为"佛成道节"。中国佛教徒每年腊月初八诵经祈福，称腊八粥为佛粥、福德粥、福寿粥。

很多地方的孩子还会给果树喂腊八粥，祈求来年果木兴盛，枝繁叶茂，天地吉祥。

另一个节日是腊月二十三，是小年，家家户户祭灶神。据说，灶王爷这一天要上天给玉皇大帝汇报一年的工作。很多人家供上甜瓜糖果让灶王爷吃，希望他甜甜嘴，上天后多说好话，免除灾祸。供品两侧还要贴上对联："上天言好事，下界保平安。"

6. 豪歌疾鼓送寒来

大寒节气的突出特点是寒。假若大寒不寒，问题就大了。在中国南方一些地方，倘若出现暖冬天气，大寒不寒，小麦、油菜等农作物提前拔节、抽薹，抗寒能力就会减弱，极易遭受低温霜冻灾害。福建人说："大寒不寒，人马不安"；贵州人说："大寒白雪定丰年"；江西人说："大寒见三白，农民衣食足"；陕西人说："小寒大寒不下雪，小暑大暑田开裂。"该寒冷的时候好好冷，这比什么都重要。不仅大寒要寒冷，而且应该再刮些风。有个谚语就说："大寒无风伏干旱。"

在中国北方，人们最担心的事情也是大寒不寒，冬天不冷。一旦出现暖冬情况，不仅来年农作物收成受影响，人们的生产、生活、时运、脉象等均会遭受不同程度的破坏。因而，人们想方设法祈求神灵护佑，让寒冷回归大寒，让大寒永驻人间。于是，在中国大西北，在古代西域的很多国家，乞寒舞应运而生。

乞寒舞是古代广泛流行的裸体舞，也是很多地方为了祈求寒冷而在三九严寒的日子里举办的狂欢节。主要流行地域是新疆和康国（今乌兹别克斯坦的撒马尔汗）。

乞寒舞又叫浑脱舞，也有泼寒胡、苏摩遮之称。《文献通考·乐考·夷部乐》中说:"乞寒本西国外蕃,其乐大抵以十一月裸露形体,浇灌衢路,鼓舞跳跃而索寒也。"

新疆是沙漠干旱地区,气候炎热,干燥少雨。如果冬天不够寒冷,来年雨水就更少了。于是,每年腊月期间,也就是在小寒或大寒节气到来的时刻,在一年中最冷的日子里祈求更冷——祈求大寒更寒,确保来年风调雨顺,物阜民康。

跳乞寒舞时,男女混行,裸露身体,以便更天然地接近神灵,使其感受到人间的诚意。

不仅如此,人们且舞且歌,尽情欢娱;不仅如此,人们还互相用水泼浇对方,同时也泼浇道路两旁的行人和观众,甚至还会用绳索搭勾,突然拴住路旁的美女俊男,捉人为戏,将其拉进欢乐的人群,加入狂欢者队伍;不仅如此,大鼓、琵琶、五弦、箜篌、笛子等乐器先后登场,整条街道,瞬间变成欢乐的海洋;不仅如此,这些舞者,裸体的男人们,戴上牛鬼蛇神面具,假扮种种面目形状,裸体女人,甚至戴上油帽,以便压邪去病,驱赶恶鬼……大家通过各种夸张的手势和姿态,在自我装饰与表现中,通过某种神秘的交感巫术,达到驱恶压邪、驱瘟降福目的。

是否可以说,这是中国有记载以来最早的假面裸体舞会呢?

新疆的乞寒舞流行于北周,却盛行文化大开放的唐代。更重要的还在于,不仅当时的民间广为盛行乞寒舞,宫廷也将其纳入重要演出序列。《北周书·宣帝纪》说:"(静帝)大象元年(公元579年)十二月甲子还宫,御正武殿,集百官及宫人、内外命妇,大列妓乐,又纵胡人乞寒,用水浇泼为戏乐。"就是说,北周的静帝宇文衍在宫廷中欣赏了乞寒舞。

唐代，乞寒舞风靡一时，城市、宫廷、王公贵族中，均流行这种来自西域的风格独特的戴面具的裸体舞。武则天和她的儿子中宗李显，也欣赏过此舞。唐中宗之所以喜欢乞寒舞，除戏乐消遣外，一个重要目的在于宣扬皇恩浩荡。张说写的《苏摩遮》一诗中说："闻道皇恩遍宇宙，来将歌舞助欢娱。"唐玄宗时，右拾遗韩朝宗和中书令张说，先后上书谏议禁止此舞，理由是："裸体跳足，圣德何观；挥水投泥，失容斯甚！"意思是说，脱光衣服乱蹦乱跳，体面人不堪入目。又拿泥水胡泼乱洒，太不成样子了！

于是，李隆基便在开元六年（公元713年）十月七日正式发布命令："敕：腊月乞寒，外蕃所出，渐浸成俗，因循已久。自今以后，无问蕃汉，即宜禁断。"（见《唐会要》43卷）

从此，乞寒舞便在中原大地消失了。但其中《苏摩遮》大曲，却继续流行。天宝十三年（公元754年），又将当时流行227个乐曲中的59个少数民族乐曲、外国乐曲全改为汉名，内中将金风调《苏摩遮》改名为《感皇恩》，沙陀调《苏摩遮》改名为《万宇清》，水调《苏摩遮》保留原名不变。（见《唐会要》33卷）

腊月凝阴积帝台，豪歌急鼓送寒来。

大寒节气里，新疆先民应着急促的鼓声，伴着横笛琵琶，左旋右转，裸体狂欢，并把魅力无边的音乐歌舞传递到中原大地的时候，寒冷的季节不仅带给更多人以欢乐和幸福，更带给了大家无尽的期盼与祝福，带来了六畜兴旺，五谷丰登，生活安宁。

7. 青春过大寒

最寒冷的日子到了,春天即已不远了。

大寒节气的意义在于,它不仅是全年的口袋底——收关的节气,而且是给来年定调的节气。

它是春天前的最大考验,也是黎明前的黑暗。它是艰难的,甚至是绝望的,但同时是痛快的、特殊的和希望的。它是冷静、冷峻、冷酷的,又是躁动的、疯狂的、肆无忌惮的。它是冰与火交相融合的时期。它是欲望、能量、精神气息和才华的大屯集,也是等待喷薄而出的沉默的出奇的时刻。而所有的等待,也许只需要一个爆破点,一个无声的暗示。

或许,一个眼神,就能点燃整个春天。

"愿保乔松质,青春过大寒。"(耿沣)

大寒节气一过,春节就到了。

"绿蚁新醅酒,红泥小火炉。晚来天欲雪,能饮一杯无?"(白居易)

让我们在最寒冷的时刻欢聚吧!让我们举起酒杯,开怀畅饮,迎接新的一年。

附录

一九九八：二十四节气[①]

苇岸

[①] 本书特别收入诗人、散文作家苇岸（1960—1999）的作品《一九九八：二十四节气》。1998年2月，苇岸开始为创作《一九九八：二十四节气》进行记录，1998年10月开始写作，但未能完成全部创作。从"立夏"开始为未完成的草稿。我们完整收入他已完成的篇章、残篇草稿和未完成的篇章，以纪念，以致敬。

立　春	日期：农历正月初八；公历 2 月 4 日 时辰：辰时 8 时 53 分 天况：晴 气温：摄氏 5℃——-5℃ 风力：四五级

对于北半球的农业与农民来说，新的一年是从今天开始的。

古罗马作家瓦罗在他的著作《论农业》中写道："春季从二月七日开始。"瓦罗所依据的日历，是当时的古罗马尤利乌斯历（尤利乌斯历即后来的公历前身）。在公历中，立春则固定地出现在二月四日或五日。这种情况，至少在本世纪的一百年如此。一个应该说明的现象是，本世纪上半叶立春多在二月五日，下半叶立春多在二月四日。

能够展开旗帜的风，从早晨就刮起来了。在此之前，天气一直呈现着衰歇冬季特有的凝滞、沉郁、死寂氛围。这是一种象征：一个变动的、新生的、富于可能的季节降临了。外面很亮，甚至有些晃眼。阳光是银色的，但我能够察觉得出，光线正在隐隐向带有温度的谷色过渡。物体的影子清晰起来（它们开始渐渐收拢了），它们投在空阔的地面上，让我一时想到附庸或追随者并未完全泯灭的意欲独立心理。天空已经微微泛蓝，它为将要到来的积云准备好了圆形舞台。但旷野的色调依旧是单一的，在这里显然你可以认定，那过早的蕴含着美好诺言的召唤，此时并未得到像回声一样信任地响应。

立春是四季的起点，春天的开端（在季节的圆周上，开端与终结也是重合的）。这个起点和开端并不像一个朝代的建立，或一个婴儿的诞生那样截然、显明。立春还不是春天本身，而仅仅是《春天》这部辉煌歌剧的前奏或序曲。它的意义更多地在于转折和奠基，在于它是一个新陈更番的标帜。它还带着冬天的色泽与外观（仿佛冬季仍在延伸），就像一个刚刚投诚的士兵仍穿着旧部褪色的军装。我想古希腊诗人赫西俄德《工作与时日》里的那句"灰色的春季"，正是从这个角度讲的。

雨 水	日期：农历正月廿三；公历 2 月 19 日 时辰：寅时 4 时 43 分 天况：阴，雨雪 气温：摄氏 3℃——-2℃ 风力：一二级

在二十四节气的漫漫古道上，雨水只是一个相对并不显眼的普通驿站。在我过去的印象里，立春是必定会刮风的（它是北京多风的春天一个小小的缩影），但雨水并不意味着必定降雨。就像森林外缘竖立的一块警示标牌，雨水的作用和意义主要在于提醒旅人：从今天起，你已进入了雨水出没的区域。

今年的雨水近乎一个奇迹，这种情形大体是我从未经历过的（它使"雨水"这一节气在语义上得到了完满的体现）。像童年时代冬天常有的那样，早晨醒来我惊喜地看到了窗外的雪。雪是夜里下起来的，天亮后已化作了雨（如古语讲的"橘逾淮为枳"），但饱含雨水的雪依然覆盖着屋顶和地面。雨落在雪上像掉进井里，没有任何声响。令人感到惊奇和神秘的是：一、雨水这天准确地降了水；二、立春以后下了这么大的雪；三、作为两个对立季节象征的雨和雪罕见地会聚在了一起。

在传统中，雪是伴随着寂静的。此时的田野也是空无一人，雪尚未被人践踏过（"立春阳气转，雨水送肥忙。"以化肥和农药维持运转的现代农业，已使往昔的一些农谚失去了意义）。土地隐没了，雪使正奔向春天和光明的事物，在回归的路上犹疑地停下了脚步。由于吸收了雨，雪有些蹋缩、黯淡，减弱了其固有的耀眼光泽。这个现象很像刀用钝了，丧失了锋芒。几只淋湿了羽毛的喜鹊起落着，它们已到了在零落乔木或高压线铁架上物色筑巢位置的时候了。面对这场不合时令的雪，人们自然会想到刚刚逝去不久的冬天；但在一个历史学家眼里，他也许会联想到诸如中国近代的袁世凯昙花一现的称帝时期。

惊　蛰	日期：农历二月初八；公历3月6日 时辰：寅时3时3分 天况：晴 气温：摄氏14℃—2℃ 风力：二三级

二十四节气令我们惊叹和叫绝的，除了它的与物候、时令的奇异吻合与准确对应，还有一点，即它的一个个东方田园风景与中国古典诗歌般的名称。这是语言瑰丽的精华，它们所体现的汉语的简约性与表意美，使我们这些后世的汉语运用者不仅感到骄傲，也感到惭愧。

"惊蛰"，两个汉字并列一起，即神奇地构成了生动的画面和无穷的故事。你可以遐想：在远方一声初始的雷鸣中，万千沉睡的幽暗生灵被唤醒了，它们睁开惺忪的双眼，不约而同，向圣贤一样的太阳敞开了各自的门户。这是一个带有"推进"和"改革"色彩的节气，它反映了对象的被动、消极、依赖和等待状态，显现出一丝善意的冒犯和介入，就像一个乡村客店老板凌晨轻摇他的诸事在身的客人："客官，醒醒，天亮了，该上路了。"

仿佛为了响应这一富于"革命"意味的节气，连阴数日的天况，今天豁然晴朗了（不是由于雨霁或风后）。整面天空像一个深隐林中的蓝色湖泊或池塘，从中央到岸边，依其深浅，水体色彩逐渐减淡。小麦已经返青，在朝阳的映照下，望着满眼清晰伸展的绒绒新绿，你会感到，不光婴儿般的麦苗，绿色自身也有生命。而在沟堑和道路两旁，青草破土而出，连片的草色已似报纸头条一样醒目。柳树伸出了鸟舌状的叶芽，杨树拱出的花蕾则让你想到幼鹿初萌的角。在田里，我注意到有十数只集群无规则地疾飞鸣叫的小鸟（疑为百灵）；它们如精灵，敏感、多动，忽上忽下；它们的羽色近似泥土，落下来便会无影无踪；我曾试图用望远镜搜寻过几次，但始终未能看清它们（另一吸引我注意的，在远处高新技术产业开发区外缘公路边的人行道上，一个穿红色上衣的少女手捧一本书，由北至南不停地走过来走过去）。可爱的稚态、新生的活力、知前的欢乐、上升的气息以及地平线的栅栏，此时整个田野很像一座太阳照看下的幼儿园。

"惊蛰过，暖和和。"到了惊蛰，春天总算坐稳了它的江山。

| 春　分 | 日期：农历二月廿三；公历3月21日
时辰：寅时3时57分
天况：晴
气温：8℃——-2℃
风力：二三级 |

　　"四时八节"，在二十四节气里，春分是八个基本节气之一。西方古代为了便于农事，曾将一年划分成八个分季，第二分季即"从春分到维尔吉里埃座七星升起"。春分是春季的中分点，同时就一年来说，"春分者，阴阳相半也，故昼夜均而寒暑平"。春分这天太阳正当赤道上方，它将自己的光一丝不苟地均分给了地球南北。人们平日常说：像法律一样公正。实际就此与春分或秋分相比，这是个并不十分恰当的比喻（因为法律最终都要通过法官体现）。在春分前后，如果你早晨散步稍加留意，会发觉太阳是从正东升起的。过了春分，"幽晦不明，天之所闭"的北方人民便明显感到，太阳一天天近了。

　　在春天的宫廷里，还是发生了一次短暂的政变。三月十八日深夜，大风骤起，连续两天风力五六级，白天的最高气温降至摄氏三度。关于世间类似这种突发的、一时的、个别的、偶然的"倒行逆施"，它的最大消极作用，主要还不在其使率真勇为的先行者遭受了挫折和打击，而在其由此将使世间普遍衍生以成熟和大家风度自诩的怀疑、城府、狡黠、冷漠等有碍人类愉快与坦诚相处的因素。

　　仿佛依然弥漫着政变刚刚被粉碎的硝烟，今天尽管大风已息，气温回升，但仍有料峭的寒意。与惊蛰对照，春分最大的物候变化是：柳叶完全舒展开了，它们使令人欣悦的新绿由地面漫延上了空间；而杨树现在则像一个赶着田野这挂满载绿色马车的、鞭子上的红缨已褪色的老车夫。另外一个鲜明变化，即如果到山前去，你可以看到盛开的总与女人或女人容貌关联的桃花。

"九尽杨花开，农活一起来。"每年到了三月中旬，一般便出九了。但眼下农田除了零星为小麦浇返青水的农民外，依然显得空旷、冷清。现代农业作物种植的单一和现代农业机械器具的运用，不仅使农业生产趋于简便，也使农民数量日渐减少。随着工业文明的推进，人口学家预测，二〇一〇年世界人口达到七十亿，其中城市居民将逾三十五亿，有史以来首次超过农村人口。在人类的昨天，无论东方还是西方，农业和农民都曾倍受尊崇。古希腊罗马时期，人们曾用"好农民"或"好庄稼人"来称赞一个好人（"受到这样称赞的，就被认为受到了最大的称赞"）。古罗马作家加图在他的《农业志》中这样赞美农民："利益来得最清廉、最稳妥，最不为人所疾视，从事这种职业的人，绝不心怀恶念。"如果加图的说法成立或得到我们认同，那么看来人类社会由农业文明向工业文明的转化，不光污毁了自然，显然也无益于人性。

清　明	日期：农历三月初九；公历4月5日 时辰：辰时8时6分 天况：晦 气温：17℃—8℃ 风力：零或一级

作为节气，清明非常普通，它的本义为，"万物生长此时，皆清洁而明净，故谓之清明"。但在二十四节气中清明后来例外地拥有了

双重身份：即它已越过农事与农业，而演变成了一个与华夏人人相关的民间传统节日。就我来说，清明是与童年跟随祖母上坟的经历和杜牧那首凄美的诗连在一起的，它们奠定了我对清明初始的与基本的感知、印象和认识。我想未来也许只有清明还能使已完全弃绝于自然而进入"数字化生存"的人们，想起古老（永恒）的二十四节气。

二十四节气的神奇、信誉与不朽的经典性质，在于它的准确甚至导致了人们这样的认识：天况、气象、物候在随着一个个节气的更番而准时改变。与立春和立秋类同，清明也是一个敏感的、凸显的显性节气，且富于神秘、诡异气氛。也许因其已经演变为节日，故清明的天况往往出人意想地与它的词义相反（这在二十四节气里是个特例），而同这一节日的特定人文蕴涵紧密关联。在我的经验里，清明多冽风、冥晦或阴雨；仿佛清明天然就是"鬼节"，天然就是阳间与阴界衔接、生者与亡灵呼应的日子。

今年的清明，又是一个典型例证。延续了数日的阴天，今天忽然发生了变化：天空出现了太阳。这是可以抬头直视的太阳，地面不显任何影子（与往日光芒万丈的着装不同，太阳今天好像是微服出访）。整个田野幽晦、氤氲、迷蒙，千米以外即不见景物，呈现出一种比夜更令人可怖的阴森气氛。麦田除了三两个俯身寻觅野菜的镇里居民外，没有劳作的农民。渲染着这种气氛的，是隐在远处的一只鸟不时发出的"噢、噢、噢"单调鸣叫。它的每声鸣叫都拉得很长，似乎真是从冥界传来的。这是一种我不知其名、也未见过其形的夜鸟，通常影视作品欲为某一月黑之夜杀机四伏的情节进行铺垫时，利用的就是这种鸟的叫声。

从田野返回的路上，我在那片高新技术产业开发区一家药业公司圈起待建的荒地内，看到一群毛驴，大小约二十头，近旁有一位中年农民。我走了进去，和中年农民攀谈起来。他是河北张北人，驴即来自那一带。这是购集来供应镇里餐馆的。我问：驴总给人一种苦相感，农民是不是不太喜欢它们？中年农民答：不，农民对驴还是很有感情的，甚至比对马还有感情；驴比马皮实，耐劳，不挑食，好喂养，比马的寿命也长。

谷　雨	日期：农历三月廿四；公历 4 月 20 日 时辰：申时 15 时 16 分 天况：晦 气温：26℃—14℃ 风力：零或一级

从词义及其象形看，"谷"首先指山谷。瑞典汉学家林西莉在她的著作《汉字王国》中即讲："我只要看到这个字，马上就会想起一个人走进黄土高原沟壑里的滋味。"当谷与雨并连以后，它的另一重要含义"庄稼、作物"无疑便显现了。

像"家庭"一词的组构向人们示意着只有屋舍与院子的合一，才真正构成一个本原的、未完全脱离土地的、适于安居的"家"；"谷雨"也是一个包含有对自然秩序敬畏、尊重、顺应的富于寓意的词汇，从中人们可以看出一种神示或伟大象征：庄稼天然依赖雨水，庄稼与雨水密不可分（僭越的、无限追求最大产值的现代农业对地下水的过度采掘，后果是导致了全球淡水资源的危机）。

谷雨是春季的最后一个节气，也是一年中最为宜人的几个节气之一。这个时候，打点行装即将北上的春天已远远看到它的继任者——携着热烈与雷电的夏天走来的身影了。为了夏天的到来，另外一个重要变化也在寂静、悄然进行，即绿色正从新浅向深郁过渡。的确，绿色自身是有生命的。这一点也让我想到太阳的光芒，阳光在早晨从橙红到金黄、银白的次第变化，实际即体现了其从童年、少年到成年的自然生命履历。

麦子拔节了，此时它们的高度大约为其整体的三分之一，在土地上呈现出了立体感，就像一个十二三岁的男孩开始显露出了男子天赋的挺拔体态。野兔能够隐身了，土地也像骄傲的父亲一样通过麦子感到了自己在向上延续。作为北方冬天旷野的一道醒目景观的褐色鹊巢，已被树木像档案馆对待自己的秘密一样用叶子悉心掩蔽起来。一只雀鹰正在天空盘旋，几个农民在为小麦浇水、施撒化肥。远处树丛中响起啄木鸟的只可欣赏而无法模仿的疾速叩击枯木的声音，相对啄木鸟的鸣叫，我一直觉得它的劳动创造的这节音量由强而弱、频率由快而慢的乐曲更为美妙迷人。

立　夏	日期：农历四月十一；公历 5 月 6 日 时辰：丑时 1 时 40 分 天况：阴 气温：22℃—13℃ 风力：三四级

阴（云无形态，太阳偶尔能显出圆形）。气温：22℃—13℃。风力：三四级（近午刮起来）。

麦子已经抽穗了，麦芒耸立着，剑拔弩张的样子，但剥开，尚未形成麦粒，空的。听到了远处"四声杜鹃"的声音。树木的叶子已充分舒展开来，绿色也由浅绿、新绿向深绿和墨绿过渡。洋槐花已开放约十天，似盛期已过，叶子已遮掩了花。农民正在麦田拔一种类似野花的草，水也刚浇过。依然是喜鹊。飞过两只乌鸦。

小　满	日期：农历四月廿六；公历5月21日 时辰：未时14时38分 天况：晴转阴，小到中雨 气温：25℃—14℃ 风力：一二级

气温：25℃—14℃。风力：一二级。晴转阴，小到中雨。

八点前还有阳光，它的阴不是从某个方向开始，而是整面天空渐渐烟雾浓云起来，阳光是渐渐淡化、消失的，可以仰视太阳，但它不是圆形，而是一团棉絮状。

麦田成型（定型）了，立体、挺拔，颜色尚未转变，麦芒上挂着柳（杨）白絮，麦粒成型，白色的，还无质感。春天的新鲜、活泼已消失，平静的、稳重的夏天正在衍进。泡桐还有花，一切叶子已舒展开来。全部的绿色。听到远处的布谷鸟声，灰喜鹊与喜鹊。

芒　种	日期：农历五月十二；公历 6 月 6 日 时辰：卯时 6 时 2 分 天况：晴，傍晚有雨 气温：29℃—15℃ 风力：零或一级

晴，气温 29℃—15℃（6 月 5 日），傍晚有雨。

一周前已显进入雨季，下雨频且持续长，花期已全部结束，对于自然任务来说。麦田处在由青而黄的过渡中，它是绿与黄的综合色。麦粒已形成青白色，果肉很嫩。

青草已覆盖地面，新绿，寸草的样子。

麦田的黄色，首先是叶子黄了，然后根部。

早种的玉米已高出麦田，晚种的还不及三分之一高（五六片叶子）。远山后埋伏着白红色云团，仿佛随时会带一阵雨来。小白蝴蝶翻飞。

在我身边的不高大的柳树（或更远），我忽然听到苇扎子（苇莺）微弱的叫声，像鹊鸟。很奇怪，因为并无苇塘。一两只喜鹊。麻雀。

《工作与时日》P18：

这时候，山羊最肥……

黄色是太阳、黄金成熟的颜色，是帝王偏爱的颜色，是结束、最后的颜色。

"色有五章，黄其主也。"

夏　至	日期：农历五月廿七；公历 6 月 21 日 时辰：亥时 22 时 44 分 天况：阴晴，傍晚有雷阵雨 气温：33℃—19℃ 风力：一二级

气温：33℃—19℃。风力：一二级。半阴半晴（天空云量渐多，傍晚有雷阵雨天气）。

麦子已收割完毕，田野尚弥漫着麦秸的气息，田地因麦秸而有些凌乱，像客人刚刚离去或退潮，一个季节的逝去。

麻雀信意地起落、鸣叫，它们拥有田里遗落的麦粒。全是麻雀，未见喜鹊。听到远处一两声杜鹃叫，还有啄木鸟啄枯树的声音（雏雀大概已会飞了）。

种的早玉米已一人高了，它们接替麦子成了田野的主角。菜田开着黄花，白蝴蝶翻飞。

几个戴草帽的农民，在田里为玉米、豆秧除草。

天空弥漫着灰黑色的烟雾（尘），没有云形。地面有影子。远处渐渐隐没烟雾中，（没？）有地平线。河南登封的"无影台"：夏至日见不到影子。

夏至：意一个客人到了。

一个不受欢迎的客人进了（大？）门。

小　暑	日期：农历闰五月十四；公历 7 月 7 日 时辰：申时 16 时 25 分 天况：晴，午后到傍晚有阵雨 气温：34℃—21℃ 风力：三四级

气温：34℃—21℃。微风（三级），西北风三四级。午后至傍晚北部山区有雷阵雨。

倾盆大雨后的第二天（我从未经历过这样的大雨，下时有恐怖气氛）。世界干干净净，树叶及地面都闪亮，水流的痕迹。天空很蓝，自中及边缘渐渐减淡，现微白色。只有东南方边缘的天空有白云铺开来。蜻蜓低飞。积水像块块镜子。

玉米已抽穗扬花，新挺出的玉米果顶着淡黄及粉红的缨（接纳授粉）。这是早种的玉米。其下部的叶子已普遍被虫子吃成条状。晚种的玉米刚半人高。

听到个别的微弱的蝉鸣，这是先行步出地面的先驱。

田野沉寂，除偶尔飞过的麻雀及一两只喜鹊，未见其他鸟。

一个农民在扶倒伏的玉米，一个农民在为玉米除草。

也见了一两只燕子飞。

雷雨随时发生的节令，西北天际随时可涌上云团，像在森林随时可遇上野兽。

住宅区树上还未响起蝉鸣。

大　暑	日期：农历六月初一；公历 7 月 23 日 时辰：巳时 9 时 37 分 天况：阴，中到大雨，局部暴雨 气温：27℃—22℃ 风力：零或一级

阴，中雨到大雨，局部暴雨。气温：27℃—22℃。无风。

夜里刚下过雨。仍有雨待降。雨无云形，似灰色刷过一样均匀。有蛙鸣。喜鹊和灰喜鹊在附近鸣噪。

天空五只鸟（不明其名）自东北向西南飞，四只成一线纵队，另一只在队右侧数米远，像城中巡逻的士兵，由警官带队。带队者不时发出哇或嘎的叫声，这鸣叫声介于哇或嘎之间，它们向西南飞，又转了回来飞向北，但队列中的一只出列了，来回转，只有四只仍保持原来队形飞向北，领队者叫着，后又飞向东北方向。它们可能是亲鸟在教幼鸟练习。它们可能是鸦，也可能是别的鸟。

玉米的方阵已初成，两米高，方叉直指天空，孤独的青蛙（单声鸣叫）和群体的蛤蟆（群声鸣叫）。

九点时（差两三分钟时），我调好相机，准备拍照。我站立的地点是一条田间路边，我面向正南，左侧是一棵高大的杨树。这个时候，在左侧即东面的路上，出现了一只褐色野兔。我注视着它，一动不动。它向我这个方向过来了，且从路边玉米地里又出现了一只跟在其后。它们走走停停，很警觉，离我越来越近。我屏息凝神，目不转睛，我想它们一定将我当成了一棵树，它们一直到了我身边一两米的样子，已在我身后，我只能用余光看到它们，我不敢转头。它们没有继续向前走，而是转回来，一前一后又返回了，它们在我身边稍有停顿。直到它们走远了，我才想起我一直举着相机，但为不惊动它们未敢拍照。当我为野兔拍照时，一只已进麦田。我又等了近二十分钟，期待这两只再次出现，想拍一张照片，但它们消失在玉米地中了。

阴雨天，蝉是哑的。草木碧绿茂盛。

立　秋	日期：农历六月十七；公历 8 月 8 日 时辰：丑时 2 时 8 分 天况：晴，傍晚有阵雨 气温：32℃—23℃ 风力：零或一级

气温：32℃—23℃。晴为主，傍晚有雷阵雨。

连续阴天（至少两天）后的晴天。

天空今天又呈现了典型的大海或池塘的景象：无一丝云彩，正中蓝（也蒙有淡淡的烟雾），向边缘延伸蓝色渐渐减淡，直到混浊的灰白色。远山隐现。

有凉爽的气流，身体能感到这股气流，明显地感到。像在河中游泳，水流的感觉。凉意、滑动，侵入周身（早立秋，凉飕飕）。

蝉鸣覆盖了八月，寒蝉已出现。蝉的金属片，一只蝉像一台机器。机器轰鸣。玉米扬花授粉已毕，棒可煮食。

蜻蜓、蝴蝶翻飞。青草覆盖了每一寸土地。

今天是一个转折点（始皇登基，婚礼，太阳能够到达的南北回归线），身体与环境空间已有分离感，身体似乎开始收缩了。凉爽气氛。

仿佛火熄灭了。

闰五月的月亮（十七）很圆，在几缕白云的天空。一派秋天景象。夜，秋虫鸣。

处　暑	日期：农历七月初二；公历 8 月 23 日 时辰：申时 16 时 33 分 天况：晴 气温：30℃—19℃ 风力：零或一级

气温：30℃—19℃。晴，无风。

空间不透明，充填着雾、岚、烟气，稀薄的气体。看不到远山，天空中央微蓝。边缘灰黄色相混。天空有锅的感觉。

草已结籽秀穗，开始泛黄。鸣叫的秋虫潜伏其间。有凉爽气流，让人想到秋凉。攀上围栏的牵牛花，向阳盛开。芝麻的花已开到顶端，地下落英一片。

一种秋虫的鸣叫，让我想到是眼睛转动的声音。

局部的玉米已被收获。我记这则文字时，在一棵柳树下，一条逃走的黄绿色小蛇，叫我站了起来，吓了我一跳。

晚种的玉米，吐出红缨（车夫鞭子上的）。而叉子上的粉已授毕。

路边三个长者，其中一个正在读报，我骑车经过他们身边时，我听到了读的一句话："是解放军救了这孩子，就叫军生吧。"（南北正在抗洪。上午近九点。）

白　露	日期：农历七月十八；公历 9 月 8 日 时辰：寅时 4 时 52 分 天况：多云转阴，有阵雨 气温：27℃—20℃ 风力：零或一级

气温：27℃—20℃。多云转阴有阵雨。

阴，天空布满灰色的层云，它的形状像汛期涌动不平的湖水，有薄有厚。薄处能现白色太阳的圆盘。

一种白色的小型蝴蝶，在植物上方无目的地地随意飞舞，姿态像乡下娶亲上、下、左、右晃动的轿子，也似急流的溪水中漂浮的树叶。它们飞得很高，跃上了六层楼。它们飞得无任何规则，方向在不断变换中，慢而不易捕获。我见过追捕它们的麻雀和喜鹊失败过（蛾子）。

一架飞机飞过，轰隆声很重，但不见其影，它在云层上方。

油葫芦鸣声一片，一种像轻吹哨子的声音。蝉已哑了，它们在草丛中代替了蝉的声音。没有虫鸣的秋天是无生命的。

一个农民在掰玉米，我说："您开始收了？"他说："是呀，大秋了嘛。"

草的种子仍在孕育。树叶已有早凋。牵牛花盛开。

喜鹊。没有蝉声。

（晋崔豹《古今注》："促织，一名投机，谓其声如急织也。"）

秋　分	日期：农历八月初三；公历 9 月 23 日 时辰：未时 14 时 8 分 天况：阴转晴 气温：24℃—13℃ 风力：一二级

气温：24℃—13℃。半阴转晴，微风（20 日阴，21、22 日晴。）

天空四周是无形的灰白云。近中央有蓝天显出，是鱼鳞云，水纹云。

南瓜的花，开着疏花，黄色的。

玉米已收获，地已犁，小麦刚种上。农民在接地头。一只刺猬从玉米秸堆中跑出，它没有奔逃的姿态，有危险它即缩成一团。刺是它的保障。

拖拉机耕地时，蜘蛛、油葫芦等像洪水中的灾民向一旁弃逃。

土地翻过来了，新的一轮的开端。

本质显露。种麦后便水浇地。

那屠格涅夫的休耕地不见了。

土地是现代农业榷（？）至极限的奴隶。

地空旷后，空间感诞生了。

地面黄色的庄稼收获后，似洪水退去。

蟋蟀的叫声稀了，它们的鸣叫似从地洞中传出，特别是白天。蟋蟀是夜晚的昆虫，它们在白天鸣叫似……

丝瓜的五瓣黄花仍然向阳开放，蜜蜂、蝴蝶依然在采蜜。

绿色渐渐消褪，似秋水渐渐清澈。毛草已枯黄。

（关于休耕地：

"土地应该每隔一年休耕一次……"《论农业》P24

"休耕地是生活的保障，孩子们的安慰。"穿上了魔力的红舞鞋（《工作与时日》）。

寒　露	日期：农历八月十八；公历 10 月 8 日 时辰：戌时 20 时 16 分 天况：阴 气温：25℃—15℃ 风力：二三级

气温：25℃—15℃。阴，二三级风。

阴但无凉意，橘黄色的太阳尚能直视，但已有它的光与热的感觉（不能直视太久）。

瓜类植物及洋芋仍有残花，金黄色的，金黄是花朵在秋天首选的颜色。

树下早晨已有一层落叶（洋槐），它的叶子不是全体渐黄，而是绿色的主体中，斑斑点点出现黄叶。

农民在公路两旁晒玉米粒，红黄色。

秋虫仍在鸣叫，蟋蟀的纺车声及拉长声音的单声的不知名虫的鸣叫。

麦子已长出，三四个叶了。三四寸高。麦田一片新绿，这绿的颜色（幼绿），也如小兽一样可爱悦人，露珠凝在叶子上，闪光时似水晶体。色也有生命。

一个老年农妇来到田里，看麦情。她说今年的麦子收得不好，但玉米大丰收，比往年都好。

喜鹊散布在麦田里，零零落落，不时从某个地方发出它们的叫声。

近九点天阴加重。太阳完全隐没。雨意很浓，远方已被岚气笼罩。雾气弥漫至地面，气温也降了。有冷意。

只闻其声，难见其影的云雀。

霜　　降	日期：农历九月初四；公历10月23日 时辰：子时23时3分 天况：晴 气温：20℃—7℃ 风力：二三级

气温：20℃—7℃，晴，二三级风。

昼夜温差很大，室内已有阴冷感，特别是晚上。连续的晴天。

树叶主体色依然是绿色。杨、槐、柳等尤为明显。椿的叶子，掉的多，枫夹杂些许红叶。

天空湛蓝，一尘不染（无一丝云）。从中央到边缘，蓝色淡化。这与历史恰好相反——当代史混浊，古代史清晰。

上午已是人们寻求阳光的时候，人们站在向阳处，仿佛冬天已来临一样。

秋虫已完全绝迹，没有了它的鸣声。在果园内走，我惊飞了两只喜鹊。它们惊叫着。

麦田一片新绿，麦苗已高过田埂，似水溢上来。休耕地上的野草有一种遥看草色的绿色，浅浅的一层覆盖在土地上。

远山清晰，蓝紫色。空旷的田野，村庄隔着道路两旁的树木相望。杨树大半部叶子已近落光，鸟巢在渐渐显露出来。

飞行无常的褐色云雀、灰喜鹊。

一切都很醒目，大地上的绿色压住了晚秋的枯黄杂草、庄稼，仿佛像早春。

红旗，烟囱吐出的烟，一块玻璃的反光。建筑。

（老头说，霜降应降冰碴。）

立 冬	日期：农历九月十九；公历 11 月 7 日 时辰：子时 23 时 11 分 天况：晴 气温：15℃—4℃ 风力：一二级

小 雪	日期：农历十月初四；公历 11 月 22 日 时辰：戌时 20 时 25 分 天况：阴，有小雪 气温：3℃—-6℃ 风力：二三级

大　雪	日期：农历十月十九；公历 12 月 7 日 时辰：申时 16 时 02 分 天况：晴 气温：-1℃——-9℃ 风力：四五级间六级

冬　至	日期：农历十一月初四；公历 12 月 22 日 时辰：巳时 9 时 38 分 天况：晴 气温：10℃——-1℃ 风力：一二级

小　寒	日期：农历十一月十九；公历 1 月 6 日 时辰：寅时 3 时 0 分 天况：晴 气温：4℃——-9℃ 风力：四五级

大　寒	日期：农历十二月初四；公历 1 月 20 日 时辰：戌时 20 时 16 分 天况：晴 气温：2℃——-9℃ 风力：二三级

附录

春至兮归我故乡

于坚

在中国，当黄历翻到春至这一天的时候，春天就不远了。春节在中国是一年中最重要的节日，我曾经在春节前漫游过乡村，男人在宰杀年猪、糊春联，女人在厨房里炸年糕，许多人已经穿着新衣服走村串寨了，炮仗声时断时续，等待着更猛烈地爆发。一辆拖拉机在村口停下，又一群在外地做工的青年男女回到老家，他们跳下来，拎着大包小包，在故乡的泥巴地上使劲跺几脚，各自回家。远远地有人在喊着谁的小名，儿童撒着欢跑过来了，一村的狗都猛烈地叫唤起来。河流上传来坚冰碎裂的声音，乌鸦和喜鹊精神抖擞地站在就要发芽的枝头，大地明媚，某种东西逐渐在走向明朗……这是归故乡的时刻，这是开始的时刻，这是欢乐温暖的时刻，这是希望的时刻，这是团结的时刻，这是感恩的时刻，这是宽恕和解的时刻，这是落叶归根的时刻……

现代社会把西历一月一日作为一年的开始，离万物苏醒的日子还有一个多月，多么不自然哪，满天飞雪，冰冻三尺，谁都懒得动弹，孤独、绝望、迟钝的寒夜。一月一日其实是个乏味的节日，就是一个数字而已，奉行了这么多年，一月一日还是没有什么相应的风俗被培养起来。不错，各国的元首在这一天要发表新年文告，但大多不过是些干巴巴的旨在号召"开门红"的陈词滥调而已，与大地和风俗毫无关系，既不是开始也不是结束。春至，那什么都不用说，大地微微暖气吹，春和景明，每个人都感觉到了，于是父亲开始构思春联置办年货，母亲准备着新衣裳和压岁钱，祖母盼着孙子回家，游子们开始盘算路费了……记得在我童年的时代，我父亲每年春节前都要创作一副春联，还记得他坐在桌前反复修改对联草稿的样子，暗暗与邻居比试着呢。而墙头的迎春花悄悄地一簇簇亮起来，天一日比一日亮得早，令人心里一阵阵地高兴，感觉好日子就要来了。在我父亲这一辈，春节已经开始革命化了，许多繁文缛节已经取消，就是贴个春联，也要小心构思，不能出现影射什么的内容，否则有人告密的。春联实际上也就是民间社会最后的一点可以自己做主发表的创作自由了，因为春联的意思被视为反动而被处理的事情时有发生。我记得我家附近有个馆子叫佑兴园，有人就贴大字报说"佑"就是右派，希望右派兴，那家饭馆的经理就倒霉了。一般都不再自己创作春联了，都是照抄报纸或居民委员会发下来的革命春联。我父亲是个才子，风华正茂，好自我表现，总是要自己创作春联，当然他知道写什么才可以贴出去。他喜欢写古体诗，他的同志戏称他为"小陆游"，他在"文革"中为此付出沉重的代价，一夜之间头发白了。我至今记得我父亲的作品只有一句上联，叫做"红太阳光照小楼千红万紫"。他亲自书写，他在故乡多年研习书法，字写得很好。如果他的春联得到节日前来串门的亲戚朋友的夸奖，我们一家就很得意。虽然国家一直在移风易俗，但旧风俗还是有些残余。我记得每年春节前要做的大事就是搞卫生，那可不是随便抹抹洗洗，不仅家中所有的被单要全部洗过，并且还要粉刷墙壁揩擦门窗，给窗户换绵纸。那时候我们住在一个四合院里，窗子是雕着梅花蝙蝠的格子窗，没有玻璃。这些事利用业余时间得干上一个星期。那时候没有洗衣机，洗衣物就是用木制的洗衣板，母亲是洗衣服的主将，她坐在衣物堆积如山的大铝盆前面，双手搓得通红，空气中弥漫着肥皂的气味。到黄昏，大院里就红红绿绿地晾起来，就像舞台的幕，我们在被单之间钻来钻去地闹着，放炮仗。刷墙每家都要搞，都要用石灰浆把各家的墙刷上一遍，那时候因为做饭都是烧煤炭，一年下来，墙壁总是黄而发暗。公家支持刷墙，这被算做爱国卫生运动的一部分，公家用砖头在大院里砌一个石灰池，派来工人，工人穿着黑色的水靴，把水往石灰堆上一倒，石灰就嘶嘶地冒起烟来，那场面就像化学试验，等石灰熟透，各家就用桶把它一桶桶提回家，移开家具，用竹竿绑个刷子往墙上刷，这是非常痛苦的工作，皮肤会被石灰咬得红肿，还弄得满身都是白浆。刷一遍是不行的，得刷三遍，墙才会白起来。但最后，房间一间间明亮雪白，焕然一新的时候，全家人心里都跟着亮堂了。这个工作使我对焕然一新，永不生锈的未来非常期待。我觉得未来就是一个不用在春节前痛苦地刷墙的社会，现在的建筑材料已经实现了这一点，自己刷墙已经成为传说了。卫生打扫完毕，家里散发着衣物和石灰的新鲜气味，墙壁亮堂堂，就开始准备年饭。年饭很容易准备，那时候没有多少吃的，节日就是四大菜，红烧肉、宫宝肉丁、香酥肉、回锅肉。而且这些菜都是公共食堂提供的，自己家里很难做的，需要许多配料，大多没有。年夜饭也就省事了许多，但除夕的黄昏家里也还是洋溢着食物的香气，我们兄弟妹三人不时到厨房那里晃悠，瞅着母亲没看见，就偷一块什么吞下去，笑着跑掉。到大年初一的早上，我自然会在枕头下发现压岁钱，很少，也就够买两串炮仗，这是我最高兴的事了。大人的单位也搞点联欢活动，孩子们也可以参加，猜谜语、打篮球、大合唱什么的。鼓励竞争，赢的人就有奖品，这种活动令孩子内心产生欲望，拼命想得到更多的奖票。我记得那时候昆明春节最大的联欢活动是省政府举办的，一张票可以进去一家人，当然都是干部，那里面的活动的奖品有些是苏联进口的。我父亲在省政府工作，我的几个表兄弟姐妹一到春节都渴望能跟着我家的那张票混进去，但经常被发现，不知道那些守门的军人怎么看得出来，也许他们的穿着和神情与那些喜气洋洋大摇大摆往里走的干部家属太悬殊。我记得我的一个表哥被挡在铁栅栏门外面，两手抓着栏杆，绝望地望着我，我给他的安慰是保证把我得到的奖品给他一半。那时候没有电视，春节就是搞卫生、吃年饭、联欢，就没什么事了。大街上红旗招展，贴着标语。那时候邻居同事彼此串门是很小心的，说话要注意分寸，因为就是说梅花的事情，也会被人联想到香花毒草。都担心别人靠不住，也就少去串门了。春节前我印象最深的大事，就是要枪毙一批犯人，街头总是要贴出白纸黑字的布告，那些被下令处决的人的名字上画着红叉。幸运的是那时候放炮仗还不禁止，我们最大的乐趣就是放炮仗，一个一个地放，可不敢一串地放，从第一个放到最后一个，也可以放三四天。到第六天还有人放响一个，他就是老大了。最后一个炮仗响过，春节就结束了。

在我祖母的时代，春节就太烦琐了，真正是繁文缛节。我父母这一代人有些依稀的记忆，我这一代人就不知道了。前几天买到一本《清俗纪闻》，是日本人在二百年前向在日本经商的中国商人采访记录下来的，可算是田野调查。译者说，是"了解中国清代民俗的极为重要的资料"。日本人明治维新后受到西方影响，学会了工具理性的实证方法，他们开始搞人类学了，把中国风俗作为一个研究对象来客观地显微了解，这与过去把中国作为老师来顶礼膜拜是不同了。作为中国人，我也得从这本书了解春节。这本书说，从老年十二月八日喝腊八粥的时候春节就开始进入序曲，十二月十五日后就要谢神，向神献上三牲鲜果，感谢神这一年的佑护。到二十日，就要打扫屋宇，除去尘埃，二十四日要送灶神上天回家。要向亲戚送年货，除夕要贴春联、门神、桃符，吃年夜饭，守岁。大年初一要礼拜天地，感谢天地生之大德；要参拜宗祠里的诸神和祖先；要供上年糕、点心、茶饭、酒等等；要去寺庙里烧香敬佛；要试毫，以红纸张书写吉祥词句。初三要吃春酒，宴请亲戚朋友。正月初七是人日，感谢人类的诞生，要用秤举行称量体重的仪式，谓之称人。初八是谷日。初九是豆日，初十是棉日，都有相宜的活动。十三是上灯，十五是元宵，十八是落灯。以此书所记录的算来，春节从开始到结束，大概要持续一个月之久，而且这是在日本的长崎向在那里做生意的中国商人询问采访得来的，而不是实地调查，关键细节毫无疑问有许多遗漏不实，就是这样，春节也够漫长烦琐的了。如果不是这样的春节，中国又怎么会产生《红楼梦》。

现在的春节很少有人再构思春联了，知识分子大多数写不来不说（过去写对联可是每个知识分子的基本功课。就是当官的，也得首先玩熟文房四宝。）并且现代公寓的防盗门也不适合再贴这东西。贴上去这家就显得老土老土的，而土在今天中国，是人人避之惟恐不及的贬义词。就是有迷信的为了辟邪贴个门神在防盗门上，也很难贴牢。土东西只能粘在土东西上，人造的钢材什么土玩意也粘不牢的。有一年我在家门上贴个倒过来的"囍"，出门两天回来已经掉到地上，被人踩了几脚。弄得我心里忐忑了很久，觉得这一年要倒霉。以后干脆就不贴，心里还踏实些，春联这事也就省了。卫生也不需要怎么打扫，现代建筑家具用材料都是日日新的那种，玻璃啦、钢材啦、瓷砖啦，拒腐蚀，永不沾。卫生么，几小时也就理抹得差不多啦。各单位传统的联欢也不大搞了，因为现在在公家单位上班的人越来越少，私营企业没有这个传统。电视节目成为春节的总导演，全国收看一个台，更有利于大家统一思想，提高认识。所以春节就更简易革命化了，和元旦差不多，只是电视节目的内容再热闹些，大吃大喝、麻将、扑克再延长几日而已。可就是这样删繁就简，过春节依然是中国老百姓头等大事。"如果在年三十回不到老家过年的话，那就是天塌下来"！（这是某报纸的记者在报道中说的。）

  与古代从容不迫地一日日一样样从序曲开始走向高潮又逐步结束的春节不同，如今的春节越来越过得跟大逃亡似的，每年时辰一到，就有点兵荒马乱的。人们不是过春节，而是逃向春节。人们倾巢而出，挪窝的方向都是从新巢挪到老窝里去，回故乡！就是城里人也倾城而出，所谓"旅游"，其实也是挪窝，城里人的弃家"旅游"与乡下人"回乡"有着共同的方向，那就是他们都要回到一个可以过春节的"故乡"去。元旦、五一什么的在任何地方都可以过，但过春节你就得回老家、回故乡。离除夕还有十多天，整个城市就开始人心惶惶起来。家在城里的，大家见面，问的都是，春节要到哪里去，好像如果你到了大年初一还继续呆在家的话，就要无疾而终。守卫边疆的士兵和特殊岗位的职工在春节不回家，因此成为人民心目中最无私奉献的大英雄。租车行和旅行社价格暴涨。人们扛着、提着、背着、挂着、拖着、抱着各种包袱，摩托、单车、卡车、客车、小汽车、轮船、火车统统膨胀超重，洪流般的大军都是向郊外去的，"春节在别处"。交通开始瘫痪，满街都是魂不守舍慌慌张张的人，维持教育了一年的交通守则被自动废除，人们蜂拥穿过马路绝尘而去，全城的警察都站在街头值勤也无济于事。传统的集市在某些地段自动恢复，似乎大家早就厌倦了超级市场干净卫生的购物环境，渴望着过去民间赶集的那种脏乱差。那些临时的年货街熙熙攘攘，漫溢到大街上，水泄不通，里面卖的都是土特产，而且越土的东西卖得越贵，抢购的人越多。许多家庭主妇的目标是要买到一只土鸡，买到陈年的腊肉、老牌的酱油、腌卤，买到来自老家的物产。越古老、越陈旧、越传统、酿制的时间越长久的东西越受欢迎。某种小时候吃过的麻糖被老乡从村里带来了，立即抢购一空。那些被城管局赶出去的乡村小贩乘虚而入，大卖土特产品，核桃、八角、花椒、草果、花生、板鸭、咸菜、干果、米花糖、冰糖葫芦……还大声喊着，都是高科技的原生态产品！什么原生态啊，不就是故乡几千年一日的特产，都忘了？没有人会在春节的时候买麦当劳、肯德鸡回去做年夜饭，除非他已经时髦到不省人事了。机关没人上班，人家都说，过了节再来，过节是头等大事，什么计划进度报告指标先撂一边去吧，就是天塌下来，也得把春节过了。那些家在外地的，已经悄悄溜号了，同事们宽容地心照不宣，就是过去为琐事而斗得你死我活的，也三缄其口，不再抓小辫子了。大过年的，还斗什么呀，大家都这么说。来自穷乡僻壤的保姆们跑掉了，背着沉重的冒牌登山包挤上长途汽车，就是没有座位，站十个小时才回得到老家也在所不惜。医院里的病号没有了那些乡下来的临时看护，一片恐慌，看护们就是增加三倍的工资也不愿意留下来。一些地段垃圾成堆，搞清洁的小伙子跑掉了。昔日赚钱赚疯的铺子纷纷关门大吉，走在街上，时时听见卷帘门哗啦落下的声音，令人无处可去的孤零人阵阵心寒。大部分报纸都休息了，所有的报刊亭关着，在这样一个视媒体、宣传工作如命根子的时代，这真是了不得呀！春节，真个是悠悠万事，唯此为大！火车站、汽车站、飞机场挤满了就要离开的人们，那个争先恐后，万众一心，惟恐逃不出去的场面真是惊心动魄。最典型的是深圳，这个中国最现代化、生活设备最先进的城市（我最近曾经去参观，那里已经出现了世界最最最前卫的住房，材料全是特殊玻璃和不锈钢的，真是千年王国，永不褪色的焕然一新！还有电脑控制的开关，厨房里的设备聪明到你躺在床上就可以自动做饭。）一到春节，就几乎成为空城一座。有一年春节前我在长江边采访，那些码头被乘客踩到都沉到滚滚江水里去。轮船一到，码头上那个万头攒动、那个鬼哭狼嚎般的叫喊，都怕大年三十回不到家。几乎所有轮船都超载，卫生间、过道、甲板都挤满人！最悲壮的归乡故事也诞生了，只差有个叫荷马的盲人来传诵：曾经有几个湖南民工，在春节前把一位死去的老乡的尸体从广州运回湖南去，想想吧，从人口密集的广州运到密密麻麻的湖南，就是活人运过也要脱层皮，他们是怎么运的！是否买得到车票，成为悬在许多人头上的一把达摩克利斯之剑。许多人为了买到回老家的车票不惜在空气污浊，拥挤着各种行旅、人群的售票大厅里等上几个小时甚至几天。中国的票贩子最热爱春节，在这当口，他们总是可以高抬票价，大捞一把。我在除夕看到的最后一条新闻是："滞留昆明的旅客强行冲上飞机"。（昆明《都市时报》2月16日A5版）终于，挖掘机、吊车集体熄火，所有的工地都安静下来，人去楼空，只有几个豁出去的留了下来，孤零零地烤着火。车水马龙的繁华大街骤然间一条条死去，大风吹起来，令那些留下来的人心里空落。到大年三十晚上，中国的大街空无一人，都在家呆着了，这时候还在大街上游荡，要么是孤魂野鬼，要么在执行特殊任务。统计说，春节前后，中国有18亿人曾经"在路上"。那是怎样巨大浩瀚的"在路上"啊！上帝如果在天上看见这几日的中国，他必定目瞪口呆。一个地球上最大的正在移动的蚂蚁窝，飞机、轮船、火车、汽车、步行，滚滚洪流泛滥，朝向四方，梵蒂冈的弥散、麦加朝圣也没有这样浩大。这是世界规模最大的运输活动，国民经济为此要来上几个大趔趄，大地要为此要被踏平三尺，扬起狂灰。这是一场巨大的尤利西斯式的返乡运动，如此非凡的麻烦、艰苦、折腾、搬运、等待、颠沛、前仆后继……为的只是回到老家，吃上一顿团圆饭。似乎一到春天，中国就有一个叫"春节"的摩西引领着人们，抛弃一切，分开新世界的水泥大海，回到大地之上的故乡老家去。

　　二十世纪流行的是"生活在别处"，人们背井离乡，到上海去，到巴黎去，到纽约去，到深圳去……前往最现代化的地区去追求他们公认的天堂生活，但他们在除夕之夜必须回到故乡，回到他们在春天断然离开的穷乡僻壤，回到顽固守旧的父老乡亲的老宅里。人们不是已经抵达了新世界了么？高楼大厦、电梯、卫生间、煤气、电器齐全的现代厨房，高速公路，"英格兰社区"，超级市场，购物中心，名牌……为什么还要长途奔波，遭遇那地狱般的"在路上"的磨难，回到他们的起点，回到贫穷的故乡，回到所谓的"原始世界"？世界上没有一个社会出现这样的事情，纽约和巴黎的人们没有这种"春运"。离开故乡到外面谋生的人们倒也罢了，对亲人的思念等等，都可以解释。奇怪的是，那些就定居在我们苦心经营的现代化天堂里的人们，为什么也要在春节离开天堂，到"地狱"那边去，到大地上去，"越原始越好"，许多旅游者这么说。人们为什么要放弃他们苦苦营造的天堂？

过去中国创造世界的时候，是"道法自然"，把世界作为"故乡"来建造的。而不是根据乌托邦来改造旧世界，与大地和存在斗争，创造一个焕然一新的世界。中国人"道法自然"，顺应自然，随遇而安，大地是一个天然的故乡！天地之大德曰生，这意思就是把自然、生命、存在视为生养生命的父母，视为故乡。中国人与自然的关系是孝。所谓"不孝有三，无后为大"，可不只是现在解释的什么财产无人继承，而是不孝天地，不道法自然，不感激天地赐予生命之大德。不仅生命，文明也是大地启示的，所以伟大的汉语诗人李白说："大块假我以文章。"西方不是把世界作为"故乡"来创造，不是顺天承运，而是改造这个地狱世界为进入天堂做准备，在西方思想中，大地只是权宜之计，"只不过无数经验搭起来的通往天堂的阶梯"，西方认为："文明是从黑暗向光明的过渡，它是将一切未知、无理和含混加以认定和清理、使其为人所用的改造过程。"（J·亨利·米勒）而在中国，文明是道法自然的结果，"孔德之容，惟道是从。道之为物，惟恍惟惚。惚兮恍兮，其中有象；恍兮惚兮，其中有物。窈兮冥兮，其中有精；其精甚真，其中有信。自今及古，其名不去，以阅众甫。"（老子）"天地有大美而不言，四时有明法而不议，万物有成理而不说。"（庄子）大地就是故乡，就是真理、就是天堂。人与大地的关系不是改造、解放，而是"和其光，同其尘，是谓玄同。"（老子）

"天地有大美而不言，四时有明法而不议，万物有成理而不说。"里面的那个"不可说的"是什么呢？在我看来，那就是诗意，就是海德格尔所谓的"诗意的栖居"的诗意。大地、故乡就是诗意的载体，所以古人说：世间一切皆诗。20世纪中国在"拿来主义"的影响下，创造了现代化，但没有创造故乡。现代化是意识形态领导的，而故乡是诗意领导的。故乡就是诗意所在的栖居。创造故乡意味着在建造栖居之所的时候，不仅仅是安身立命，而且要安心，心怎么安？通过对诗意的呈现。在中国，诗意是文化的核心，中国是靠诗意而不是宗教、意识形态来安心的社会。诗意在中国，就是宗教、终极价值之类。钱穆先生说："中国的艺术文学，其本质上就可以取代宗教的作用。"中国是创造诗意的世界而不是宗教的世界。诗意绝不是当代抒情诗歌的吟风弄月，也不像《新周刊》一作者说的可以随便"丢了就丢了"。没有诗意的中国，难道它是上帝的中国吗？

故乡，在中国，就是最大的教堂，春节中秋就是最大的弥撒仪式。落叶归根，就像基督徒临终的告解一样重要。入土为安，西方式的死亡观念在中国并不存在，死亡只是重新回到故乡大地，只是五行的变化。金变成了土，土变成了水而已。死亡是变化而不是终结。故乡是中国灵魂的家园，如果不能落叶归根，人就是孤魂野鬼。套用西方人的话，"宗教源出于人类分享共同悟性的需要"，如果宗教掌握着"社会行为核准权"的话，那么在中国，这个核准权就来自春节之类的中国诗意的象征隐喻系统。

有个故事说，苏东坡的好友王定国因受苏东坡的"乌台诗案"牵连，被贬谪到位处岭南荒僻之地的宾州。王定国的歌妓柔奴毅然随他到岭南去，纵然柔奴家世代住在京师。三年后，王定国北归，柔奴在宴席上为苏东坡劝酒。当苏东坡问她："广南风土应是不好？"柔奴只是淡淡地回应："此心安处便是吾乡。"中国是一个通过故乡来安心的社会。广南虽是异乡，但它具备了那种成其为故乡的东西，因此当春节到来的时候，柔奴是不必去"春运"的。

过去中国人创造的故乡，那就是诗意的栖居。为什么刘禅可以说"此间乐，不思蜀"，因为"锦城丝管日纷纷"式的"诗意的栖居"是整个中国创造世界的根本。我们建筑了非常实用的现代化水泥森林，却没有创造出诗意的栖居。人们在春节回到故乡，那就是要去寻找诗意，去寻找可以安心的东西。故乡是一个栖居，栖居是意识到并联系着天地神人的。是李白的"举头望明月，低头思故乡"，是杜甫的"露从今夜白，月是故乡明"、"青春作伴好还乡"，是宋之问的"近乡情更怯，不敢问来人"，是贺之章的"少小离家老大回，乡音无改鬓毛衰"……这是诗。故乡是神灵、鬼魂、土地、气候、鸟兽虫鱼、粮食、血缘、宗族、祖先、父老乡亲、记忆、历史、家谱、礼节、仪式、故交、熟人、风俗、乡音、口味、秘方、伤疤、外号、段子、童年、往事……也是衣锦还乡、光宗耀祖、落叶归根……这就是诗意。

诗意是无。对神的迷信游戏表达的是人对"无"这种诗意力量的尊重。所谓"天地之大德"的诗意，是无的力量，这种不可知的伟大力量能够"无中生有，有无相生"。激发人的生殖力、想象力、创造力，令人获得存在感，令人意识到"我是谁，我从何处来，到何处去"。"无"是战胜"有"所导致的绝对空虚的力量。过度的"有"，令人不再"知白守黑"，"黑"就是"无"，对黑的放弃只是对白的无限扩张，最终令人完全丧失存在，丧失"白"，没有对黑坚守的白，最后也就不是白了，没有无的有，最后就不再有了，最终导致的只是彻底的空虚。人只有"知白守黑"，对"无"的坚守才可以把握到存在。"知其白守其黑"，对"无"的坚守，是一个永远不可或缺的形而上的精神游戏。

万象更新，但不是喜新厌旧，春节的本质恰恰是怀旧，怀"道法自然"这个旧，"道法自然"在中国是一个"日日新"永远不变的旧。诗意是通过文化来体现的，不仅仅是分行的诗。春节是中国以诗意为核心的文化的一个重要形式。说到底，神灵世界是人类虚构出来为自己提供终极价值、存在意义以安心的象征系统。在中国，这个系统相当庞大。神有无数的化身，庙宇里的神是神，大地、春节、中秋、月亮、红白喜事……都具有神的作用。神其实是人类严肃的自我欺骗。神是无，神也是诗意。

道法自然，回到万物运行的根本法则，从生命开始的季节获得人生的种种启示。人们在一年的时间中为欲望逐渐所驱使，在炎热的夏天狂热夸张，机心渐重，在丰盛的秋日野心勃勃，渴望占有自己分外的东西，忘乎所以，反自然地掠取着世界了。生命存在的本质是万物彼此之间天然的"和"，是"中"，是中和，而不是过度，过犹不及，"道法自然"就是从人生无数的"过犹不及"，回到"中和"。个人要如此，家庭要如此，国家社会都是如此。人间正道是沧桑，过度的占有只令我们丧失世界。春天，一切周而复始，春和景明，春节的各种古老仪式，令人们重新回到自然，回生命初始的时光，从大年除夕的守岁开始，人们就重新反思自己与自然的关系，春节是一个宽恕的时刻，世界再次从伟大的"和"开始。

就是今天，春节已经被现代革命到如此简陋，它基本的功能也没有彻底丧失。在中国，关于生命、人生、终极价值……的教育不是在教堂里通过对教条的理解、解释来进行。中国的教育是通过具体的行为、仪式、过程、环境来进行的。教育就是生活，文化就是生活。教育是天人合一的，它们与生活不是分裂的。春节是中国教育的一个重要仪式。教，说文解字说，教，就是上行下效。强调的是行，而不是现在的照着书本教。教是在行为过程中影响、寓教于乐。教育是欢乐喜悦的行为过程，是玩与理的过程。理不只是道理，它最初的意思是"治理玉石"。料理的意思。从《论语》可以看出，孔子当年与他的学生的关系就是玩和料理式的。孔子既是长者、老师，也是朋友、同志、父亲、伙伴。他的一举一动都在言传身教，在"家教"，那学校是一个家。春节就是一种教育，春节是寓教于乐，寓教于仪式、过程的典范，它是一种诗意的教育。人们在通过春节聚合起来的这个场中，获得孔子所谓"诗可以兴、可以观、可以群、可以怨，迩之事父、远之事君，多识于鸟兽草木之名"那种教育。这是通过人群、行为、仪式、文字、环境，集合起来的寓教于乐的春节之诗！所谓诗教。一年之计在于春，人们在春节举行各种仪式活动，道法自然、祭祀祖先、感激大地、团聚亲友、反省回忆，总结得失、相逢一笑泯恩仇、化解各种矛盾、梳理关系、交流心得、聚精会神、摩拳擦掌、跃跃欲试。春节是理性和各种规范的暗示、隐喻过程，也是对不可知的超验世界的回归。大年初一烧三炷香，就是表达对神灵、祖先、大地之神的感激和敬畏。年夜饭座次排定，长幼内外有序，令人再次意识到人伦之孝、天地之孝，意识到礼貌、尊重，意识到什么是老吾老以及人之老、幼吾幼以及人之幼。举杯一碰，四海之内皆兄弟，落地即为尘，何必骨肉亲，全世界都是一家人。亲人、朋友、邻居、同事……重新意识到辈分、秩序，亲兄弟，明算账，账算得太多，兄弟也不亲了，现在再次亲爱起来。……通过人和人的联系，通过仪式、通过行为、通过肌肤相亲的接触、通过言语、通过态度。在春节，大地、气候、植物、食物、父老乡亲、故交、故乡、鞭炮、春联、灶王爷、年夜饭、香火、祖宗牌位、走亲戚……都是老师。天地神人共聚一堂，春节令中国人从海德格尔所谓的"筑居"回到"栖居"。

"春运"是现代社会的产物，古代世界没有春运这回事情，四海之内皆是故乡，只要道法自然，故乡就无处不在。而今天，一个全面反自然的世界已经形成，科学和技术量化了一切，最极端的反自然设计出来的"克隆人"都快要成功了，虚拟之人的时代就要到来。天地之大德曰生，天地已经成为满足人类欲望的掠取对象，对大地母亲"生"之大德的感激已经不存在了。物质生活是反自然的，而心灵生活依然继承着传统，因为汉语来自传统，语言必然带来过去的心灵世界。人们带着聪明、智慧、技术前往新世界，却将拳拳之心放在故乡，故乡是心灵永远的仓库。人们在新世界中满足欲望，却在传统节日春节、中秋去安心。心与生活世界已经分裂，天人合一已经分裂，"春运"其实意味着，春节已经成为一个象征，一个寄托着传统和记忆的符号，而不再是存在了。所以人们是"逃向春节"，而不是"过春节"。在西方，这种分裂是一种传统，人们在教堂里安心。而在中国，安心必须身心合一，也就是天人合一，必须"道法自然"。现代化创造了现代化，但它无法创造故乡和春节，人们前往现代化的新世界，心却存放在故乡、春节。心灵、故乡、春节是时间和传统的产物，它们是自然而然在"道法自然"中生长起来的。中国的心是一颗有五千年历史的心，只有故乡可以容纳，只有春节可以呈现激活。春节回故乡，就像教徒们千辛万苦前去朝拜圣地以安心一样。在陌生人中间我们无法过春节，在水泥小区里我们无法过春节，那里只能庆祝元旦。现代主义什么都可以设计，但它无法设计出"故乡"。我们甚至看到，它其实正是一场摧毁故乡的运动。一个小小的电视机如何取代得了春节！这就是为什么一到春节，巨大的尤利西斯式的运动就要再次开始。人们无论获得了多少"有"多少利益，他们都觉得自己是漂泊者，是在路上，是流浪，必然是"独在异乡为异客，每逢佳节倍思亲"！只有回到故乡，那才是落叶归根！只有故乡才是永远的根，这是中国世界的终极价值，故乡、春节就是中国世界的教堂，春节就是教堂里的祈祷仪式，诗意就是上帝。

什么时候春运不再发生，人们在各地安居乐业，什么时候人们感觉不仅安身立命也安心了，什么时候诗意重新降临，现代化才算在中国扎下了根。

春至兮归我故乡！

幸福的也许是那些将要被"春运"回老家的人们，他们在过去一年中提着吊着悬着担着的拳拳之心将可以在故乡大地的枕头上松开放下了。而我们这些个城里人，进退两难。在城里，你找不到春节的感觉，连鞭炮声都没有。出去旅游呢，那是别人的故乡，我们只是过客。

我们不是尤利西斯，我们没有故乡，我们永远生活在别处，永远地在路上。不见得，其实那些在大年三十终于回到故乡的人也一样，法定的假期只有七天，节才过到初四，人们又再次开始惴惴不安了，他们再次纷纷上路，争先恐后，他们担心着迟到。

后记

赵荔红

编撰这本书，起意于今年的谷雨时节，编完书，恰好是，冬至日。春天里伸出的梧桐小叶，已然阔大、黄脆，满满坠落，投入大地怀抱。从哪里来，归于哪里。树木是不死的，循环而生。

冬至，黑夜时间最长，过了这一天，白光渐多，黑暗渐少；冬至之后，还有小寒、大寒，极尽寒冷之际，阳气开始回升，春的希望，孕育在严寒之中。绝处逢生。否极泰来。大寒一过，即是新一年的立春，而后是，雨水，惊蛰，春分，清明……时间如树木，循环而生。中华传统文化，也如树木、时间、节气，在历史长河中，一次次，寒尽春来，绝处逢生，否极泰来；在每一次循环中，各种信仰、新鲜思潮、异域文化，全被吸纳进来，从而焕发出崭新的、恒久的生命力。

二十四节气，二十四个极其美丽的汉语，处暑，白露，霜降……这些词汇，绝非简单符号，呈现着蓬勃的生命色彩，具普遍又独特的意义。节气，是时间，又流播于中华大地的广袤空间；是农时，花鸟草木依时生长消亡，又是人事，天地人、百汇万物相互应和。"见微知著"，"候时而行"，是指节气，更是一种思维方式、生活哲学；故而，孔子被称为"圣之时者"，乃集大成者也。

二十四节气，中华文明精神的浓缩、结晶，历朝历代，文人学者，皆有阐述。近年来，坊间已有不少有关"二十四节气"的文字、图片，但都停留在简单的知识介绍，纵深的写作极少。皮毛、仪式性的继承，固然有一定意义，但我们想要做的是，从生活里，从生命中，从广袤大地上，从时间空间流变中，从追忆中再现、重写活泼泼的"二十四节气"，既扎根于传统，又赋予其时代之意义。

故而，我们约请当代中国二十四位深具实力的散文作家，每人写一个节气，以群体写作方式，向古老的"二十四节气"致敬，以个人性的独特写作，构成"二十四节气"鲜活的生命血肉。选择作家时，除了考虑其文字之优秀外，还考虑地域分布，中国大地，东西南北中，尽可能覆盖，这样，我们的节气、时令书写，既顺应时间的流变，又具有空间的宽广。季札乐于到不同地域"观风"，歌谣创作者乐于深入民间"采风"，《诗》三百中，"国风"是最生动、最有活力的诗篇，我们二十四位作家的二十四篇节气文章，也是从祖国大地汇聚来的最有活力的"风"。我们是承风者、采风者，是风的传布者。东西南北中之"风"汇聚于这本书，此风盛大矣。

当代写作，使用的是现代汉语，与古汉语在句式、语法、标点皆有不同，我们生活世界的全球化、技术化、符号化倾向，也极大影响思维方式，故而新"二十四节气"创作文本，与前人定有极大不同，这是"变"；但现代汉语是从古汉语中来，只要用汉字写作，便依然延续着中华传统血脉,这是"常"。这本书,致力于寻求"常"与"变"的平衡。

通过书写"二十四节气",每个散文作家独特的文字魅力也得以呈现。近年来的散文创作,寻求多样性表达,故跨文体、虚构性等也体现在"二十四节气"散文创作中:书信体、诗歌引用、小说化代入感、关键词、半文半白的笔记体、夹叙夹议的评论体、历史演绎、调查报道……一篇文字可能糅合多种元素、多样叙述方式,不同文章,也会呈现不同元素及叙述方式的运用。这本书,也是新时代散文写作文体革命的一次集中展现。

本书的编排:正文依二十四节气顺序,始于"立春",终于"大寒",一个作家写一个节气。附录中收入两篇文字,一是苇岸的《一九九八:二十四节气》,这位优秀的散文作家、扎根于大地的自然之子,过早离逝,未能完成计划中的"二十四节气"写作,我们收入他已完成的篇章(从立春到谷雨)、残篇、未写的篇目,以示敬意;一是于坚的《春至兮归我故乡》,内容写的是春节,时间上春节有时与大寒重、有时与立春重,故以"春节"作结,与第一篇钟鸣写的《立春》呼应,喻示时间的循回流转。此外,每一篇文章篇首,皆配一幅宋元明人古画。以二十四幅古画,与二十四篇当代散文呼应,呈现中华文化之灿烂辉煌、生生不息。

本书编撰,起念于上海文艺出版社副总编谢锦,得力于二十四位散文作家的认真、精彩书写,庞培和我两位主编,穿针引线、落实下来。编稿过程中,与诸位作家反复交流,受益良多;谢锦作为责编,就编排、制作等具体而微的细节,也与我们反复商议,令人感佩。整个编撰过程，虽然辛苦，其乐融融。此书，既是我们群体对中国灿烂传统文化的礼敬，也是朋友们在纸上的一次相逢，是一幅华彩《文会图》，我们每个人在纸上皆有其生动独特的姿态声口，翻开书，读其文，如见其人。

二十四节气是棵大树，扎根于中华传统深厚土壤中，我们的书写，是繁茂生长的枝桠、变幻光色的树叶、姿态摇曳芬芳迷人的花朵。

二十四节气是个深湖，藏身于华夏文明坚实心脏中，我们的书写，是汹涌的波涛、拍击堤岸的浪花、脉脉扩散层层叠叠的涟漪。

图书在版编目（CIP）数据

中国书写：二十四节气/庞培,赵荔红主编. -- 上海：上海文艺出版社,2018.4（2019.1重印）
ISBN 978-7-5321-6550-6
Ⅰ.①中… Ⅱ.①庞…②赵… Ⅲ.①散文集－中国－当代
Ⅳ.①I267
中国版本图书馆CIP数据核字(2018)第051999号

发 行 人：陈　征
责任编辑：谢　锦
装帧设计：半山设计

书　　名：中国书写：二十四节气
主　　编：庞　培　赵荔红
出　　版：上海世纪出版集团　　上海文艺出版社
地　　址：上海绍兴路7号　200020
发　　行：上海文艺出版社发行中心发行
　　　　　上海市绍兴路50号　200020　www.ewen.co
印　　刷：苏州市越洋印刷有限公司印刷
开　　本：700×1000　1/16
印　　张：27.25
插　　页：5
字　　数：301,000
印　　次：2018年4月第1版　2019年1月第3次印刷
Ｉ Ｓ Ｂ Ｎ：978-7-5321-6550-6/I・5215
定　　价：88.00元
告 读 者：如发现本书有质量问题请与印刷厂质量科联系　T:0512-68180628